Feuer der Leidenschaft – große Liebesromane

Karen A. Bale, **Sinnliche Versprechen**
Mary Balogh, **Nacht der Verzückung**
Mary Balogh, **Von dir kann ich nicht lassen**
Nina Beaumont, **Preis der Leidenschaft**
Rosanne Bittner, **Ich kämpfe um uns**
Claire Delacroix, **Dame meines Herzens**
Claire Delacroix, **Erbin der Glückseligkeit**
Claire Delacroix, **Geliebte Gräfin**
Claire Delacroix, **Prinzessin meiner Liebe**
Thea Devine, **Das Liebesjuwel**
Christina Dodd, **Liebhaber meiner Träume**
Christina Dodd, **Geheime Sünden**
Jane Feather, **Engel in Gefahr**
Emily French, **Ruf nach Freiheit**
Dorothy Garlock, **Eine Liebe wie der Himmel**
Dorothy Garlock, **Geheime Passionen**
Dorothy Garlock, **Schöner, wilder Mann**
Dorothy Garlock, **Paradies der Sinne**
Elizabeth Graham, **Rivalinnen des Glücks**
Elizabeth Graham, **Vergib mir meine Liebe**
Tracy Grant, **Erobere mich!**
Tracy Grant, **Verratenes Herz**
Tracy Grant, **Wer der Sehnsucht erliegt**
Eloisa James, **Ekstase der Liebe**
Mandalyn Kaye, **Der Fremde in meinen Armen**
Elizabeth Lane, **Gefallener Engel**
Sandra Marton, **Nur mit deiner Liebe**
Theresa Michaels, **Mit Feuer und Schwert**
Karen Marie Moning, **Das Herz eines Highlanders**
Karen Marie Moning, **Zauber der Begierde**
Constance O'Banyon, **Die Flammen der Liebe**
Delia Parr, **Am Abgrund der Liebe**
Delia Parr, **Die Elfenbeinprinzessin**
Delia Parr, **Gefangene des Herzens**
Delia Parr, **Ein Himmel voller Rosen**
Candice Proctor, **Septembermond**
Candice Proctor, **Sündige Erbschaft**
Candice Proctor, **Verbannt im Paradies der Liebe**
Jaclyn Reding, **Eine Liebe wie Magie**
Jaclyn Reding, **Die Schöne und der Lord**
Amanda Scott, **Gefährliche Leidenschaft**
Maura Seger, **Magische Verführung**
Alexa Smart, **Mitternachtsrosen**
Alexa Smart, **Tausend Küsse im Paradies**
Janelle Taylor, **Wildes Land, wilde Leidenschaft**
Susan Wiggs, **Und jeden Tag deine Liebe**
Susan Wiggs, **Im Rausch der Leidenschaft**
Susan Wiggs, **Venezianische Verführung**
Susan Wiggs, **Verbotene Schwüre der Liebe**
Susan Wiggs, **Wild wie deine Träume**

Claire Delacroix

Die geraubte Schöne

Roman

Aus dem Amerikanischen
von Annika Tschöpe

Ullstein

Ullstein Taschenbuchverlag
Der Ullstein Taschenbuchverlag ist ein Unternehmen der
Econ Ullstein List Verlag GmbH & Co. KG, München
Deutsche Erstausgabe
1. Auflage 2002
© 2002 für die deutsche Ausgabe by
Econ Ullstein List Verlag GmbH & Co. KG, München
© 2001 by Claire Delacroix
All rights reserved. Published by arrangement with Dell Publishing, an imprint of
The Bantam Dell Publishing Group, a division of Random House, Inc.
Titel der amerikanischen Originalausgabe: The Beauty (Dell Publishing,
a division of Random House, Inc., New York)
Übersetzung: Annika Tschöpe
Redaktion: Henrike Lohmeier
Umschlagkonzept: Lohmüller Werbeagentur GmbH & Co. KG, Berlin
Umschlaggestaltung: Init GmbH, Bielefeld
Titelabbildung: John Ennis, über Literarische Agentur
Thomas Schlück GmbH, Garbsen
Gesetzt aus der New Baskerville
Satz: hanseatenSatz-bremen, Bremen
Druck und Bindearbeiten: Elsnerdruck, Berlin
Printed in Germany
ISBN 3-548-25294-X

Für Dominick Abel, die Stimme der Vernunft, mit herzlichem Dank.

Prolog

Ceinn-beithe
April 1183

»Findest du das nicht ein wenig übertrieben?«
Duncan musterte seine Frau, während diese einen Schleier anlegte. Sie war von Kopf bis Fuß in
dunkles Blau gekleidet, und der schlichte silberne Ring, den er ihr einst an den Finger gesteckt
hatte, war ihr einziger Schmuck.

War Eglantine so fest entschlossen wie heute, versuchte man besser nicht, sie umzustimmen. Doch
Duncan zweifelte sehr an der Richtigkeit ihrer
Entscheidung. Noch war es nicht zu spät – noch
befanden sie sich in ihrem Gemach. Obgleich unten im Saal die versammelte Menge wartete, konnte Eglantine ihre Meinung noch ändern.

»Das Mädchen muss endlich begreifen, welchen
Preis sie für ihre Dummheit bezahlen wird.«
Eglantine befestigte den Schleier mit einem
schweren Diadem und zog sich den durchsichti-
gen Stoff vor das Gesicht.

Duncan ergriff ihre Hand, so dass sie innehielt.
»Es ist grausam von dir, dass du im Beisein deiner
Tochter ihr eigenes Begräbnis feiern lässt.«

»Das ist bei uns so Sitte, Duncan. Auf Geheiß
meines Urgroßvaters wurde es in Crevy-sur-Seine
immer so gehandhabt.«

»Nicht unbedingt.« Duncan wusste zwar, dass es in der Familie seiner Frau diese Tradition gab, doch ihm war sie fremd, und er fand sie geschmacklos. Dennoch bemühte er sich um Respekt.

Eglantine seufzte. »Wenn Jacqueline sich in Crevy entschlossen hätte, das Nonnengelübde abzulegen, dann hätte auch eine solche Beerdigung stattgefunden – denn eine Nonne verlässt das Land der Lebenden, als wäre sie gestorben. So grausam ist das gar nicht, es soll Jacqueline nur einen Vorgeschmack auf das geben, was sie erwartet, wenn sie tatsächlich ihr Noviziat in Inveresbeinn antritt.«

Ihr Gatte erwiderte nichts, daher fuhr sie mit funkelndem Blick fort: »Diese Zeremonie fällt mir genauso schwer wie dir, Duncan! Aber du willst doch sicher auch, dass Jacqueline klar wird, auf was sie verzichtet, bevor es zu spät ist.«

»Vielleicht merkt sie im Noviziat, dass sie nicht für das Klosterleben geschaffen ist, und legt das endgültige Gelübde gar nicht ab.«

Eglantine runzelte die Stirn und betrachtete ihre ineinander verschränkten Finger. »Schon möglich«, räumte sie leise ein, dann sah sie ihm in die Augen. »Aber darauf möchte ich mich nicht verlassen, Duncan. Ich muss einfach irgendetwas *tun*! Als Mutter ist es meine Pflicht, sie vor dieser dummen Entscheidung zu bewahren.«

»Als Mutter ist es deine Pflicht, sie trotz ihrer Entscheidungen zu lieben.«

Eglantine seufzte verärgert und wandte sich ab. »Duncan, du verstehst mich einfach nicht. Ich habe alles geopfert, damit meine Töchter aus Liebe heiraten können ...«

»Wirklich alles?« Mit seiner gespielten Entrüstung wollte er ihr ein Lächeln entlocken.

Eglantine lächelte tatsächlich, doch nur ganz flüchtig. »Es stimmt, es war nicht zu meinem Schaden, doch in erster Linie wollte ich ihnen die Möglichkeit geben, wahre Liebe zu finden. Schwierigkeiten hätte ich eher bei Alienor erwartet, denn sie war schon immer sehr eigensinnig.«

»Das Eheleben scheint ihr jedoch gut zu tun.«

Jetzt lächelte Eglantine wirklich. »Ganz zu schweigen von dem Kind, das noch anstrengender ist als sie selbst. Mittlerweile muss sie ihre eigenen Ansprüche zurückstellen.« Eglantine runzelte die Stirn. »Und auch Esmeraude könnte Probleme machen, denn sie ist mindestens genauso widerspenstig wie Alienor.«

»Kaum zu glauben.«

»Da hast du Recht.« Eglantine schüttelte den Kopf. »Jacqueline dagegen war immer ein ruhiges Mädchen, das aufblühte, wenn ihm die Gelegenheit dazu geboten wurde. Ich war mir sicher, dass sie sich am ehesten für die Liebe entscheiden würde.«

»Sie hat ihre Entscheidung getroffen.«

»Das ist doch keine ernst zu nehmende Entscheidung! Ich werde nicht ohne weiteres zulassen, dass sie eine Braut Jesu wird.«

»Aber Eglantine, wenn sie nun einmal dazu bestimmt ist ...«

Sie ging zur Tür, drehte sich jedoch noch einmal um. »Duncan, wenn sie wirklich dazu bestimmt wäre, dann würde ich ihr meinen Segen geben, aber Jacqueline hat einfach nur Angst vor Männern. Dieser Unhold Reynaud hat eine tiefe Wunde bei ihr hinterlassen, die nur ein edler Mann aus Fleisch und Blut heilen kann.« Eglantine seufzte. »Schließlich ist sie doch erst zwanzig Jahre alt.«

»In diesem Alter kann sie in keinem Land der Welt mehr heiraten, Eglantine.«

Seine Frau verzog das Gesicht, dann sagte sie flehend: »Aber Duncan, das liegt allein an Reynaud! Jacqueline ist eine Schönheit, es fehlt ihr nicht an Verehrern. Doch wegen des Verbrechens, das Reynaud vor sechs Jahren begangen hat, würdigt sie keinen Mann auch nur eines Blickes. Das ist nicht richtig!«

»Eglantine –«

»Ich habe sie gebeten, noch zwei Jahre zu warten, bis sie ihr Noviziat beginnt.«

Duncan war erstaunt, denn davon hatte er nichts gewusst.

»Zwei Jahre, Duncan! Das ist zwar nicht viel, aber vielleicht würde sie in dieser Zeit einen edlen Mann kennen lernen, der sie umstimmen könnte. Sie ist zu unerfahren, um eine Entscheidung zu treffen, die ihr ganzes weiteres Leben bestimmen wird.«

»Aber eine Hochzeit ist doch eine genauso weit reichende Entscheidung.«

»Duncan! Das Kloster und das Zölibat werden sie nicht glücklich machen, und ihr Glück ist mir wichtiger als alles andere.«

Mit diesen Worten rauschte Eglantine aus dem Zimmer. Duncan folgte ihr mit langsameren

Schritten. Er verstand die Beweggründe seiner Frau, doch ihre Mittel konnte er nicht gutheißen. Seine eigene Tochter Mhairi, erst vier Sommer alt und mit Eglantines goldenem Haar gesegnet, ergriff seine Hand, als er den großen Saal betrat. Ihre Miene war verwirrt und bestürzt.

Was sollte er ihr nur sagen? Duncan nahm sie auf den Arm und küsste ihre Stirn, während er ihr tröstende Worte zumurmelte.

Da erblickte er seine Stieftochter, die von einem Schleier verhüllt abseits des Geschehens stand, als weilte sie tatsächlich nicht mehr unter den Lebenden. Als er Jacquelines fest entschlossenes, bleiches Gesicht sah, überkam Duncan die Befürchtung, dass der Abschied, den Eglantine ihrer Tochter bereitete, nur zu Bitterkeit zwischen den beiden führen würde.

Doch dann wurden die Weihrauchfässer geschwenkt und füllten die Luft mit Duftwolken. Kerzen wurden entzündet und erhellten den düsteren Tag. Die ganze Familie bezog Position, stellte sich dem Rang entsprechend auf – erst Eglantine, dann ihre Töchter Alienor und Esmeraude. Gefolgt wurden sie von Alienors Ehemann und ihrem Kind, dann den engsten Mitgliedern von Eglantines Gefolge. Die Vasallen schlossen sich der Prozession an. In einem großen französischen Schloss wie Crevy wären zu diesem Anlass natürlich auch Ritter und Junker, Edelleute und reiche Verwandte angereist.

Hier jedoch war niemand gekommen, und Duncan wurde wieder einmal klar, worauf seine Frau wegen ihrer Flucht nach Schottland verzichten musste. Das zeugte von einer Entschlossenheit, die er bewunderte.

Eglantine wollte wirklich nur, dass ihre Töchter glücklich wurden. Die versammelte Menge stimmte einen Trauergesang an. Der Priester führte die Prozession an, und der leere Sarg wurde hochgehoben und hinter ihm hergetragen.

Widerstrebend trat Duncan an die Seite seiner Frau und warf dabei einen letzten Blick auf Jacqueline. Sie blieb im Abseits neben dem Prozessionszug stehen. Niemand sprach sie an, niemand schenkte ihr auch nur einen Blick, denn so hatte Eglantine es angeordnet – so entsprach es dem Ritual.

Jacqueline stand aufrecht wie ihre Mutter, mit erhobenem Kinn und zusammengepressten Lippen. Sie war eine schöne junge Frau mit rosigen Wangen und stets funkelnden Augen. An ihrem guten, großherzigen Charakter hatte der ganze Haushalt seine Freude. Ihr tapferes Bemühen um Standhaftigkeit brach Duncan beinahe das Herz. Er sah, wie sie die Luft anhielt und rasch zwinkerte, als sie das düstere Gewand ihrer Mutter erblickte. Vielleicht war sie sich ihrer Entscheidung doch nicht so sicher.

Ja, dieser Reynaud hatte Jacqueline schreckliche Angst eingejagt. Duncan wünschte, er könnte das ungeschehen machen. Am liebsten hätte er das Mädchen eingesperrt und ihm ausgeredet, wegen einer einzigen schrecklichen Nacht ihr ganzes Leben zu opfern.

Diese Gefühle zeigten ihm, dass er seiner Frau im Grunde sehr ähnlich war.

»Großer Gott«, murmelte Eglantine mit zusammengebissenen Zähnen. »Ich frage mich wirklich, woher das Mädchen diese Sturheit hat. Ihr Vater war nie so starrsinnig.«

Duncan schluckte die offensichtliche Erklärung hinunter. Die Prozession zog an Jacqueline vorbei durch die Eingangshalle und auf die Kapelle zu. Der graue, verhangene Himmel kündete einen heftigen Regenguss an. Selbst die Natur schien über die Entscheidung seiner Stieftochter zu trauern.

Wie sehr Duncan wünschte, dass es die Richtige sein möge ...

1. Kapitel

Jacqueline hatte Ceinn-beithe hinter sich gelassen, und jetzt wartete ihr Gelübde auf sie. Ihre Mutter irrte sich – Jacqueline hatte eine Berufung, dessen war sie sich ganz sicher. Die gut gemeinten Argumente hatten sie nicht umstimmen können. Dennoch war sie beinahe ins Wanken geraten, weil ihre Entscheidung einen so hohen Preis verlangte. Die geschickten Bemühungen ihrer Mutter wären fast von Erfolg gekrönt worden.

Doch sie war standhaft geblieben. Jacqueline traten Tränen in die Augen. Sie würde den Schutz und die Liebe ihrer Mutter und Duncans sehr vermissen.

Sie wollte nicht zu sehr darüber nachgrübeln, dass sie Ceinn-beithe für immer hinter sich ließ. Der kleine Trupp ritt auf die Hügel zu, die nach Osten hin die Grenze der Ländereien bildeten. Auf der anderen Seite dieser Hügel gab es einen holperigen Pfad, der die Hauptstraße darstellte und an ihr Ziel führte – das Kloster von Inveresbeinn.

Ihre Eltern hatten für sie vier Männer, denen sie vertrauten, als Begleiter ausgewählt. Es waren einfache Leute, weniger durch Kriege als durch das unbarmherzige Wetter abgehärtet. In Ceinn-beithe herrschte schon so lange Frieden, dass ihre militärischen Fähigkeiten – oder vielmehr der Mangel an solchen – keine große Bedeutung hatte. Schließlich war allgemein bekannt, dass auf dieser Straße keine Gefahren drohten.

Doch es gab in dieser Gruppe niemanden, mit dem sie ein freundliches Wort wechseln konnte. Das sollte ihr eine Lehre sein, genau wie die Beerdigung. Sie sollte merken, wie schwer Einsamkeit und Schweigen zu ertragen waren.

Sie hatte ihre Entscheidung getroffen und würde damit leben. Im Kloster würde man ihren Geist zu schätzen wissen, und ihre Gaben würden dort von Nutzen sein. Sterbliche Männer wollten sie nur wegen ihres Äußeren besitzen, und Jacqueline wollte auf keinen Fall bloße Zierde im Leben eines Mannes werden. Mit ihrer Intelligenz konnte sie mehr erreichen und durch ihr mitfühlendes Wesen mehr geben. Diese Gaben, die Gott ihr geschenkt hatte, würde sie nicht vergeuden.

Es war ihre Berufung und ihre eigene Entscheidung, und sie würde sie bis zum letzten Atemzug verteidigen.

Ihr war klar, dass sie als Novizin in einer Welt des Schweigens leben würde, und sie rechnete damit, dass ihr dies schwer fallen würde. Obwohl sie die Anweisungen ihrer Mutter verstehen konnte, fand sie die Isolation unerträglich. Schon jetzt klingelte ihr die Stille in den Ohren, so dass sie am liebsten laut gerufen, gelacht oder geschrien hätte.

Doch Jacqueline würde durchhalten – sie hatte die richtige Entscheidung getroffen. Sie richtete sich im Sattel auf, denn bis zum Kloster war es noch ein langer Tagesritt. Leise begann sie, einen Rosenkranz zu murmeln.

Die Hügel vor ihren Augen waren in Dunst gehüllt, und in den Tälern sammelte sich Nebel. Der Himmel war bleigrau, und die Hügel zeigten die verschiedensten Grün- und Blautöne. So schlicht und streng wie dieser Anblick würde auch der Rest ihres Lebens verlaufen. Tapfer redete Jacqueline sich ein, dass sie nichts anderes wollte.

Doch in den Hügeln, die sich vor ihr erhoben, lauerte nicht nur die Stille.

❅

»Sieh nur.« Angus kniete im Schutz der Felsen, sein Hengst war hinter einem Felsvorsprung verborgen. Das Tier zuckte nur mit den Ohren, als wisse es genau, dass es sich nicht zeigen durfte. Angus' Aussichtspunkt bot einen guten Blick auf die Straße, die sich in Richtung Ceinn-beithe schlängelte. Ceinn-beithe, die Heimat des Mannes, der Angus' Familie verraten hatte.

Sein treuer Begleiter hockte sich neben ihn und spähte durch den Dunst, der auf den Regen gefolgt war. »Heiliger Strohsack, Junge, Fortuna wird dir doch nicht endlich hold sein?« Rodney war wie immer skeptisch, doch sein Blick zeigte ein wenig Belustigung.

»Das wäre aber mal an der Zeit«, murmelte Angus. »Schließlich geht schon lange genug alles schief.«

Rodney kicherte. »Du glaubst doch nicht etwa daran, dass letzten Endes immer das Gute siegt?«

Angus verzog den Mund zu einem Lächeln, ohne den kleinen Trupp unten auf der Straße aus den Augen zu lassen. Sie durften jetzt auf keinen Fall einen Fehler machen, denn so gut würde es das Schicksal niemals wieder meinen.

In der Mitte der Gruppe, jedoch ein wenig abseits, ritt eine weiß gekleidete Frau. Ihre Position ließ auf gehobenen Stand schließen. Ihre Begleiter waren recht stämmig und wenig Furcht einflößend. Vermutlich hatten sie im Gegensatz zu Angus schon lange keine Schlacht mehr erlebt und würden keinen großen Widerstand leisten.

»Wer ist diese Frau?«, flüsterte Rodney.

»Wer soll das schon sein? Natürlich die Tochter von Cormac MacQuarrie.«

Rodney warf ihm einen skeptischen Blick zu. »Wieso bist du dir da so sicher? Das könnte jede beliebige Frau sein.«

»Nein. Nicht mit so vielen Beschützern. So gut wird nur die Tochter eines Clanführers bewacht. Und sie kommt eindeutig von Ceinn-beithe, denn hinter diesem Besitz liegt nur noch das Meer.«

»Wo reitet sie überhaupt hin?«

Angus stützte das Kinn auf die behandschuhte Faust und dachte über diese Frage nach. »Sie wird sicher heiraten. Dafür müsste Mhairi zwar eigentlich ein wenig zu alt sein, doch Cormac hatte schon immer eine viel zu hohe Meinung von ihren Qualitäten.«

Der ältere Mann lachte leise und ließ den Blick

über die Straße schweifen. »Du hast doch gesagt, seine Tochter sei der einzige Mensch, den er wirklich liebt.«

»Stimmt. Vielleicht hatte er niemanden gefunden, der seinen Ansprüchen genügte, bis seine Tochter fast nicht mehr zu verheiraten war. Oder vielleicht heiratet sie auch zum zweiten Mal.«

»Auf jeden Fall heiratet sie jetzt jemand.«

Angus presste die Lippen aufeinander. »Cormac ist eben ein begehrter Schwiegervater.«

»Und ein gefürchteter Gegner«, schloss sein Begleiter. Angus fand, diese Bemerkung hätte er sich ruhig sparen können. Dann höhnte Rodney: »Schau dir nur diese Tölpel an! Sie rechnen gar nicht damit, dass sie angegriffen werden könnten. Das ist eben der Preis von Wohlstand und Frieden.«

»Und du machst dich über das Schicksal lustig!«, murmelte Angus. »Zum ersten Mal seit Jahren ist es mir wohlgesonnen. Wir müssen die Gelegenheit unbedingt nutzen.«

Die beiden Männer besprachen ihren Angriffsplan und wiesen einander auf Besonderheiten in der Umgebung hin. Rodney kroch zurück und stieg auf sein Ross.

»Wenn Cormac seine Tochter zurückhaben will, wird er teuer bezahlen müssen!«, murmelte er erwartungsvoll.

»Er muss mir nur die eine Sache abtreten, die ich begehre.« Angus warf noch einen Blick hinab und konnte keine Schwierigkeiten entdecken. Dann schwang er sich in den Sattel und zog die Zügel stramm. Lucifer rührte sich nicht. Die bei-

den Männer warteten, bis die Gruppe dicht vor
ihnen auf der Straße zu hören war. Auf Angus'
Zeichen hin brachen sie auf einen Schlag aus ihrem Versteck hervor.

❄

Schnell wie der Blitz tauchten die beiden Reiter
aus dem Nichts auf und schwangen grölend ihre
Schwerter. Der kleine Trupp erstarrte, als die Banditen auf ihn einstürzten.

Schließlich befanden sie sich noch immer auf
den Ländereien von Ceinn-beithe! Jacqueline
brachte ihr Ross zum Stehen. Einer ihrer Begleiter fluchte, dann hieb er ihrem Pferd auf das
Hinterteil, so dass es aus dem Kampfgebiet
stürmte.

Doch Jacqueline musste sich einfach umsehen.

Der Ritter hatte bereits zwei ihrer Begleiter nie-
dergeschlagen, bevor sie überhaupt ihre Klingen
zücken konnten. Ein Ritter? Es gab zwar Gerüchte, dass die Ritter in Frankreich solche Schurke-
reien unternahmen, aber doch nicht hier! Ein
Angstschauer lief ihr über den Rücken – Jacqueline hatte die Erfahrung gemacht, dass von Rittern aus dem Ausland nichts Gutes zu erwarten
war. Der Dritte ihrer Gruppe kämpfte mit dem
Begleiter des Ritters.

Der Vierte hatte sein Schwert gezückt, doch er
konnte es mit dem überlegenen Ritter nicht aufnehmen. Er stürzte zu Boden und rührte sich
nicht mehr.

Dann hatte der Angreifer freie Bahn.

Er ritt wie ein Racheengel und hätte jeden erschlagen, der sich ihm in den Weg gestellt hätte. Er war groß gewachsen und hatte breite Schultern. Sein roter Umhang wehte hinter ihm, auf der Schulter seines weißen Wappenrocks prangte ein blutrotes Kreuz. Selbst im trüben Frühjahrslicht schimmerte seine Rüstung. Sein großer, ebenholzschwarzer Hengst trug eine weißrote Decke, und das wunderbare Tier schien förmlich Feuer zu speien.

Als sich sein Ross näherte, fürchtete Jacqueline, ihr würde das Herz stehen bleiben.

Voller Panik hieb sie ihrem Zelter die Fersen in die Seiten. Das Pferd galoppierte mit Leibeskräften über den Torf, doch den langen Schritten des schwarzen Hengstes war es nicht gewachsen.

Der Hengst kam näher, schon wehte sein dampfender Atem über ihre Schulter. Jacqueline stieß einen leisen Schrei aus und drängte ihr Pferd, noch schneller zu laufen.

Doch der Ritter riss sie so unverhofft aus dem Sattel, dass ihr die Luft wegblieb. Sie landete bäuchlings auf seinem Pferd. Ihr wurde schwindelig, als sie sah, wie der Boden unter ihr vorbeiraste. Der Ritter war stark, aus Muskeln und Stahl. Jacqueline schrie und wehrte sich trotzdem.

Er fluchte und presste sie fest an sich, den Arm um ihre Brust und die Arme geschlungen. Er wendete sein Ross und ließ es in leichten Galopp fallen. Jacqueline hörte, wie ihr eigenes Tier in die Ferne floh.

Sie biss dem Ritter in den Handschuh und trat sein Pferd, und er fluchte heftig. Er zog sie empor, so dass sie vor ihm saß. Bewegen konnte sie sich jedoch noch immer nicht, denn er hatte den Arm über ihre Ellenbogen gelegt und um ihre Taille geschlungen. Er war erbarmungslos, und sein Kettenhemd bohrte sich in ihren Rücken.

»Lasst mich los!«, schrie Jacqueline.

»Nein«, erwiderte er grimmig. Er sprach genauso fließend Französisch wie sie. »Sei still, sonst bekommt der Hengst Angst.«

»Dieses Monster hat doch bestimmt vor gar nichts Angst«, fuhr Jacqueline ihn an. Es beunruhigte sie sehr, dass ein französischer Ritter sie gefangen hielt – sie musste an Reynaud denken, wie er sie festgehalten und sich auf sie gewälzt hatte.

Der Ritter lachte leise, doch es klang nicht fröhlich. Mit einem Arm presste er sie lässig an sich, als würde er ständig unschuldige Damen entführen, und ritt zurück zu seinem Begleiter. Jacqueline sträubte sich, doch sie hatte keine Chance gegen ihn.

Auch gegen Reynaud hatte sie nichts ausrichten können. Für einen Augenblick versagte ihr der Atem, und ihr wurde schwindelig vor Angst, doch sie zwang sich, tief Luft zu holen. Irgendwie würde sie ihm entfliehen!

Der Ritter zog seinen Helm ab und warf ihn in seine geöffnete Satteltasche. Als sie das hörte, konnte Jacqueline ihre Neugier nicht mehr bezwingen.

Sie drehte sich um, und ihr wurde angst und bange, denn hinter ihr schien ein finsterer Engel zu sitzen. Ihr Entführer hatte die Lippen fest zusammengepresst, der Blick war durchdringend. Ohne die wilde Miene und die tiefe Narbe auf der Wange wäre er ein gut aussehender Mann gewesen.

Und ohne die Augenklappe.

Er lächelte finster, wie ein Drache, der eine appetitliche Mahlzeit vor sich sieht, und Jacqueline geriet in Panik. Sie stieß ihrem Angreifer vor die Nase und hieb dann ihre Ferse in den Bauch des Hengstes. Das Tier scheute kurz – es war so groß und wild, dass es sich nicht so leicht aus der Ruhe bringen ließ –, und Jacqueline sprang von seinem Rücken.

Beim Aufprall knickte sie schmerzhaft um, aber sie rannte trotzdem los.

Der Ritter hinter ihr fluchte wild, doch Jacqueline verschwendete keine Sekunde auf einen Blick zurück. Sie sprang in ein Geröllfeld, weil sie wusste, dass der Hengst ihr dort nicht folgen konnte, und rannte, als wäre der Leibhaftige hinter ihr her.

Vielleicht war er das sogar.

An seinen Flüchen konnte sie hören, dass der Ritter sie verfolgte. Jacqueline wagte nicht daran zu denken, was er ihr antun würde, wenn er sie einholte. Oh, er war furchtbar wütend und würde Vergeltung verlangen – genau wie Reynaud.

Und wahrscheinlich würde er sich auf die gleiche Weise rächen. Jacqueline verdrängte ihre Ängste und rannte tapfer weiter.

Er kam viel zu rasch näher, denn er war viel größer und ausdauernder als sie. Als seine Schritte lauter wurden, warf Jacqueline einen Blick zurück und erschrak, weil er so nah war und so zornig aussah. Sie stolperte, dann stürzte sie mit einem ängstlichen Aufschrei zu Boden. Sofort hatte er sie erreicht.

Schnell zog er eine geflochtene Lederschnur hervor, doch zu ihrer Überraschung war er nicht brutal. Er band ihr locker die Knie zusammen und fesselte ihr dann rasch die Hände auf dem Rücken, so dass Jacqueline jede Hoffnung auf eine zweite Flucht aufgeben musste.

Sie wand sich auf dem Boden, suchte nach einer Schwachstelle in den Knoten, fand jedoch keine. Der Ritter stand vor ihr und starrte auf sie herab. Seine Miene war undurchdringlich und dadurch umso schrecklicher.

Als sie von ihren Bemühungen schließlich ganz erschöpft war, zog er sein Schwert und kauerte sich neben sie. Jacqueline rechnete mit dem Schlimmsten und wich zurück.

»Lebend bist du wertvoller für mich«, fuhr er sie an, dann schnitt er einen Streifen Stoff von seinem Waffenrock. Sie starrte ihn erstaunt an.

Als er die Hand nach ihrem verletzten Knöchel ausstreckte, schrie Jacqueline laut auf und wich zurück. Nein, sie würde sich nicht von ihm anfassen lassen. Sie rollte sich herum und versuchte verzweifelt, vor ihm davonzukrabbeln, doch mit gefesselten Händen und Knien gelang ihr das nicht.

Er packte ihren Fuß und hatte sie sofort wieder

in seiner Gewalt. Er hielt sie fest und tastete ihren Knöchel ab, als sei er auf beiden Augen blind. Jacqueline zitterte, dann stieg ihr Röte ins Gesicht, weil er sie so vertraulich behandelte.

»Das ist wirklich ein schöner Anblick. Du glaubst doch nicht im Ernst, dass du mir entkommen kannst, oder?«

»Ich werde jedenfalls nicht wehrlos daliegen und mich vergewaltigen lassen!«

Da lachte er so unverhofft auf, dass Jacqueline ihn wieder ansah. Er hockte am Boden und hielt ihren Knöchel mit festem, aber sanftem Griff.

Er reagierte nicht auf ihren Blick, obgleich er sicher merkte, dass sie ihn ansah. Nein, er widmete sich ganz konzentriert seiner Aufgabe. Erstaunlich vorsichtig zog er ihr den Schuh und den Strumpf aus. Er hatte die Handschuhe abgelegt, und seine Hand fühlte sich warm auf ihrer nackten Haut an.

»Wenn es für dich eine Vergewaltigung ist, den Fuß einer Frau zu berühren«, sagte er sanft, »dann gibt es mehr Verbrecher, als ich jemals gedacht hätte.«

Er blickte auf und lächelte breit, als er ihre Miene sah. Sein Lächeln war kalt, doch sein Blick hatte eine Wärme, die sie zittern ließ. »Oder bist du mit Männern so unerfahren, dass du nicht weißt, was Intimität bedeutet?«

Irgendwie ahnte Jacqueline, dass er vorhatte, diese Bildungslücke zu beseitigen.

Es würde nichts nützen, ihre Angst zu zeigen, darum erwiderte sie kühn: »Meine Unschuld tut hier nichts zur Sache«, und versuchte, ihm den Knöchel zu entziehen.

Er fuhr mit dem Daumen sanft über ihren Spann. Diese Zärtlichkeit ließ sie erschauern, und nicht nur aus Furcht. »Das finde ich auch. Und die Bewahrung deiner Unschuld ist sehr wichtig ... zumindest für andere.«

Er warf Jacqueline einen feurigen Blick zu, und Angst schnürte ihr die Kehle zu. Ohne eine Antwort abzuwarten, prüfte er mit geschickten und sanften Griffen, ob der Knöchel bereits angeschwollen war.

Sie bemühte sich um eine ausdruckslose Miene, denn sie wollte sowohl ihr Entsetzen als auch die seltsamen Empfindungen verbergen, die seine Berührungen in ihr weckten. Sorgfältig knotete er den Verband aus dem Stoffstreifen fest.

»Gebrochen ist er nicht«, teilte er ihr mit, dann hockte er sich hin. Er zog sich die Handschuhe wieder an und sah sie durchdringend an. »Bald wird er verheilt sein, Mhairi.«

Jacqueline riss die Augen auf. »Mhairi? Ich heiße nicht Mhairi!«

Er schüttelte den Kopf. »Du lügst.«

»Nein. Ich lüge *nie*!« Jacqueline wurde wütend. »Und schon gar nicht, wenn es um meinen Namen geht. Mhairi ist meine kleine Schwester; sie ist erst vier Sommer alt.« Jetzt bot sich die Gelegenheit, ihm zu zeigen, dass sie keine Angst vor ihm hatte, und sie reckte stolz das Kinn vor. »Das ist wirklich das erste Mal, dass uns jemand verwechselt!«

Das schien ihn zu belustigen, zumindest für einen Augenblick. »Die Mhairi, nach der ich suche, müsste aber in deinem Alter sein.« Er betrachtete sie durchdringend, als wollte er sich vergewissern. Jacqueline konnte jedoch nicht erraten, zu welcher Schlussfolgerung er dabei kam. »So ungefähr.«

»Ich heiße jedenfalls nicht Mhairi«, wiederholte Jacqueline mit fester Stimme. Allein ihr Verstand und die Wahrheit würden sie retten, sonst konnte ihr jetzt nichts mehr helfen. »Daher lasst Ihr mich wohl besser gehen. Dieser Irrtum lässt sich ganz leicht klären.«

»Tatsächlich?« Er ließ seinen Blick über die üppigen Rundungen gleiten. »Wer bist du denn, wenn du nicht Mhairi bist?«

Ihre Identität würde den Irrtum sicher aufklären und ihr die Freiheit bringen, daher antwortete sie wahrheitsgemäß: »Ich bin Jacqueline von Ceinn-beithe.«

Er verzog das Gesicht. Wieso zweifelte er nur daran? Seine Worte klangen jedenfalls barscher als zuvor. »Wer ist der Herr auf Ceinn-beithe?«

»Duncan MacLaren, mein Stiefvater. Und meine Mutter Eglantine. Wer seid Ihr?«

Der Ritter schüttelte den Kopf und antwortete nicht auf ihre Frage, sondern erhob sich. »Diese Namen habe ich noch nie gehört. Du lügst.«

»Ich lüge nicht!«

»Wie ist es diesem Duncan gelungen, Ceinn-beithe von Cormac MacQuarrie zu erobern?«

»Cormac hat Duncan als Erben bestimmt. Er ist der Anführer des Clans der MacQuarries.«

»Nein, du lügst eindeutig.« Er presste die Lippen

zusammen, bis sie nur noch eine schmale Linie waren. »Der Anführer des Clans der MacQuarries heißt Cormac, und Iain ist sein leiblicher Sohn. Er würde Ceinn-beithe niemals einem Anderen übergeben.«

»Cormac ist vor gut zehn Jahren gestorben, seitdem ist er nicht mehr der Anführer. Duncan war sein Stiefsohn und ist sein Erbe.«

Der Ritter sah sie so lange schweigend an, dass sie schon meinte, es hätte ihm die Sprache verschlagen. »Und was ist aus Cormacs Tochter Mhairi geworden?« Er musterte sie misstrauisch.

Plötzlich begriff Jacqueline. »Oh, *diese* Mhairi sucht Ihr! Sie ist schon lange tot. Sie hat sich selbst das Leben genommen, weil ihr Vater darauf bestanden hatte, dass sie einen Mann heiratete, den sie nicht liebte. Ihr Verlust hat Cormac umgebracht, so sagt Duncan.«

»Das kann ich mir gut vorstellen«, sagte er. Er warf einen Blick zurück auf seinen Begleiter. Zu Jacquelines Erleichterung waren die Männer, die ihr Geleit gegeben hatten, nicht tödlich verwundet, sondern wurden in ihre Richtung geführt. Sie hatten die Hände hinter dem Rücken verschnürt, und der andere Angreifer trieb sie mit gezücktem Schwert vor sich her.

»Und?«, rief der Kamerad des Ritters.

»Sie behauptet, sie sei nicht Mhairi, und dass Mhairi tot sei«, erwiderte der Ritter. »Sie behauptet, sie sei die Stieftochter des neuen Anführers des Clans der MacQuarries.«

Dann lächelte er auf Jacqueline herab, doch es war kein freundliches Lächeln. Plötzlich war

Jacqueline sich nicht mehr so sicher, dass er sie freilassen würde. Er hob sie vom Boden auf und drückte sie an seine Brust.

»So oder so«, sagte er sanft, »sie erfüllt ihren Zweck.«

»Das könnt Ihr nicht tun!«

Das Lächeln wurde breiter und wirkte aus nächster Nähe sehr beunruhigend. »Ach nein?«

»Ihr habt mir noch gar nicht verraten, wer Ihr seid oder was Ihr wollt. Ich dagegen habe Euch alles gesagt!«

Er lachte leise und finster. »Pech für dich, meine geraubte Schöne. Jetzt kannst du mich nicht mehr erpressen.« Ein gefährliches Lächeln entblößte seine Zähne, und plötzlich sah er nicht nur böse, sondern auch attraktiv aus. Jacqueline blieb beinahe das Herz stehen. »Und einmal im Leben habe ich alle Trümpfe in meiner Hand.«

»Nein!« Jacqueline schrie auf, doch sofort legte ihr der Ritter eine behandschuhte Hand über den Mund. Sie sträubte sich, doch es war zwecklos. Der Mann brachte sie ohne Mühe zum Schweigen und raubte ihr alle Kraft.

Sie war diesem Mann hilflos ausgeliefert, und er führte nichts Gutes im Schilde. Angst stieg in Jacqueline auf, und der Geruch des Leders raubte ihr den Atem, denn die Erinnerungen an Reynaud waren allzu deutlich. Sie kämpfte gegen die drohende Ohnmacht an. Es würde ihr nur schaden, wenn sie das Bewusstsein verlor.

Doch die Erinnerung war zu entsetzlich, und ihre jetzige Situation ähnelte dem damaligen Geschehen gar zu sehr. Jacqueline sah noch einmal die erbarmungslose Miene des Ritters, das Verlangen in seinen Augen.

Großer Gott! Sie musste der Wahrheit ins Auge sehen. Auf ihrem Weg zum Herrn war sie in die Hände des Teufels geraten.

2. Kapitel

Angus hatte nicht erwartet, dass sie so große Angst haben würde. Mit ein wenig Furcht hatte er zwar gerechnet, doch diese Panik passte nicht zu der unerschrockenen Mhairi, an die er sich vage erinnerte. Andererseits gab es dafür natürlich einen ganz offensichtlichen Grund. Wie hatte er ihn nur übersehen können? Wenn er wütend war, ließ sein Anblick selbst die kühne Mhairi ohnmächtig werden. Seine Odyssee hatte nicht nur seinen Charakter verändert – sie hatte auch sein Gesicht zerstört.

Mhairi dagegen war hübscher geworden, als er erwartet hatte. Sie war eine richtige Schönheit mit blondem Haar und smaragdgrünen Augen, eine zart gebaute Frau, die dennoch üppige Kurven hatte. Die Haut hatte einen seidigen Schimmer, und das Haar glänzte wie poliertes Gold. Die klaren Augen waren grün wie das Meer an einem schönen Sommertag.

Wieso nur machte es ihn so betroffen, dass sie in Ohnmacht gefallen war? Schließlich war sie für ihn nur ein Mittel zum Zweck. Er wollte ihr nichts antun, doch ihr Entsetzen gab ihm zu denken.

Er war einfach nicht mehr an die Gesellschaft von Frauen gewöhnt – und natürlich auch nicht daran, wie sehr sein Anblick sie entsetzte.

Auf den ersten Blick wirkte seine Gefangene

jünger, als er erwartet hatte, aber das Alter einer schönen Frau ließ sich schließlich nur schwer schätzen. Frauen hatten geheime Mittel, um sich ihre Jugend zu bewahren. Wenn Mhairi mit ihrer Hochzeit so lange gewartet hatte, weil ihr Vater große Pläne mit ihr hatte, dann tat sie gut daran, ihr wahres Alter zu vertuschen.

Frauen waren geschickt darin, die Wahrheit zu verheimlichen, um ihre Ziele zu erreichen. Daher überraschte es ihn nicht, dass Mhairi behauptete, jemand anderes zu sein, in der Hoffnung, sie würde dann freigelassen. Sie war von genauso trügerischem Wesen wie ihr Vater.

Ja, er hatte Recht. Sie log. Sie war Mhairi, sie war seine Gefangene, und Cormac würde bereitwillig seinen Preis bezahlen.

Angus pfiff nach seinem Ross und gab ihm zu verstehen, dass es über der auf dem Boden liegenden Frau stehen bleiben sollte. Wie immer leistete Lucifer dem Befehl seines Herren Folge. Dieser sprach sanft mit dem Pferd, schwor sich, dass er sich nicht von der Frau erweichen lassen würde, und wandte sich dann an die kleine Schar Männer, die das Mädchen begleitet hatte.

Der Gefangene, den Rodney vorwärts schob, ergriff als Erster das Wort. »Wer seid Ihr?«, wollte er in gälischer Sprache wissen. »Und mit welchem Recht greift Ihr uns auf dem Land des Clans der MacQuarries an?«

Trotz seiner Empörung war zu merken, dass er einen gewissen Verdacht hegte und mit dem Schlimmsten rechnete. Die drei anderen waren genauso misstrauisch.

In Wahrheit hatten sie jedoch nichts zu befürchten. Angus gelüstete es nicht nach Mord und Totschlag – in Outremer hatte er davon mehr als genug erlebt. Nein, er brauchte nur einen Boten, und die vier Männer würden diesen Zweck bestens erfüllen.

Er wusste jedoch nur zu gut, dass man vor Verrat niemals sicher war. Die Männer durften ihn auf keinen Fall verfolgen oder gar versuchen, Mhairi zu befreien.

»Ich bin Angus MacGillivray, der Sohn von Fergus MacGillivray, früher der Kamerad von Somerled und durch Erlass des Königs der Inseln der treue Beschützer von Airdfinnan.«

Jetzt war der Mann wahrhaftig entgeistert. »Aber das kann nicht sein! Angus MacGillivray ist tot, wie die ganze Sippe der MacGillivray. Das ist doch allgemein bekannt.« Seine Begleiter nickten düster.

»Und doch stehe ich vor Euch.«

Der Mann kniff die Augen zusammen. »Dann seid Ihr nur ein Schurke, der sich den Namen und das Ansehen eines Toten angeeignet hat.«

»Nein, ich bin Angus MacGillivray.« Angus zog rasch sein Schwert und drückte dem Mann die Spitze an die Kehle. In Erwartung des Schlimmsten wich der Mann zurück, doch Angus ritzte ihm nur leicht die Haut an. »Erinnert Ihr Euch nicht mehr an das Schwert meines Vaters?«

Die Kehle des Mannes zuckte, und ein einzelner Blutstropfen rann aus der winzigen Wunde. Er warf einen Blick auf den ungewöhnlichen Griff, der mit einem Muster aus keltischen Knoten verziert war, und erbleichte, weil er ihn nur zu gut kannte. »*Odins Sense*. Wo habt Ihr die Klinge gefunden?«

»Ich habe sie nicht *gefunden*.« Die Unterstellung, dieses Schwert könne nicht sein rechtmäßiges Eigentum sein, empörte Angus über alle Maßen. »Ich habe sie selbst aus der Hand meines Vaters empfangen. Berühmte Klingen werden immer persönlich übergeben.«

Der Mann starrte ihn an, denn er konnte die Wahrheit nicht glauben.

»Ich bin tatsächlich ein Mitglied der unglücklichen MacGillivray-Sippe, und ich habe nichts mehr zu verlieren.«

Der Mann hielt seinem Blick stand. Das Schicksal von Airdfinnan war ihm bestens bekannt. Er deutete mit dem Kopf auf die Frau. »Und was hat all das mit unserem Schützling zu tun?«

»Mit ihr hat es nicht viel zu tun, mehr mit ihrem Clan. Sie ist nur eine Figur in einem großen Spiel.«

»Ihr könnt doch die Dame nicht für den Verlust Eurer Familie bezahlen lassen! Das wäre ungerecht!«

»Ach ja? Und wäre es etwa auch ungerecht, wenn ich vom Clan der MacQuarries verlangte, dass er mich für das entschädigt, was er mir geraubt hat?«

Der Mann schnaubte höhnisch. »Falls Ihr die Übernahme von Airdfinnan meint – damit hatten wir nichts zu tun.«

Angus war deutlich anzusehen, dass er daran zweifelte. »Ach nein?«

»Nein! Euer Vater ist ohne Erben gestorben!

Euer Bruder war tot, und es war allgemein bekannt, dass Ihr in Outremer ums Leben gekommen wart.«

Angus beugte sich vor. Der Mann konnte nicht zurückweichen, weil Rodneys Klinge noch immer in seinem Rücken drohte, und vor Angst erbleichte er.

»Mein Vater wurde ermordet«, sagte Angus langsam. »Und auch mein Bruder wurde ermordet. Gott allein habe ich mein Überleben zu verdanken, und ich habe überlebt, damit sie gerächt werden.« Er trat zurück und schob das Schwert wieder in die Scheide. »Berichte das Cormac Mac-Quarrie.« Er wandte sich zu Lucifer um, der unruhig tänzelte.

»Cormac ist tot«, erwiderte der Mann.

»Wer ist dann der Anführer des Clans?«, fragte er ruhig. Er wollte prüfen, ob das Mädchen ihm die Wahrheit gesagt hatte, und rechnete fest damit, dass Iains Name fallen würde.

Doch der Mann gab die Antwort, die er bereits gehört hatte. »Cormac selbst hat Duncan MacLaren zu seinem Erben bestimmt. Er führt jetzt den Clan an, und für die Entführung seiner Tochter Jacqueline wird er Vergeltung verlangen.«

Angus sah hinüber zu der Frau. Offenbar hatte sie doch nicht gelogen. Doch wie dem auch sei – sie war für seine Zwecke genauso gut geeignet wie Mhairi. »Dann richte meine Botschaft diesem Duncan aus.«

»Aber was wird aus Jacqueline?«

Angus lächelte den Mann so kalt an, dass dieser sichtlich erschauerte. Er durfte seine Absichten

35

nicht jetzt schon offenbaren. »Das werdet Ihr schon noch erfahren.«

»Aber das könnt Ihr nicht tun! Ihr –« Der Mann verstummte, denn er spürte Rodneys Schwertspitze in seinem Kreuz.

Angus ignorierte ihn. Die Frau regte sich, als er zu seinem Hengst schritt. Ihre Lider flatterten, sie schlug die Augen auf und erstarrte, weil er ihr so nahe war.

»Ich habe dir schon einmal gesagt, dass du den Hengst nicht erschrecken sollst«, sagte er streng, denn nur ihre Panik konnte das Pferd aus der Ruhe bringen.

Ihr Blick glitt über Lucifer, der wie auf diesen Einsatz hin mit den Hufen stampfte. Sie schluckte und schloss die Augen, als müsse sie alle Kraft zusammennehmen, rührte sich jedoch nicht.

Zumindest wurde sie nicht wieder ohnmächtig. Und die Wangen hatten wieder etwas Farbe angenommen. Vielleicht war sie doch nicht so zimperlich.

Er holte ein Stück Stoff aus seiner Satteltasche, sprach wieder mit dem Ross und ging dann zurück zu Rodney. Ohne weitere Worte legte er dem Gefangenen eine Augenbinde an.

Der Mann stieß hervor: »Das könnt Ihr nicht tun. Ihr könnt uns doch nicht unsere Pferde stehlen ...«

»Ich habe gar nichts gestohlen. Eure feigen Tiere sind davongelaufen. Das zeigt nur, wie schlecht sie ausgebildet wurden.«

»Aber was wird denn aus uns? Ich flehe Euch an, tötet uns nicht!«

Den anderen Männern wurden ebenfalls rasch die Augen verbunden, doch Angus verschwendete keine Zeit auf tröstende Worte.

»Dreht Euch auf der Stelle«, befahl er, und weil der Mann vor ihm nicht sofort gehorchte, stieß er ihm mit der Schwertspitze gegen die Kehle. Rodney sorgte dafür, dass sich auch die anderen Männer folgsam auf der Stelle im Kreis drehten.

»Ihr könnt uns doch nicht hier in der Wildnis zugrunde gehen lassen!«, protestierte der Wortführer.

»Nein, das könnt Ihr nicht tun!«, wandte ein anderer ein, und alle begannen zu jammern. Angus hatte kein Mitleid mit ihnen, denn er wusste, dass sie nur herausfinden wollten, wo ihre Kumpanen sich befanden.

Rodney bohrte sein Schwert ein wenig tiefer ins Fleisch des Mannes. »Still, sonst werdet ihr auch noch geknebelt.«

Der Mann presste die Lippen fest zusammen.

»Sag deinen Kameraden, dass sie auch still sein sollen.«

Der Mann erteilte einen kurzen Befehl, und alle vier Männer verstummten. Rodney und Angus nickten einander zu, dann führten sie zwei der Männer in verschiedene Richtungen, während die anderen beiden sich weiter drehten.

Schließlich standen die vier Männer hundert Schritte voneinander entfernt und drehten sich stumm auf der Stelle. Ihre Schritte waren aus dieser Entfernung nicht zu hören, doch Angus konnte ihre Angst und Unsicherheit förmlich riechen.

Angus hob seine Gefangene hoch und stieg auf

sein Pferd. Jacqueline hielt sich ganz steif, als wollte sie möglichst viel Abstand zu ihm halten, doch für solch jungfräuliche Sittsamkeit hatte er nichts übrig. Er zog sie fest an sich und gab dann seinem Ross die Sporen.

Mit Rodney an seiner Seite ritt er auf den Mann zu, der so viel gesprochen hatte. »Ich werde euch im Auge behalten, bis ich bis fünftausend gezählt habe«, flüsterte er und ließ Lucifer in entgegengesetzter Richtung zu den Umdrehungen um den Mann herumlaufen. »Kannst du so weit zählen?«

»Nein!«

»Ach, dann zähle einfach fünfzig mal bis hundert.«

»Aber das kann ich auch nicht!« Dem Mann wurde allmählich schwindelig, seine Schritte wurden unsicher.

Umso besser. Wenn er die Orientierung verlor, dann konnte er auch nicht erraten, in welche Richtung sie davonritten.

Angus beugte sich herab, und seine Stimme klang drohend. Die Frau saß so aufrecht vor ihm, als wäre sie aus Holz geschnitzt. »Zähle so weit, wie du kannst, dann zähle wieder und wieder so weit. Wenn ihr euch zu früh rührt, zu früh sprecht oder zu früh mit dem Drehen aufhört, dann werde ich dafür sorgen, dass euch die Würmer fressen. Ist das klar?«

»Ja.«

»Und falls ihr dann zurück nach Ceinn-beithe findet, dann sagt diesem Duncan MacLaren, dass es an der Zeit ist, für die Sünden von Cormac MacQuarrie zu zahlen. Ich verlange nur, was mir rechtmäßig zusteht. Und ich nehme doch an, dass euer Anführer das Leben seiner schönen Tochter nicht gefährden will.«

»Aber wie –«

»Weißt du denn nicht, dass es immer einen Weg gibt, wenn nur der Wille da ist?«

»Aber, aber –«

Angus wollte keine Ausreden hören. »Sag deinem Anführer, dass er auf Ceinn-beithe auf meine Anweisungen warten soll. Jetzt fang an zu zählen. Und zwar leise.«

Der Mann tat, was ihm befohlen wurde, und unterstrich jede Zahl mit einem festen Tritt, während er sich weiter drehte. Angus ließ den Blick über die vier schweifen, während Rodney den anderen die gleichen Anweisungen gab. Die Sonne stand noch hoch am Himmel, und sicher würden sie schon bald wagen, einander zu rufen. Vor Einbruch der Dunkelheit würden sie in Ceinn-beithe sein, obwohl sie zu Fuß gehen mussten.

Angus war zufrieden mit dem, was er erreicht hatte. Er lenkte sein Ross auf die Hügel zu und presste sich die Gefangene an die Brust. An der letzten Biegung des Weges blieb er noch einmal stehen und lächelte bei dem Anblick, der sich ihm bot. Die Männer drehten sich schweigend auf dem Moor, während Rodneys Pferd auf sie zu galoppierte. Dieses Bild würde er so bald nicht vergessen. Doch es war erst der Anfang seiner Rache.

»Sie werden sterben, und wem nützt das?«, fragte das Mädchen mit sanftem Vorwurf. »Ihr könnt Euch noch nicht einmal sicher sein, dass Eure

Nachricht ausgerichtet und Airdfinnan Euch übergeben wird.«

Plötzlich wurde ihm klar, dass sie seinen Weg durchaus verraten konnte, wenn sie ausgelöst würde – und davon war er fest überzeugt. Und die MacQuarries waren sehr rachsüchtig. Sie durften nicht erfahren, wer ihm Unterschlupf gewährt hatte, bevor Airdfinnan und seine hohen Mauern wieder ihm gehörten.

Zwar wusste er nicht, ob Edana noch unter den Lebenden weilte, doch er wollte sich in der Hütte der alten Märchenerzählerin verstecken. Sollte sie noch leben, so würde sie ihm helfen, und sie konnte den Knöchel der Frau viel besser versorgen als er selbst. Er wollte diese Frau bei bester Gesundheit wieder abliefern, damit man ihm keinen Vorwurf machen konnte.

Außerdem lag Edanas Behausung tief im Wald und war nicht leicht zu finden – selbst wenn die *Seanchaidh* das Zeitliche gesegnet hatte, würde Angus dort Unterschlupf finden, während Duncan sich ängstigte. Diese Angst würde die ganze Angelegenheit deutlich beschleunigen, sobald Angus seine Forderungen gestellt hatte.

Das Unrecht sollte vergolten werden, mehr verlangte er nicht.

Dennoch wollte Angus nicht riskieren, dass jemand dafür bezahlen musste, dass er ihm half. Seine Gefangene durfte nicht sehen, wohin sie ritten, damit sie ihrem Vater nach ihrer Freilassung nicht mitteilen konnte, wo Edana sich aufhielt.

»Gib mir noch einen Streifen Stoff«, bat Angus

Rodney. Die Frau hielt den Atem an und sträubte sich, doch er verband ihr dennoch die Augen.

Ihr Haar erschwerte ihm diese Aufgabe. Er wollte den Knoten nicht zu fest ziehen, damit er nicht an ihren goldenen Strähnen zog. Er legte die Handschuhe ab und befreite vorsichtig jede einzelne seidige Strähne aus dem Tuch. Ihre Lippen bewegten sich stumm, und ihm fiel auf, wie voll und weich sie waren.

Wie süß sie wohl schmecken mochten? Es war lange her, seit eine Frau bei ihm gelegen hatte, und noch länger, seit jemand dies freiwillig, ohne Bezahlung, getan hatte. Die Frau vor ihm hatte weiche Rundungen, und ihr feines, wenngleich schlichtes Gewand ließ auf ihre gehobene Stellung schließen. Sie war eine richtige Schönheit, und wenn sich in den letzten Jahren nicht allzu viel geändert hatte, war sie bislang vor Männern geschützt worden.

Vielleicht erklärte das ihre Angst vor ihm. Er wusste ja selbst, dass seine Narben einen schrecklichen Anblick boten. Wohin mochte sie mit diesem Trupp Beschützer unterwegs gewesen sein? Welcher Mann mochte sie als Braut gewonnen haben?

Zu seiner Überraschung wurden ihre Lippen ruhig, als die Augenbinde endlich befestigt war. Sie wirkte geradezu verärgert.

Ohne Zweifel war sie auf dem Weg zu ihrem Hochzeitsfest gewesen. Ihm kam der unangenehme Gedanke, dass sie einem Verbündeten der MacQuarries versprochen sein könnte. Dann könnte er noch eine andere Art von Entschädigung beanspruchen. Wenn er raubte, was ein Anderer sich erkauft hatte, würde er den alten Feinden seines Vaters ihr Vorrecht nehmen. Angus ließ den Blick über die üppigen Kurven der Frau gleiten. Der Gedanke war wirklich sehr verlockend.

Ein anderer an seiner Stelle hätte sich vielleicht genommen, was er konnte. Doch Angus nahm nie, was ihm nicht angeboten wurde, und diese schöne Frau hatte sicher nur Angst und Verachtung für ihn übrig.

»Ihr habt mir noch immer keine Antwort gegeben«, beharrte sie überraschend ungeduldig. »Warum lasst Ihr diese Männer dort zurück?«

»Ich bin dir keine Erklärung schuldig.«

»Das finde ich aber schon! Schließlich sind diese Männer treue Diener meines Stiefvaters und haben ein solches Schicksal nicht verdient. Wie könnt Ihr sie einfach im Stich lassen? Das ist herzlos. Das ist ungerecht!«

»Ich musste leider lernen, dass es im Krieg keine Gerechtigkeit gibt«, murmelte er. »Und falls ich jemals ein Herz hatte, so ist es schon so lange verloren, dass ich es kaum noch vermisse.«

Sie wollte etwas entgegnen, schloss den Mund jedoch wieder. Die weichen, rubinroten Lippen waren zu verlockend. Bevor sie weiter diskutieren konnte, hatte er sich schon vorgebeugt und strich mit den Lippen über die ihren.

Damit wollte er sie nur zum Schweigen bringen – zumindest redete Angus sich das ein.

Ihre Lippen waren über alle Maßen weich, ihr Atem schmeckte unglaublich süß. Heißes Verlangen entflammte in ihm, und er zog sie an sich, um den Kuss zu vertiefen.

Doch sie wich zurück und hielt den Atem an; ihre Panik war deutlich zu spüren. Angus hob den Kopf, weil sie erstarrte. Sie zitterte wie Espenlaub, und instinktiv legte er einen Arm fester um sie. Woher kam nur dieser plötzliche Drang, sie zu beschützen?

Sogar vor sich selbst.

Das Entsetzen des Fräuleins machte es tatsächlich glaubwürdig, dass sie nicht Mhairi war. Obwohl es mehr als fünfzehn Jahre her war, konnte er sich noch gut erinnern, wie kühn Cormacs Tochter gewesen war. Schon von dem Augenblick an, als sie krabbeln konnte, hatte sie nichts gefürchtet, denn sie war sich immer sicher gewesen, dass ihr Vater sie abgöttisch liebte und behütete. Die Furcht, die diese Frau zeigte, konnte niemand vortäuschen.

Vermutlich waren seine Narben schlimmer, als er angenommen hatte. Vielleicht wirkten sie in diesem Land, das Brutalität, wie er sie gesehen und erlebt hatte, nicht kannte, auch viel schrecklicher.

»Sie werden sich schon zu helfen wissen«, sagte Angus barsch, denn es gefiel ihm nicht, dass er das Bedürfnis verspürte, sie zu beruhigen. Er würde sich auf keinen Fall bei ihr entschuldigen. »Meine Nachricht wird sicher den richtigen Empfänger erreichen.«

Und mit diesen Worten gab er Lucifer die Sporen und ließ die zählenden Männer von Ceinnbeithe hinter sich zurück.

✻

Jacqueline fühlte sich ganz und gar nicht wohl in ihrer Haut.

Ein Mann, der Reynaud sehr ähnelte, hatte sie entführt und wollte das vollenden, was der französische Ritter angefangen hatte. Niemand konnte ihr helfen, niemand wusste auch nur, was mit ihr geschehen war. Sicher hatte er gelogen, als er gesagt hatte, dass ihre Begleiter überleben würden. Sie hatte keine Ahnung, wo sie sich befand, geschweige denn, was ihr Ziel war.

Allerdings konnte sie sich nur zu gut vorstellen, welches Schicksal sie erwartete.

Sie musste fliehen. Selbst wenn sie dazu Lügen erzählen, jemanden irreführen oder verletzen musste. Jetzt konnte ihr niemand mehr helfen, also musste sie ihre Unschuld selbst verteidigen.

Jacqueline wusste noch nicht, wie sie das anstellen sollte, aber sie vertraute darauf, dass sich eine Gelegenheit ergeben würde. Sie würde beten, sie würde Geduld haben, und sie würde so aufmerksam sein, wie es ihr in Anbetracht der Umstände möglich war. Und sie würde die Hoffnung nicht aufgeben.

Auf keinen Fall würde sie ihren Entführer noch einmal mit Fragen provozieren, und sie würde seine Aufmerksamkeit in keiner Weise mehr auf sich lenken. Ja, am besten machte sie sich so gut wie unsichtbar. Wenn sie sich nicht regte und schwieg, würde er ihr sicher keine Beachtung schenken. Von seinem Kuss brannte ihr der ganze Körper. Diese Empfindung war ihr unbekannt und zweifellos ein Zeichen für ihre Angst.

Sie wollte nicht darüber nachdenken, doch ihre

Lippen glühten, als wollten sie Jacqueline für ihre unbezähmbare Neugier strafen.

Der Priester von Ceinn-beithe hatte oft gesagt, dies sei ihr Kreuz.

Es kam ihr vor, als würden sie schon eine Ewigkeit reiten. Jacqueline hörte nur das stetige Stampfen der Pferdehufe und das Rauschen des Windes. Sie versuchte auszumachen, in welche Richtung sie sich bewegten. Am Wind konnte sie zwar nichts erkennen, doch sie vermutete, dass sie nach Osten ritten.

Schließlich lagen im Westen nur Ceinn-beithe und das Meer, und das konnte nicht ihr Ziel sein. Wenn der Ritter diesen unwahrscheinlichen Weg eingeschlagen hätte, hätte sie Salz in der Luft geschmeckt.

Ansonsten konnte sie nur spekulieren, denn in den Hügeln verzweigten sich unzählige Straßen und Wege in unzählige Richtungen und teilten sich wieder und wieder. Sie musste unbedingt herausfinden, wohin sie gebracht wurde, doch mit Gewissheit vermochte sie nur zu sagen, dass sie ihre Familie und damit allen Schutz und alle Sicherheit hinter sich zurückließ.

Jetzt erlebte sie eine andere Form von Isolation und Schweigen als sie auf dem Ritt Richtung Osten erwartet hatte, und solche Angst hatte sie noch nie zuvor verspürt. Der Gedanke an das Kloster wurde an diesem endlosen Nachmittag immer verlockender, denn es schien ihr wie ein sicherer Hafen, ein Schutz vor allen Männern.

Irgendwie würde sie ihrem Entführer entfliehen, sich ins Kloster retten und ihr Noviziat eilig hinter sich bringen. Zumindest bewies ihre augenblickliche Situation, dass die Welt voller Gefahren, Bedrohungen und Ungewissheiten war, denen sie lieber aus dem Weg gehen würde.

Jacqueline war erleichtert, als der Begleiter des Ritters zu sprechen begann. Das bot nicht nur eine willkommene Ablenkung von ihren verwirrten Gedanken, sondern sie interessierte sich auch für das, was er sagte.

Ihr war bereits aufgefallen, dass er älter als der Ritter war und die Kleidung eines Söldners trug. Sein kahler Schädel glänzte, und er hatte einen spitzen, sorgfältig gestutzten Bart nach normannischer Art.

Sein Gälisch hatte einen Jacqueline nicht bekannten Einschlag. Es klang, als käme er von einem anderen Teil der keltischen Inseln. Das überraschte sie, denn aufgrund seines Aussehens hatte sie vermutet, er müsse von Sizilien oder aus einer anderen normannischen Provinz stammen.

»Tja, dieser Plan hat uns ja ganz schön Ärger eingehandelt«, schimpfte er. »Wie willst du da wieder herauskommen?«

»Wir machen alles genau so, wie wir es besprochen haben«, erwiderte der Ritter steif. Er presste sie so fest an seine Brust, dass seine Stimme in Jacquelines Knochen dröhnte.

»Pah!« Der andere Mann spuckte aus. »Du hast behauptet, es sei ein guter Plan, der nicht schief gehen könne!« Höhnisch bemerkte er: »Wir könnten uns darauf verlassen, dass Cormac seine Seele verkaufen würden, um seine geliebte Tochter zurückzubekommen, hast du gesagt.«

»Es ist auch ein guter Plan.«

»Er *war* vielleicht gut. Aber die da ist nicht Mhairi, und ihr Vater ist nicht Cormac, sondern beide sind tot.«

Der Ritter räusperte sich. »Das ist doch vollkommen egal – sie ist die Tochter des Herrn von Ceinn-beithe, so oder so.«

»Das sagst du. Aber wenn ihr Vater deine Forderungen nicht erfüllt, dann haben wir uns ganz umsonst eine Frau aufgehalst!«

Der Ritter blieb ruhig und wurde nicht laut. »Wir wissen jetzt auch nicht mehr als zuvor. Alle Pläne bergen ein Risiko – je höher der Preis, desto größer ist oft das Risiko.«

»Du bist von Sinnen, mein Junge!«, verkündete der Mann düster. »Die Sarazenen haben dir einfach zu oft auf den Schädel geschlagen, Angus, das ist das Problem. Stur warst du aber wahrscheinlich schon immer.«

Der Ritter lachte leise, doch es klang nicht fröhlich.

Angus. Er hieß also Angus. Seltsam, dass er einen keltischen Namen trug. Jacqueline war sich sicher gewesen, dass er ein französischer Ritter war. Doch wenn er mit den Sarazenen zu tun gehabt hatte, dann musste er in Outremer gewesen sein.

Dieser Umstand genügte, um ihre unselige Neugier zu wecken.

Plötzlich ergab auch das rote Kreuz einen Sinn, das sie auf seinem Wappenrock gesehen hatte. Er war ein Kreuzzügler, also war er jahrelang unterwegs gewesen. Das machte ihn ein wenig sympathischer, denn Kreuzzügler verzichteten auf alle Verlockungen dieser Welt, um für den Ruhm Jesu Christi zu kämpfen. Ob er Jerusalem gesehen hatte, diese sagenhafte goldene Stadt? Sie überlegte, wie sie das in Erfahrung bringen könnte.

Es dauerte Jahre, nach Outremer zu reisen, und viele weitere Jahre, bis man wieder zurück war. Das erklärte, wieso er nicht wusste, dass Mhairi und Cormac tot waren. Offenbar stammte er ursprünglich aus dieser Gegend, daher sprach er fließend Gälisch. Wie lange mochte er wohl fort gewesen sein, und wo genau kam er her? Den Worten seines Begleiters lauschte sie jetzt noch aufmerksamer.

»Wer schickt seine Tochter schon mit so spärlichem Schutz auf die Reise? Niemand, dem ihre Sicherheit sehr am Herzen liegt! Niemand, der für ihre Rückgabe einen hohen Preis bezahlen würde!«

Der Ritter dagegen klang recht vernünftig und wandte ruhig ein: »Das zeigt nur, dass dieser Mann auf die Sicherheit seiner Ländereien vertraut. Du hast wohl schon vergessen, wie es ist, wenn man nicht hinter jeder Ecke Verrat wittern muss.«

»Du glaubst natürlich, dass es in diesem Land nichts Böses gibt«, murrte der andere Mann.

»Nur ruhig, Rodney. Wir müssen erst mehr in Erfahrung bringen, bevor wir eine Entscheidung treffen können.«

»Nur ruhig«, wiederholte Rodney verächtlich. »Pah! Es gibt doch eine ganz einfache Lösung, die sich sofort umsetzen ließe – wir könnten uns der Frau entledigen. Wir könnten sie irgendwo absetzen, wo man sie rasch findet, und die ganze Sache vergessen. Ich habe dir von Anfang an gesagt, dass der Plan zum Scheitern verurteilt sein würde, und jetzt musst du zugeben, dass er wirklich schlecht war.« Er erwärmte sich zusehends für das Thema. »Denk doch nach, Angus! Das wäre die vernünftigste Lösung. Beende diesen Schwachsinn, bevor es zu spät ist!«

Jacquelines Herz tat einen Sprung.

Doch Angus erwiderte barsch: »Ich gebe doch nicht den einzigen Trumpf auf, den ich in der Hand habe!«

»Wenn du sie gehen lässt, rettest du vielleicht deine armselige Haut. Vielleicht wird die Rachsucht der Männer in ihrem Clan nicht geweckt, wenn du die Entführte nach kurzer Zeit unversehrt freilässt. Doch je länger sie in deiner Gewalt bleibt, desto mehr wird man daran zweifeln, dass ihre Jungfräulichkeit noch unversehrt ist – und desto schlimmer wird die Vergeltung.«

»Ich habe sie nicht zu meinem Vergnügen geraubt«, fuhr Angus ihn an, doch Jacquelines Lippen brannten, als wollten sie widersprechen.

»Meinst du etwa, das wird man dir glauben? Und außerdem, je länger sie bei uns bleibt, desto mehr erfährt sie über dich und desto leichter kann sie ihre Familie nach ihrer Freilassung zu dir führen.«

»Du redest Unsinn, Rodney. Sie werden keinen Grund haben, Vergeltung zu suchen.«

»Ich hoffe nur, sie sehen das genauso wie du.« Der andere Mann schnaubte höhnisch, und das

Paar ritt lange Zeit in unbehaglichem Schweigen weiter.

Schließlich seufzte der Begleiter und bat noch einmal: »Angus, du warst zwar lange fort, aber du kannst doch nicht vergessen haben, dass die Wahrheit keine Rolle spielt – wenn die Dame behauptet, du hättest dich an ihr vergangen, dann wird niemand daran zweifeln. Hier in dieser Gegend ist man sehr rachsüchtig.«

»Sie wird keinen Grund zu einer solchen Behauptung bekommen.«

Der ältere Mann bemerkte spöttisch: »Du hast ganz offensichtlich vergessen, wie Frauen sind. Meinst du etwa, sie wird dir deine Tat nicht übel nehmen, wenn alles überstanden ist? Meinst du etwa, sie wird nicht auf Rache sinnen?«

»Es wäre eine Lüge.«

»Und wen interessiert es, ob sie lügt oder nicht? Man wird jeden Vorwand nutzen, um dir an den Kragen zu gehen, so viel steht fest.«

»Wirst du Vergeltung suchen?«, fragte der Ritter und schloss seinen Griff fester um Jacqueline, so dass kein Zweifel daran bestand, an wen die Worte gerichtet waren.

Sie wollte antworten, doch dann schwieg sie lieber. Schließlich hatte sie noch nicht preisgegeben, ob sie die gälische Sprache überhaupt verstand.

Doch der Ritter ließ sich nicht hinters Licht führen. »Ich weiß genau, dass du jedes Wort verstanden hast. Du hast doch kaum geatmet, damit dir nichts entgeht.«

Jacqueline hob das Kinn. »Ich würde niemals lügen.«

»Ja, aber würde deine Familie sich darum scheren?«, fragte Rodney. »Wenn du in einem Monat zu ihnen zurückkehrst –«

»In einem Monat!«

»– und zwar ziemlich mitgenommen, dann würden sie sich doch sicher an deinem Entführer rächen wollen, oder etwa nicht? Dein Vater würde sicher den Kopf dieses Ritters verlangen, um dein Leid zu vergelten.«

Jacqueline zögerte mit ihrer Antwort. Selbstverständlich würde Duncan sie verteidigen, doch welche Antwort war jetzt klug?

»Würde er das tun?«, drängte der Ritter und drückte sie noch einmal.

»Ich habe keine Ahnung, was mein Stiefvater tun würde –«

»Unfug!«, rief Rodney. »Du weißt genau, dass es so wäre! Da – da haben wir den Beweis. Frauen lügen über alle Maßen! Sie sind alle gleich, Angus, und wir wären besser dran, wenn wir die hier los wären.«

Der Ritter ließ sich nicht umstimmen. »Wir behalten sie, bis wir mit Sicherheit sagen können, dass unser Plan gescheitert ist.«

Jacqueline hätte sich zu gerne nach den Einzelheiten dieses Planes erkundigt, doch sie wagte nicht, seine Aufmerksamkeit auf sich zu lenken und ihn möglicherweise wieder zu erzürnen. Sie musste sich sehr bemühen, die Zunge im Zaum zu halten.

»Und wann soll das sein?«, erkundigte sich Rodney. »So schnell werden wir keine Antwort bekommen, darauf kannst du dich verlassen. Und bis dahin – pah! Jetzt haben wir eine Frau am Hals, und Frauen machen nur Ärger. Sie wird uns überhaupt keinen Vorteil bringen.«

»Bislang hat sie jedenfalls noch keine Ansprüche gestellt.«

»Das kann aber nicht mehr lange dauern.« Rodney imitierte eine Frauenstimme. »Das Bett ist zu hart, das Essen ist nicht fein genug, die Fesseln sind zu eng.« Er stöhnte auf. »Und Frauen müssen öfter pissen, als du dir vorstellen kannst. Kaum sind sie vom Pissen zurück, müssen sie schon wieder los. Frauen haben irgendwie einen seltsamen Körper, denn sie müssen öfter pissen, als ein Mann sich vorstellen kann.«

Der Ritter musste ein Lachen unterdrücken. »Tatsächlich?«

»Allerdings. Du kennst dich mit Frauen eben nicht aus, mein Junge, aber in dieser Sache kannst du mir vertrauen. Sie müssen vor dem Essen pissen, und nach dem Essen und während des Essens, sie müssen vor der Paarung pissen und danach, und oft genug entschuldigen sie sich sogar während des großen Aktes, um sich zu erleichtern. Und nicht genug damit, dass sie überhaupt pissen müssen: auch den Ort zum Pissen wählen sie sehr sorgfältig. Man sollte doch meinen, wenn man es so oft tut, dürfte es keine große Sache mehr sein, doch nein, bei Frauen ist das anders.«

Rodneys Gerede erinnerte Jacqueline daran, dass es schon eine ganze Weile her war, seit sie sich zum letzten Mal erleichtert hatte. Zu allem Übel hörte sie in der Ferne das Rauschen eines Flusses, das immer lauter wurde, je näher sie kamen.

Dieses Geräusch machte ihre unangenehme Situation noch schlimmer.

»Und vor allem nachts«, fuhr Rodney düster fort. »Nachts ist es noch viel schlimmer, weil sie nämlich nicht allein gehen können. Nein, sie müssen einen Mann wecken – wenn sie in einer Unterkunft sind, muss er ihnen das Licht halten, und wenn sie unter freiem Himmel kampieren, muss er einen geeigneten Ort suchen. Als Mann kann man nicht einmal eine Nacht durchschlafen, ohne dass die Frau pissen muss – und kaum hat man seine Pflicht getan und ist wieder eingeschlummert, braucht sie deine Dienste schon wieder. So viel Theater um etwas, das doch eigentlich keine große Sache ist!«

Das Rauschen und Gurgeln des Wassers wurde lauter, und Jacquelines Unbehagen wuchs mit jedem Augenblick. Als es sehr laut war, blieben die Pferde stehen, und sie hörte, dass sie aus dem Fluss tranken. Jacqueline stellte sich vor, wie das Wasser um die Hufe spielte, und rutschte unruhig hin und her. Der Ritter packte sie fester, denn er glaubte offenbar, sie wolle flüchten.

Sie wand sich, denn ihr Drang wurde immer größer, und der Ritter holte tief Luft. Er spreizte die Finger, seine behandschuhte Hand umspannte ihren Bauch, während er ihr Gesäß gegen ein Körperteil drückte, das zuvor nicht dagewesen war.

Jacqueline erstarrte, denn sie wusste plötzlich ganz genau, was sie da fühlte. Auf einen Schlag war ihr menschliches Bedürfnis vergessen. Sie war schließlich auf einem Bauernhof aufgewachsen und wusste nur zu gut, was was war. Der Druck seiner Erektion ließ keinen Zweifel daran, was er mit ihr vorhatte.

Er war wirklich wie Reynaud. Der Ritter beschrieb mit den Fingern einen sehnsüchtigen Kreis, so dass ihr Gewand wie Feuer brannte. Jacquelines Herz begann zu hämmern.

Er hatte gelogen, als er sagte, er habe sie nicht zu seinem Vergnügen geraubt.

Schließlich hatte er sich bereits einen Kuss gestohlen. Jacqueline konnte sich denken, was er in der Nacht von ihr verlangen würde. Gott im Himmel, sie musste unbedingt fliehen!

»Und noch etwas –«, setzte Rodney an, doch Jacqueline unterbrach ihn barsch.

»Ich muss pissen!«

3. Kapitel

Obwohl er ihr nur schwer über die Lippen kam, benutzte Jacqueline Rodneys Ausdruck, denn der Griff des Ritters machte ihren Drang noch größer. »Ich muss dringend pissen!«

»Siehst du?«, triumphierte Rodney. »Sie sind alle gleich. Du wolltest diese Person unbedingt behalten, Angus, jetzt musst du ihr auch einen geeigneten Ort suchen.« Er lachte, denn er genoss offensichtlich, dass seine Vorhersage sich bewahrheitet hatte. »Ich wette, danach kannst du sie nicht schnell genug loswerden.«

»Du musst dich noch einen Augenblick gedulden«, sagte der Ritter knapp. Jacqueline hörte, wie der Hengst durch das Wasser watete, ohne dass der geschwätzige Rodney folgte. Angus stieg ab, und ohne seinen warmen Körper im Rücken wurde ihr plötzlich kühl. Sie blieb allein sitzen, während Angus irgendetwas machte; wahrscheinlich band er das große Tier fest.

Sie saß so starr und steif, dass sie beinahe vom Ross gestürzt wäre. Mit der Augenbinde war es nicht leicht, das Gleichgewicht zu halten, und ihr wurde klar, wie sehr sie auf ihr Sehvermögen angewiesen war. Solange sie gefesselt war und die Augen verbunden hatte, würde sie nicht fliehen können.

Irgendwie musste sie ihn dazu bringen ihre Fesseln zu lösen.

Jacqueline fuhr zusammen, als Angus ihr den Schuh über den verbundenen Fuß schob. Dann musste sie über seine Fürsorge lächeln. Mit Schuhen würde sie viel besser durch den Wald laufen können.

Sie erschrak, als sich seine Hände um ihre Taille legten. Wenn er sich jetzt an ihr vergreifen würde, könnte sie sich nicht wehren. Wer sollte ihr in dieser gottverlassenen Gegend schon helfen? Rodney bestimmt nicht.

Vielmehr würde er selbst auch sein Recht fordern.

Jacqueline biss voller Angst die Zähne zusammen. Der Ritter hob sie hinab, und die Brüste glitten an seinem Körper entlang. Sie vermochte nicht zu sagen, ob das ein Versehen oder seine Absicht war.

»Ich dachte, du hättest ein anderes Bedürfnis«, murmelte er halblaut.

Eine schlimmere Bemerkung hätte er nicht machen können.

Jacquelines Wangen begannen zu brennen, dann erbleichte sie vor Angst. »Niemals!«

Er reagierte nur mit gefährlich klingendem Gelächter. Er schob sie vorwärts, doch mit ihren gefesselten Knien und dem verletzten Knöchel konnte sie nur stolpern. Jacqueline blieb stehen.

»Das ist doch Unsinn«, sagte sie so empört, wie sie konnte. »So kann ich mich nicht erleichtern. Ich würde meine ganze Kleidung beschmutzen.«

Angus zögerte kurz, doch schließlich nahm er ihr die Augenbinde ab. Im ersten Augenblick konnte Jacqueline im hellen Tageslicht nur blinzeln, dann sah sie auf zu dem Mann, der sie so durchdringend musterte. Sein Blick war misstrauisch, doch das war ihr gleich. Sie wagte nicht, ihre Angst zu zeigen.

Rodneys gehässige Bemerkungen hatten sie ziemlich verärgert.

»Und meine Knie? Mit zusammengebundenen Knien werde ich mich völlig bepissen.«

Er kniff die Augen zusammen. »Du willst nur fliehen.«

»Ich will pissen, und zwar so bald wie möglich!« Jacqueline verdrehte ungeduldig die Augen, als würde er maßlos übertreiben. »Mit meinem geschwollenen Knöchel kann ich sowieso nur hinken, Ihr habt also nichts zu befürchten.«

Er überlegte.

»Bitte!« Sie rutschte von einem Fuß auf den anderen, um zu zeigen, wie dringend es war. Rodney fing an zu lachen. Widerwillig beugte Angus sich hinab, um die geflochtene Lederschnur zu entfernen, mit der er ihr die Knie zusammengebunden hatte. Bevor er etwas sagen konnte, hatte Jacqueline ihm schon den Rücken zugedreht und ihm ihre gefesselten Handgelenke entgegengehalten.

Wieder zögerte er, doch damit hatte sie gerechnet. Sie warf einen viel sagenden Blick über die Schulter. »Ich werde auf keinen Fall zulassen, dass einer von Euch meine Röcke hochhebt oder mich hinterher abputzt.«

Kopfschüttelnd löste er den letzten Knoten. Vielleicht wollte er sie an sich binden – Jacqueline hätte ihm das durchaus zugetraut –, doch sie eilte sofort in den Wald.

»Heute lernst du wirklich viel über Frauen!«, rief Rodney und lachte gutmütig, während Angus hinter Jacqueline herstürmte.

Zunächst musste sie die beiden Männer voneinander trennen. Sie schonte den Knöchel mehr, als nötig gewesen wäre, damit der Ritter glaubte, ihre Verletzung sei schlimmer, als sie wirklich war.

Der Fluss war auf beiden Seiten von Felsen gesäumt, und es gab viele kleine Teiche und Strudel. Über dem Wasser waren die Baumwipfel ineinander verwachsen. An den Ufern wuchs nur spärliches Unterholz, doch tiefer im Wald wurde es dichter und dunkler. Schon nach einigen Metern würde Angus Jacqueline aus den Augen verlieren.

Sie schlüpfte durch Lücken zwischen Felsbrocken, die zu schmal für ihn waren, und duckte sich unter Ästen hindurch, die für ihn zu niedrig hingen. So gelang es ihr, vor ihm zu bleiben.

Er fluchte leise und packte sie schließlich am Handgelenk. »Hier! Das ist eine gute Stelle.«

Jacqueline musterte die Stelle, dann schüttelte sie den Kopf. Im Grunde war nichts daran auszusetzen, sie war nur zu nah bei Rodney. »Ich möchte mich eine Weile hinsetzen, aber auf dem Felsen ist Moos.«

Sie lächelte ihn an, was ihn offenbar erstaunte, dann marschierte sie weiter.

Er fand einen Felsen ohne Moos, und sie klagte über den Schatten. Er wählte einen in der Sonne, und sie wies ihn auf die schleimige Spur hin, die eine Schnecke hinterlassen hatte. An der nächsten Stelle befürchtete sie Schlangen, eine weitere war zu dicht am Wald. Die folgende war dann natürlich zu weit vom Wald entfernt.

Der Mann war wirklich geduldig. Sie versuchte abzuschätzen, wann ihm der Geduldsfaden reißen würde, und als seine Miene sich verdüsterte, befand sie den nächsten von ihm gewählten Felsen als bestens geeignet. Es konnte nur von Nachteil sein, wenn sie ihn zu früh verärgerte. Schließlich waren sie schon ein gutes Stück von Rodney und den Pferden entfernt.

Offenbar legte Angus mehr Wert auf Anstand und Ritterlichkeit, als er eingestehen wollte.

Jacqueline ergriff mit beiden Händen ihren Rock, als wolle sie einfach tun, was zu tun war, dann warf sie dem Ritter einen strengen Blick zu. Hinter dem Felsen, den sie ausgesucht hatte, gab es einen tiefen Teich, und Angus stand an dessen Ufer. Ihr Felsen befand sich direkt neben ihm.

Sie bemühte sich, so indigniert und empört zu schauen wie ihre Mutter. »Nun?«

Angus verschränkte die Arme vor der Brust und stemmte die Füße fest in den Boden. »Was willst du?« Er war nur zwei Armlängen entfernt.

»Ihr müsst mich allein lassen!«

Er schüttelte den Kopf. »Ich dachte, du müsstest pissen.«

Jacqueline errötete, ohne dass sie das vortäuschen musste, und mit jedem Wort wurde ihre Röte tiefer. »Das stimmt auch, aber Ihr – aber Ihr könnt mir doch nicht einfach dabei *zusehen*!«

»Und ob ich das kann! Ich werde dich auf keinen Fall allein lassen.«

Jacqueline ließ die Röcke sinken. »Nein, dann

kann ich nicht!« Er rührte sich nicht, und sie ärgerte sich, weil er ihrem Wunsch nicht nachkam. Sie brauchte schließlich die Gelegenheit, sich von ihm zu entfernen. »Das geht einfach nicht. Es ist unschicklich!«

»Unschicklich?«

»Ja, *unschicklich*! Es gehört sich nicht.«

Er sah übertrieben gründlich nach links und rechts. »Die Hofetikette gilt hier aber nicht.«

Ihre Wangen brannten. »Es – es ist *unanständig* von Euch, dass Ihr mir dabei zusehen wollt!«

Dieser Vorwurf amüsierte Angus offenbar, denn ein leises Lächeln erschien auf den Lippen. »Falls es deinen Stolz beruhigt: Ich habe schon viele Menschen pissen sehen, Männer und Frauen.«

Jacqueline starrte ihn einen Augenblick lang an, weil sie seine Unverschämtheit kaum fassen konnte, dann hob sie das Kinn. »Mit Stolz hat das nichts zu tun. Ihr habt doch gesagt, dass Ihr mich völlig unversehrt zurückgeben wollt. Ich lasse mich nicht durch den Blick eines Mannes beschämen – sonst werde ich behaupten, Ihr hättet mir Schlimmeres angetan.«

Jetzt verschränkte sie die Arme über der Brust, voller Stolz auf ihre gewitzte Antwort. »Wenn ich behaupten würde, Ihr hättet mich hier missbraucht, stünde mein Wort gegen das Eure. Und wem wird mein Stiefvater wohl Glauben schenken?«

Seine Miene war jetzt nicht mehr belustigt. Er löste das verhasste Lederseil von seinem Gürtel und band es ihr rasch um die Taille, so dass sie nicht entfliehen konnte.

»Was macht Ihr denn jetzt?«

»Ich sorge dafür, dass du mich nicht hereinlegen kannst.« Mit finsterer Miene knotete er das Seil fest um seine Taille. Sie riss entsetzt den Mund auf, weil er ihr jetzt so nahe war – er stand noch näher als zuvor, nur eine Seillänge entfernt. Er lächelte sein langsames, hinterhältiges Lächeln. »Keine Angst, ich werde keinen Blick auf deine unversehrte Jungfräulichkeit werfen.«

Selbst als er sich dem anderen Ufer zuwandte, konnte Jacqueline kaum atmen. Das war die schlimmstmögliche Situation! Er stand direkt neben ihr – so würde sie niemals fliehen können.

Ihr Blick fiel auf einen Stoffstreifen, der noch in seinem Gürtel steckte.

»Ihr müsst die Augenbinde tragen, damit ich mir sicher sein kann«, forderte sie.

Er reagierte mit einem sarkastischen Seitenblick. »Seltsam, dass dir dein Bedürfnis auf einmal vergangen ist.«

»Ganz im Gegenteil, es wird immer dringender. Aber es geht einfach nicht, wenn ein Mann, dessen Absichten ich nicht kenne, dabei zusieht!« Jacqueline hob herausfordernd das Kinn. »Ihr müsst die Augenbinde tragen, sonst kann ich mich nicht erleichtern.«

Er wirkte genervt. »Nach all den Scherereien?«

»Ja.« Jacqueline straffte die Schultern. »Und dann müssen wir bald eine andere geeignete Stelle finden. Solche Dinge lassen sich eben nicht endlos aufschieben.«

Angus verzog das Gesicht, dann schüttelte er den Kopf. Er zog die Augenbinde hervor, denn er war offenbar überzeugt, dass Jacqueline nicht entkommen konnte, solange sie an ihm festgebunden war. Jacqueline band das Tuch fest um seinen Kopf, und ihre Finger berührten versehentlich sein Haar.

Es war schwarz wie die Nacht, dicht und wellig und überraschend weich. Es wuchs ihm bis in den Nacken und legte sich um ihre Finger, als hätte es ein Eigenleben. Sie erschauerte, denn sie wusste noch genau, dass sie ihn im ersten Augenblick für den Teufel in Person gehalten hatte. Sie erinnerte sich noch lebhaft an den verbotenen Schauer, den sein Kuss ausgelöst hatte. Zweifellos konnte er viel Böses in ihr wecken.

Sie musste ihm unbedingt entkommen.

Umständlich drapierte Jacqueline ihre Röcke über den Felsen und rutschte umher, um eine bequeme Position zu finden. Sie tat so, als würde sie Moosstücke auf dem Stein vorfinden, beschwerte sich darüber und wischte sie übertrieben gründlich ab. Sie bestand darauf, dass Angus sich weiter wegdrehte, weil sie der Augenbinde angeblich nicht traute. Überraschenderweise war er tatsächlich so ritterlich, wie sie gehofft hatte, und fügte sich ihrem Willen.

Doch während sie herumrutschte und wischte, versuchte Jacqueline verzweifelt, den Lederknoten an ihrer Taille zu lösen. Angus hatte ihn so fest zugezogen, dass sie fürchtete, ihn gar nicht öffnen zu können.

Es musste einfach klappen! Dies war wahrscheinlich ihre letzte Gelegenheit zur Flucht. Mit einer Hand zog sie die Schnur straff, während sie mit der anderem an dem schrecklichen Knoten knibbelte. Zwei Fingernägel brachen ab, und ihr Herz hämmerte vor Angst, weil sie fürchtete, ihr Werk nicht rechtzeitig vollbringen zu können.

»Dafür, dass du es so eilig hattest, lässt du dir jetzt aber verdammt viel Zeit«, beschwerte Angus sich. »Jetzt oder nie, entscheide dich!«

Im letzten Augenblick gab der Knoten nach. Jacqueline war frei!

»Ich entscheide mich für jetzt!«, rief sie.

Angus musste ihrer Stimme etwas angehört haben, denn er riss sich die Binde von den Augen. Entsetzt sprang Jacqueline auf, weil er ihre Absicht durchschaut hatte. Wütend kam er auf sie zu.

Voller Panik stieß sie ihn heftig zurück.

Angus brüllte auf. Er streckte die Hand nach ihr aus, doch er griff ins Leere, verlor das Gleichgewicht und fiel mit lautem Klatschen in den Teich. Jacqueline rannte bereits in die entgegengesetzte Richtung. Sie duckte sich unter Ästen hindurch, die an ihrer Kleidung zerrten, ignorierte die Dornen, die ihr die Haut zerkratzten, und flüchtete so schnell sie konnte in den Wald.

Sie wusste, dass ihr Entführer ihr dicht auf den Fersen war.

Doch der Wald war dichter, als Jacqueline erwartet hatte. Es war nicht leicht, sich einen Weg durch das Unterholz zu bahnen. Allein der Gedanke, dass der viel größere Angus es noch schwerer haben würde, tröstete sie.

»Verfluchtes Weibsstück!«, brüllte er viel zu dicht hinter ihr. »Bist du wahnsinnig?« Jacqueline

63

hörte die Wut in seiner Stimme und wusste, dass er sie um keinen Preis fangen durfte.

Gott allein wusste, was er ihr antun würde.

Sie sprang durch das Dickicht, achtete nicht auf die Dornen und die Schmerzen in ihrem Knöchel. Angus rief hinter ihr her, als er sie erspähte, doch Jacqueline blickte nicht zurück. Sie rannte und rannte und rannte, spürte bei jedem Schritt einen heftigen Herzschlag und einen Stich im Fuß.

Der Wald war so dicht, dass sie nur wenige Schritte weit sehen konnte. Die Äste waren so eng ineinander verwachsen, dass das Sonnenlicht nur hin und wieder in goldenen Flecken auf den Boden fiel. Sie blieb keuchend stehen und spitzte die Ohren, doch sie hörte nichts.

Das war allerdings kein Trost. Wahrscheinlich war Angus geübt darin, sich leise anzuschleichen. Schließlich war er in Outremer gewesen. Ein gestählter Krieger wie er konnte sicher besser jagen als sie fliehen konnte. Hinter jedem Baum rechnete sie fest damit, dass er sie irgendwie überholt hatte und plötzlich vor ihr auftauchen würde. Natürlich außer sich vor Zorn.

Ja, wenn er aus der Gegend stammte, kannte er sich in diesen Wäldern sicher aus.

Ihre Hilflosigkeit war ihr unerträglich, und sie hasste ihn dafür, dass er sie in diese Lage gebracht hatte. Wäre sie jetzt doch nur sicher in Inveresbeinn! Wie gerne würde sie den Rosenkranz beten, sicher in den Armen der Schwestern, die sich dem Dienst am Herrn verschrieben hatten.

Verflucht sollte Angus sein!

Plötzlich hörte Jacqueline ein Knacken. Es

klang genau wie ein kräftiger Ast, der unter einem Stiefel zerbricht. Voller Panik rannte sie vor dem Geräusch davon. Die Dornen rissen ihr die Hände auf, Mücken flogen ihr ins Gesicht. Sie brach durch ein Gebüsch und war schon in einen kühlen Bach gestürzt, bevor sie bemerken konnte, was vor ihr lag. Ihr Knöchel schlug hart auf das steinige Flussbett auf, und der Schmerz trieb ihr Tränen in die Augen.

Doch sie durfte nicht innehalten. Sie humpelte ans gegenüberliegende Ufer und weinte verzweifelt, weil sie mit ihren schweren nassen Röcken nicht durch den Schlamm ans Land gelangen konnte.

Nein, nein, sie durfte keine Zeit verlieren! Sie hielt sich an Wurzeln fest und kletterte ans Ufer. Bei jedem Blick über die Schulter rechnete sie damit, Angus hinter sich zu erblicken. Erst als sie oben auf der Böschung ein leises Geräusch hörte, sah sie auf. Das Herz blieb ihr stehen.

Denn ein grimmiger Ritter streckte ihr eine Hand entgegen, und seine Augen funkelten zornig.

✳

Angus hatte das Mädchen auf leisen Sohlen umrundet. Die Geräusche ihrer panischen Flucht waren für einen erfahrenen Jäger wie ihn nicht zu überhören. Während er ihr nachstieg, knirschte er vor Wut mit den Zähnen, denn dies war seine eigene Schuld.

Einem Mann hätte er niemals so viel Vertrauen

geschenkt wie seiner Gefangenen. Allerdings hätte er auch ohne weiteres direkt neben einem Mann stehen bleiben können, während dieser sich erleichterte. Der Respekt vor Frauen, den seine Mutter ihm beigebracht hatte, war ihn teuer zu stehen gekommen – er hatte geglaubt, dieses Mädchen sei zu unschuldig, um ihm so übel mitzuspielen. Er hatte sie für schüchtern gehalten, für eine zarte, zerbrechliche Blume.

Sie hatte ihn zum Narren gehalten. Und weil er trotz all seiner Erfahrungen so vertrauensselig gewesen war, hatte er es nicht anders verdient.

Seine Stimmung besserte sich durch diese Einsicht natürlich nicht. Er war müde und durchnässt und vor allen Dingen sehr verärgert. Der Schlüssel zum Erfolg war ihm entkommen. Und besonders ärgerte ihn, dass es seine eigene Schuld war. Er musste sie unbedingt einholen, sonst würde sie durch sein Verschulden nach Einbruch der Dunkelheit in diesem Wald ein schreckliches Schicksal ereilen.

Er würde sie finden, und wenn es das Letzte war, was er tat.

Da erspähte Angus sie durch die Bäume. Er plante seine Route sorgfältig, trat absichtlich auf einen dicken Ast, so dass dieser lautstark zerbrach. Genau wie er gehofft hatte, lief die Frau in die entgegengesetzte Richtung davon. Rasch schlug er einen Halbkreis und erreichte das gegenüberliegende Ufer, während sie noch überlegte, was sie tun sollte.

Er wollte sie eigentlich erst auf der anderen Seite des Baches aufhalten, doch als sie sich erneut am Knöchel verletzte, wäre er ihr beinahe hinterher gesprungen. Überrascht stellte er fest, welch feste Entschlossenheit und welch große Angst sie zeigte. Er hatte doch nichts getan, was sie eingeschüchtert haben konnte.

Oder etwa doch?

Dann blickte sie auf, und alle Farbe wich aus ihrem zarten Gesicht. Angus fürchtete, dass sie wieder ohnmächtig werden und vielleicht ins Wasser gleiten und ertrinken könnte. Das durfte auf keinen Fall geschehen! Er packte sie, weil er instinktiv ahnte, was sie vorhatte.

Tatsächlich versuchte sie, tapfer zu sein, doch Angus legte die Hände fest um ihre Taille. Sie kämpfte wie ein Raubvogel, trat und schlug um sich, doch sie war viel kleiner als er. Mit einiger Mühe warf Angus sie sich über die Schulter. Durch seinen Sturz in den Teich war er ohnehin schon völlig durchnässt, daher watete er wieder durch das Wasser, ohne sich um ihren verzweifelten Widerstand zu scheren.

»Jetzt weißt du endlich, welchen Ärger Frauen bringen können«, setzte Rodney an, doch Angus hob die Hand, um ihn zum Schweigen zu bringen. Sein Begleiter hatte zu diesem Thema schon mehr als genug geäußert.

»Es reicht.«

Rodney warf ihm einen viel sagenden Blick zu, doch einen letzten Kommentar konnte er sich nicht verkneifen. »Wollen wir wetten, dass sie noch immer nicht gepisst hat?«

Die beiden Männer grinsten einander an, doch die betroffene Dame gab ein verärgertes Geräusch von sich. Rodney wollte ihr die Fußgelenke zusammenbinden, doch Angus hinderte ihn daran.

»Fessele ihr wieder die Knie. Der Knöchel ist bereits geschwollen, und sie hat ihn sich schon wieder verletzt. Das Seil würde sicher scheuern und alles noch schlimmer machen.«

»Sie selbst hat sich doch auch nicht um ihre Verletzung geschert«, erwiderte Rodney, tat jedoch, wie ihm geheißen war. Es war keine leichte Aufgabe, da das Fräulein heftig Widerstand leistete. »Wieso sollen wir dann darauf Rücksicht nehmen?«

»Es reicht, wenn einer von uns so dumm ist«, entgegnete Angus milde, doch er dachte darüber nach, wie heftig die Frau reagiert hatte. War ihr wirklich nicht klar, welche Gefahren ihr nachts im Wald drohten?

Er sollte nicht so viel über diese Frau nachgrübeln, die für ihn doch nur ein Mittel zum Zweck war. Er sollte sich nicht weiter um sie kümmern, sondern nur dafür sorgen, dass ihr nichts zustieß.

»Sie wird wieder flüchten«, prophezeite sein Begleiter misstrauisch.

»Ihr Knöchel wird sie sicher nicht sehr weit tragen.«

Rodney schnaubte höhnisch. »Und trotzdem willst du, dass ich ihr die Knie zusammenbinde.« Er arbeitete rasch und knotete das Leder ganz fest zusammen.

»Diese Dame ist immer für eine Überraschung gut.«

»Sie ist ein einziges Ärgernis. Zumindest hast du heute etwas über Frauen gelernt.«

Da Angus nichts erwiderte, ging Rodney zurück zu den Pferden, wobei er vor sich hin murmelte, dass Angus zu häufig auf den Schädel geschlagen worden sei.

»Das könnt Ihr doch nicht tun!« Sie wehrte sich und klang, als sei sie den Tränen nahe. Sie hatte ganz eindeutig Angst.

Wieder verspürte er den unangenehmen Drang, sie zu trösten.

»Ich kann einfach nicht zulassen, dass du fliehst.« Er sprach ruhig, doch das tröstete sie nicht.

»Es ist verabscheuungswürdig, eine Frau wie eine Weihnachtsgans zu verschnüren, bevor man sie vergewaltigt.«

Jetzt sprach sie schon zum zweiten Mal von Vergewaltigung. Das konnte kein Zufall sein.

Angus hielt inne und ließ sie vor sich zu Boden gleiten. Sie fauchte und wand sich wie ein wütendes Kätzchen, so dass das helle Haar sich löste und ihr über die Schultern fiel. Sie zerrte an den Fesseln, und ihre Haut war ungesund kühl, doch der Blick war herausfordernd. Sie schien heftig dagegen anzukämpfen, das Bewusstsein zu verlieren und Schwäche zu zeigen, und gegen seinen Wille bewunderte er ihre Tapferkeit.

Angus ergriff ihr Kinn und sah ihr tief in die Augen. Sie zitterte und der Atem versagte ihr, doch sie hielt seinem Blick stand.

»Ich habe dir doch schon einmal gesagt, dass du unversehrt am wertvollsten für mich bist«, sagte er entschieden. »Das war keine Lüge.« Ihre weichen Lippen zitterten und verlockten ihn zu einer Berührung, doch diesmal widerstand er der Versuchung.

Sie hob eine helle Augenbraue, was ihr einen kühnen Ausdruck verlieh, doch ihre Worte klangen atemlos. Ganz offensichtlich wollte sie das wahre Ausmaß ihrer Angst vor ihm verbergen. »Und was bedeutet das Wort ›unversehrt‹ aus dem Munde eines gesetzlosen Banditen? Einen Kuss habt Ihr Euch bereits gestohlen, und es heißt doch, dass Taten mehr sagen als Worte.«

Diese Unterstellung provozierte Angus. »Ich bin der Sohn meines Vaters, und ich nehme mir nichts, was mir nicht zusteht.«

Sie starrte ihn so herausfordernd an, dass er seine Überraschung kaum verbergen konnte. »Es stand Euch nicht zu, mich heute zu entführen.«

»Das stimmt allerdings«, überlegte er und wartete auf ihre Reaktion. Sein Eingeständnis gab ihr zu denken, und wenn sie nachdachte, schwieg sie, wie er bereits festgestellt hatte. Wenn sie schwieg, fiel es ihm leichter, sie nur als lästigen Ballast zu betrachten. »Vielleicht bedeutet das, dass du jetzt mein Eigentum bist.«

Sie erbleichte vor Entsetzen und blieb stumm.

Angus lächelte. Genau das war seine Absicht gewesen. Sie sollte sich nicht zu sicher fühlen. Sein Drang, sie zu trösten, war in doppelter Hinsicht unangenehm – Gespräche mit ihr erschwerten ihm nicht nur, sie für seine Zwecke zu gebrauchen, sondern führten auch dazu, dass er ihr Antworten gab. Sie durfte jedoch nur so wenig wie möglich über ihn und seine Pläne erfahren.

Schließlich war ihre Angst wichtig für das Erreichen seines Ziels.

»Vielen Dank«, flüsterte er, »dass du mich auf diese Möglichkeit hingewiesen hast.«

Sie stieß ein leises, entsetztes Geräusch aus, erwiderte jedoch nichts.

Angus rückte näher an sie heran und sah, wie ihr der Atem stockte, wie sich der Mund öffnete. Er legte einen Daumen auf ihre Lippen, merkte, wie sie bei der Berührung durch das weiche Leder erschauerte. Er beugte sich vor und fuhr mit den Lippen über ihre Stirn, wobei ihm nicht entging, dass die unmittelbare Nähe seiner Narben sie zittern ließ.

Seine Worte klangen barscher, als er es beabsichtigt hatte. »Von jetzt an reiten wir schweigend weiter, meine geraubte Schöne. Du hast die Wahl: Wenn du nicht freiwillig schweigst, wirst du geknebelt.«

Sie schluckte heftig und riss die grünen Augen weit auf. »Ich schweige«, flüsterte sie hinter seinem Daumen mit vor Angst heiserer Stimme. Sein Blick fiel auf ihren Hals, an dem der Puls raste, und er bekam Mitleid.

Doch schließlich würde sie schon bald freigekauft werden, und er würde sie niemals wieder sehen. Angus beugte sich vor und schlang rasch die Arme um sie. »Jetzt müssen wir aber endlich aufbrechen.« Er warf sie sich über die Schulter, damit er ihre Angst nicht mehr vor Augen hatte, und marschierte weiter durch den Wald. Bald hatten sie die angebundenen Rösser erreicht.

»Eigentlich fand ich es nie so schlimm, dass du

dich nicht mit Frauen auskennst, aber bei diesem dämlichen Plan ist es ein absoluter Nachteil.« Für Rodney hatte sich das Thema offenbar noch immer nicht erschöpft, Angus jedoch gönnte ihm keine Antwort. »Du hast doch jede Hure in Jaffa ausprobiert, oder etwa nicht?«

Angus hob die Frau in den Sattel, wohl wissend, dass sie jedem Wort aufmerksam lauschte.

»Tja, aber jetzt wird mir die Wahrheit klar.« Rodney schnippte mit den Fingern, als sei ihm ein Funken aufgegangen. »Du hast dich bei keiner von ihnen länger aufgehalten, mein Junge, darum weißt du nicht, wie durchtrieben Frauen in Wirklichkeit sind. Es überrascht mich überhaupt nicht, dass das Mädel dich reingelegt hat. Ein erfahrenerer Mann hätte einer Frau niemals getraut.«

Angus warf seinem selbstgefälligen Begleiter einen vernichtenden Blick zu. »Und du glaubst also, dass du die Absichten einer Frau genau voraussagen kannst?«

Rodney war bekannt dafür, dass er im Nachhinein immer alles besser wusste, doch er meinte auch, vieles voraussehen zu können. Normalerweise störte Angus diese Eigenschaft nicht besonders, doch in diesem Augenblick ärgerte er sich darüber.

»Ja. Ich hatte mir schon gedacht, dass sie dich hereinlegen würde. Eine Schönheit wie diese will immer ihren Willen durchsetzen, und darum haben schöne Frauen ein schwarzes Herz. Ihre vielen Vorzüge hast du sicher schon bemerkt –«

»Und trotzdem hast du mich nicht gewarnt?« Er

schwang sich hinter seiner Gefangenen, die steif und aufrecht vor ihm saß, in den Sattel. »Du bist mir ein schöner Kamerad.«

Rodney schnaufte empört. »Du hättest doch sowieso nicht auf mich gehört! Schließlich hast du alle meine Ratschläge in den Wind geschlagen, seit du gesehen hast, dass die Flagge eines anderen über –«

Angus riss an den Zügeln und wirbelte zu seinem Begleiter herum. »Es reicht jetzt! Die Frau ist schließlich nicht taub!«

»Ich habe doch nur gesagt –«

»Ich habe genau gehört, was du gesagt hast. Über diese Sache wird jetzt nicht mehr gesprochen.«

Rodney warf ihm einen Blick zu, war jedoch klug genug, vorerst nichts mehr zu sagen.

Angus legte der Frau wieder die Augenbinde an, und sie murmelte nicht einmal einen Protest. Schweigend ritten sie zurück zur Straße, und Angus zwang sich zur Ruhe. Er hatte seinem Freund nie erzählt, dass die bereitwilligen Kurtisanen von Jaffa ihm gegenüber gar nicht so bereitwillig gewesen waren. Die meisten hatten entsetzt das Gesicht abgewandt. Er hatte viel weniger von ihnen beigewohnt, als sich irgend jemand vorstellen konnte.

Die Frau vor ihm schien kaum noch zu atmen. Lag das an seinem Zorn? Er würde sich jedenfalls nicht entschuldigen! Zumindest blieb sie angenehm still und ruhig.

So war es für alle am besten.

Beim Weiterreiten sah er sich um, betrachtete

den friedlichen Wald, den düsteren Himmel über seinem Kopf und die Straße, die niemals vom Blut erschlagener Männer gerötet worden war. In seinem nassen Waffenrock zitterte er vor Kälte. Nie wieder würde er die Welt so sehen wie vor all den vielen Jahren, die man ihm geraubt hatte.

Dabei dachte er nicht nur an den Verlust seines Auges, der seine Sehkraft minderte. Die narbige Haut auf seiner Brust juckte bei der Erinnerung an das, was sie hatte erdulden müssen, und seine Augenklappe schien zu brennen. Bis jetzt hatte er noch in keiner Nacht geschlafen, in der er von Steinmauern umgeben war.

Doch an seine Rückkehr hatte er große Hoffnungen verknüpft. Angus hatte erwartet, dass hier zu Hause wieder alles in Ordnung sein würde, hier, wo er so friedliche Tage verlebt hatte. Er hatte erwartet, seine Familie bei seiner Rückkehr glücklich und wohlhabend vorzufinden, unberührt von all dem Bösen, dessen Zeuge er geworden war.

Doch genau das Gegenteil war eingetroffen. All seine Familienangehörigen waren tot, viel zu früh ermordet. Jetzt fragte er sich, ob alle Menschen in der ganzen Christenheit von einer Krankheit infiziert worden waren, die sie zwang, Dinge zu rauben, die ihnen nicht gehörten, das Blut anderer Menschen ohne Reue zu vergießen, zu vergewaltigen, zu plündern und zu töten.

Auch seine Hand fuhr jetzt rascher an den Griff seines Schwertes als früher.

Und Frauen wichen entsetzt vor ihm zurück,

während sie sich früher über seine Aufmerksamkeit gefreut hatten. Er war nicht nur vernarbt, sondern auch müde, müde bis auf die Knochen, und darunter litt seine Gewissheit, dass sein Plan nicht fehlschlagen konnte.

Er hatte Recht mit der Behauptung, dass diese Frau seine Erwartungen zunichte machte.

Nach einer langen Weile fuhr Rodney sich mit der Hand über die Stirn und seufzte. »Nicht das Ziel will ich in Frage stellen, Angus, sondern das Mittel. Du hättest die Frau fliehen lassen sollen.«

»Wir konnten sie doch nicht allein im Wald lassen, Rodney«, sagte Angus entschieden. »Wenn ich sie im Stich lassen würde, nachdem ich in ihr Leben eingegriffen habe, würde meine Verfehlung nur noch schlimmer.«

»Diese verfluchte Ritterehre macht uns wieder mal das Leben schwer«, murrte Rodney, doch seine Stimme klang ein wenig anerkennend. »Dieser Weg wird ins Verderben führen, mein Junge, du wirst schon sehen.«

»Es wäre nicht gut gewesen, die Dame laufen zu lassen.«

»Die Flucht war doch ihre eigene Entscheidung!«

»Und zwar eine schlechte und unüberlegte.« Angus sagte nicht, dass er davon überzeugt war, dass sie aus Angst vor seinem entstellten Gesicht geflohen war und er sich deswegen verantwortlich fühlte.

»In diesem Wald gibt es Wölfe und nur wenige Möglichkeiten, einen Unterschlupf zu finden«, fuhr er fort. Auch sie sollte es hören. »Es ist meine Schuld, dass sie nicht so geschützt ist, wie ihre Familie es wünscht, und ich musste meinen Fehler wieder gutmachen, indem ich sie zurückholte. Persönlich habe ich kein Interesse an ihr, wie dir sicher klar ist. Schließlich ist die Dame nur ein Mittel zum Zweck, daher darf ihre Gesundheit keinen Schaden nehmen.« Er drückte ihre Taille, denn er war sich ganz sicher, dass sie seinen Worten lauschte. »Stimmst du mir zu?«

»Ich hätte es lieber mit den Wölfen aufgenommen«, murmelte sie unerwartet schlagfertig, und Rodney lachte auf.

»Und jetzt?«, fragte der Mann.

Angus lächelte. »Mit Frauen mag ich mich zwar nicht auskennen, Rodney, aber über Männer weiß ich gut Bescheid. Wenn man will, dass ein Mann etwas hergibt, das ihm viel wert ist, dann muss man ihm dafür etwas bieten, das ihm noch mehr am Herzen liegt.« Die Frau erschauerte, als er sie fester an sich zog, und er wusste, dass das nicht nur an der Abendluft und der nassen Kleidung lag. »Sie wird mir nicht noch einmal entkommen.«

❄

Er würde ihre Fesseln nicht noch einmal lösen.

Das wusste Jacqueline mit absoluter Gewissheit. Sie war gefangen, und daran konnte sie nichts ändern. Niemand wusste, wo sie sich befand – auch sie selbst hatte keine Ahnung –, und sicher würde niemand wissen, wohin sie unterwegs war. Angus hatte ein bestimmtes Ziel, denn er zauderte nicht eine Sekunde, und sie hatte den Eindruck, als würde er zumeist geradeaus reiten. Er wusste genau, wohin er wollte, sie jedoch konnte es nicht erraten.

Und sie bezweifelte keinen Augenblick, dass ihre Situation noch hoffnungsloser sein würde, sobald sie angekommen waren. Sie hatte ihn verärgert, und er würde sich rächen. Schlimmer noch, er würde sich auf eine Weise rächen, die keine sichtbaren Spuren hinterließ, und er würde es an einem entlegenen Ort tun, so dass ihr niemand würde helfen können.

Sie musste einfach einen Ausweg finden. Schließlich hatte sie eine Berufung. Sie war auserwählt, Gott zu dienen, und Gott würde sie nicht so unbarmherzig im Stich lassen. Es war eine Prüfung, die sie meistern würde. Sie betete, und ihr Glauben schenkte ihr Kraft.

Dann überdachte sie ihre Situation.

Ihre Schuhe waren durchnässt, ebenso die Strümpfe, der Rocksaum und der Verband um den Knöchel. Die Wolle lag kühl auf ihrer Haut, doch sie unterdrückte jedes Zittern, um Angus nicht auf irgendeine Weise zu ermutigen. Das Haar hing ihr lose ums Gesicht, die Augenbinde juckte, das geflochtene Lederband schränkte ihre Bewegungsfreiheit ein, auch wenn es ihr nicht wehtat. Der Knöchel pochte, denn dummerweise war sie trotz der Verletzung so weit gelaufen.

Und völlig vergebens. Sie konnte ihn riechen, den nassen Stahl und das nasse Leder, das Pferd, männliche Gerüche, die sie sehr verwirrten. Sein Arm lag unangenehm warm um ihre Taille; als es

Abend wurde, sehnte sie sich zwar nach Wärme, doch trotzdem lehnte sie sich nicht an ihn. Angus hielt sie so fest an seine Brust gepresst, dass ihm keine ihrer Bewegungen entging – sie fürchtete sogar, er könne ihre Gedanken lesen.

Wirklich eine schreckliche Vorstellung. Ja, ihre verfluchte Neugier regte sich schon wieder, und ihr wissbegieriges Wesen brachte ihr immer nur Schwierigkeiten. Sie wünschte, sie könnte ihre Grübeleien unterdrücken, doch das war einfach unmöglich.

Jacqueline hätte zu gerne gewusst, wohin sie ritten und welchen bösen Plan Angus für sie ausgeheckt hatte. Sie wollte wissen, ob sich sein Verhalten ändern würde, wenn sie ihn davon überzeugen konnte, dass sie nicht Mhairi war.

Die Versuchung war groß, die Wahrheit herauszufinden. Sie nagte an ihrer Lippe, doch in Anbetracht seiner Drohung wagte sie nicht, ihm noch eine Frage zu stellen. Ein Knebel würde sie noch hilfloser machen. Schweigend saß Jacqueline auf dem Pferd und versuchte verzweifelt, etwas Gutes an ihrer Situation zu finden.

Immerhin war sie noch nicht tot oder geschändet, doch abgesehen davon war ihre Lage ziemlich hoffnungslos. Zweifellos wartete Angus damit nur, bis sie ihr Ziel erreicht hatten. Jacqueline schluckte und spürte, wie sie eine Gänsehaut bekam.

Wie gut, dass sie nicht geknebelt war, denn vielleicht würde sie schreien müssen.

Vielleicht, oh, vielleicht verlangte er, dass sie schwieg, weil sie nahe an einer Ansiedlung oder einem Dorf vorbeiritten! Jacquelines Herz tat einen Sprung, und sie spitzte die Ohren in der Hoffnung auf das leiseste Geräusch, das auf andere Menschen hindeuten könnte. Schließlich bestand immer die schwache Aussicht, dass jemand ihre Hilfeschreie hören würde.

Im Grunde war das ihre einzige Chance.

4. Kapitel

Schon seit Tagen hatte die alte Frau gespürt, dass sie nahten. Sie hatte es im Teich funkeln sehen, sie hatte ein viel sagendes Prickeln im Nacken verspürt. Die Vorahnung ließ ihr keine Ruhe; nein, sie plagte sie. Sie wusste mit schrecklicher Gewissheit, dass ein Ritter kam, ein Ritter mit einer Mission, ein Ritter, der ihr irgendwie vertraut war. Sein Gesicht jedoch konnte sie in ihren Träumen nicht sehen.

Alpträume waren es, keine schönen Träume. In der kühlen Nacht wachte sie zitternd auf, kalten Schweiß auf dem Rücken. Ritter auf stolzen Rössern verhießen nichts Gutes, das wusste sie nur zu gut.

Ihre Visionen verrieten ihr nicht nur, dass sie bald einem solchen Ritter gegenüberstehen, sondern auch, dass er sie um Hilfe bitten würde. Und zu allem Übel war sie dazu bestimmt, ihm diese Hilfe zu gewähren. Sie dachte sogar daran, ihre Hütte zu verlassen, doch sie wusste nicht, wohin sie fliehen sollte.

Ihr Schicksal nahte im Takt der Hufschläge in der Nacht, viel früher, als ihr lieb war. Sie lauschte in der Befürchtung mit offenen Augen zu träumen, doch diesmal war es kein Traum.

Zwei stattliche Pferde mit klirrendem Zaumzeug kamen auf ihre Behausung zu. Der unverkennbare Klang von Rüstung und Waffen, von Kriegern, die sich näherten, ließ ihr Herz rasen. Sie erhob sich. Mochte sie auch alt, schwach und ängstlich sein, sie konnte nicht einfach stillsitzen und auf ihr Schicksal warten.

Vor langer Zeit hatte sie schon einmal diesen Fehler gemacht, und sie würde niemals vergessen, welchen Preis sie dafür hatte zahlen müssen.

Niemand kam hier zufällig oder auf der Durchreise vorbei. Nur ein einziger Weg führte zu ihrer Hütte, und er war so gut verborgen, dass man ihn nur fand, wenn man ihn kannte.

Hier gelangte niemand her, der nicht herkommen sollte. Es ärgerte sie, dass es ihr nicht gelungen war, das Auge dieses unbekannten Ritters von ihrer Tür abzuwenden. Plötzlich fühlte sie sich verfolgt und in ihrem eigenen Haus gefangen.

Die Ungewissheit quälte sie, denn ihre Träume hatten ihr nicht verraten, was dieser Ritter von ihr verlangen, was er sich nehmen und was seine Anwesenheit sie kosten würde.

Sie wusste, dass der Preis sehr hoch sein konnte.

Obwohl es nicht unerwartet kam, ließ das laute Klopfen an der Tür sie zusammenfahren.

»Edana *Seanchaidh*!« Sie erzitterte beim Klang der tiefen, ihr unbekannten Männerstimme, obgleich der Fremde sie mit dem Titel der Geschichtenerzählerin ehrte. »Haust du noch immer in dieser Hütte?«

Der forsche Tonfall beruhigte sie ganz und gar nicht. Die alte Frau befürchtete, der Ritter würde die Tür aufbrechen, wenn sie ihn nicht einließ, und sie konnte sich auch nirgends verstecken.

Die Tür war alt und morsch und würde nur wenig Widerstand leisten; die Hütte war klein und bescheiden eingerichtet.

Sie war nie feige gewesen, und sie wollte es auch jetzt nicht sein. Sie war schon alt, älter als die meisten wurden, und auf den Großteil ihres Lebens konnte sie stolz sein. Sie würde nicht in einer Ecke kauernd sterben, versteckt vor einem unbekannten Feind. Nein, sie würde seinen Namen in Erfahrung bringen, bevor er sich nahm, was er haben wollte.

Mit erhobenem Kinn öffnete sie die Tür. »Ich bin Edana. Wer kommt so spät an meine Tür?«

Obgleich sie die Tür geöffnet hatte, fiel kein Licht heraus, denn eine dunkle Gestalt füllte den Türrahmen.

Der Ritter stand direkt vor ihr. Er überragte die Tür um zwei Hand breit, und seine Schultern waren breiter als der Rahmen. Die Nachtluft drang nicht an ihm vorbei in die Hütte.

Er war jung und kräftig, und als er seinen Helm abnahm und das Haar ausschüttelte, wirkte er irgendwie vertraut. Er trat vor, und das Licht der Laterne in der Hütte fiel auf seinen weißen Waffenrock, schimmerte auf seiner Rüstung, schien auf das rubinrote Kreuz, das seine Schulter zierte.

In diesem Augenblick erkannte sie ihn.

Es war gegen jede Wahrscheinlichkeit. Sie starrte ihn im flackernden Licht an, konnte nicht glauben, wen sie da vor sich sah. Sie musste sich irren. Sie kannte keinen Mann mit einer Augenklappe, keinen Ritter, der sich dem Kampf für Jesus Christus verschrieben hatte, keinen Mann mit einer Narbe im Gesicht. Sie war schon alt, daher hatte ihr Gedächtnis viele Winkel und verborgene Gänge, viele Stellen, an denen Visionen und Erinnerungen durcheinander gerieten.

Kannte sie ihn wirklich?

Oder hatte sie sein Gesicht nur in ihrer Vision gesehen?

Doch dann lächelte er und murmelte wieder ihren Namen. Beim Lächeln hob er nur einen Mundwinkel; es war ein wehmütiges Lächeln, das sie nur zu gut kannte.

Oh! Ihr Herz erbebte, dann raste es. Sie kannte ihn, obgleich es schon viele Jahre her war.

Sie hatte geglaubt, er sei schon lange tot.

Er sah sie durchdringend an, als wolle er sie zwingen, sich an ihn zu erinnern. Vor seinem Blick wich sie zurück, zog ihre Kapuze tiefer in die Stirn und senkte das Kinn.

Doch sie erinnerte sich auch ohne sein Zutun. Dieses Lächeln hatte die letzten Zweifel beseitigt. Ja, sie hatte ein Kind mit einem solchen Lächeln gekannt, mit einem Lächeln, das für ein Kinderlächeln viel zu alt und traurig war. Es hatte einem Kind gehört, das diese Gegend schon als Junge verlassen hatte, einem Kind, das vor langer Zeit hinter den Hügeln verschwunden war, einem Kind, das sie für immer verloren geglaubt hatte. Sie hätte nie gedacht, dass ihre alten Augen es noch einmal erblicken würden.

»Angus MacGillivray«, flüsterte sie. Sie wagte kaum, es zu glauben.

»Ja, Edana. Ich bin es. Ich bin wieder da.«

Doch oft konnte die alte Frau nicht unterscheiden, was sie in dieser Welt sah und was in jener. Dieser Ritter war so klar zu erkennen, so scharf umrissen, dass sie ihn vielleicht gar nicht mit ihren schwächer werdenden Augen sah. Vielleicht war es nur ihr Wunsch, der diese Vision heraufbeschworen hatte. Ja, Angus könnte tot sein, und dies war nur sein Schatten, der sich von ihr verabschieden wollte. Man hörte schließlich immer wieder von solchen Besuchen.

Sie musste sich vergewissern.

In banger Erwartung streckte sie eine zitternde Hand nach dem Mann aus. Vorsichtig legte sie eine Fingerspitze auf die Stelle, an der sie seine Brust vermutete, und es hätte sie nicht überrascht, wenn ihr Finger hindurchgeglitten wäre.

Der Mann jedoch war wie aus Stein. Er stand tatsächlich vor ihr. Vor Erleichterung begann sie heftig zu zittern. Sie legte ihre bebende Handfläche auf den Ritter, und ihr kamen die Tränen, als sie seinen donnernden Herzschlag spürte.

Endlich war ihr Junge wieder zu Hause, entgegen aller Wahrscheinlichkeit und entgegen jeder Erwartung.

Schweigend stand er vor ihr, trat weder zurück, noch schloss er sie in die Arme. Angus war nie ein zärtlicher Junge gewesen, hatte niemals von sich aus Berührungen gesucht, doch er hatte sich auch nie dagegen gewehrt. Dieses Verhalten war so typisch für ihn und ein weiterer Beweis dafür, dass er es tatsächlich war.

»Angus. Wieder zu Hause.« Sie schüttelte den Kopf und sah in sein geliebtes Gesicht. Mit der anderen Hand griff sie nach ihm.

Er drückte sie fest an seine Brust, genau wie sie es erwartet hatte, wie sie gehofft hatte.

»Ja.« Sein Atem strich angenehm warm an ihrem Ohr vorbei. Sie schloss die Augen und lehnte sich an den starken Körper, zitternd vor Glück über dieses Geschenk. Seine Gegenwart und seine Umarmung überwältigten sie, und sie weinte so hemmungslos, wie sie sich sonst nie zu weinen gestattete. »Ich bin endlich wieder zu Hause, Edana.«

Sie riss die Augen auf, als er diesen Namen aussprach, wich zurück und starrte ihn an. In seinem Blick suchte sie nach etwas, das sie nicht finden konnte. Er lächelte sie verstohlen an, ein müder Mann, der auf eine alte Frau traf, die zwar keine Blutsverwandte war, doch so vertraut wie eine Tante. Im Grunde war sie nicht überrascht, doch ihre Enttäuschung erstaunte sie.

Was hatte sie denn erwartet?

War es nicht besser so?

Weil sie nichts sagte, schüttelte Angus sanft ihre Schulter und fragte unerwartet heiter: »Hast du mich denn nicht kommen sehen? Früher wusstest du immer schon alles ganz genau, bevor die anderen es überhaupt ahnten.«

Sie schob ihn von sich. Was sollte sie mit ihren wirren Gefühlen anfangen? »Doch, sicher habe ich dich gesehen, du Gauner, aber dein Gesicht konnte ich nicht erkennen.« Sie richtete sich auf und schimpfte mit ihm, weil ihr nichts Besseres einfiel. »Und selbst wenn ich es gesehen hätte, hätte ich es nicht erkannt. Was ist nur mit dir geschehen, mein Junge? Welche Dummheit hat dich ein Auge gekostet?«

Seine Miene wurde ernst. »Das ist unwichtig.«

»Das ist doch gelogen«, erwiderte sie, doch vorerst ließ sie ihn in Ruhe. Wenn sie es erfahren sollte, würde er es ihr später sagen, wenn er dazu bereit war.

Er war eigensinnig wie sein Vater, dieser Angus MacGillivray.

Sie gab ihm einen Klaps, und er zuckte zusammen, obgleich ihm der schwache Schlag nicht wehgetan haben konnte. »Ich habe lernen müssen, dass von Rittern nichts Gutes zu erwarten ist. Du hast mir Angst gemacht, Angus.«

Er neigte den Kopf ein wenig zur Seite, wahrscheinlich ohne zu wissen, dass er mit dieser Geste seinem Vater verblüffend ähnelte. »Dann möchte ich mich entschuldigen.« Er trat zurück, und sie sah, dass er nicht allein war. Er hatte einen Begleiter bei sich, dessen Pferd gegen das mächtige Streitross des Ritters stieß.

Doch der Sattel des Hengstes war nicht leer. Eine Frau saß darauf, eine gefesselte Frau mit Augenbinde, und sie zitterte, vielleicht aus Angst, vielleicht auch vor Kälte. Die alte Frau warf einen Blick auf Angus, der sie aufmerksam beobachtete.

»Was ist denn das?«, fragte sie, plötzlich argwöhnisch. Was mochte er vorhaben?

»Ich brauche für ein paar Tage einen Unterschlupf.«

Ihr Mund wurde trocken. »Was hast du gemacht, Junge? Was willst du von mir? Wer ist diese Frau?«

»Sie ist der Schlüssel zu meiner Rache.«

»Hat sie keinen Namen?«

»Nicht für dich.«

Durch einen starren Blick wollte sie ihn zwingen, ihr die Wahrheit zu offenbaren, doch es gelang ihr nicht, obgleich sie diese Fähigkeit einst besessen hatte. Er war eben nicht mehr der Junge, den sie einst gekannt hatte, und diese Erkenntnis beunruhigte sie sehr.

Sie hob das Kinn. Wenn Angus seine Geheimnisse für sich behalten wollte, dann würde sie die ihren ebenfalls nicht preisgeben. Doch sie würde ihm nicht helfen, was diese Frau betraf.

»Es wäre unhöflich, jemandem die Gastfreundschaft zu verwehren, der des Nachts an meine Tür kommt. Schlagt euer Lager auf, wo ihr wollt«, sagte sie knapp und ging zurück in die Hütte.

»Die Frau ist verletzt.« Angus sprach, als sei ihm nicht klar, dass er sie verärgert hatte. »Ich hatte gehofft, du würdest sie versorgen.«

Sie drehte sich um und sah ihn an. »Ist das alles, was du von mir willst?«

»Nein.« Wieder erschien dieses angedeutete Lächeln auf seinen Lippen. »Ich will auch die Wahrheit erfahren.«

Die alte Frau hielt die Luft an. War ihm denn klar, was er da von ihr verlangte? Sicher nicht, schließlich verschwieg er selbst auch die Wahrheit. »Wenn es so sein soll, wird sich die Wahrheit irgendwann selbst offenbaren.« Bevor er etwas erwidern konnte, hatte sie sich vor das Feuer gehockt und pustete in die Glut. »Schick die namenlose Frau zur Quelle, wenn sie behandelt werden soll.«

»Sie kann nicht laufen. Ihr Knöchel ist verletzt.«

»Dann bring du sie hin. Ich kann sie schließlich nicht tragen.«

Angus sagte nichts weiter, sondern drehte sich um und ließ sie allein. Sie sammelte ihre Kräuter und ihren Stock, einen Streifen Stoff und die Laterne zusammen, dann machte sie sich auf den Weg. Vielleicht würde es ihr sogar gut tun, heute Nacht die Quelle aufzusuchen, denn ihre Gelenke schmerzten sehr.

Hoffentlich waren diese Schmerzen kein Omen für das, was Angus an ihre Tür gebracht hatte.

❄

Jacqueline fuhr zusammen, als Angus ihr die Augenbinde abnahm. Das war der Augenblick, vor dem sie sich so gefürchtet hatte! Mit ausdrucksloser Miene hob er sie aus dem Sattel und trug sie ohne ein Wort in eine Senke hinunter, gefolgt von einer alten Frau.

Das war sicher die Frau, deren Stimme Jacqueline gehört hatte. Die Worte hatte sie jedoch nicht verstehen können. Ihr Herz hämmerte voll Angst vor dem, was diese beiden mit ihr vorhatten.

Es war schon viel dunkler, und über ihren Köpfen zogen Wolken auf. Wie viele Stunden mochten seit ihrer Entführung vergangen sein? Sie konnte nur sagen, dass immer noch der gleiche Tag war. Jetzt war es wohl in etwa Zeit für das Nachtmahl, denn ihr Magen verlangte knurrend sein Recht. Ja, und sie hatte Durst.

Doch all das war nicht von Bedeutung.

In der Ferne heulte klagend ein Wolf, und mehrere andere beantworteten seinen Ruf. Trotz dieser Raubtiere in der Umgebung wünschte sie, ihre Flucht wäre geglückt. Sie hätte bestimmt überlebt, denn Duncan hatte ihr viel über dieses Land beigebracht. Vor einigen Jahren hatte sie gelernt, welche Wurzeln essbar waren, und an vieles konnte sie sich noch erinnern. Im Notfall konnte sie nur mit ihrem Gürtel und viel Geduld auf die Jagd gehen, wie Duncan es ihr gezeigt hatte.

Der Gedanke an ihren Stiefvater war tröstlich, denn dieser ließ sich von keinem Stein, den das Schicksal ihm in den Weg legte, beirren. Sie dachte an seine klugen Ratschläge, und das beruhigte sie.

Da entdeckte sie die Stofffetzen.

Jacqueline starrte sie an. Die goldenen Strahlen der untergehenden Sonne fielen durch das Laub der Bäume, tauchten die Stämme in goldenes Licht und schienen auf unzählige Stofffetzen, die an den Ästen hingen.

Im ersten Augenblick hielt Jacqueline sie für eine Sinnestäuschung, denn weder Angus noch die Frau schenkten ihnen Beachtung. Die Streifen bewegten sich im Wind, drehten und wendeten sich. Ein seltsamer Schmuck an den Bäumen.

Es waren Tausende, in allen Farben und allen Phasen der Auflösung. Manche waren noch neu und sauber, als wären sie gerade erst gefärbt und von einem großen Stoffballen abgeschnitten worden. Manche hatten ein eingewebtes Muster, die meisten jedoch waren schlicht. Manche waren schon so alt, dass sie aussahen, als würden sie bei einer Berührung sofort zerfallen.

Jacqueline konnte sich nicht erklären, wieso sie dort aufgehängt worden waren. Wurden hier seltsame heidnische Riten zelebriert? Waren dies Andenken an geopferte Menschen? Sie malte sich die schrecklichsten Dinge aus.

Der ganze Ort war irgendwie seltsam. Vielleicht lag das am Sonnenlicht, das auf die Stofffetzen fiel, vielleicht lag es am unerwartet intensiven Grün des Mooses unter ihren Füßen, vielleicht lag es auch an der Stille. Es war, als würde der Wald auf dieser ruhigen Lichtung den Atem anhalten. Jacqueline hörte Wasser plätschern, doch sie konnte es nirgends sehen.

Sie sah nichts, nichts außer Stofffetzen und Moos und fernen Schatten. Jetzt bemerkte sie, dass die Lichtung wie eine Schale gewölbt war, und der unebene Rand ließ die Illusion entstehen, die Stofffetzen würden weiter in der Ferne hängen.

Kein Vogel regte sich, und der Hall von Angus' Schritten wirkte unnatürlich laut. Die alte Frau ging völlig geräuschlos. Das Sonnenlicht glitzerte ungewöhnlich golden, und Jacqueline sah, dass die Sonne jetzt direkt am Horizont stand. Bald würde es dunkel sein. Welcher Boshaftigkeit würde sie in dieser Nacht zum Opfer fallen?

Am Rande einer kleinen Höhle blieb die alte Frau stehen. Mit zitternden Fingern zündete sie ihre Laterne wieder an, die unterwegs verloschen war. Genau in dem Augenblick, in dem die Sonne unterging, entflammte der Docht und ließ die Frau wie einen grimmigen Gnom aussehen. Jacqueline fuhr zusammen, als Angus sie an den Rand des dunklen Beckens setzte. Er löste ihre

Fesseln, und vorsichtig rieb sie die Hände aneinander; sie wollte zwar wieder Gefühl in den Fingern bekommen, doch nicht so lebhaft wirken, dass er sie erneut festband.

»Vergiss die Wölfe nicht«, flüsterte er und sah sie finster an. Jacqueline fürchtete, dass er sie schutzlos im Wald aussetzen würde.

Doch er trat zurück und ließ sie mit der Frau allein.

Was hatte das zu bedeuten? Ohne einen Blick zurück schritt er davon. Er hatte sie nicht einmal angerührt! Jacqueline war verblüfft. Schließlich wandte sie sich der Frau zu.

Die alte Frau lächelte ruhig. Das Gesicht war runzelig und dunkel, der Rücken krumm und die Hand, die sich auf den Gehstock stützte, war knorrig. Sie zwinkerte, und sofort vergaß Jacqueline alle Angst vor einer bösen Absicht.

»Wie hast du dich denn verletzt?«, fragte sie in breitem Gälisch.

»Es ist passiert, als ich vor einem Feind floh.«

Jacqueline hörte ein Geräusch, das wie ein leises Lachen aus Angus' Mund klang. Sie wusste nicht, wie weit er sich entfernt hatte, denn das fröhliche Gurgeln der Quelle übertönte seine Schritte. Sie drehte sich um und erhaschte einen letzten Blick auf seinen Waffenrock, dann war er verschwunden, als wäre er nie dagewesen.

Jacqueline erschauerte, als läge sein durchdringender Blick noch immer auf ihr. Was spielte er für ein Spiel mit ihr?

»Und jetzt suchst du Heilung von der Cloutie-Quelle?«, fragte die alte Frau. »Oder willst du die legendären Heilkräfte von Edana selbst in Anspruch nehmen?«

Plötzlich begriff sie. Angus hatte sie zu jemandem gebracht, der ihren Knöchel versorgen konnte. Ihr Wohlbefinden schien ihm also wirklich am Herzen zu liegen, ungeachtet seiner finsteren Pläne.

»So groß der Ruhm der Cloutie-Quelle und Edana auch sein mögen, mir sind beide unbekannt«, gestand Jacqueline. »Und ich bin auch nicht aus freiem Willen hier.«

Das brachte die Frau zum Lächeln. »Zweifellos, zweifellos«, murmelte sie, dann zwinkerte sie ihr verschwörerisch zu, bevor sie lauter fortfuhr: »Mein Ruhm ist groß, das kannst du mir glauben. Es gab Zeiten, da kamen alle her, um Edanas Weisheit zu erleben, drückten ihr Tand in die Hand, damit sie ihnen die Zukunft vorhersagte.« Ihre Miene wurde nachdenklich, und der Blick glitt traurig über die Quelle. »Aber das ist lange her.«

Die alte Frau setzte sich vorsichtig auf einen Stein, dann seufzte sie. Ihr Gesichtsausdruck war plötzlich sorgenvoll. Sie legte den Gehstock zur Seite und ließ die Finger knacken, und das Geräusch hallte laut wider.

Jacqueline biss sich auf die Lippe. Sollte sie das Thema wechseln oder das Schweigen der alten Frau respektieren? Vielleicht konnte sie hier eine Verbündete gewinnen, daher wollte sie die Alte nicht kränken.

Schließlich siegte jedoch ihre Neugier. »Was ist ein Cloutie?«

Edana sah sie durchdringend an. »Die Clouties

hängen hier auf der Lichtung, wie jedes keltische Kind weiß.«

Jacqueline senkte den Blick, denn es missfiel ihr sehr, wie rasch man ihre Herkunft erriet. Trotzdem musste sie es wissen. »Wieso?«

»Sie wurden in das heilende Wasser der Quelle getaucht und dann um die Wunden vieler Menschen gelegt. Wenn die Wunden geheilt sind, kommen die ehemals Verwundeten zurück, lassen ihr Cloutie hier und danken der Herrin der Quelle.«

»Seid Ihr die Herrin der Quelle?«

Die Frau lachte, ein trockenes, keuchendes Gackern. Sie musste heftig husten, wischte sich eine Träne aus dem Augenwinkel und sah Jacqueline durchdringend an. »Du bist wohl nicht von hier, mein Mädchen?«

»Doch, von Ceinn-beithe. Das ist nicht weit.«

Die Frau musterte sie. »Man sagt, die Burg sei im Besitz von Fremden. Es soll eine Familie aus dem Ausland sein, die die Geschichten dieser Gegend möglicherweise nicht kennt.«

»Ich kenne viele dieser Geschichten, denn Duncan hat sie mir erzählt!«

»Ach, jedes keltische Kind kennt die Herrin der Quelle, die Wächterin der Wasser und die Hüterin der großen Geheimnisse. Ich bin nicht die Herrin der Quelle, Mädchen. Sie ist viel größer und weiser und älter als wir einfachen Sterblichen. Ich bin nur Edana, eine schlichte Heilerin, die schon lange in ihrem Dienst steht.« Die Frau lächelte müde. »Doch das weiß jeder Kelte.«

»Mein Stiefvater sagt, dass wir alle in gewisser Weise Kelten sind, weil die Kelten einst das ganze

Land bis Rom beherrschten und viele runde Bäuche zurückließen.«

Edana kicherte. »Dein Stiefvater ist ein weiser Mann.«

»Und er ist stolz darauf, Kelte zu sein.«

Da lachte sie so herzlich, dass Jacqueline trotz ihrer Sorgen einstimmen musste. Edana sagte jedoch nichts, und schließlich verschwanden ihr Lachen und auch ihr Lächeln.

Sie beobachtete Jacqueline nur und wartete.

»Es stimmt, dass ich nicht hier geboren wurde, doch trotzdem liebe ich dieses Land mehr als meine ursprüngliche Heimat. Für mich ist es zu meiner Heimat geworden.« Jacqueline argumentierte ruhig und entschieden. »Wollt Ihr mir etwa aufgrund meiner Herkunft Eure Hilfe verweigern?«

Die Frau betrachtete sie mit dunklen Augen und regloser Miene. »Auch über Heilerinnen weißt du nicht viel, Mädchen. Niemandem, der unsere Hilfe sucht, wird sie versagt.«

»Werdet Ihr meinen Knöchel versorgen? Ich glaube, er ist verstaucht.«

Edana legte den Kopf auf die Seite. »Was gibst du mir dafür?«

Jacqueline wollte etwas erwidern, überlegte es sich aber anders. Mit einer solchen Frage hatte sie wirklich nicht gerechnet. »Meine Schuhe könnt Ihr haben, oder meinen Gürtel.«

Edana schüttelte den Kopf. »Was soll eine alte Frau, die allein im Wald lebt, mit solchem Plunder?«

»Vielleicht gefallen sie Euch einfach.«

»Vielleicht auch nicht.«

»Ich habe aber keinen Schmuck ...«

»Ich strebe nicht nach weltlichem Zierrat.«

Sie sahen einander im flackernden Laternenschein an. Jacqueline fühlte sich, als hätte man ihr ein schwieriges Rätsel gestellt, dessen Lösung sie nicht erahnen konnte. »Ich weiß nicht, was Ihr von mir wünscht.«

»Wie wäre es mit einer Geschichte?«

»Aber Ihr Kelten kennt doch die besten Geschichten und möchtet bestimmt nicht, dass eine Fremde sie erzählt.«

Edana lachte und drohte Jacqueline mit dem Finger. »Also weißt du doch ein wenig über Kelten!«

»Ja, denn mein Stiefvater ist ein großer Geschichtenerzähler. Ich kann bei weitem nicht so gut erzählen wie er, aber wenn Ihr es wünscht, werde ich es versuchen.«

Edana sah sie verschmitzt an. »Wie wäre es mit *deiner* Geschichte, mein Mädchen? Das ist keine keltische Geschichte, die du ruinieren könntest.«

»Aber es ist keine besonders interessante Geschichte.« Und Jacqueline befürchtete, sie könne ein böses Ende haben.

»Wahrscheinlich ist sie interessanter, als du denkst, und nur du kannst sie erzählen. Auch wenn sie dir belanglos vorkommt, mir genügt sie, denn selbst für eine alte Frau ist es keine große Sache, einen Fuß zu verbinden.«

»Vielen Dank.«

Edana warf Jacqueline einen durchtriebenen Blick zu. »Danke mir lieber nicht zu voreilig.«

»Wieso denn nicht?«

»Der Knöchel ist schließlich noch nicht wieder-hergestellt. Und wir müssen noch herausfinden, ob du von mir wirklich nur Hilfe für deinen Knö-chel verlangst.«

Jacqueline fuhr zusammen. Waren ihre Absich-ten wirklich so leicht zu durchschauen? »Ich weiß nicht, was Ihr damit meint.«

»Wirklich nicht, Mädchen? Wirklich nicht?« Edana sah Jacqueline viel sagend an. »Du bist in Gefahr, Mädchen, und früher oder später wirst du mich um Hilfe bitten.«

Jacqueline biss sich auf die Zunge, denn sie wuss-te noch nicht, ob sie dieser Frau trauen konnte. Schließlich war sie ganz offensichtlich mit Angus verbündet.

»Du hast eine Geschichte zu erzählen, Mäd-chen, darauf verwette ich meine Seele, und sicher hast du auch einen Namen.« Bevor Jacqueline et-was erwidern konnte, hatte Edana sich geräuspert und über die Wasseroberfläche gebeugt. »Komm, komm. Lass uns die Herrin der Quelle bitten, dei-ne Verletzung zu heilen. Ich möchte dir dringend davon abraten, an ihren Kräften oder ihrer Exis-tenz zu zweifeln – was bei einer Keltin natürlich nicht nötig wäre.«

❄

Angus musste sich immer wieder einreden, dass sie ihm nichts bedeutete. Sie war nur ein Mittel zum Zweck. Es spielte keine Rolle, was sie Edana erzählte oder was Edana ihr erzählte, denn die Behausung der Alten im Wald war schwer zu finden, und seine Gefangene würde ihre Route niemals zurückverfolgen können.

Dennoch blieb er auf dem Rückweg zu Rodney auf halber Strecke stehen und lauschte auf den fernen Klang der Mädchenstimme. Die Worte konnte er nicht verstehen. Ob sie sich der alten Frau anvertraute? Er hörte sie lachen und blickte kurz zurück, bevor er weitermarschierte.

Es ging Angus nichts an, was sie Edana erzählte. Ihre Sorgen waren nicht die seinen. Nein, er hatte Pflichten zu erledigen: Das müde, nasse Pferd musste versorgt werden, er musste seine nasse Kleidung trocknen und irgendwie eine Mahlzeit zubereiten.

Die Frau war nur ein lästiger Ballast, den sie mit sich schleppen mussten, bis Airdfinnan wieder ihm gehörte. Für ihn hatte sie nicht einmal einen Namen. Grund und Ziel ihrer Reise waren ihm egal, es kümmerte ihn nicht, wen sie heiraten sollte und was sie von diesem Mann hielt. Eigentlich sollte es ihn freuen, dass er sie bei Edana lassen konnte, denn dadurch blieb ihm das Entsetzen erspart, mit dem sie jedes Mal in sein entstelltes Gesicht blickte.

Edana würde sie nicht entkommen lassen. Es war wirklich beruhigend, jemanden gefunden zu haben, dem er vertrauen konnte.

Doch obgleich Angus sich all diese Dinge eindringlich eingeredet hatte, war sein Interesse an der Gefangenen noch immer nicht erloschen.

Wahrscheinlich fehlte ihm einfach nur Schlaf.

❄

Edanas knotige Finger bewegten sich erstaunlich flink, nachdem sie einen Streifen Stoff in die Quelle getaucht hatte. Die Laterne flackerte auf einem moosbewachsenen Felsen, und Jacqueline spürte, dass hinter dem gelben Lichtschein die aufmerksamen Blicke der Waldbewohner lauerten.

Sie saß auf einem Felsen. Edana stand bis zu den Knien in der dunklen Quelle, die leise vor sich hin gurgelte. Sie wickelte Jacquelines Knöchel fest, doch sanft in das feuchte Tuch und murmelte dabei Worte, die die junge Frau nicht verstehen konnte.

Ob das Zaubersprüche waren? Jacqueline sträubte sich innerlich gegen solch heidnische Hexerei. Doch dann hielt sie sich vor Augen, dass es wahrscheinlich nur harmlose Sprüche waren, die ihr keinen Schaden zufügen konnten, solange sie fest in ihrem Glauben verwurzelt blieb. Das kühle Wasser tat dem geschwollenen Knöchel jedenfalls sehr wohl.

Sie seufzte erleichtert auf, schloss die Augen, und ihre Gedanken wandten sich Angus zu. Sie erinnerte sich an seine Worte – oder vielmehr an die Worte, die sein Begleiter zu ihm und über ihn geäußert hatte –, und jetzt, da er nicht in ihrer Nähe war, konnte sie in Ruhe darüber nachdenken.

Angus war ein Ritter, der ursprünglich aus dieser Gegend stammen musste. Und er war im Heiligen Land gewesen, hatte das Kreuz genommen und im Namen Christi gegen die Ungläubigen gekämpft. Sie fühlte sich ihm irgendwie verbunden, weil der Glauben auch für sie eine so große Rolle spielte.

Die ungläubigen Sarazenen hatten ihn gefangen genommen, und diesem Umstand hatte er zweifellos die Narben und den Verlust des Auges zu verdanken. Sie lächelte ein wenig, als ihr wieder einfiel, dass sein Begleiter behauptet hatte, die Heiden hätten Angus zu häufig auf den Kopf geschlagen.

Jacqueline hielt Angus keineswegs für dumm. Sie hatte ihn zwar getäuscht, doch dazu hatte sie nur für einen kurzen Augenblick seine Ritterlichkeit ausgenutzt. Dabei hatte sie ihn so sehr verärgert, dass er wahrscheinlich nicht noch einmal so ritterlich sein würde.

Unsicher sah sie sich um, doch in den Schatten, die sie umgaben, konnte sie ihn nicht entdecken. Dennoch war sie sich sicher, dass er sich ganz in der Nähe aufhielt.

Vielleicht war er aber auch zu seinem Begleiter zurückgekehrt, um die Pferde zu versorgen. Sie spitzte die Ohren, doch bis auf ein Wiehern in der Ferne war nichts zu hören.

Wer war diese Frau, und in welcher Verbindung stand sie zu Angus? Würde Edana ihr helfen, wenn sie die Wahrheit erfuhr? Die alte Frau hatte eindeutig ein freundliches Wesen.

Jacquelines Herz begann zu hämmern. Sollte Angus in der Nähe sein, dann wollte sie sich lieber nicht ausmalen, wie er sich für ihren Fluchtversuch rächen würde. War er jedoch zu den Rössern zurückgekehrt, bot sich ihr vielleicht eine einmalige Chance. Sie musste das Schicksal einfach herausfordern. Erst jetzt bemerkte sie, dass die alte Frau sie misstrauisch musterte.

»Du denkst an einen Mann«, sagte Edana vorwurfsvoll.

»Ja, das stimmt«, gestand Jacqueline.

Edana lächelte geheimnisvoll. »An einen *attraktiven* Mann.«

Das entsprach zwar nicht ganz der Wahrheit, doch Jacqueline wollte es sich mit ihrer potenziellen Verbündeten nicht verderben. Trotz der Augenklappe und dem finsteren Gesicht war Angus tatsächlich attraktiv.

»So attraktiv wie der Teufel persönlich«, gab sie zu. »Woher wisst Ihr das?«

Edana lächelte. »Hübsche Mädchen haben nur Augen für schöne Männer.«

»Vielleicht trifft das auf Keltinnen zu«, erwiderte Jacqueline, denn sie mochte es nicht, wenn sie nur nach ihrem Aussehen beurteilt wurde. »Mich interessiert mehr der Charakter einer Person.«

»Tatsächlich?«

»Tatsächlich. Den Mann, an den ich gedacht habe, würden die meisten Frauen wohl nicht als attraktiv bezeichnen. Er trägt Narben aus einer Schlacht und ist offenbar sehr verbittert. Man sieht ihm an, dass er Schlimmes erlebt hat.«

Edanas Blick war nachdenklich. Sorgfältig wrang sie ein Stück Stoff aus und legte einige Blätter darauf. »Und dennoch nennst du ihn attraktiv«, überlegte die alte Frau. »Sogar so attraktiv wie den Teufel. Glaubst du etwa, dass er voller böser Absichten steckt?«

Jacqueline dachte einen Augenblick darüber nach. Die Fürsorge der älteren Frau und die Stille der Nacht beruhigten sie. »Ich bin mir nicht sicher. Wenn er wütend ist, ist er sehr wild, daran gibt es keinen Zweifel«, räumte sie nachdenklich ein. »Allerdings hat er mir nichts angetan, obwohl er Gelegenheit dazu hatte. Nein, er hat mich sogar hierher gebracht, damit ich versorgt werde. Und er hat sich mir nicht aufgedrängt, obwohl ich mir sicher war, dass er das tun würde.«

»Vielleicht wartet er nur auf den geeigneten Zeitpunkt.«

»Ja, so wird es sein.« Jacqueline hielt den Atem an. Noch direkter konnte sie sich nicht äußern.

»Oder vielleicht fand er dich auch nicht hübsch genug, mein Mädchen.«

Jacqueline lächelte. Sie war nicht beleidigt, weil die alte Frau sie so spitzbübisch ansah. Edana neckte sie nur wie eine liebevolle Tante. »Schon möglich.«

»Es kommt ja häufiger vor, dass Männer Gefallen an dunkelhäutigen Frauen mit schwarzen Augen und dichten Wimpern finden, die nach schwerem Parfüm duften und im Liebesspiel erfahren sind. Diese Frauen im Orient sind ein anderer Schlag, und ihr Charme verzaubert viele Männer. Wenn dein attraktiver Mann in Outremer gewesen ist, dann bist du für ihn vielleicht nur ein blasses, uninteressantes Mädchen.«

Diese Beschreibung war zwar recht treffend, doch sie machte Jacqueline wider Erwarten zu schaffen. Sie musste sich mit Macht vor Augen halten, dass es viel vorteilhafter war, wenn Angus sie unattraktiv fand. Dann würde er wenigstens nicht den Wunsch verspüren, in ihren Genuss zu kommen. Vielleicht war es sogar ein Zeichen dafür, dass jemand ihr Schicksal lenkte, dass jemand dafür sorgte, dass ihre Unschuld gewahrt blieb und sie ihr Gelübde ablegen konnte.

Doch dann fiel ihr der heiße, unerlaubte Kuss wieder ein, der Druck seiner Erektion gegen ihr Gesäß. Er hatte sich zu ihr hingezogen gefühlt, doch er hatte sein Verlangen geleugnet.

Weil ihn die Anwesenheit seines Begleiters gestört hatte?

»Ich habe Angst vor ihm«, flüsterte sie.

Bei diesem Geständnis hielt die alte Frau inne und sah auf. Der heitere Blick wich aus ihren Augen. »Ich auch, Mädchen«, gestand sie leise. »Ich auch.«

Jacqueline verließ der Mut. Es konnte doch nicht sein, dass sie beide dem Ritter ausgeliefert waren! »Aber Ihr kennt ihn doch!«

»Ich *kannte* ihn.« Edana band die Bandage sicher an Jacquelines Knöchel fest. »Das ist lange her.«

»Wie? Wann?«

»Diese Geschichte werde ich nicht erzählen.« Edana stemmte sich hoch und sagte barsch: »Komm, Mädchen. Für meine alten Knochen wird es langsam zu kalt. Erzähle mir deine Geschichte am Feuer.«

Nachdem sie aus dem heilenden Wasser der Quelle gestiegen war, bewegte Edana sich erstaunlich flink und schwang ihren Spazierstock. In der anderen Hand trug sie die Laterne und verschwand schnell den Weg hinauf.

Jacqueline sprang auf, denn sie wollte nicht allein inmitten der unheimlichen Clouties bleiben.

102

Vorsichtig versuchte sie, den Knöchel zu belasten, doch er schien sie jetzt besser zu tragen als zuvor. Sie warf einen Blick zurück auf die sprudelnde Quelle und wunderte sich.

Auf keinen Fall würde sie an heidnische Zauberei glauben, das kam gar nicht in Frage.

Das kalte Wasser hatte den Fuß einfach betäubt. Ja, so musste es sein. Jacqueline warf einen langen Blick auf den Wald, während in der Ferne ein Wolf heulte.

Sie könnte wieder fliehen.

Doch Edana blieb stehen und sah zurück, als hätte sie die Gedanken der jungen Frau gelesen. »Er reißt mir den Kopf ab, wenn du nicht mit mir zurückkommst«, sagte sie finster, und Jacqueline wusste, dass sie Recht hatte. Sie durfte der Frau ihre Güte nicht mit einer so selbstsüchtigen Tat vergelten.

Vielleicht waren sie zu zweit sicher vor dem, was Angus geplant hatte. Zumindest konnten sie heute Nacht die Tür vor ihm versperren. Es beruhigte sie, dass sie es nicht allein mit ihm aufnehmen musste. Sie hob die Röcke und eilte hinter Edana her.

5. Kapitel

Edana hatte Mitleid mit Jacqueline, denn sie selbst hatte auch keine Vorstellung davon, was Angus, der sich so verändert hatte, mit dem Mädchen vorhaben könnte. Nur zu gerne erfüllte sie ihr daher die Bitte, die Tür vor den Männern zu verbarrikadieren. Angus schien diese Vorsichtsmaßnahme eher zu belustigen als zu verärgern. Der alten Frau war klar, dass er ganz genau wusste, wie leicht sich die Tür aufbrechen ließ. Offenbar war er gerne bereit, das Mädchen in Sicherheit zu wiegen.

Das fand sie sehr bemerkenswert.

»Wir könnten durch die Rückwand fliehen«, flüsterte Jacqueline. »Das Holz ist schon morsch, und im Dunkeln würde es niemand merken.«

Edana schnaubte höhnisch. »Du bist ihm viel wert, Mädchen, und er wird dich nicht ohne weiteres entkommen lassen. Die beiden machen bestimmt ständig Kontrollgänge in der Umgebung.«

Jacqueline seufzte frustriert. »Da habt Ihr sicher Recht. Er wird jetzt furchtbar wachsam sein.«

Gegen ihren Willen lachte Edana leise. »Ja, seine Willensstärke war schon immer bekannt.«

»Ihr kennt ihn also von früher? Bitte erzählt mir von ihm!«

»Ich kenne nur einen Teil seiner Geschichte,

Mädchen, und es steht mir nicht zu, davon zu erzählen.«

»Aber er selbst wird mir niemals etwas sagen.«

»Das ist gut möglich.«

»Und Ihr?«

Edana zuckte die Schultern.

Jacquelines Miene wurde ungeduldig. »Was kann denn so schlimm daran sein, eine Geschichte zu erzählen? So sture Leute wie Ihr sind mir noch nie begegnet!«, verkündete sie. Edana musste lächeln, und das Mädchen verstand das als Ermutigung. »Werdet Ihr mir wenigstens eine einzige Frage beantworten?«

»Eine einzige? Vielleicht«, räumte die alte Frau zögernd ein.

»Inwiefern hat er sich verändert? Wie war Angus früher?«

Edana senkte den Blick und rührte schweigend in ihrem Topf. Sie musste ihre Gedanken und Eindrücke ordnen, um genau sagen zu können, wo die Veränderung lag.

»Es ist viele Jahre her, seit ich ihn das letzte Mal gesehen habe, und in diesen Jahren hat er viel Böses erlebt«, sagte sie schließlich leise. »Das Böse geht an niemandem spurlos vorüber.«

Die junge Frau erschauerte sichtlich, und Edana war sich sicher, dass ihre Neugier gestillt war.

Jacqueline saß nur im Hemd auf dem Hüttenboden, weil ihr Gewand trocknen musste. Sie sah aufmerksam zu, wie Edana an diesem und jenem Kraut zupfte. »Was macht Ihr da?«

»Willst du eigentlich immer unbedingt alles wissen, was man dir nicht verrät?«

Das Mädchen lachte heiter auf, die Augen funkelten ansteckend. »Ja. Man sagt, Neugier sei mein Laster.«

Edana schnaubte: »Ich koche etwas, das dir den Magen füllen wird. Oder hast du etwa keinen Hunger?«

»Und ob!«

Edana goss heißes Wasser über die Blätter und schnupperte, als die Kräuter ihren Duft verströmten. Sie rührte das Gebräu um, dann gab sie ein wenig Honig dazu, bevor sie Jacqueline ihre Portion reichte. »Zu süß?«

»Nein, das ist köstlich.«

»Gut, dann trink aus.«

Mit wachsamem Blick schlürfte Jacqueline ihr Getränk. Hin und wieder waren Männerstimmen zu hören, doch niemand kam an die Tür. Edana ließ sich auf einem Hocker nieder und stützte die Hände auf ihren Stock.

»Und? Was wisst Ihr über ihn?«, bohrte Jacqueline nach.

»Nichts, was für deine Ohren bestimmt ist. Zumindest musst du mir erst einmal deine eigene Geschichte erzählen.« Edana drohte dem Mädchen mit dem Finger. »Du hast doch hoffentlich nicht vergessen, dass du mir noch etwas schuldig bist!«

Jacqueline lächelte. »Nein, das weiß ich nur zu gut. Heute Morgen war ich unterwegs zu einem Kloster ...«

Es klang, als könne sie kaum glauben, wie grundlegend sich ihre Situation verändert hatte. Edana hörte alles, was sie sagte, und vieles, was sie verschwieg, und die Auslassungen faszinierten sie genauso wie die geäußerten Fakten. Das Mädchen war in ihrer Vision nicht aufgetreten, doch sie spielte ganz eindeutig eine Schlüsselrolle in Angus' Plan.

Diese Jacqueline war jung, wirkte naiv und unerfahren, und doch durchschaute sie viel mehr, als ihr selbst klar war. Sie konnte sehr schlagfertig sein, und ihre Kommentare brachten die alte Frau zum Lächeln – in dem Kloster, für das sie bestimmt war, würde man diese Vorwitzigkeit allerdings weniger begrüßen.

Sie war wirklich schön, doch ihr Blick zeigte einen scharfen Verstand. Edana beeindruckte der Intellekt mehr als die Schönheit. Doch würden andere das auch so sehen?

Als sie von ihrer Entführung berichtete, wurden Jacqueline die Lider schwer. Wieder und wieder riss sie tapfer die Augen auf, denn sie gab sich nicht leicht geschlagen. Edana wusste, dass sie schon bald die Wahrheit erraten würde.

Als ihr der Kopf wieder auf die Brust gefallen war und sie sich ein weiteres Mal aufgerappelt hatte, streckte Jacqueline Edana den geleerten Becher entgegen. »Das war ein Zaubertrank, nicht wahr?«

Edana lächelte. »Das stimmt.«

»Ihr habt mich reingelegt!«

»Nein. Schlaf ist die beste Medizin für deine Verletzung.« Das Mädchen schloss wieder die Augen. Mit jedem Mal öffneten sie sich schwerfälliger, und die Kraft des Gebräus verlangsamte Jacquelines Reaktionen. »Besonders, wenn man kein starkes keltisches Blut in den Adern hat.«

107

Jacqueline riss die Augen auf, doch sie lächelte, als sie mit gespielter Empörung sagte: »Meine Vorfahren haben sehr starkes Blut! Mein Stiefvater sagt häufig, meine Mutter sei aus Stahl und Seide gemacht –«

Sie unterbrach ihre Tirade, weil es an der Tür klopfte, und hickste schläfrig, während sie mühsam die Augen aufhielt. Edana öffnete die Tür und sah Angus vor sich stehen. Er wartete geduldig, obwohl er mit Gewalt hätte eindringen können.

»Ich kann ihr nicht trauen«, sagte er schlicht. »Ich schlafe hier drinnen, und Rodney bleibt draußen.«

»Sie ist doch nur ein Mädchen«, erwiderte Edana.

»Und dennoch sehr durchtrieben.« Er musterte Jacqueline, die sichtlich erbebte. Sie versuchte sogar, sich zu erheben, als wolle sie fliehen, doch ihr Körper verweigerte ihr den Dienst, und sie sank gegen die Wand der Hütte.

»Was hast du nur getan, dass sie solche Angst vor dir hat?«, wollte Edana wissen.

Angus entgegnete finster: »Ein Blick in mein Gesicht hat genügt.«

Die alte Frau musterte ihn durchdringend. Ihr fiel wieder ein, dass Jacqueline ihn als attraktiven Mann bezeichnet hatte. Vermutlich hatte er nicht erkannt, was sie wirklich beunruhigte – das kam bei Männern schließlich häufiger vor. Vielleicht hatte er auch nicht begriffen, womit er Jacqueline so verängstigt hatte – auch das war nicht selten.

»Sie hat einen Schlaftrunk genommen und wird

heute Nacht durchschlafen. Du musst nicht hier bleiben«, zischte Edana, doch Angus ließ sich nicht überzeugen.

»Sie hat mich schon einmal hereingelegt. Das passiert mir nicht noch einmal. Es steht zu viel auf dem Spiel.« Er durchquerte das Zimmer und hockte sich neben sie. »Komm, meine geraubte Schöne, heute Nacht liegen wir zusammen.«

Jacqueline war außer sich vor Entsetzen. Sie schrie auf, versuchte zu fliehen, konnte sich jedoch nur voller Angst zusammenkauern.

Und Edana trug die Schuld daran, dass das Mädchen in der Falle saß, denn ihr Trank hatte Jacqueline alle Kraft zur Flucht genommen. Die alte Frau wollte einschreiten, doch angesichts der unerwarteten Zärtlichkeit in Angus' Miene blieb sie stehen.

Er hob die bewusstlose Jacqueline sanft hoch und wickelte sie in seinen Mantel, dann legte er sie auf das Lager, das Edana angeboten hatte. Er zog sein Schwert aus der Scheide und legte es neben das Mädchen. Sich selbst setzte er so hin, dass die Klinge zwischen ihnen lag. Er verschränkte die Arme vor der Brust und sah Edana herausfordernd an.

Das war der Junge, den sie in Erinnerung hatte!

»Du sorgst dich um ihr Wohlergehen«, äußerte sie sanft, denn sie war sehr beruhigt.

»Ihr Wohlergehen ist wichtig, damit ich mein Ziel erreiche«, entgegnete er knapp. »Nur darauf kommt es mir an.«

Sie wollte einwenden, dass das eine Lüge war, doch Angus gab ihr keine Gelegenheit, seine Absichten in Frage zu stellen. Mit funkelndem Blick sah er der alten Frau in die Augen. »Mach keinen Fehler, Edana. Ein Mann muss sein Ziel unbarmherzig verfolgen, wenn er Erfolg haben will. Das habe ich bitter gelernt.«

»Was ist denn dein Ziel?«

Er gab ihr keine Antwort, sondern legte sich voll bekleidet neben Jacqueline. »Bitte bleibe heute Nacht in der Hütte«, bat er ruhig. »Ich möchte eine Zeugin dafür haben, dass ich ihr nichts angetan habe.«

»Sie hat Angst vor dir.«

»Alle Frauen haben Angst vor mir.« Seine Worte klangen verbittert, doch um weiteren Fragen auszuweichen, schloss Angus die Augen und beendete das Gespräch somit endgültig. Edana wusste, dass er jede weitere Äußerung ignorieren würde.

Doch sie betrachtete das Paar noch lange Zeit, selbst als beide schon längst ruhig atmeten. Vielleicht musste das Mädchen wirklich etwas über diesen Ritter erfahren. Er hatte sich zwar verändert, doch nicht so sehr, wie die alte Frau zunächst befürchtet hatte.

❄

Jacqueline wachte langsam auf. Ihr Geist war ungewöhnlich benebelt und die Zunge angeschwollen. Der hämmernde Schmerz hinter den Schläfen ließ sie zusammenzucken, dann riss sie plötzlich die Augen auf, weil ihr Edanas Gebräu wieder einfiel. Hatte die alte Frau sie hinters

Licht geführt, damit Angus ihre hilflose Situation ausnutzen konnte?

Voller Angst vor dem, was sie entdecken würde, strich sie sich mit den Händen über den Körper. Ihr Hemd war ganz trocken und glatt und ordentlich. Zwischen den Schenkeln war sie nicht feucht.

Das schimmernde Morgenlicht fiel durch das Hüttendach, und leise trommelte Regen darauf. Jacqueline fand es gemütlich warm, doch vielleicht war das auch nur eine Nachwirkung des Kräutertranks.

Etwas entfernt hörte sie einen Mann schnarchen; vermutlich schlief Rodney draußen bei den Rössern. Edanas Schnarchen war leiser und näher. Sie drehte den Kopf nach der alten Frau um, doch etwas versperrte ihr die Sicht.

Jacqueline selbst lag an der hinteren Wand der Hütte, und ein gewisser Ritter hatte sich direkt neben ihr ausgestreckt. Er war ein erhebliches Hindernis, und ihm war es zu verdanken, dass ihr so warm war.

Er hatte sich nicht an ihr vergangen. Wartete er noch auf die richtige Gelegenheit, oder hatte er es wirklich gar nicht vor? Was wollte er nur? Was war er für ein Mensch? Sie schluckte und musterte ihn aufmerksam, suchte in seinem Gesicht nach einer Antwort.

Das Auge mit der Augenklappe befand sich auf ihrer Seite, daher konnte sie nicht erkennen, ob er wach war oder nicht. Er lag reglos auf dem Rücken, und sie vermochte nicht einmal mit Gewissheit zu sagen, ob er überhaupt atmete. Dunkle Locken umrahmten das gebräunte Ge-

sicht, und selbst im Profil wirkte er unbarmherzig und hart.

Sogar jetzt waren die Lippen resolut zusammengepresst. Er trug seinen Waffenrock, die Kettenstrümpfe und Stiefel, und die Beine in diesen
schwarzen Lederstiefeln waren um vieles länger
als ihre eigenen. Der Gürtel lag ihm locker um
die Hüften, und er hatte die Hände auf der Brust
gefaltet wie ein aufgebahrter Toter. Die offensichtlich leere Schwertscheide lag neben ihm auf
dem Boden.

Sie sah sich nach dem Schwert um und entdeckte es zwischen ihnen. Der Griff lag an seiner Hüfte, die Spitze der schweren Klinge zwischen ihren
Schultern. Der Stahl funkelte kühl auf dem Tuch,
und erst jetzt bemerkte Jacqueline, dass der Ritter
sie mit seinem roten Umhang zugedeckt hatte.
Die wollene Kapuze an ihrem Hals verströmte seinen Geruch, und durch diese unerwartete Ver-
trautheit wurde ihr noch wärmer.

Sie war in das warme Tuch gehüllt, gut eingebet-
tet in den schweren Stoff, dessen Rand die Klinge
beschwerte. Es schien, als wolle Angus sie vor ihm
selbst schützen, obwohl er schlief. Was mochte
das bedeuten?

Wollte er sie nur für später aufsparen?

Oder wollte er sie gar nicht vergewaltigen?

Die Klinge zwischen ihnen erinnerte sie an eine
von Duncans Geschichten, in der ein ehrenhafter
Mann seine Klinge zwischen sich und eine keu-
sche Jungfrau legte, damit ihre Keuschheit am
Morgen noch unversehrt war. In dieser Geschichte war es ein Zeichen für die Ritterlichkeit des

Mannes gewesen, und Jacqueline konnte sich keine andere Erklärung denken.

Sie wollte nicht warten, bis Angus aufgewacht war, um ihn nach der Wahrheit zu fragen. Sie rutschte von ihm ab, bis ihr Rücken an die Wand stieß. Er schien es nicht wahrzunehmen, doch es wäre ihr lieber gewesen, wenn sie sein gutes Auge hätte sehen können. Mit angehaltenem Atem setzte sie sich langsam auf. Er musste doch hören, wie laut ihr Herz hämmerte! Sie befreite sich aus ihrer Wollhülle.

Er regte sich nicht.

Jacqueline setzte sich vollends auf und schob den Umhang vorsichtig beiseite, damit sein Gewicht nicht auf den Mann fiel und ihn weckte. Der Umhang war aus gutem, schwerem Tuch gemacht, und nachdem sie ihn abgelegt hatte, zitterte sie ein wenig in der kühlen Morgenluft. Hinter dem Umhang versteckt hob sie ihr Hemd und sah an sich herab.

Kein Blut.

Edana murmelte etwas vor sich hin, dann schnarchte sie weiter. Noch immer rührte Angus sich nicht. Jetzt konnte Jacqueline sein ganzes Gesicht sehen. Das andere Auge war geschlossen. Seltsamerweise wirkte er nicht mehr wie ein Leichnam. Nein, Jacqueline spürte, dass dieser Mann sehr lebendig war, ein gefährlicher und unberechenbarer Mensch, ein Krieger, der gelernt hatte, dass es sich lohnen konnte, wenn man sich verstellte. Sicher war es klug, so reglos zu liegen, besonders, wenn man von einem blutrünstigen Feind verfolgt wurde.

Zum Beispiel von einem Feind, der einem ein Auge nehmen wollte. Lange Zeit musterte sie ihn misstrauisch, denn wenn er wirklich wach war, würde er sich irgendwann bewegen und sich verraten.

Doch das geschah nicht, und sie schöpfte Mut. Je länger sie zögerte, desto wahrscheinlicher wurde es schließlich, dass er doch aufwachte.

Jacqueline holte tief Luft, dann zog sie leise und vorsichtig die Knie an. Sie stützte eine Hand auf den Boden hinter sich und wollte über seine Beine springen.

»Das würde ich an deiner Stelle lieber nicht tun«, murmelte Angus leise und überraschend träge.

Jacqueline schnappte nach Luft.

Jetzt war zwar sein Blick auf sie gerichtet, doch bewegt hatte er sich noch immer nicht. So dunkle Augen wie das seine hatte sie noch nie gesehen. Es schien voller Schatten und Geheimnisse zu sein. Sie war wie erstarrt. Allein sein Blick und sein Wille hielten sie auf.

Doch Jacqueline wollte sich von einem Mann nicht so leicht beherrschen lassen.

Tapfer hob sie das Kinn. »Ich muss pissen.«

»Dann nimm den Eimer zu deinen Füßen oder warte.« Er machte weder Anstalten, aufzustehen und sie zu begleiten, noch schien er sie hindern zu wollen.

Ein Blick auf den schmutzigen Eimer genügte ihr. »Ich warte lieber.«

Seine Lippen zuckten für den Bruchteil einer Sekunde, und wenn sie ihn nicht so genau beobachtet hätte, wäre ihr diese Reaktion entgangen. »Das habe ich mir gedacht.«

Jacqueline ließ sich auf das Lager zurückfallen. Jetzt war es ihr egal, ob sie Geräusche machte. Sie zog seinen Umhang wieder über sich, denn seine Nähe war ihr unangenehm bewusst. »Ich habe nicht gelogen«, sagte sie gereizt.

Sein Schweigen sagte mehr als alle Worte.

Es ärgerte sie über alle Maßen, dass er so fest von ihren schlechten Absichten überzeugt war und dass er sie so leicht durchschaute. »Ihr könntet mich wenigstens anschauen, wenn ich mit Euch spreche.«

Er rollte sich auf die Seite und stützte sich auf einen Ellenbogen, um sie zu betrachten. Jacqueline lag im Schatten seiner breiten Schultern, und sein funkelndes Auge war ihr plötzlich viel zu nahe. Der Abstand zwischen ihnen war nur so breit wie sein Schwert, und zu spät wurde ihr klar, wie dumm ihre Forderung gewesen war.

»Ich hätte nicht gedacht, dass Ihr Euch wirklich umdrehen würdet«, fuhr sie ihn an.

Er hob eine Augenbraue. »Jeder ehrenwerte Ritter hat dem Wunsch einer Dame nachzukommen.«

»Und wenn ich nur ein Melkmädchen wäre?«

»Das bist du aber nicht.«

»Woher wollt Ihr das wissen?«

»Melkmädchen reiten nicht auf feinen Rössern, und sie werden auch nicht von Wächtern eskortiert.«

»Oh.« Da hatte er wohl Recht. Sie beäugte ihn misstrauisch, denn es gefiel ihr nicht, wie er sie musterte.

In seinem Mundwinkel lauerte schon wieder

dieses Lächeln, das ihn gleichzeitig unberechenbar und schrecklich attraktiv wirken ließ. Jacquelines Herz setzte einen Schlag aus.

»Und Melkmädchen sind meist nicht so unerfahren mit Männern, wie du es offenbar bist.« Er sprach leise, seine Worte waren kaum mehr als ein Grummeln in seiner Brust, das nicht weit zu hören war.

Jacqueline fand es seltsam intim, auf diese Weise mit einem Mann zu sprechen, sowohl aufregend als auch Furcht einflößend. So sprachen vielleicht Eheleute oder Liebespaare im Bett miteinander, nach Intimitäten, die sie mit Angus nicht geteilt hatte.

Ihre Wangen wurden heiß, und sie verachtete sich für diese kühnen Spekulationen. In diesem unpassenden Augenblick fiel ihr sein Kuss wieder ein, und auch das Kribbeln, das sie dabei auf der Haut gespürt hatte. Angus musterte sie eingehend, und es schien, als könne er jeden ihrer dummen Gedanken erraten.

Sie errötete noch tiefer, was ihr unendlich peinlich war. Sie kuschelte sich in den Umhang, tröstete sich damit, dass das Schwert zwischen ihnen lag, und versuchte, auf seine Ritterlichkeit zu vertrauen. Schließlich lag Edana nur zwei Schritte entfernt, und das beruhigte sie.

Wenn sie schrie, würde Edana ihr zu Hilfe kommen.

»Wo wolltest du hin, Mhairi?«

»Jacqueline. Ich heiße Jacqueline. Das habe ich Euch doch bereits gesagt.«

»Das stimmt.«

»Und wieso nennt Ihr mich nicht Jacqueline?«

»Weil ich es offensichtlich nicht möchte.«

Jacqueline errötete. »Ihr wollt doch wohl nicht behaupten, dass ich lüge! Wenn Ihr mit mir sprechen wollt, dann zeigt wenigstens etwas Respekt und benutzt meinen Namen.« Doch plötzlich verstummte sie aus Angst, er könne ihre Kritik schlecht aufnehmen.

Er betrachtete sie schweigend, dann neigte er ein wenig den Kopf, vielleicht als Zeichen der Zustimmung, vielleicht auch nur aus Höflichkeit. Überzeugt war er jedenfalls sicher nicht.

Er wiederholte seine Frage jedoch nicht, und das Schweigen belastete Jacqueline schließlich so sehr, dass sie ihm gegen ihren Willen antwortete.

»Ich wollte ins Kloster gehen. Ich *werde* auch ins Kloster gehen. Um Novizin zu werden.«

»Du?« Einen Augenblick lang hob er überrascht die Brauen, und Jacqueline triumphierte, doch seine nächsten Worte verärgerten sie bereits wieder. »Eine Frau wie du wird doch keine Nonne!«

Diese Äußerung hatte Jacqueline schon zu oft gehört, und sie konnte nicht an sich halten. »Wieso denn nicht? Nur weil ich ein hübsches Gesicht habe? Was hat das mit der Stärke des Glaubens zu tun, der mein Herz erhellt?«

»Gar nichts.« Sein Blick verdüsterte sich, was sie noch vor wenigen Augenblicken nicht für möglich gehalten hätte. »Doch es hat etwas mit dem Preis zu tun, der für deine Hand erzielt werden könnte. Nur wenige Väter würden etwas so Kostbares bereitwillig hergeben, nicht einmal zum Ruhm Gottes.«

Diesen letzten Satz äußerte er mit einer Bitterkeit, die Jacqueline sehr wohl wahrnahm. Sie konnte sich diesen Tonfall nicht erklären, und sie wollte den Gatten ihrer Mutter unbedingt verteidigen.

»Duncan ist mein Stiefvater, und er hat meinen Wunsch unterstützt.«

»Tatsächlich?«

»Allerdings. Meine Mutter war dagegen.« Als dieses Geständnis heraus war, presste Jacqueline die Lippen zusammen, denn das hatte sie nicht preisgeben wollen. Sie drehte sich auf den Rücken und starrte hinauf zum Dach.

Angus beobachtete sie aufmerksam, und unter seinem Blick erröteten ihre Wangen ärgerlicherweise schon wieder. »Und warum?«, fragte er schließlich samtweich.

»Das ist doch egal.«

»Finde ich nicht.«

»Ich finde, es geht Euch nichts an.«

Das brachte ihn zum Lachen, so unerwartet, dass sie ihn ansah. Wieder hatte er diesen teuflischen Blick, der ihr Herz schneller schlagen ließ. »Ich dachte, du hättest Angst vor mir.«

»Ich habe vor gar nichts Angst«, verkündete Jacqueline kühn, obwohl ihr die Worte im Halse stecken zu bleiben drohten. ♦

»Du lügst.« Er rückte ein kleines Stückchen näher, und Jacqueline schluckte vorsichtig. Sie konnte den Blick nicht von ihm abwenden, selbst als er sich mit funkelndem Auge über sie beugte. »Wieso bist du vor mir geflüchtet?«

Jacqueline konnte kaum atmen. »Jede Frau, die

halbwegs bei Verstand ist, würde vor einem Mann fliehen, der sie gegen ihren Willen gefangen hält.«

»Aber nicht, ohne an ihre Verletzung zu denken. Aus Angst vor Schlimmerem hast du in Kauf genommen, deinen Knöchel noch mehr zu verletzen.«

Jacqueline suchte verzweifelt nach einer Ausrede. »Euer Begleiter wird sicher bestätigen, dass Frauen keinen Verstand besitzen und dass Ihr keine Ahnung von Frauen habt.«

»Ja, das stimmt.« Angus wirkte unbeeindruckt, doch sein Blick wurde so durchdringend, dass Jacqueline am liebsten im Boden versunken wäre. »Aber er hätte Unrecht.«

»Ihr wisst gar nichts über mich!«

»Ich weiß, dass es dir gelungen ist, mich reinzulegen.« Er kam noch näher. »Und ich weiß, dass du Angst vor mir hast, sogar mehr, als in deiner Situation zu erwarten wäre.« Jacqueline versagte der Atem, doch sie konnte den Blick nicht von ihm abwenden. »Ist es mein Aussehen, das dich so einschüchtert?«

Diese Frage überraschte sie. Sie sah ihn an. Sie wollte ihn nicht beleidigen oder gar verärgern, doch er schien eine ehrliche Antwort zu erwarten.

Und er wusste offenbar, wie hässlich die Narbe auf seiner Wange war. Sie fand, er maß ihr sogar zu viel Bedeutung zu.

Jacqueline starrte Angus an. Sie hatte nicht gelogen, als sie ihn als attraktiv bezeichnet hatte. Er war faszinierend; vielleicht sorgten sein direkter

Blick und seine Entschlossenheit dafür, dass sie die Augenklappe einfach übersah.

»Nein«, gestand sie, ohne es zu wollen.

»Wirklich nicht?«, hauchte er und berührte mit der Fingerspitze ihr Kinn. Seine Finger waren warm, und sie bekam keine Luft.

Hastig blickte Jacqueline zur Seite, verfluchte ihre Dummheit. Er hatte ihr gerade eine perfekte Ausrede in den Mund gelegt, um ihn zurückzuweisen, doch sie hatte diese Chance leichtfertig vertan.

Ganz im Gegenteil, sie hatte ihn geradezu *ermutigt!*

Innerlich stöhnte sie auf, als er ihr Kinn mit der Fingerspitze anhob, so dass sie ihm wieder ins Gesicht sehen musste. Seine Berührung war sanft, seine Miene jedoch grimmig.

»Was ist dir widerfahren? Warum willst du ins Kloster gehen?«

Jacqueline presste verärgert die Lippen zusammen. »Ich bin dazu berufen«, behauptete sie.

Er schüttelte den Kopf, zeigte wieder ein Lächeln. »Als angehende Novizin solltest du nicht so viel lügen.«

»Ich lüge nicht!«

Angus schüttelte den Kopf. »Doch, das tust du.«

Sie verschränkte die Arme über der Brust und starrte ihn an. »Ich erzähle keine Lügen. Es ist meine Berufung, Christus zu dienen, meine Gaben dafür einzusetzen, dass Anderen die Liebe Gottes zuteil wird. Ich will nur dem Herrn dienen, und das werde ich auch tun. Ihr wisst doch sicher, wie es ist, wenn man unbedingt etwas erreichen will?«

Zu ihrem Erstaunen hörte er ihr tatsächlich zu. Jacqueline war es nicht gewöhnt, dass Männer ihren Worten Beachtung schenkten – mit Ausnahme ihres Stiefvaters.

»Wieso sollte ich das wissen?«

»Weil Ihr am Kreuzzug teilgenommen habt, weil Euch Euer Glauben wichtiger war als alles andere.«

Das schien ihn unerklärlicherweise zu belustigen. »Meinst du?«

Er musterte sie, ließ den Blick über ihr Gesicht schweifen, und wieder hatte sie das Gefühl, dass sie zu viel gesagt hatte.

Da er jedoch nichts weiter tat, wagte sie schließlich fortzufahren. »Ich war gestern unterwegs nach Inveresbeinn, und heute Abend wäre ich dort angelangt, wenn Ihr nicht dazwischen gekommen wärt.«

Angus lachte jedoch nur leise und legte sich wieder hin. Er schenkte ihr einen Seitenblick, von dem ihr ganz warm wurde. »Da muss ich mich wohl entschuldigen«, murmelte er. Er hatte wieder diesen verwegenen Blick, und obgleich sie ihm nicht über den Weg traute, war sie doch gespannt, was er sagen würde.

»Weil ich mein frommes Vorhaben verschieben musste?«

Er schüttelte den Kopf. Offenbar war er eher verwundert als verärgert. »Nein. Ich entschuldige mich dafür, dass ich dir einen Kuss gestohlen habe. Ich konnte nicht ahnen, dass es so schrecklich für dich sein würde, dass du daraufhin die Flucht ergreifen würdest.«

Jacqueline schluckte. »So schrecklich war der Kuss gar nicht«, murmelte sie und errötete sofort.

»Ach nein?«

Jacqueline wünschte, der Erdboden möge sie verschlucken. Sie versuchte sich abzuwenden, doch seine Fingerspitze lag noch an ihrem Kinn, und er drehte ihr Gesicht sanft in seine Richtung.

Und als sie ihn erst einmal ansah, konnte sie den Blick nicht mehr abwenden.

Angus' Finger glitten sanft über ihr Kinn. Jacqueline hielt den Atem an, während ihr ein Schauer über den Rücken lief. Es war kein unangenehmes Gefühl, aber dennoch zitterte sie leicht.

»Ich nehme mir nichts, was mir nicht zusteht«, sagte Angus so entschieden, als würde er einen Eid ablegen. »Vergiss das nie. Wenn du willst, dass ich mir etwas von dir nehme, dann musst du es mir anbieten. Und wenn du etwas von mir willst, dann musst du mich darum bitten.«

»Dann lasst mich bitte frei.«

Er lachte auf, und sein Daumen glitt kurz über ihre Lippen – eine verwirrend intime Geste. »Nein, das geht nicht, meine geraubte Schöne. Das nicht. Deine Freiheit muss erkauft werden, für den Preis, den ich verlange.«

Jacqueline knirschte mit den Zähnen und schüttelte den Kopf. »Was werdet Ihr denn verlangen?«

Sein Blick wurde streng, doch sein Ton war nicht vorwurfsvoll. »Du bist eine unglaublich neugierige Person, Mhairi. Das ist für eine Novizin sehr unangebracht.«

Jacqueline schnaubte ärgerlich. »Ich habe Euch schon mehrmals gesagt, dass ich nicht Mhairi heiße! Gebt mir nicht den Namen einer Toten. Das ist ein schlechtes Omen.«

»Na ja, besonders rosig sieht dein Schicksal im Augenblick auch nicht aus, oder?«

Es machte fast den Eindruck, als wolle Angus sich über sie lustig machen. Seine Miene war zwar ernst, doch sein Auge funkelte wie bei Duncan, wenn er sie neckte. Sie starrte ihn an, versuchte zu erraten, was er dachte.

Dann wurde er jedoch wieder ernst. Sie sahen einander aufmerksam an. Jacqueline fuhr sich unwillkürlich mit der Zunge über die Lippen.

Angus lenkte den Blick auf ihren Mund und beugte sich noch näher. »Viele Männer würden das als Aufforderung verstehen«, flüsterte er, so dass ihr ein weiterer Schauer den Rücken hinunterlief.

»Ja«, hauchte sie.

Angus hielt inne, die Lippen kaum eine Hand breit von den ihren entfernt. »Ist es eine?«

Seine Bewegung drückte die Schwertklinge gegen ihren Arm, gedämpft durch den dicken Wollstoff. Dieser Druck erinnerte sie daran, dass er ein Ritter war. Noch dazu war er ein Ritter, der behauptete, unversehrt sei sie für ihn am wertvollsten.

Er hatte ihr nichts angetan – allen Schaden hatte sie sich bei ihrer panischen Flucht selbst zugefügt. Er hatte sie nicht zu fest gebunden oder gar geschlagen. Er hatte ihr keine Angst gemacht – ihre Angst lag nur an seinem Geschlecht und ihrer Situation. Er hatte sie nicht vergewaltigt.

Er hatte sie durch den Wald verfolgt, obwohl er

sie hätte fliehen lassen können. Vielleicht wäre sie entkommen, vielleicht auch den Wölfen zum Opfer gefallen. Er hatte sie zu dieser Heilerin gebracht, die sie versorgt hatte. Angus' Taten bestätigten, dass ihr Wohlergehen ihm am Herzen lag.

Reynaud dagegen hatte nur das verlangt, was er haben wollte.

Legte Angus so viel Wert auf sein Rittergelübde, wie Reynaud es missachtet hatte? Es war eine verlockende und gefährlich romantische Vorstellung. Ihre jungfräuliche Sittsamkeit hatte er durchaus respektiert und dafür sogar in Kauf genommen, dass er sich lächerlich machte.

Und er hatte sie geküsst. Ein einziges Mal. Ganz sanft. Dadurch hatte er ein unbekanntes Verlangen in ihr geweckt. Er wusste sicher ganz genau, wie dieses Verlangen zu stillen war.

Jetzt wartete er auf ihre Antwort, angespannt wie ein Raubtier auf der Jagd. Ihr Mund wurde trocken. Jacqueline verlor sich in seinem Auge, war gefesselt von der Hitze, die sie in seinem Blick entdeckte. Er sehnte sich genauso nach diesem Kuss wie sie selbst. Dieser Gedanke machte sie so kühn wie sonst nichts.

Denn er hoffte auf ihre Zustimmung. Sie hatte die Macht, ihn zu sich zu locken oder ihn abzuweisen; sie, ein unbewaffnetes Mädchen, konnte mit einem einzigen Wort einen Mann zurückweisen, der um so viel größer und stärker war. Wenn sie nein sagte, würde Angus sich abwenden.

Seit sich ihre Wege gekreuzt hatten, fühlte sie sich zum ersten Mal mächtig und als Herrin über ihr Schicksal.

Das allein gab den Ausschlag für ihre Entscheidung. Sie wollte wissen, ob ihre Reaktion auf den ersten Kuss nur die Folge von Überraschung oder Angst gewesen war.

Sie war sehr neugierig.

»Ja«, flüsterte Jacqueline mit seltsam heiserer Stimme. Sie konnte es sich nicht noch einmal anders überlegen, denn sofort lagen Angus' Lippen auf den ihren.

✳

Angus wollte ihr nur Angst machen.

Das erleichterte ihm die Situation, denn wenn sie Angst hatte – selbst wenn sie ohnmächtig wurde –, war sie nur eine Last, mit der er sein Lösegeld erpressen konnte. Es war einfacher, sie nur als Beute zu betrachten, die er gegen sein wahres Begehren eintauschen konnte.

Doch wenn sie redete, wenn sie lächelte, dann konnte er nicht leugnen, dass diese Beute einen Namen hatte, ein Leben, ein Herz. Dann war sie eine begehrenswerte Frau, die ihn mit ihrem Verhalten und ihren Erwartungen allzu sehr an den unschuldigen Optimismus erinnerte, den er selbst verloren hatte. Auch der Schlaf hatte seinen Widerstand nicht erhöht; sein Verlangen, mehr über sie zu erfahren, schien am Morgen noch viel stärker geworden zu sein. Und als sie sich ihm anvertraute, hatte er wieder den Wunsch verspürt, sie freizulassen, ohne Rücksicht darauf, welches Opfer das für ihn bedeutete.

Angus wusste, dass er sie nicht anrühren sollte.

Er hatte nicht die Absicht, sie zu beflecken. Nur Airdfinnan wollte er haben, obgleich diese Frau ein lang vergessenes Verlangen in ihm weckte. Schließlich würde jeder Mann sie begehren, mit ihren üppigen Kurven und den verlockenden Lippen, dem klaren, grünen Blick und dem scharfen Verstand.

Und sie fürchtete sich nicht vor ihm, obwohl er sich so verändert hatte.

Sie ließ ihn spüren, dass er noch immer ein Mann war, trotz seiner Narben. Auf diesen Genuss hatte er schon viel zu lange verzichten müssen. Doch Angus bevorzugte Frauen, die in der Liebe erfahren waren. Angst nahm ihm jede Lust, das war schon immer so gewesen, und er hatte das Mädchen nur gereizt, um sein Verlangen gründlich zum Erliegen zu bringen.

Es erfüllte also zwei Zwecke, wenn er ihr Furcht einjagte.

Ihre Lippen waren weicher als das Fell unter dem Kinn eines Hasen, sie schmeckten süßer als die exotischste Frucht. Angus musste an den Honig der Bienen denken, die seine Mutter in Airdfinnan gezüchtet hatte. Süßer und dennoch fester Honig von tiefgoldener Farbe – genau wie das Haar dieses Mädchens. Dieser Honig hatte viele unerwartete Geschmacksrichtungen enthalten, einen Hauch des Lavendels und Heidekrauts und Klees, von denen sich die Bienen ernährt hatten.

Das Mädchen schnappte nach Luft und öffnete den Mund, ließ ihn hinein wie eine Blume eine Biene einlädt, ihre Geheimnisse zu erforschen. Angus' Kuss wurde intensiver, gegen seinen Willen küsste er sie inniger. Er schob sich auf sie, bedeckte sie mit seinem ganzen Körper, genoss ihre weiche Wärme.

Seine Hand legte sich auf ihre makellose Brust. Schon bei der leisesten Berührung seiner Fingerspitzen wurde die Brustwarze zu einer harten Perle. Seine Finger fuhren um den vollen Halbkreis, ohne dass er sie daran hindern konnte. Er streichelte sie, hörte sie stöhnen, spürte, wie sie sich an ihn drängte.

Und sein Verlangen regte sich. Verflucht, er *begehrte* sie.

Schwach nahm er wahr, dass sich die Tür der Hütte öffnete. Er spürte einen kühlen Lufthauch, doch ihre Zunge berührte zaghaft die seine, und er vergaß alles andere. Ihre Hand, so klein, so zerbrechlich, so weiblich, legte sich auf seine Schulter, und sie wirkte so unsicher, dass er sie gegen alles Übel dieser Welt beschützen wollte.

Für sie war alles neu, und in gewisser Weise genoss er es, sie nicht nur in die Geheimnisse der Lust einführen zu können, sondern ihr damit auch noch augenscheinlich Freude zu bereiten.

Tatsächlich lichtete sich die Finsternis, die Angus sonst in ihrem Bann hielt. Unbeabsichtigt hatte Jacqueline ihm einen Augenblick des Erwachens und der Unschuld geschenkt, indem es ein unbekanntes Wunder zu entdecken gab. Ein unerwarteter Sonnenstrahl erleuchtete sein hartes Herz, weil sie ihm etwas so Kleines und dennoch so Großes wie ihren ersten Kuss anvertraute.

Plötzlich musste er an den Garten seiner Mutter denken, an diesen vertrauten Ort voller Sonnenschein, an dem Bienen summten, Tausende verschiedene Blumen blühten und sich im Sommerwind regten. Er hörte noch einmal das fröhliche Lachen seiner Mutter, einen Klang, den er für immer vergessen geglaubt hatte.

Er wollte mehr, wollte alles, was sie zu geben hatte. Er presste den Mund auf die Lippen des Mädchens und küsste sie gierig noch inniger.

»So läuft das also!«, ertönte Rodneys Stimme. »Ich muss mit den Gäulen im Regen schlafen, frierend und mit leerem Magen, und du gönnst dir mit diesem Weibsbild dein Vergnügen? Sah *so* etwa dein Plan aus? Das habe ich nicht geahnt!«

Als er seinen Begleiter hörte, kehrte die Finsternis auf einen Schlag zurück. Es war, als habe man eine Kerkertür zugeworfen und den Schlüssel im Schloss gedreht, um ihn dem Schrecken der Gefangenschaft auszuliefern. Sofort fiel Angus wieder ein, was er verloren hatte, was man ihm geraubt hatte, was er hatte bezahlen müssen.

Er löste die Lippen von seiner Gefangenen, ignorierte die ängstlich aufgerissenen Augen. Die vollen, roten Lippen waren von seiner Liebkosung geschwollen, sie sah zerzaust und leidenschaftlich aus.

Doch sie machte ihn nur verrückt. Sie lenkte ihn von seinem Ziel ab, und er durfte auf keinen Fall scheitern. Rodneys beständige Schimpftiraden gegen die Macht der Frauen kamen ihm wieder in den Sinn, und Angus rüstete sich gegen diese Person. Er hatte ihr schließlich Angst machen wollen, das hatte er nur vergessen.

Er reagierte schnell, um seinen Fehltritt zu vertuschen. Seine Lippen verzogen sich zu einem kalten Lächeln, und seine Hand legte sich fester um ihre Brust.

»Verzeih, Rodney«, sagte er, den Blick auf sie gerichtet. Die schönen Augen sahen ihn verzweifelt an. »Es wäre doch wohl unhöflich gewesen, das abzulehnen, was diese Dame mir angeboten hat.«

Entsetzt schnappte sie nach Luft, doch Angus senkte den Kopf und küsste sie heftig, schob ihr so aggressiv die Zunge zwischen die Lippen, dass sie beide überrascht waren.

Dann rollte er sich fort und stand mit gespielter Gleichgültigkeit auf. Er redete sich ein, dass er sich über ihre Abscheu freuen müsse, und schob sein Schwert zurück in die Scheide, ohne seine Gefangene noch eines weiteren Blickes zu würdigen. Angus ignorierte sowohl den durchdringenden Blick des Mädchens als auch Edanas vorwurfsvolle Miene.

Doch innerlich machte er sich schwere Vorwürfe. Er hatte etwas wieder gutmachen wollen, und das hatte ein schlimmes Ende genommen. Dieses unschuldige Mädchen wollte sich dem Glauben verschreiben, und er hatte es auf niederträchtige Weise mit seiner Berührung beschmutzt. Nach einer längeren Gefangenschaft würde sie ihr einziges Ziel sicher nicht mehr verfolgen.

Angus wusste, dass er nicht das Recht hatte, seiner Gefangenen ihren Traum zu rauben, ganz gleich, welches Unrecht er selbst erlitten hatte. Doch wenn er sie freiließ, würde er wieder mit leeren Händen dastehen und obendrein ein gesuchter Bandit sein.

Nein, es gab nur eine Lösung. In diesem Augenblick gab er seine ursprüngliche Absicht auf, den Vater dieser Frau eine Woche lang zittern zu lassen, bevor er seinen Preis forderte. Rodney sollte schon heute losreiten. Sie mussten diese Sache so bald wie möglich hinter sich bringen, damit sie nicht scheiterte. Er würde Airdfinnan bekommen und seine Gefangene los sein, bevor er noch einmal auf Abwege geraten konnte.

»Du hast dich sehr verändert«, flüsterte Edana, als er an ihr vorbeiging. Ihre verkniffene Miene verriet, was sie von dieser Veränderung hielt.

Angus war schon wütend genug auf sich selbst. Auf Kritik von anderen konnte er gut verzichten. Er blieb stehen und starrte auf die Alte herab, damit sie sehen konnte, welch kalter Zorn in ihm brannte.

Edana fuhr zusammen und wandte sich ab.

Sollten sie ihn doch für einen kaltherzigen Schurken halten! Dann würde die Jungfer sich wenigstens vor ihm fürchten und ihn meiden. Nur so konnte er den einzigen Vorteil behalten, den er in diesem Unterfangen in der Hand hatte.

»Ja«, murmelte Angus mit seltener Wut, »das stimmt. Wehe dem, der so dumm ist, mir in die Quere zu kommen.«

Mit diesen Worten marschierte er hinaus in den sanften Morgenregen, noch immer den süßen Geschmack des Mädchenkusses auf den Lippen.

6. Kapitel

Jacqueline war entsetzt. Sie hatte Angus nicht nur aufgefordert, sie zu küssen, sondern seine Berührung auch noch genossen.

Zumindest zu Beginn. Dieser Abschiedskuss dagegen hatte ihr alle Überraschung und alle Lust genommen. Ja, da hatte er offenbart, was er wirklich von ihr dachte, und ihr fiel wieder ein, welch mahnende Worte ihre Mutter über das Verhalten von Huren an ihre Halbschwester Alienor gerichtet hatte.

Ihre Wangen brannten vor Scham, und sie konnte Edana nicht in die Augen sehen. Jacqueline setzte sich auf und strich sich das Haar aus der Stirn, denn sie wollte nicht in dem Bett liegen bleiben, in dem er sich ihr auf solche Weise genähert hatte.

Edanas Blick war unerbittlich, und Jacqueline war sich sicher, dass sie ihr Unbehagen nicht verbergen konnte. Ihre Flechtfrisur hatte sich in der Nacht aufgelöst, und bei dem Bemühen, das Haar zu entwirren, konnte Jacqueline zumindest das Gesicht hinter dem goldenen Vorhang verbergen. Mit zitternden Fingern löste sie das Band, was länger dauerte als je zuvor. Obwohl sie nichts sehen konnte, spürte sie, dass Edana sie mit einem so reglosen Blick beobachtete wie der preisgekrönte Falke ihrer Mutter.

Die bedrückende Stille war für Jacqueline unerträglich. Plötzlich erhob sich Edana. Ihr Stock klopfte auf den Boden, als sie die Hütte durchquerte. Jacqueline war erleichtert, dass die alte Frau nicht zu ihr kam und sie auch nicht ansprach.

Zumindest nicht sofort. Nachdem sie das Feuer in dem kleinen Ofen entfacht und den zerbeulten Wasserkessel aufgesetzt hatte, kramte Edana in einer kleinen Kiste und reichte Jacqueline einen Gegenstand. Jacqueline tat, als würde sie die Geste nicht bemerken. Das war nicht schwer, denn sie hatte den Kopf gesenkt und das Gesicht hinter dem zerzausten Haar verborgen.

»Das ist ein Kamm, Mädchen. Nimm nur«, sagte Edana ungeduldig.

Es wäre zu unhöflich gewesen, dieses gut gemeinte Angebot abzuschlagen. Dem Kamm fehlten zwar einige Zähne, doch er war eine große Hilfe. Jacqueline zerrte ihn heftig durch ihr Haar, obwohl es schmerzte. Aber alle Schmerzen, die sie erdulden musste, hatte sie für ihre Dummheit vollends verdient.

Edana sah ihr zu. »Warum hast du ihn gebeten, dich zu küssen?«

»Ihr wart also wach!«

Jacquelines Verwunderung brachte die alte Frau zum Lachen. »Ich schlafe nur selten richtig, Mädchen. Und ja, darum hat er –« Sie hielt inne und schüttelte den Kopf.

»Warum hat er was getan? Und von wem sprecht Ihr überhaupt?«

Edana lächelte. »Du hast ihn doch gebeten, dich zu küssen, oder etwa nicht?«

»Doch«, gestand Jacqueline halblaut. »Jetzt weiß ich jedoch, dass das ein ungeheuerlicher Fehler war.«

»Wieso denn?«

»Er ist kein ehrenhafter Mann.«

»Weil er genommen hat, was du ihm angeboten hast?«

»Weil er mich zu mehr gezwungen hat!«

Edana schnalzte mit der Zunge und stieß mit ihrem Gehstock gegen den Kessel. »Wo steht denn geschrieben, mein Mädchen, dass der Kuss zwischen einem Mann und einer Frau bestimmten Gesetzen zu folgen hat? Hmmm? Ein Kuss ist gleichzeitig wundersam und zauberhaft. Er nimmt ein Stück von beiden Beteiligten und schafft daraus etwas Neues. Man sagt sogar, dass ein Kuss ein Eigenleben entwickeln kann.«

»Aber sein zweiter Kuss war voller Brutalität«, beharrte Jacqueline. »Er hat ihn mir aufgezwungen.«

»Und er war ganz anders als der Erste, nicht wahr?«

Jacqueline sah auf, doch Edana wich ihrem Blick aus.

»Fast so«, überlegte die alte Frau so leise, dass Jacqueline angestrengt lauschen musste, um sie überhaupt zu verstehen, »als sei er von einem anderen Mann. Einem zweiten Mann in der gleichen Haut.« Sie warf einen weiteren Blick durch den Raum.

Angus hatte ihr aufmerksam zugehört und sie geneckt, fast wie ihr Stiefvater es oft getan hatte. Doch der zweite Kuss war tatsächlich ganz anders gewesen, so als hätte ein anderer Mann sie geküsst.

Ein Mann wie einer der vielen Verehrer, die ihr schon den Hof gemacht hatten. Oder wie Reynaud.

Doch der Angus, den sie bereitwillig geküsst hatte, war ganz anders gewesen.

Und das gab Jacqueline zu denken. »Ihr kennt ihn schon sehr lange. Ihr habt gesagt, er habe sich verändert.«

»Ja.« Die alte Frau nickte, als wolle sie dazu nichts weiter sagen. »Und noch einmal ja, das muss ich zugeben.«

»Inwiefern hat er sich verändert?«

»Er will sicher nicht, dass ich davon spreche.«

»Er braucht es ja nicht zu erfahren.«

Edana hob die Augenbrauen.

»Das stimmt doch!«, protestierte Jacqueline. »Ich werde es ihm nicht verraten, wenn Ihr mir von ihm erzählt. Also, in welcher Hinsicht hat er sich verändert?«

»In jeder Hinsicht,« seufzte Edana schließlich und rückte näher. »Es stimmt, dass ich Angus früher kannte, doch nicht in diesem Gewand und nicht so vernarbt. Als er gestern Abend vor mir stand, habe ich ihn kaum erkannt.«

Jacqueline hörte aufmerksam zu. Sie wollte unbedingt mehr erfahren.

Doch Edana wechselte das Thema. »Wieso willst du ins Kloster?«, fragte die alte Frau ein wenig verärgert. »Du weißt doch sicher, dass du hübsch bist. Alte Frauen, die den Freuden des Lebens überdrüssig sind, ziehen sich ins Kloster zurück, aber doch nicht ein junges Fräulein, das noch nichts davon gekostet hat.«

»Das habe ich schon oft gehört. Aber ich bin eben dazu berufen, Jesus Christus zu dienen und meine Fähigkeiten in den Dienst der Kirche zu stellen.«

»Unsinn.« Edana spuckte in die Binsen in der Ecke. »Du fliehst vor etwas, genau wie du versucht hast, vor Angus zu fliehen. Dass du deinem Entführer entkommen wolltest, das kann ich verstehen, doch soweit ich weiß, ist Ceinn-beithe kein Ort, dem man entfliehen müsste.«

»Ich fliehe nicht.«

»Was ist dann der Grund? Dein wahres Motiv hast du noch nicht verraten.«

Jacqueline seufzte und ließ den Kamm sinken. »Ich glaube einfach, dass ich im Schoße der Kirche für all meine Fähigkeiten geschätzt werde und nicht nur dafür, wie gut ich den Arm eines Mannes, seinen Tisch oder sein Bett zieren würde.«

Edana musterte sie. »Du wurdest also immer nur deiner Schönheit wegen begehrt?«

»Ja.«

Lächelnd warf die alte Frau eine Hand voll Kräuter in ihren Kessel und rührte das Gebräu um. »Dann kann ich deine Entscheidung nur loben«, sagte sie überraschend.

»Tatsächlich?«

»Ja. Eine Frau ist kein Schmuckstück, und sie sollte nicht wie eines behandelt werden.«

»Das stimmt!« Jacqueline war glücklich, dass sie jemanden gefunden hatte, der sie nicht von ihrer Entscheidung abbringen wollte.

Edana hob einen Finger. »Aber nicht alle Männer begehen den Fehler, nur nach Schönheit zu suchen. Es gibt auch Männer, die nicht nur den jugendlichen Charme einer Frau schätzen, sondern auch wissen, dass sie vielleicht einst mit dieser Frau alt werden.«

Jacqueline band mit entschiedener Miene das Haarband fest. »Schon möglich, aber ein solcher Mann ist mir noch nie begegnet.«

Edana legte den Kopf auf die Seite und musterte sie aufmerksam. »Wirklich nicht?«

»Moment, ich muss mich korrigieren. Mein Stiefvater ist ein solcher Mann, und vielleicht auch mein Onkel Guillaume, aber –«

»Ich möchte dir eine Geschichte erzählen, *ma demoiselle*«, unterbrach Edana sie. Die französische Wendung kam der alten Frau so leicht über die Lippen, dass Jacqueline überrascht die Augen aufriss. Doch bevor sie Edana nach ihrer Herkunft fragen konnte, hatte die Frau bereits weitergesprochen. »Ich werde dir eine Geschichte erzählen, denn die Herrin der Quelle ist sehr zufrieden mit dir, und auch ich halte dich für ein nettes Mädchen.«

»Werdet Ihr mir erzählen, woher Ihr Angus kennt?«

Edana schob die Lippen vor. »Diese Geschichte ist zu lang, als dass ich sie bereitwillig erzählen könnte.«

»Dann erzählt nur einen Teil davon. Verratet mir die Wahrheit.«

»Und was ist die Wahrheit, Mädchen?«

»Ein ehrlicher Bericht über das, was passiert ist,

ohne Ausschmückungen oder Auslassungen. Die Wahrheit ist ganz einfach, besonders, wenn es die ganze Wahrheit ist.«

»Deine Worte zeugen von jugendlicher Einfalt.« Edana schien sich darüber zu amüsieren. »Die Wahrheit ist alles andere als einfach. Es gibt die Wahrheit, die geschehen ist und die Wahrheit, von der ich glaube, dass sie geschehen ist. Und es gibt die Wahrheit, an die ich mich erinnern kann. Ganz zu schweigen von der Wahrheit, die andere wahrgenommen und in Erinnerung haben. Alles in allem ist es äußerst fraglich, ob überhaupt irgendjemand die ganze Wahrheit erfassen kann.«

»Ihr sprecht in Rätseln.«

»Ich spreche die Wahrheit.« Edana grinste, als sei sie sehr stolz auf sich.

Jacqueline seufzte verärgert, denn sie konnte die Belustigung der alten Frau nicht teilen. »Na schön. Erzählt Ihr mir denn, was Ihr noch über die Zeit wisst, als Ihr Angus kennen gelernt habt?«

Edana wurde wieder ernst und richtete sich auf. »Du hast eine vorlaute Zunge, Mädchen, trotz deines hübschen Gesichtes.« Jacqueline errötete, doch die alte Frau fuhr fort. »Als ich dich zum ersten Mal sah, fürchtete ich, du könntest dumm oder langweilig oder sonst irgendwie uninteressant sein. Es ist eine angenehme Überraschung, dass du ein so unterhaltsamer Gast bist.«

Jacqueline wusste nicht, was sie darauf erwidern sollte. Edana zog einen Hocker herbei und setzte sich neben Jacqueline, während die alten Finger getrocknete Blätter in zwei nicht voneinander zu unterscheidende Häufchen sortierten. Weder die Blätter noch deren Geruch waren Jacqueline vertraut.

»Vor langer Zeit wurde eine junge Schönheit, die dir nicht ganz unähnlich war, mit einem Clanführer vermählt, der viel älter war als sie. Das Mädchen hatte Angst vor dieser Ehe, denn ihr Bräutigam galt als blutrünstig und wild, doch ihre Eltern wollten es so. Als gehorsame Tochter traf sie an dem vereinbarten Tag vor den Türen der Kirche auf den Mann, um den Bund fürs Leben zu schließen. Man sagt, ihr wäre beinahe das Herz stehen geblieben, als sie den großen Krieger sah, in dessen Bett sie von nun an liegen sollte.«

»Hat sie ihn denn geheiratet?«

»Ja, denn wie ich bereits sagte, war sie eine pflichtbewusste Tochter.« Eine Weile arbeitete Edana schweigend weiter, während der Regen auf das Dach trommelte. »Und ihr Hochzeitsfest war sehr ausgelassen, tagelang wurde gesungen und getanzt. Doch inmitten der Feierlichkeiten kam ein Gesandter an die Tür ihres Heims.

Dieser Mann kam von dem normannischen Hof eines entfernten Verwandten der Dame. Er brachte ein Hochzeitsgeschenk, ein Wunderwerk, das alle faszinierte.« Edana hielt inne und fuhr sich mit der Zunge über die Lippen. »Was glaubst du, was es war?«

»Gold und Edelsteine.«

»Nein.«

»Exotische Seide, oder Farben, oder Düfte.«

»Wieder nein, doch du kommst der Sache schon näher.«

»Eine wundersame Speise. Eine Frucht aus dem Süden.«

»Nein. Eine einzige Frucht hätte nicht für die ganze Versammlung gereicht, und wenn man sie verzehrt hätte, wäre sie für immer fort gewesen. Ein solches Geschenk hätte nur Enttäuschung bereitet und somit keine Wertschätzung gezeigt. Nein, ein Hochzeitsgeschenk muss so lange halten wie der Bund, der damit gefeiert wird.«

»Dann weiß ich es nicht.«

Edana lächelte wie ein schelmischer Kobold aus Duncans Erzählungen. Mit einem Finger tippte sie Jacqueline auf das Knie. »Er brachte einen Bienenstock.«

Jacqueline konnte es kaum glauben. Sie schlang die Arme um die Knie und lauschte aufmerksam, denn sie liebte Geschichten sehr. »Bienen? Wie das?«

»Sie befanden sich in einem ausgeklügelten Korb, und dennoch war der Transport nicht einfach. Der Bote kam zu Frühlingsanfang an, daher hatten seine Schützlinge fast die ganze Reise über geschlafen. In diesem Korb waren eine Königin und genügend Drohnen, um eine große Kolonie zu gründen und einen reichen Ertrag an Honig zu liefern. Es waren ganz besondere Bienen, die viel Honig produzierten, so berichtete er.

Das Geschenk war sehr großzügig, so großzügig, dass die Empfänger zögerten, ob sie es überhaupt annehmen sollten. Man sagt, die Dame fragte sich, was ihr Verwandter wohl von ihr verlangen mochte.«

»Hat sie es denn angenommen?«

Bei dieser Frage musste Edana lächeln. »Ja. Es war ein gut gewähltes Geschenk, denn sie konnte es einfach nicht abschlagen. Diese Dame hatte eine Schwäche für Süßes, und nichts ist so süß wie edler Honig. Und da der Bote ein Priester war, wagte man es nicht, das Geschenk abzulehnen. Der Priester erklärte, dass der normannische Verwandte der Dame nur darum bat, dass die Familie seinen Meldungen und Warnungen Beachtung schenke. Er verlangte nur, dass sie die Nachricht des Priesters anhörten.

Dazu waren sie gerne bereit. Der gesamte Haushalt hatte sich in der Halle versammelt, um zu hören, was der Priester zu sagen hatte. Die Spielleute schwiegen, und die Bauern versammelten sich mit allen Männern des Anführers. Der Priester sprach so mitreißend und faszinierend, dass niemand seinen Bericht langweilig fand – obendrein war es eine unglaubliche Geschichte, die er mitzuteilen hatte.

In dieser entlegenen Gegend wusste noch niemand, dass die Ungläubigen das römische Königreich Jerusalem belagerten. Die Grafschaft Edessa war bereits von den Sarazenen erobert worden. Man fürchtete sehr, dass alles, was die mutigen Kreuzfahrer mit ihrem Blut im Heiligen Land erreicht hatten, wieder verloren gehen würde. Papst Eugenius III. hatte zu einem neuen Kreuzzug aufgerufen, um dieses Unrecht zu sühnen und die Ansprüche des Christentums auf die Heilige Stadt zu bestätigen, in der Christus sein Ende gefunden hatte und auferstanden war.«

»Diesen Kreuzzug organisierte Bernard von

Clairvaux, der Gründer des Zisterzienserordens«, warf Jacqueline ein, denn das hatte sie vom Priester auf Ceinn-beithe gelernt.

»Ja, doch angeführt wurde er von keinem Geringerem als Konrad III., dem Kaiser des Heiligen Römischen Reiches, und Ludwig VII., dem König von Frankreich. Es hieß, die Christen, die nicht das Kreuz ergriffen und das größte Heiligtum ihres Glaubens verteidigten, hätten den Tag des Jüngsten Gerichts sehr zu fürchten. Der Priester, der im Auftrag der Verwandtschaft der Dame diese Botschaft überbrachte, rief ihren Gatten, den Clanführer, auf, zu den Waffen zu greifen und seine Männer in den Kampf zu führen.«

Edana machte eine Pause und erhob sich, um weitere Blätter zu holen. Sie schien übermäßig lange zu brauchen, um sie zusammenzusammeln, und Jacqueline wippte ungeduldig mit dem Fuß, weil sie unbedingt mehr erfahren wollte. Kaum hatte die alte Frau wieder Platz genommen, stieß sie hervor: »Und? Sind sie aufgebrochen?«

»Es gab da ein Problem.« Edana schob die Lippen vor. »Der Clanführer war nicht im christlichen Glauben erzogen worden. Er hatte sich nur taufen lassen, damit er seine Auserwählte heiraten konnte, denn ihre Familie hatte darauf bestanden.«

»Er war ein Heide?«

»Nein, er war eher gleichgültig. Er hatte vollauf mit weltlichen Dingen zu tun und interessierte sich nicht für Glauben jedweder Art. Und noch weniger war er daran interessiert, das ganze Christentum zu durchqueren, sich auf Jahre von seiner neuen Frau zu trennen, keine Söhne zu zeugen und vielleicht weit fort von Heim und Herd zu sterben. Er war kein junger Mann mehr, und das Jüngste Gericht machte ihm ganz gewiss keine Angst.

Er weigerte sich auf der Stelle, am Kreuzzug teilzunehmen. Es war seine Art, sich immer schnell zu entscheiden und bei seiner Entscheidung zu bleiben. Und da er diesen Kriegszug nicht unterstützte, ging kein einziger Mann aus seiner Sippe.«

»Der Priester war sicherlich enttäuscht.«

»Ja, vermutlich schon. Und man fürchtete sich auch vor den Auswirkungen. Schließlich hatte der Verwandte der Dame die Familie nur vor einer drohenden Gefahr warnen wollen. Es war ein gut gemeinter Ratschlag, wie auch immer er aufgenommen wurde. Der Clanführer bestand darauf, den Priester mit einem ebenso großzügigen Geschenk zurückzuschicken, damit die Beziehung zu dem Verwandten nicht getrübt wurde.

Der Priester wollte ein solches Geschenk nicht annehmen, doch er riet dem Clanführer auch nicht davon ab, es durch einen anderen Boten überbringen zu lassen. Er hatte nämlich gesehen, wie dünn der Schleier des Glaubens in diesem Land war, und daraufhin beschlossen, diese vielen verlorenen Schafe in Christi Obhut zu bringen. Er gelobte, dort zu bleiben und zu predigen.«

»Es klingt ja, als wären seine Predigen sehr vonnöten gewesen.«

Edana gab darauf keine Antwort, sondern warf Jacqueline einen vorwurfsvollen Blick zu. »Der Clanführer sah die Gelegenheit, etwas aus dem Nichts zu schaffen, und stiftete Geld für den Bau eines Klosters. Dieses Geschenk nahm der Priester dankbar an und machte sich daran, allen, die es hören wollten, das Wort Gottes zu predigen.

Er zeigte der Dame, wie die Bienen zu pflegen waren, das Kloster blühte auf, und viele Untertanen des Clanführers traten zum christlichen Glauben über. Lange Zeit waren die Sorgen aus Outremer vergessen.«

»Bis schließlich der Tag des Gerichts kam.«

Edana hielt inne und musterte Jacqueline. »Merkwürdig, dass die Christen sich immer freuen, wenn andere für ihre Verfehlungen gestraft werden. Ich dachte immer, Mitleid mit Anderen sei ein wichtiger Bestandteil der christlichen Lehre.«

»Nein, es ist nur typisch für keltische Erzählungen, dass am Ende das Böse bestraft und das Gute belohnt wird.«

Darüber musste Edana lachen. »Ach ja? So ist es doch in jeder guten Geschichte. Vielleicht sogar im Leben selbst.«

»Und? Ist ihnen etwas zugestoßen?«, fragte Jacqueline.

»Oh, manche sagten, es habe sich von Anfang an angekündigt. Entgegen aller Erwartung gebar die Braut nämlich keine Kinder. Der Priester stellte zwar keinen Zusammenhang zwischen dieser Tatsache und den Vorfällen her, doch die Leute tratschen ja gerne über solche Dinge. Der Clan-

führer suchte das Bett seiner Frau jedenfalls fleißig auf.«

»Und sie? Hatte sie immer noch Angst vor
ihm?«

»Nein. Zwar hatte sie vor ihrer Hochzeit die
schlimmsten Befürchtungen gehabt, doch schon
bald hatte sie festgestellt, dass ihr Mann ein gutes,
großzügiges Herz hatte, ein Herz, das fast so groß
war wie er selbst. Für ihn gab es zwei Sorten von
Menschen – diejenigen, die zu ihm hielten und
diejenigen, die gegen ihn waren. Letztere metzel-
te er ohne Reue, doch Erstere schützte er mit un-
vergleichlichem Eifer. Seine Frau war sein Augap-
fel, sein liebstes Wesen, und somit hätte ihr
Leben nicht schöner sein können.

Sie war sanftmütig und schenkte den Streiterei-
en, die sie oft umgaben, keine Beachtung. Krieg
und Blutfehden und Bündnisse waren für sie ein
unverständliches Reich der Gewalt, an dem sie
nicht teilhaben wollte.

Sie hatte nur wenig Interesse an der Handarbeit
und richtete sich stattdessen einen Garten ein.
Vielleicht wollte sie damit beweisen, dass Menschen auch Schönheit in die Welt bringen können, nicht nur all das Übel, das für gewöhnlich
erzeugt wird.

Dem ursprünglichen Küchengarten, in dem
Heil- und Gewürzkräuter sowie Zwiebeln und
Knollen für den Suppentopf wuchsen, fügte sie
nach und nach immer mehr Blumen hinzu, aus
Freude an der Farbenpracht und als Nahrung für
die Bienen.

Diese seltsame Beschäftigung sprach sich herum. Höflinge, die die Gunst ihres freundlichen Mannes suchten, brachten ihr Geschenke aus dem Süden mit, die in jedem anderen Haus abgewiesen worden wären – Wurzelstücke und Blätter, Samen und Schoten und Früchte. Und so gedieh ihr Garten, ein herrlicher Zufluchtsort, an den sie und ihr Mann sich häufig zurückzogen. Er war in vielerlei Hinsicht eine Welt für sich, ein Ort aus einer anderen Zeit.

Und niemand war glücklicher als dieses Paar, als die Dame dem Clanführer gut sechs Jahre nach der Heirat einen gesunden Sohn gebar. Dann bekam sie noch einen zweiten, und der Gatte schwor, dass sie ihn zum glücklichsten Mann in der ganzen Christenwelt gemacht hatte. Die bösen Zungen verstummten, und im Reich des Clans schien wieder alles zum Besten zu stehen.«

»War es wirklich so?«

»Ja, lange Zeit machte es den Eindruck.«

»Doch schließlich ...«

»Ja, *schließlich* nahm das Schicksal eine böse Wendung, und zwar sehr plötzlich. Es war wie ein Wollknäuel, das sich aufrollt, wenn es über den Boden gekullert wird. Bündnisse lösten sich auf, Schlachten gingen für den Clan schlecht aus, die Winter wurden hart und die Felder brachten keinen Ertrag. Die Jagd war nicht erfolgreich, und viele Bauern starben. Der Wohlstand, mit dem der Besitz lange gesegnet gewesen war, war dahin. Der Clanführer beharrte darauf, dass dies einfach nur Pech sei, doch dann wurde sein ältester Sohn, sein Erbe, krank.

Er war ein kräftiger junger Mann, noch keine

achtzehn Sommer alt, doch nach nur einer Woche stand er auf der Schwelle des Todes. Der Clanführer war außer sich vor Sorge, die Dame weinte, der jüngere Sohn tat alles Erdenkliche für seinen Bruder.

Doch ihm war nicht zu helfen. Der Priester wurde gerufen, und er bezeichnete das Schicksal der Familie als Gottes Werk. Er nannte es den Tag des Gerichts, weil sie den Waffenruf des Papstes missachtet hatten. Und mittlerweile war tatsächlich allgemein bekannt geworden, dass der Kreuzzug, für den er bei seiner Ankunft geworben hatte, gescheitert war. Die Ungläubigen stürmten immer dreister gegen die Mauern des Christentums an, und man fürchtete, die Heilige Stadt selbst werde verloren gehen.

Doch jetzt war der Clanführer schon weit im Herbst des Lebens, und er konnte zum Kampfe nicht mehr beitragen als ein Pilger oder ein Büßer.«

Eine Weile arbeitete Edana still vor sich hin, dann runzelte sie die Stirn. »Nachdem der Priester gesagt hatte, was zu tun war, erfüllte Schweigen die Kammer. Dieses Schweigen wurde schließlich durch ein Husten des kranken Sohnes gebrochen, und dann ergriff der jüngere Sohn das Wort. Er schwor, nach Outremer zu gehen, die Ehre seiner Familie wiederherzustellen und für Christus gegen die Sarazenen zu kämpfen. Er war erst sechzehn Jahre alt, doch groß gewachsen, von kräftiger Statur und geschickt mit dem Schwert.

Und dann brach großer Jubel los, denn alle waren sich sicher, dass dies ihr Schicksal zum Besseren wenden würde. Noch am selben Tag heftete der Priester das rote Kreuz der Kreuzritter an das Gewand des Sohnes. Der Sohn wurde mit allen Ehren fortgeschickt, mit einem feinen Ross und einem tapferen Begleiter, mit einem schweren Geldbeutel und dem legendären Schwert seines Vaters. Seine Mutter war untröstlich, denn sie war sich sicher, dass sie ihren Jüngsten niemals wieder sehen würde.

Der Clanführer war mit Schuldgefühlen beladen, denn er war überzeugt, dass seine Entscheidung dieses Elend über seine Familie gebracht hatte. Zu spät fürchtete er, sich nur aus Selbstsucht geweigert zu haben und seiner Gattin somit das Herz zu brechen.

Kannst du dir denken, wie dieser Sohn hieß, der sein Elternhaus verließ?« Edana sah hinüber zu Jacqueline, und der Mund der jungen Frau wurde trocken.

»Angus.«

»Ja, das stimmt.«

Jacqueline holte tief Luft. »Wann war das?«

»Vor fünfzehn Jahren.«

Angus war fünfzehn Jahre lang fort gewesen! »Und der ältere Bruder?«

»Ist kurz darauf gestorben.«

»Gott segne ihn.« Jacqueline bekreuzigte sich, doch Edanas Reaktion auf diese Äußerung traf sie wie ein Schlag.

»Was? Welcher gnädige Gott sollte denn seinen Segen geben, nachdem er seine treuen Gläubigen so hat leiden lassen? Was soll daran gut sein, dass die Familie zerrissen wurde und ihren Sohn auf der anderen Seite der Welt im Krieg in Outremer verloren hat?«

Jacqueline konnte nur die Antwort geben, die ihr der gütige Priester in Ceinn-beithe immer geliefert hatte. »Die Wege des Herrn sind unergründlich.«

»Ja.« Edana spie auf den Boden. »Und wir sollen brav seinen Befehlen folgen, wie die Schafe, mit denen die Priester uns oft vergleichen.«

Jacqueline hatte noch nie gehört, dass jemand die Lehren der Kirche in Frage stellte, und sie wusste nicht, wie sie darauf reagieren sollte. Ihr Glaube brannte heftig in ihrem Herzen, und sie verspürte den Drang, ihn zu verteidigen.

»Es gab bestimmt einen höheren Sinn«, beharrte sie. »Vielleicht hatte Angus eine wichtige Rolle zu spielen. Schließlich ist Jerusalem nicht gefallen.«

Edana stieß ein verächtliches Geräusch aus. Sie sortierte ihre Pflanzen nicht mehr so sorgfältig, und ihre Finger zitterten vor Zorn.

»Ihr habt gesagt, Ihr würdet nur Eure eigene Geschichte erzählen«, erinnerte Jacqueline sie, ohne die aufgeregten Finger aus den Augen zu lassen. »Und doch erzählt Ihr mir diese hier, und so überzeugt, als hättet Ihr sie selbst erlebt.«

Der Blick, den Edana ihr zuwarf, war so kalt, dass Jacqueline das Mark in den Knochen gefror. »Ich kannte diesen Clanführer und seine Braut«, sagte sie heftig. »Es waren gute Menschen, ehrliche, liebevolle Menschen, und ein solches Schicksal hatten sie nicht verdient. Es ist doch nicht ver-

werflich, wenn man mit einer verwandten Seele
Mitleid hat.«

»Ihr redet von ihnen, als weilten sie nicht mehr
unter den Lebenden.«

Mit zusammengepressten Lippen wandte Edana
sich wieder ihren Pflanzen zu. »Sie sind alle tot.
Alle bis auf einen.« Und sie warf einen Blick zur
Tür, hinter der Männerstimmen und Pferdewie-
hern zu hören waren, einen Blick in Angus' Richtung. »Doch sein Herz ist hart wie Stein geworden; er könnte genauso gut tot sein.«

»Edana! So etwas sagt man nicht! Das bringt Unglück!«

Die alte Frau unterdrückte ein gequältes Lachen. »Dieser Mann hat das schlimmstmögliche
Schicksal schon hinter sich.« Sie drohte Jacqueline mit dem Finger. »Und mit einer solchen Äußerung zeigst du, dass du keltischer bist, als du
glaubst, und abergläubischer, als es sich für eine
Novizin schickt.«

Die zweite Bemerkung ignorierte Jacqueline.
»Was meint Ihr mit Angus' Schicksal?«

»Das musst du ihn schon selbst fragen, mein
neugieriges Fräulein.« Edana erhob sich wieder
und schlurfte zu einer Reihe von getrockneten
Pflanzen, die am anderen Ende der Hütte vom
Dach hingen. Sie murmelte vor sich hin, während
sie an den Blättern rupfte, sie befühlte und daran
roch, einige beiseite legte und andere in der
Hand sammelte. Sie kam zurück und warf sie mit
einem halblauten Spruch in den Kessel.

»Eins kann ich Euch sagen: Ich rühre Eure
Trünke nicht mehr an«, verkündete Jacqueline

entschieden, doch ihr Misstrauen rief nur ein Lächeln hervor.

»Ach ja? Wie geht es deinem Knöchel denn heute?«

Jacqueline erhob sich, und zu ihrer Überraschung konnte sie den Knöchel wieder voll belasten. Er schien völlig geheilt zu sein, doch sie wickelte den Verband vorsichtig ab, denn sicher würde die Prellung noch zu sehen sein.

Doch sie war verschwunden. Die Haut war so unversehrt wie am Tag zuvor, bevor sie gestürzt war und sich verletzt hatte. Erstaunt blickte sie zu Edana auf, und die alte Frau lächelte verschmitzt.

»Vielleicht solltest du etwas Dankbarkeit zeigen.«

Jacqueline legte die Hände zusammen und verneigte sich leicht. »Ich danke Euch von ganzem Herzen. Ihr beherrscht eine große Kunst, auch wenn sie nicht von dieser Welt ist.«

Edana schüttelte den Kopf. »Dein Dank gebührt der Herrin der Quelle, nicht mir. Eine wirklich dankbare Seele würde dieses Cloutie auf die Lichtung hängen und als Zeichen der Hochachtung ein Opfer bringen.«

»Ein Opfer?« Jacqueline konnte ihr Entsetzen nicht verbergen. »Soll ich etwa einen Unschuldigen abschlachten, wie es die Heiden tun?«

Edana lachte. »Oh, ich bin fast versucht, dir das zu sagen, nur um dein empörtes Gesicht zu sehen. Aber nein, Mädchen, so ist das nicht gemeint. Opfere etwas, das dir wichtig ist, mehr verlangt die Herrin nicht von dir.«

»Was soll denn das sein?«

»Ein Schuh, ein Schmuckstück, ein Gürtel.« Edana sah Jacqueline durchdringend an. »Eine Meinung oder ein Vorurteil, vielleicht sogar einen Traum. Es ist ganz gleich, was du wählst, du musst es nicht einmal jemandem anvertrauen. Die Herrin wird es wissen – und außerdem merkt sie auch, ob das Geschenk wirklich von Herzen kommt.«

»Und wenn nicht?«

Edana lächelte und rührte in ihrem Gebräu.

Jacqueline zog ihre Schuhe an, dann wandte sie sich der alten Frau zu. Edana sagte nichts. Es war, als würde sie nicht mehr existieren, doch das würde sich sicher ändern, wenn Jacqueline sich auf die Tür zubewegte.

Und sie wollte auf keinen Fall wieder gefesselt werden. Wahrscheinlich war es nur ein Versehen von Angus, dass sie heute Morgen frei war – und sie wollte ihn nicht daran erinnern, dass er diesen Fehler beheben musste.

»Darf ich denn einfach allein auf die Lichtung gehen?«, fragte sie schließlich. »Oder würde das als Fluchtversuch betrachtet?«

»Ich kenne Angus' Absichten nicht. Am besten fragst du ihn selbst.« Edana sprach sanft, dann richtete sie sich auf und hob den Kopf, um zu lauschen. »Er ist ganz in der Nähe.«

Mehr sagte sie nicht, sondern widmete sich wieder ihrem Kessel.

In den Senken sammelte sich Dunst, obwohl der Regen aufgehört hatte, und die Schatten unter den hohen Bäumen waren tief und geheimnisvoll. Das Laub glänzte, und überall fielen silberne Tropfen zu Boden. Jacqueline hörte den Rhythmus der Tropfen, dazu das Zwitschern der Vögel und das Rauschen des Baches in der Ferne.

Und das Stampfen von Pferden, die für den Kampf gerüstet waren. Ja, Rodney hatte sich in den Sattel geschwungen, und die Männer berieten sich, obwohl sie ihnen zusah.

Jacqueline hätte zu gerne gewusst, ob Edana ihr die Wahrheit erzählt hatte. Sie starrte Angus von der Tür aus an, und versuchte zu verarbeiten, was sie gerade über ihn erfahren hatte.

Angus hätte eine Gestalt aus einer der alten Geschichten sein können, die Duncan oft erzählte. Ein ehrenhafter Ritter, der aus edlen Gründen seine Heimat verließ und nach seiner Rückkehr feststellen musste, dass seine ganze Familie tot war. Sie konnte gut verstehen, dass er nach Vergeltung strebte, und auch, dass er so verbittert war.

Jacqueline bekam eine Gänsehaut, als sie darüber nachdachte. Ja, sie hatte eine Schwäche für Heldengeschichten – der Priester in Ceinn-beithe war oft daran verzweifelt, dass sie für solche Erzählungen mehr Interesse zeigte als für das Testament.

Würde Angus sich ihr anvertrauen? Das war sehr unwahrscheinlich, doch irgendwie beruhigte es sie, über seine Herkunft Bescheid zu wissen.

Vielleicht war er doch nicht so ein Teufel, wie sie angenommen hatte.

Jacqueline trat über die Schwelle, doch die alte Frau rührte sich nicht.

»Nimm den Eimer mit«, befahl Edana sanft.
»Und bring ihn bitte gefüllt wieder zurück.«

Jacqueline ergriff den Eimer, verließ die Hütte und atmete die reine Luft tief ein. Sie war wieder frei, doch es war ungewiss, wie lange das so bleiben würde.

Sie musste die Gelegenheit nutzen.

❅

Angus wusste, dass Rodney zu den Vorfällen vom Morgen viel zu sagen haben würde. Als Angus die Hütte verließ, stand der Mann schon neben seinem Ross und stampfte ungeduldig mit dem Fuß, weil er seine Schmährede loswerden wollte.

Obwohl er so aufgewühlt war, stieß Angus seinem Begleiter den ausgestreckten Finger entgegen. »Du bist noch hier? Ich dachte, du wolltest diese Angelegenheit so schnell wie möglich klären. Wenn du Ceinn-beithe bis morgen Abend erreichen willst, musst du dich beeilen.«

Rodney blinzelte verwundert. »Ich soll heute schon aufbrechen?«

»Was zauderst du noch? Bist du etwa wirklich so faul, wie man mir prophezeit hat?«

Rodney grinste. »Seit Tagen endlich mal eine vernünftige Äußerung von dir, mein Junge. Da der Schlaf dich wieder zu Sinnen gebracht hat, sollten wir deinen Plan vielleicht noch einmal genau durchgehen.«

»Du musst losreiten, Rodney. Jetzt halte ich Eile für geboten.« Angus lieferte keine Erklärung für diese Überzeugung.

Wie immer ging Rodney davon aus, dass sie einer Meinung waren. »Gut, aber wieso dieser Aufwand? Lass die Frau doch einfach frei. Lass uns mit den Verbündeten deines Vaters ein Heer zusammenstellen und Airdfinnan mit Gewalt einnehmen!«

Angus seufzte schwer. »Rodney, du vergisst, dass ich in diesen Mauern aufgewachsen bin. Ich weiß besser als jeder Andere, dass man Airdfinnan nicht gewaltsam erobern kann.«

Der Ältere kniff die Augen zusammen. »Deine Erinnerung trügt dich wahrscheinlich. Für einen kampferprobten Mann sieht die Festung sicher anders aus als für einen Sohn, der sich voller Liebe an seinen Vater erinnert.«

Angus schüttelte den Kopf. »Ich habe sie mir genau angesehen, Rodney. Ich habe genau aufgepasst, als wir kurz wieder innerhalb der Mauern waren, und der Turm ist besser befestigt als je zuvor. Mein Vater sagte immer, die Festung sei nur durch den Verrat eines Bewohners einzunehmen.«

»Und doch hat er sie auf diese Weise verloren.«

»Grausame Ironie des Schicksals, nicht wahr?« Angus presste die Lippen zusammen. »Zumindest war es ein brillanter Plan. Sein Feind spionierte die Schwachstellen aus und nutzte sie erbarmungslos zu seinem Vorteil.«

Angus verstummte und überlegte, ob sein Vater den Verrat vor seinem Tod durchschaut haben mochte. Es machte ihm schwer zu schaffen, dass ein so ehrenhafter Mann durch Betrug um seinen Besitz gekommen war – und dass er selbst nicht in der Nähe gewesen war, um seine Hilfe anzubieten, ob sie etwas genützt hätte oder nicht.

Er hatte die Erwartungen seiner Familie in keiner Weise erfüllt.

Rodney legte Angus eine Hand auf die Schulter. »Dir jedenfalls wird ein solcher Fehler nie unterlaufen. Wir haben schon alles Böse gesehen, das im Herzen der Menschen lauern kann.«

»Das stimmt.«

Angus wusste, dass sein Begleiter die Verbrechen meinte, deren Zeuge sie geworden waren, sowohl gemeinsam als auch jeder für sich.

Rodney schwang sich in den Sattel, dann salutierte er keck vor Angus. »Also gilt unser ursprünglicher Plan? Ich komme so schnell wie möglich wieder hierher zurück, nachdem der Clanführer zugestimmt oder abgelehnt hat?«

»Genau.«

Doch Rodney zögerte. »Du meinst wirklich immer noch, es sei ratsam, die Frau nur gegen Lösegeld herzugeben? Wenn ich einmal fort bin, lässt sich der Plan nicht mehr ändern.«

»Ich sehe auch keinen Grund dazu.«

Rodney lächelte schief. »Obwohl sie nicht Mhairi ist?«

»Wenn das, was sie über Duncan erzählt hat, der Wahrheit entspricht, dann wird er genauso bereitwillig zahlen wie Cormac.«

»Vorausgesetzt, dass er der Erbe der vollständigen Anführerwürden ist.«

Angus zuckte die Schultern. »Jetzt ist es Zeit für Antworten, Rodney, nicht für weitere Fragen. Wir können die Wahrheit nur herausfinden, indem du hinreitest.«

»Und du behältst das Weibsbild für dich«, neckte Rodney ihn. Er war genauso verdutzt wie Angus, als die betreffende Dame ihnen einen fröhlichen Gruß zurief.

»Einen schönen guten Morgen«, fuhr sie heiter fort und schwang den leeren Eimer in der Hand. Angus starrte sie an; ihr Auftreten verblüffte ihn. Sie wirkte, als sei sie zu Hause und gerade aufgestanden, um kleinere Hausarbeiten zu verrichten. Als sie ihn anlächelte, riss er die Augen auf und konnte einen Augenblick lang nichts sagen.

Glücklicherweise hatte es Rodney nicht die Sprache verschlagen.

7. Kapitel

Der ältere Mann schnalzte verärgert mit der Zunge. »Das ist doch Wahnsinn!«, schimpfte er. »Wenn du jemanden gefangen nimmst, mein Junge, dann musst du auch darauf achten, dass diese Person nicht frei herumläuft und macht, was sie will. Offenbar ist dir nicht bekannt, dass das eine charakteristische Eigenschaft von *Gefangenschaft* ist –«

»Wohin soll sie denn fliehen, Rodney?«

Er schnaubte höhnisch. »Gestern hat sie auch nicht danach gefragt. Die Frau hat einfach keinen Verstand. Schließlich würde sie die Nacht lieber allein im Wald statt unter dem Schutz eines Ritters verbringen.«

Das zeigte nur, wie verängstigt sie war. Angus dachte wieder an das Entsetzen, das die Frau vor ihm gezeigt hatte, und fragte sich, welchen Grund es haben mochte.

Sie blieb zwischen Angus und Rodney stehen – entweder hatte sie deren Unstimmigkeit gar nicht bemerkt, oder sie ignorierte sie mit Absicht. Rodney starrte sie grimmig an, während Angus sie einfach nur musterte. So eine hübsche Frau hatte er selten gesehen, doch nicht nur ihr Äußeres, sondern vor allem ihr Verhalten faszinierte ihn.

Die Dame schien zu strahlen – wie ein Juwel, das

an sich schon schön war, doch durch einen seltenen Sonnenstrahl noch zusätzlich funkelte.

»Und was passiert jetzt?« Keck sah sie von einem zum anderen. »Ich muss gestehen, dass ich noch nie als Geisel gefangen gehalten wurde. Darf ich frühstücken? Und was haben wir heute vor? Bleiben wir hier, oder ziehen wir weiter an einen noch entlegeneren Ort? Wann werdet Ihr das Lösegeld verlangen? Und was *ist* überhaupt das Lösegeld?«

Die beiden Männer sahen einander an. »Du stellst viele Fragen«, sagte Rodney vorwurfsvoll.

Sie lächelte. »Ich wurde schon häufiger als neugierig bezeichnet.«

»Eine seltsame Eigenschaft für eine Novizin«, bemerkte Angus, und sie wurde puterrot.

»Ich werde dafür beten, dass ich meine Schwäche besiegen kann«, murmelte sie. Er hatte allerdings seine Zweifel daran, dass sie dies wirklich tun würde – geschweige denn, dass es ihr gelingen würde. Bei dem Gedanke musste er lachen, doch dafür erntete er einen finsteren Blick. »Beten ist nicht lustig!«

»Mich belustigt nur die Vorstellung, dass du diesen unverwechselbaren Charakterzug verlieren könntest«, sagte er.

Ihre Röte wurde sogar noch tiefer. »Wenn man es wirklich will, kann man viel erreichen«, erwiderte sie und presste die Lippen aufeinander.

»Das stimmt.« Seltsam, dass dieses Mädchen seinen eigenen Leitsatz aussprach. Angus fühlte sich ihr irgendwie verbunden. Sie hatte gesagt, ihre Mutter habe ihre Entscheidung nicht gut gehei ßen, und dennoch hatte sie sich nicht umstimmen lassen.

Vielleicht hatten sie beide ihre Erfahrungen mit widrigen Umständen. Plötzlich fiel Angus mit Schrecken ein, dass er ihr noch gar nichts zu essen angeboten hatte.

»Wenn du Hunger hast, kannst du Brot essen«, sagte er barsch und öffnete seine Satteltasche. »Allerdings ist es etwas trocken.«

Sie drückte auf den Laib und verzog das Gesicht. »Das ist ja steinhart.«

»Besser als gar nichts.« Wenn man die Kruste abschnitt, musste man wenigstens nicht verhungern. Rodney und er hatten unterwegs in Stiften der Templer Station gemacht. Dort hatte man ihnen die Gastfreundschaft gewährt, die Besuchern und Mitgliedern des Ordens zuteil wurde, die in Outremer gedient hatten. Allerdings hatte es dort nur schmale Kost gegeben.

Die Miene des Fräuleins zeigte Angus, wie karg seine Mahlzeiten geworden waren. Wie lange mochte es her sein, dass er üppig gespeist hatte? Sie dagegen war zweifellos daran gewöhnt.

Das erinnerte ihn wieder daran, wie wenig sie beide gemein hatten. Er hatte mehr erlebt, als dieses Mädchen sich vorstellen konnte, und seine Erfahrungen hatten ihn zu dem gemacht, was er war.

Mitleid für sie und ihre Nöte war wirklich nicht angebracht, zumal sie schon bald erlöst sein würde.

»Und Äpfel haben wir auch«, ergänzte Rodney. »Allerdings sind sie voller Würmer. Wahrscheinlich möchtest du sie lieber nicht. Ich weiß nur zu gut, wie Frauen sich bei Würmern anstellen.« Er öffnete seine Satteltasche, und sie musterte das Dutzend Äpfel darin, drückte sie und roch daran wie eine Hausfrau beim Einkauf.

»Diesen nehme ich«, verkündete sie und wählte ein rosiges Exemplar.

»Nur zu«, sagte Rodney. »Aber ich will keine Klagen hören, wenn du ein kleines Würmchen zwischen den Zähnen hast.« Er drohte ihr mit dem Finger.

Zu seiner Überraschung zuckte sie nicht mit der Wimper. »Erst werde ich ihn vierteln.«

Rodney grinste sie an. »Traust du dich etwa nicht, einfach hineinzubeißen?«

Sie verdrehte die Augen. »Ich esse Äpfel immer so. Könntet Ihr mir bitte ein Messer geben?«

»Nein.« Angus nahm das Obststück, viertelte es für sie und reichte es ihr. Den kleinen grünen Wurm, der sich im Gehäuse wand, verbarg er weder, noch entfernte er ihn.

Doch das Mädchen betrachtete den Wurm nur ernst und legte ihn dann auf ihren Finger. Sie trug ihn zum nächsten Gebüsch und platzierte ihn vorsichtig auf einem Blatt, dann kam sie zurück und nahm den Apfel entgegen.

Sie lächelte und biss seelenruhig in ein Stückchen. »Das ist alles? Wenn Ihr so wenig esst, habt Ihr in einer Schlacht aber keine Chance.«

Die Männer sahen einander wieder an, und Angus erkannte, dass sein Begleiter ebenfalls eine empörtere Reaktion erwartet hatte.

»Hast du keine Angst vor Würmern?«, fragte Rodney herausfordernd.

Der Blick, mit dem sie den Mann bedachte, belustigte Angus. »Wieso sollte ich vor etwas Angst haben, das nicht länger ist als meine Fingerspitze?« Ihre Stimme klang höhnisch. »Ein Wurm hat keine Zähne, mit denen er mich beißen könnte, und er mag viel lieber Äpfel als Menschenfleisch.« Sie verdrehte erneut die Augen. »So albern bin ich wirklich nicht.«

»Aber es könnte noch einer darin stecken. Du könntest ihn verschlucken, und er würde sich in deinem Magen winden und krümmen. Vielleicht wächst er auch ...«

»Rodney!« Der Mann war so sehr auf Provokation aus, dass Angus einschreiten musste.

»Was für ein Unsinn!«, verkündete sie. Es war ganz offensichtlich nicht nötig, dass Angus ihr empfindsames Wesen schützte. »In Ceinn-beithe gibt es sehr oft Würmer. Sie teilen sich ihr Heim nicht gerne.« Plötzlich lächelte sie verschmitzt. »Es ist besser, wenn man den Wurm vor dem Essen oder überhaupt nicht entdeckt, als nach einem Biss nur eine Hälfte vorzufinden.«

Da verzog sogar Rodney das Gesicht, und Angus musste ein Lachen unterdrücken. Solche Bodenständigkeit hatte er nicht von ihr erwartet. Sie faszinierte ihn immer mehr.

Vieles an dieser Frau gefiel ihm, doch diese Erkenntnis kam ihm heute Morgen ganz und gar nicht gelegen. Rodney sollte am besten auf der Stelle losreiten.

»Wieso habt Ihr Äpfel voller Würmer bei Euch? Die sind ja nicht besser als Fallobst.«

»Leider haben die Menschen die schlechte Angewohnheit, Fremde übers Ohr zu hauen«, erklärte Rodney. »Auf dem Markt in Lincoln war man Reisenden gegenüber übertrieben misstrauisch, und wir wurden reingelegt.«

»Wir?«, fragte Angus viel sagend.

Der ältere Mann errötete. »Die Äpfel, die ich ausgesucht hatte, waren wirklich in Ordnung. Der Verkäufer bot mir an, sie mir in die Tasche zu packen, und ich dachte, er wolle damit nur seinen Respekt vor zwei Kriegern zeigen, die aus dem Kampf gegen die Ungläubigen zurückgekehrt waren.« Rodney legte die Stirn in Falten. »Aber in Wirklichkeit hat er die guten gegen schlechte eingetauscht. Es war ein schändlicher Betrug, doch leider habe ich es erst viel zu spät bemerkt.«

Das Mädchen zuckte die Schultern, und ihre Augen funkelten. »Ihr müsst sie ja nicht essen. Verfüttert sie doch an die Pferde und kauft Euch neue.«

»Das mit dem Geld ist leider so eine Sache, Mädchen.« Rodney sprach mit zusammengebissenen Zähnen und verschwieg, welche Rolle er in dieser Angelegenheit gespielt hatte. »Es wächst ja nicht auf Bäumen, falls dir das noch nicht aufgefallen sein sollte.«

Angus stöhnte innerlich auf, denn das Mädchen schien sich für diesen Umstand sehr zu interessieren. Er wollte vermeiden, dass sie zu viel über sie und ihre Motive erfuhr.

»Ich dachte, alle Ritter wären reich.«

»Da hast du dich geirrt, aber von einem verwöhnten und verhätschelten Mädchen wie dir war ja auch nichts anderes zu erwarten.« Der ältere

Mann erwärmte sich für das Thema. »Arm wie Kirchenmäuse sind wir –«

»Solltest du nicht schon längst fort sein?«, unterbrach Angus ihn, und sein Begleiter richtete sich auf.

»Ja, das stimmt.« Er verneigte sich spöttisch vor dem Mädchen. »Bis demnächst, meine Holde«, sagte er mit einer gehörigen Portion Ironie. Er grüßte Angus, dann wendete er sein Pferd und galoppierte durch den Wald davon.

Die Hufschläge waren noch nicht verklungen, da hatte sich die Frau bereits Angus zugewandt. »Wo will er denn hin?«

Sie hatte offenbar kaum noch Angst vor ihm. Er sah sie finster an, doch das zeigte keine Wirkung. »Fort.«

»Aber *wohin*?«

Angus holte tief Luft, obwohl er bereits geahnt hatte, dass sie nicht locker lassen würde. »Das geht dich nichts an.«

»Warum denn nicht? Ich habe doch sowieso keinen Einfluss darauf.«

»Du erfährst nur das, was ich für nötig halte, und sonst nichts«, erwiderte Angus knapp. Sie verzog das Gesicht, doch er widmete sich wieder seinem Pferd, ein willkommener Grund, sie zu ignorieren. Wenn er ihr Angst machte, stellte sie ihm keine Fragen, vielleicht half es also auch, wenn er unhöflich war.

Doch im Grunde hatte er keine große Hoffnung.

❋

Jacqueline war überrascht, dass Angus sein Pferd selbst versorgte. Er ignorierte sie vollkommen, legte seinen Waffenrock und das Kettenhemd ab und schob dann den Hengst beiseite, der an seinem Haar knabberte. Nur mit seinem Leinenhemd, den Kettenstrümpfen und Stiefeln bekleidet, bürstete er das Tier mit kräftigen, eleganten Bewegungen. Er trug immer noch seinen Gürtel, auf der einen Seite die Scheide mit dem schweren Schwert, auf der anderen den Dolch.

Erstaunt nahm sie zur Kenntnis, wie sanft Angus sein konnte. Er kraulte dem Tier die Ohren, murmelte ihm Worte zu und bürstete es mit einer Sorgfalt, die von Liebe zeugte. Und wirklich zeigte das Ross keine Angst vor ihm, anders als Tiere es häufig tun, wenn Menschen böse Absichten hegen.

War er vielleicht doch nicht so schlimm, wie sie anfangs geglaubt hatte? Jacqueline beobachtete ihn, dachte an Edanas Erzählung und überlegte. Ganz sicher wollte Angus, dass sie ihn für böse hielt, doch sie bekam allmählich ihre Zweifel.

Wenn Edana die Wahrheit gesagt hatte, dann hatte er versucht, seiner Familie zu helfen, nur um sie bei seiner Rückkehr tot vorzufinden. Das war wirklich kein leichtes Schicksal.

Mit ihr wollte er jedoch offensichtlich nicht über seine Vergangenheit sprechen. Sie sah ihm zu, nagte an der Unterlippe und überlegte, wie sie die ganze Geschichte in Erfahrung bringen konnte.

Ritter und Ross waren wie für einander geschaffen, denn sie waren beide größer, dunkler und geheimnisvoller als jeder andere Mann oder jedes andere Ross, das Jacqueline je gesehen hatte. Sie starrte die beiden an. Eigentlich sollte sie sich auf den Weg zur Quelle machen, doch sie war wie angewurzelt. Angus arbeitete so flüssig, dass der Rhythmus seiner Bewegungen ihr ihre Sorgen nahm und sie verharren ließ.

Es war, als würde sie gar nicht mehr dort stehen oder als hätte Angus sie vergessen, denn er warf nicht einen einzigen Blick in ihre Richtung.

Wenn sie einen Fluchtversuch unternähme, würde er sie jedoch sicherlich sofort beachten.

Der große schwarze Hengst bot ihr schließlich eine Gelegenheit zum Sprechen. Er hob den Kopf und richtete den Blick auf sie; die Augen waren so dunkel und geheimnisvoll wie die seines Besitzers. Bis auf einen kleinen weißen Stern über einem Auge war er vollkommen schwarz.

Das Pferd wieherte und reckte den Hals in ihre Richtung. Jacqueline konnte nicht widerstehen. Sie trat vor und bot dem Tier das letzte Apfelstückchen an. Als sie direkt vor dem Ross stand, war sie sich absolut sicher, dass es in der ganzen Christenheit kein größeres oder Furcht einflößenderes Wesen geben konnte. Sich des aufmerksamen Blickes des Ritters bewusst, unterdrückte Jacqueline jedoch ihre Angst.

Sie hielt dem Hengst den Apfel auf der ausgestreckten Handfläche hin. Seine Nase war samtweich, als er das Geschenk entgegennahm. Er kaute geräuschvoll, dann fuhr er mit der Nase noch einmal über ihre Hand. Jacqueline lächelte, als das Ross schnaubte und den Kopf zurückwarf.

Verächtlich ignorierte es sie, weil sie ihm nichts mehr zu bieten hatte. Im Grunde unterschied der Hengst sich doch nicht von den Reittieren ihrer Mutter.

»Wie heißt er?« Die Frage war über die Lippen, bevor sie überlegen konnte, ob es klug war, sie zu stellen.

»Lucifer.« Angus trat auf die andere Seite des Pferdes.

Jacqueline war beruhigt, weil das Tier zwischen ihnen stand, obgleich Angus sie jetzt offener ansah. »Weil er wie der Teufel laufen kann?«, fragte sie neugierig.

Angus sah sie unbewegt an. »Nein. Weil er aus der Hölle stammt.«

Er widmete sich wieder seiner Arbeit, und Jacqueline grübelte über seine Worte nach. Lucifer schien die Auskunft über seine Herkunft wenig zu beeindrucken. Er schüttelte die Mähne und witterte mit den Nüstern.

Jacqueline wagte eine kühne Bemerkung. »Aber Lucifer stammt doch gar nicht aus der Hölle. In der Bibel heißt es, er sei Gottes liebster Engel gewesen, bevor er wegen seines Hochmuts verstoßen wurde.«

Angus warf ihr einen Blick zu. »Im Osten erzählt man eine andere Geschichte über Lucifer.«

»Tatsächlich?«

»Ja.« Angus sah sie nicht an, sondern beugte sich vor und striegelte seinem Hengst das Hinterteil. »Man sagt, er sei der König von Babylon gewesen, auch bekannt als Nebukadnezar.«

Jacqueline konnte sich vage an die Geschichten

über Babylon aus dem Alten Testament erinnern und wusste noch, dass in dieser Stadt mit dem Turm, der das Gesicht Gottes berühren sollte, nichts Gutes geschehen war.

Sie spähte um das Pferd herum und sah Angus bei seiner Arbeit zu. »Ich kann da keinen Zusammenhang erkennen.«

»Nebukadnezar war ein besonders ehrgeiziger Mensch, so sagt man, und er hielt seine Macht für so groß, dass er nach seinem Tod zum Himmel auffahren wollte, um Seite an Seite mit Gott zu herrschen.«

Angus striegelte den Rumpf des Hengstes, dann ging er hinter ihm vorbei und erschien neben Jacqueline. Sie fuhr zusammen, nicht nur, weil er so plötzlich neben ihr aufgetaucht war, sondern auch, weil seine Miene sehr finster wirkte.

»Es heißt, nach seinem Ableben sei tatsächlich der Morgenstern am Himmel erschienen, doch jeden Tag sinkt er tief hinab, als Zeichen dafür, dass das Streben dieses Königs letzten Endes zu hochmütig war. Der Name selbst bedeutet Lichtbringer.«

Sie starrte ihn an, denn sie war sich nicht sicher, ob er die Wahrheit sagte. »Diese Geschichte habe ich noch nie gehört.«

»Natürlich nicht. Die Geschichte von einem Dämon, der auf irdische Weise sündigt, lässt sich auch viel leichter erzählen und verstehen.«

»Soll das etwa heißen, dass Frauen nicht viel Verstand haben?«, wollte Jacqueline wissen und schlug sofort erschrocken die Hand vor den Mund. Oh, wie oft hatte sie sich schon darüber geärgert, dass man sie nur nach ihrem Aussehen beurteilte!

Doch Angus lächelte schwach. »Selbst ich würde es nicht wagen, dich als dumm zu bezeichnen.«

Jacqueline errötete. Wie sollte sie auf die überraschende Wärme in seinen Worten reagieren? War das etwa ein Kompliment gewesen? Sie kam noch einmal auf das Pferd zu sprechen, ein sichereres Thema. »Also habt Ihr ihn nach dem Stern auf der Stirn benannt.«

»Und nach seiner Heimat. Er wurde in Damaskus gezüchtet, nicht weit von Babylon.«

Jacqueline runzelte verwirrt die Stirn. »Aber Ihr habt doch gesagt, er stamme aus der Hölle. Ist Damaskus etwa die Hölle?«

Angus wandte sich ab. Er ignorierte ihre Frage so vollkommen, dass sie auf die Wahrheit gestoßen sein musste.

Jacqueline ging ihm einen Schritt hinterher. »Habt Ihr dort aus dem Becher des Bösen getrunken?«

Angus riss den Kopf herum. »Was soll das heißen?«

Vor Nervosität wurde Jacquelines Mund trocken, doch sie machte keine halben Sachen. »Edana sagt, seit sie Euch das letzte Mal gesehen hat, hättet Ihr das Böse kennen gelernt, und es hätte seine Spuren hinterlassen. Ist das in Damaskus geschehen?«

Angus presste die Lippen zusammen und nahm den grimmigen Gesichtsausdruck an, der so typisch für ihn war. Er striegelte das Ross noch heftiger. »Edana weiß nicht, wovon sie spricht.«

»Ach ja? Was erklärt denn dann die Veränderungen, die sie festgestellt hat?«

»Was für Veränderungen?«, wollte er kalt wissen und starrte sie durchdringend an.

Jacqueline trat einen Schritt zurück. »Ich war nur neugierig –«

»Es geht dich nichts an, wie ich dorthin geraten bin.« Er sprach sehr beherrscht und mit leiser Stimme, doch sein Zorn war ihm deutlich anzumerken. Er ließ den Striegel sinken, und zu spät begriff Jacqueline, dass sie ihn provoziert hatte.

Ihre verfluchte Neugier! Ihre Angst vor seinen Absichten war stärker als ihr Wunsch, tapfer zu wirken. Sie wich noch einen Schritt zurück. Er kniff die Augen zusammen und folgte ihr auf dem Fuß.

»Ob du neugierig bist oder nicht, in Zukunft wirst du weder mir noch Edana weitere Fragen über mich stellen. Ist das klar?« Er hatte sich mit drohender Miene vor ihr aufgebaut.

Jacqueline schluckte und nickte. »Ich muss jetzt gehen«, sagte sie hastig, was seinen Ärger über sie nicht verringerte.

»Wohin?«, fragte er zornig.

»Ich gehe zur Quelle, um der Herrin ein Opfer zu bringen«, erklärte Jacqueline atemloser, als ihr lieb war. Auf einmal konnte sie es kaum mehr erwarten, diesen heidnischen Dank darzubringen. So konnte sie wenigstens seinem Zorn entkommen.

Sie zeigte Angus ihr Cloutie und wich hastig vor ihm zurück, während seine Stirn sich verfinsterte. »Ich bin bald wieder zurück.«

»Du bist meine Gefangene! Du gehst nirgends alleine hin!«

Doch Jacqueline drehte sich um und tat genau das.

Sie rannte sogar.

✳

Dafür, dass sie eigentlich so verständig war, konnte sie sich manchmal wirklich sehr dumm verhalten. Jetzt rannte sie wie ein wild gewordener Hase durch das Unterholz, wo überall Zweige und Wurzeln und Löcher drohten, die ihr den Knöchel wieder verstauchen oder sogar brechen konnten.

Es hatte fast den Anschein, als wolle sie unbedingt verhindern, dass er sie ihrem Vater unversehrt wieder ausliefern konnte.

Angus befahl ihr, stehen zu bleiben, doch er rechnete im Grunde gar nicht damit, dass sie ihm gehorchen würde. Nein, sie würde behaupten, sie reagiere nur auf ihren eigenen Namen, und den brachte er nicht über die Lippen. Sie wurde nicht einmal langsamer, obgleich sie ihn mit Sicherheit gehört hatte.

Diese Frau machte wirklich nur Ärger. Dass eine angehende Novizin derartig widerspenstig sein konnte! Sie war kühn und stolz und dumm und klug, alles gleichzeitig, und sicher hatte ihre Familie ihrem Wunsch nur zugestimmt, um sie los zu sein.

Wie beim letzten Mal war sie flink auf den Beinen, und er holte sie nicht so rasch wieder ein, wie er es sich gewünscht hätte. Einmal hatte er schon die Hand nach ihr ausgestreckt, doch sie duckte sich unter einem Ast hindurch, den er nicht gesehen hatte, und das Holz traf ihn beinahe zwischen den Augen.

Er fluchte heftig, äußerte jede Wendung, die er in fünfzehn Jahren unter Kriegern gehört hatte. Es war ein ziemliches Arsenal an Schimpfwörtern, und doch reichte es nicht, um seine Verärgerung auszudrücken.

Schließlich marschierte Angus zornig geradewegs durch das Unterholz, ohne sich an den gewundenen Pfad zu halten, auf dem sie lief. Entsetzt warf sie einen Blick zurück, rutschte auf dem schlammigen Weg aus und war mit einem lauten Klatschen verschwunden.

Angus stürzte ihr nach und stolperte beinahe in die verborgene Quelle direkt hinter ihr.

Er ergriff einen Ast und konnte gerade noch das Gleichgewicht wahren. Die Steine rund um das Becken waren so glatt, dass er gut verstehen konnte, wieso sie ausgerutscht war. Man sah die Quelle erst, wenn man vor ihr stand, und bei dem Krach, den das Mädchen gemacht hatte, war das Gurgeln nicht zu hören gewesen.

Er bohrte die Stiefel in den trügerischen Boden, stemmte die Hände in die Hüften und warf der Dame einen strengen Blick zu. Er würde sie für ihre Dummheit tadeln und dann Besserung von ihr verlangen. Er sah ihr in die Augen und wollte ansetzen.

Doch zu seinem Erstaunen lächelte sie.

Die Worte blieben Angus im Halse stecken. Verflucht, die Laune dieser Frau war wechselhaft wie Aprilwetter.

Sie lag auf dem Rücken im flachen Wasser, nur das Gesicht und ihr wollenes Gewand waren zu sehen. Einige Haarsträhnen hatten sich gelöst, und ein breiter Streifen Schlamm zierte ihre Wange.

Und sie sah aus, als wolle sie jeden Augenblick losprusten. Eine solche Situation musste für eine Frau doch schrecklich peinlich sein, oder etwa nicht?

Er verzog das Gesicht, denn er glaubte, sie mache sich über ihn lustig. »Was erheitert dich so, wenn ich fragen darf?«

»Ich hatte schon Angst, ich würde die Quelle nicht finden«, gestand sie mit bebenden Lippen und funkelndem Blick. »Doch die Herrin will wohl auf keinen Fall auf ihren Tribut verzichten.«

Was sollte er darauf erwidern? Sie richtete sich auf, und ihm stockte der Atem, denn ihr Gewand klebte aufreizend an ihren Kurven. In der kühlen Luft hatten sich die Brustwarzen vorwitzig zusammengezogen – und die Dame war wohl wirklich so unschuldig, wie sie vorgab, denn ihr war ganz eindeutig nicht klar, welch verlockenden Anblick sie bot.

Und die süße Hitze ihres Kusses hatte er nur zu gut in Erinnerung.

Offenbar war ihm sein Verlangen anzusehen, denn ihr Lachen verstummte, und sie kniff die Augen zusammen. Angus trat auf sie zu. Zwar wich sie noch immer vor der ausgestreckten Hand zurück, doch dem Blick hielt sie stand.

172

»Werdet Ihr Euch jetzt nehmen, was Ihr
wollt?«, fragte sie mit unnatürlich hoher Stimme. Ihr Blick glitt über seine Kettenstrümpfe
und wieder in sein Gesicht, wo sie offenbar nach
Trost suchte. »Schließlich kann mir hier niemand helfen, und niemand wird Euer Verbrechen beobachten.«

»Du bist doch selbst hierher geflohen«, musste
er wahrheitsgemäß antworten.

»Ich bin vor Euch und Eurem Zorn geflohen.«

»Ich war nur zornig, weil du anscheinend unbedingt deine Gesundheit ruinieren willst. Hast du
gestern denn gar nichts gelernt?«

Sie errötete, doch ihr Mund verzog sich stur,
und sie ergriff seine Hand noch immer nicht.
»Wieso lasst Ihr mich nicht frei? Ihr könntet mich
doch nach Inveresbeinn bringen, und niemand
würde erfahren, was Ihr getan habt.«

Angus war überrascht, dass sie ihm eine so einfache Lösung anbot. »Ich habe dich nicht entführt, um dich umsonst wieder freizulassen.«

»Was wollt Ihr denn für mich haben?«

»Das Einzige, was ich unbedingt besitzen will.«

»Und zwar?«

»Das geht dich nichts an.«

Diese Worte ließen sie erschauern, und sie sah
zur Seite. Es war offensichtlich, was sie dachte. Sie
schlang die Arme um ihren Körper und erhob
sich noch immer nicht. »Und das ist Euch so
wichtig, dass Ihr mich dafür freilassen würdet?«

Diesen schlichten Trost konnte Angus ihr nicht
verwehren. »Ja.«

»Unversehrt?«

Unter anderen Umständen hätte ihn ihr Verdacht vielleicht beleidigt, doch schließlich war sie für ihre Verletzungen ganz allein verantwortlich. Er sah viel sagend auf ihren Knöchel. »Es sei denn, du fügst dir selbst noch mehr Schaden zu.«

Sie errötete erneut, was sie jung und bezaubernd aussehen ließ. Sie schien jedoch sehr aufgeregt, und ihre Ängstlichkeit löste ihm die Zunge, obwohl er eigentlich gar nichts sagen wollte.

»Ich werde mein Lösegeld von deinem Vater fordern, nicht von dir«, beruhigte er sie sanft. »Und ich werde weder dein hübsches Gesicht noch deinen begehrenswerten Körper verlangen.«

Diese Äußerung erstaunte sie ganz offensichtlich, doch Angus sah ihr ruhig ins Gesicht. »Soll das heißen, dass Ihr mich nicht vergewaltigen wollt?«

Angus wollte kein Interesse an Einzelheiten zeigen, doch in seinem Inneren regte sich ein dumpfer Verdacht. Ständig sprach sie von Vergewaltigung, und die Vermutung lag nahe, dass ihr dieses Übel schon einmal widerfahren war.

Er trat näher und hockte sich neben das Becken. Wieso nur wollte er diese angehende Nonne trösten, die viel zu lebhaft wirkte, um die Welt zu verlassen? »Ich habe dir doch schon einmal gesagt, dass ich mir nichts nehme, was mir nicht angeboten wird.«

»Ich werde mich Euch nicht bereitwillig hingeben«, entgegnete sie. Trotz ihrer mutigen Worte ging ihr Atem schnell, als wolle sie ihre Angst vor ihm verbergen.

»Dann hast du auch nichts zu befürchten.«

»Ihr werdet behaupten, meine Blicke hätten Euch verlockt«, sagte sie mit einiger Bitterkeit.

»Gab es etwa andere, die so etwas getan haben?«, vermutete er, denn er ahnte mehr, als ihr klar zu sein schien.

Ihre Lippen wurden schmal, und sie wandte den Blick ab. »Kein Mann wird mich bekommen.«

Angus nickte. Er hatte wohl gemerkt, wie sie seiner Frage ausgewichen war. »Das ist gut möglich.« Als sie überrascht aufsah, hielt er ihrem Blick stand. »Von mir hast du wirklich nichts zu befürchten.«

Sie musterte ihn eingehend, dann runzelte sie die Stirn. »Wieso sollte ich Euch glauben?«

»Weil es schon hundert Gelegenheiten dazu gegeben hätte, wenn ich die Absicht gehabt hätte.«

Das stimmte natürlich, und sie machte keine weiteren Einwände mehr. Das Schweigen wurde länger, und er hätte nur zu gerne gewusst, was sie dachte.

Doch Angus räusperte sich und verschränkte die Finger ineinander, denn er wollte beenden, was er begonnen hatte. »Dieser Irrsinn muss ein Ende haben, damit ich sicher sein kann, dass du wieder heil nach Hause zurückkehrst. Ich mache dir ein Angebot, meine geraubte Schöne. Ich biete dir sozusagen einen Handel an.«

»Ja?«

»Ja. Ich schwöre, dass ich dir nichts antun werde, wenn du schwörst, dass du nicht fliehst.«

Ihr Blick wurde hoffnungsvoll, ein bezaubernder Anblick, doch sie war noch nicht überzeugt. »Werdet Ihr mich auch nicht fesseln?«

Angus neigte den Kopf zur Seite. »Der aufrichtige Schwur einer angehenden Novizin genügt mir.«

Ihre Lippen verzogen sich zu einem Lächeln. »Dann soll mich also eine größere Macht als die Eure niederstrecken, wenn ich lüge.«

»So könnte man es sehen.« Angus bot ihr wieder eine Hand, und diesmal zögerte sie nur unmerklich, bevor sie ihre zarte Hand hineinlegte. Er half ihr, aus dem Wasser zu steigen, und merkte, dass sie ihn unverwandt ansah.

»Wir schwören auf der Klinge Eures Vaters«, sagte sie fest.

Angus erstarrte. »Woher weißt du, dass ich das Schwert meines Vaters trage?«

Sie zwinkerte, dann lächelte sie so strahlend, dass er für einen Augenblick wie betört war. »Ihr müsst es mir wohl verraten haben.«

Angus verschränkte die Arme vor der Brust und starrte auf sie herab. Ein Verdacht kam ihm, doch er wollte die Wahrheit wissen, bevor er reagierte. Es gefiel ihm nicht, dass sie etwas über ihn wusste, nicht einmal eine solche Kleinigkeit.

Und er wusste mit Sicherheit, dass er ihr nichts erzählt hatte.

»Nein. Ich habe es zwar deinen Begleitern gesagt, aber da warst du ohnmächtig.« Er hob eine Augenbraue. »Oder etwa nicht?«

»Doch, ich ...« Sie wurde tiefrot und trat nervös von einem Fuß auf den anderen. »Dann hat Edana es wohl erwähnt.«

Das ärgerte Angus über alle Maßen. »Und was hat Edana sonst noch über mich berichtet?«, wollte er barsch wissen.

»Nichts. Gar nichts.« Sie antwortete so rasch und mit so hoher Stimme, dass Angus nicht überzeugt war. Eilig wollte sie seine Aufmerksamkeit auf etwas anderes lenken. »Ihr habt Eure Klinge noch gar nicht für unseren Schwur gezogen«, sagte sie herausfordernd. »Wollt Ihr Euer Wort etwa nicht halten?«

Oh, er würde sein Wort sehr wohl halten, und er würde diese Sache zu Ende bringen. Doch mit Edana hatte er noch ein Wörtchen zu reden.

Angus zog also die Klinge und schwor darauf, reichte ihr dann den Griff, damit sie es ihm nachtun konnte. Sie konnte das schwere Schwert nicht halten, obwohl sie sich tapfer bemühte. Heimlich stützte Angus die Klinge, ohne dass sie es sah.

Dieses Fräulein hatte ein fröhliches Lachen, das ihn an glitzernde Bäche und Sonnenschein auf dem Meer erinnerte. Und doch hatte sie vom ersten Augenblick mit dem Schlimmsten gerechnet, und ihm nie geglaubt, wenn er ihr das Gegenteil versichert hatte.

Angus konnte sich jetzt unschwer denken, wieso sie solche Angst vor Männern hatte. Vielleicht trieb ein lange zurückliegendes Verbrechen sie ins Kloster. Vielleicht gab es in der Burg ihrer Familie Männer, die zu viel von ihr verlangten und vor denen sie sich in Sicherheit bringen wollte.

Vielleicht war es sogar ihr Stiefvater selbst.

Wut überkam Angus, eine Wut, zu der er kein

Recht hatte. Hatte er diese Frau nicht selbst entführt? Ja, er konnte sich nicht gerade als ehrenhaft bezeichnen!

Wieso verspürte er diesen Drang, sie zu beschützen?

Sie machte ihn einfach ganz konfus, und er hatte gut daran getan, sie aus Sorge um seinen Verstand zu meiden. Er blickte sie finster an, doch
ihre Angst vor ihm war verflogen.

Stattdessen legte sie ihm vertraulich die Hand
auf den Arm. »Warum seid Ihr wütend auf mich?«

»Wieso schenkst du meinem Schwur so bereitwillig Glauben?«, fragte er.

Sie zwinkerte, und unabsichtlich verriet sie ihm
mehr, als er wissen wollte. »Weil Ihr ein Ritter
seid, der einen Kreuzzug nach Outremer unternommen hat, um seine Familie zu retten –«

»EDANA!«, brüllte Angus außer sich vor Wut.
Sie hatte viel zu viel über ihn verraten! Sicher
würde dieses Mädchen alles weitererzählen, wenn
sie freigelassen worden war. Ja, dieser Duncan
MacLaren würde jede Einzelheit darüber erfahren, wo seine Tochter gefangen gehalten worden
war.

Und dann würde jeder, der Angus dabei geholfen hatte, bestraft werden. Indem sie dem Mädchen so viel mitteilte, untergrub Edana all seine
Bemühungen, sie zu schützen. Die alte Frau ge-
fährdete ihre eigene Sicherheit.

Angus war fuchsteufelswild. Die Vorstellung,
dass ein erzürnter Clanführer sich an dieser alten
Frau rächen könnte, an dieser Frau, die so gut zu
ihm gewesen war und die nichts Böses verdient

hatte, war ihm unerträglich. Er hätte sie zu einem Schweigegelübde zwingen sollen!

Wieder hatte er einen Fehler gemacht, wieder war es ihm nicht gelungen, einen Menschen zu schützen, der ihm wichtig war. Hoffentlich ließ sich Schlimmeres noch vermeiden.

»Komm«, sagte er barsch zu dem Mädchen. »Wir gehen jetzt zurück zur Hütte.«

»Aber ich muss noch den Eimer füllen. Und ich muss der Herrin der Quelle danken.«

Angus funkelte sie an.

Sie lächelte unbeeindruckt zu ihm auf. »Ihr müsst nicht auf mich warten. Ich habe Euch doch mein Wort gegeben.«

Ach so, jetzt war er also auch noch harmlos geworden!

Angus fluchte verärgert und machte sich in finsterster Stimmung auf den Rückweg zu Edanas Hütte.

Sein Plan war gut gewesen, ein schlichter Plan, der einwandfrei funktioniert hätte. Im Nachhinein entpuppte er sich jedoch als die unglücklichste Entscheidung, die er hätte treffen können.

Stumm flehte er Rodney an, noch schneller zu reiten, damit sie diese Sache so bald wie möglich hinter sich bringen konnten.

Vielleicht hatte der Mann Recht gehabt, als er sagte, Angus habe nicht genug Erfahrung mit Frauen. Jemandem wie diesem Fräulein war er tatsächlich noch nie begegnet. Er blieb stehen und sah zurück, beobachtete sie, wie sie den Eimer in die Quelle tauchte.

Vielleicht hatte Rodney auch Recht mit seiner

Behauptung, nur ein Narr würde einer Frau trauen, selbst wenn diese ihr Wort gegeben hatte. Angus verschränkte die Arme vor der Brust, trat in den Schatten der Bäume und wartete ab, was diese unberechenbare Person tun würde.

8. Kapitel

Zunächst füllte Jacqueline den Eimer, dann entrollte sie das Cloutie, das um ihren Knöchel gebunden gewesen war. Es gab so viele Clouties, dass sie kaum einen freien Zweig fand, den sie auch erreichen konnte. Schließlich reckte sie sich und band das Tuch fest um einen Ast, dann beugte sie sich zu der gurgelnden Quelle hinab.

»Ich danke Euch, Herrin der Quelle, dass Ihr meine Wunde geheilt habt. Und als Zeichen meiner Dankbarkeit opfere ich Euch –« Jacqueline verstummte, denn sie wusste nicht, was sie dieser heidnischen Gottheit anbieten sollte. Sie sah an sich herunter. Sie trug keinen Schmuck, sie hatte keinen Zierrat herzugeben. Sie hatte kein Geld, kein Pferd, nichts, was sie opfern konnte.

Plötzlich fiel ihr wieder ein, was sie am Morgen erfahren hatte, und richtete sich auf. Jetzt wusste sie ganz genau, was sie geben konnte.

»Ich opfere Euch meine Überzeugung, dass alle Männer außer meinem Stiefvater vom gleichen Schlag sind wie Reynaud de Charmonte«, sagte sie entschieden. »Und wenn Ihr dazu beigetragen habt, dass ich dies begriffen habe, dann bin ich Euch noch mehr zu Dank verpflichtet.«

Sie beugte sich so tief, wie es ihr angemessen erschien. Nur war ihr bei diesem Ritual seltsamerweise gar nicht unbehaglich zu Mute. In dieser ruhigen Umgebung war es nicht nachzuvollziehen, warum die Kirche die Heiden und ihre Zeremonien so verdammte.

Der Knöchel jedenfalls war tatsächlich geheilt, auf wundersame Weise. Angus hatte geschworen, sie nicht anzurühren. Und er war kein Dämon, sondern ein Ritter, der seiner Familie hatte helfen wollen und für diese hehre Absicht im Osten offenbar einen schrecklichen Preis hatte zahlen müssen. Was mochte Angus nur für ihre Freigabe verlangen? Jacqueline nagte an der Lippe und starrte auf die Hütte in der Ferne. Sicher verlangte er Geld, denn schließlich hatte Rodney gesagt, dass es ihnen daran fehle.

Doch Jacquelines Familie besaß kein Vermögen. Sie hatte alles an Inveresbeinn gespendet, damit sie dort Novizin werden konnte. Das Kloster würde diese Spende niemals zurückzahlen.

Wieder packte sie Angst. Sie hatte schon häufiger gehört, dass ein echter Schurke seine Gefangenen tötete, wenn er sein Lösegeld nicht bekam. Doch Angus, da war Jacqueline sich sicher, war kein echter Schurke. Dazu wirkte er viel zu enttäuscht und traurig. Andererseits schien er fest davon überzeugt, dass er seinen Willen durchsetzen konnte; ihm war die wahre Situation ihrer Familie offenbar nicht bekannt.

Plötzlich wurde ihr klar, dass ihr Schicksal Teil eines göttlichen Plans war. Angus hatte sie zwar irrtümlich entführt, doch dadurch war sie zu ihm gestoßen. Und das konnte nur bedeuten, dass sie dazu bestimmt war, ihm zu helfen. Es war ihre

Aufgabe, ihn daran zu hindern, den Pfad der Gesetzlosen einzuschlagen, auf dem jede falsche Entscheidung zwangsläufig zu einem noch größeren Verbrechen führte. Sie musste ihm helfen, seine Trauer zu überwinden.

Aber wie?

Zunächst musste Jacqueline sich selbst retten – und das konnte ihr nur gelingen, wenn sie Angus überredete, den Weg des Bösen aufzugeben, bevor es zu spät war.

Tatsächlich schien es göttliche Vorsehung zu sein; sie musste seine verlorene Seele retten, um ihre Freilassung hier auf Erden zu bewirken. Sie musste Angus die Wahrheit über das Vermögen ihrer Familie berichten, und dann musste sie ihn überreden, sie nach Inveresbeinn zu bringen, ohne auf sein Lösegeld zu bestehen.

Jacqueline war sich nicht sicher, wie sie das schaffen sollte, denn Angus wirkte fest entschlossen. Doch sie war für diese Aufgabe auserwählt und durfte nicht versagen.

Schließlich stand ihr eigenes Schicksal auf dem Spiel.

Seufzend hob Jacqueline den Eimer hoch und ging den Hügel hinauf. Jetzt sah sie ein, wie dumm es gewesen war, diesen gewundenen Pfad hinunter zu rennen. Überall ragten Wurzeln aus dem Boden, und der Farn war so dicht, dass der unebene Boden darunter verborgen war. Sie hätte sich übel verletzen können.

Ein solcher Leichtsinn hätte Duncan sehr erbost – und das ließ sie über den Grund für Angus' Wut nachdenken. Als er am Teich angekommen war, hatte er ihr schließlich auch vorgeworfen, sie sei zu unvorsichtig gewesen.

Es beruhigte sie, dass sein Verhalten jetzt einen gewissen Sinn ergab und seine Motive so edel waren, wie man es von einem Ritter erwarten sollte.

Sie würde ihn ganz bestimmt umstimmen können.

Sie passierte einen Baum und schrak zusammen, weil der Ritter auf einmal vor ihr stand. Seine finstere Miene ließ sie aufschreien, und fast hätte sie den Eimer fallen lassen.

Doch Angus ergriff den Eimer, bevor sich das Wasser auf den Boden ergoss. Mit der anderen Hand packte er Jacqueline am Ellenbogen und geleitete sie zurück zur Hütte.

Seine Ritterlichkeit rührte Jacqueline. Der volle Eimer war schrecklich schwer und der Hügel steil. Ihr Herz erwärmte sich noch mehr für diesen schweigsamen Mann.

»Herzlichen Dank für Eure Hilfe –«, setzte Jacqueline an, doch Angus unterbrach sie barsch.

»Ich will nur sichergehen, dass du nicht verschwindest«, sagte er mit zusammengebissenen Zähnen. »Schließlich weiß ich noch nicht, ob ich deinem Schwur trauen kann.«

»Aber –«

»Du hast doch bereits einmal gelogen und behauptet, Edana habe dir nichts erzählt. Bald werden wir wissen, was du sonst noch für Lügen von dir gegeben hast.«

Jacqueline wollte widersprechen, doch jetzt war nicht der geeignete Augenblick, ihn zu reizen. Sie war vollauf damit beschäftigt, mit ihm Schritt zu halten.

✳

Angus hätte Feuer spucken können. Diese Frau ahnte nicht im Geringsten, wie gefährlich ihre Situation war oder welche Mächte ihn dazu trieben, nach Rache zu streben. Kaum zeigte er ihr gegenüber ein wenig Freundlichkeit, hielt sie ihn schon für harmlos.

Sie wusste gar nichts über ihn. Sie wusste nicht, was er gesehen hatte, was er getan hatte und was er hatte erdulden müssen. Sie wusste nicht, wozu er imstande war.

Und hoffentlich musste sie das auch niemals erfahren.

Er trat die Tür der Hütte auf und stellte den Eimer mit lautem Knall ab. Edana, die ihre Blätter sortierte, sah nicht einmal auf.

»Ist dir dein Wohlergehen eigentlich ganz egal?«, wollte Angus von ihr wissen. »Oder hast du in den letzten Jahren den Verstand verloren?«

»Mein Überleben ist mir genauso wichtig wie es allen Menschen ist«, erwiderte Edana scharf. »Du dagegen scheinst nach deinem Untergang zu trachten. Das war wirklich eine seltsame Heimkehr, Angus MacGillivray.«

Er ließ das Mädchen los und verschränkte die Arme über der Brust. »Was hast du ihr erzählt?«

»Wieso interessiert dich das überhaupt? Du hast uns beide doch allein gelassen.«

»Ich hatte erwartet, dass du genug Verstand haben würdest, um den Mund zu halten!« Aufgebracht marschierte er auf und ab. »Früher warst du doch immer äußerst misstrauisch.«

Sie warf ihm einen seltsamen Blick zu, der seinen Ärger in keiner Weise minderte. »Fünfzehn Jahre sind eine lange Zeit. In so vielen Tagen und Nächten kann sich vieles ändern.«

Angus hockte sich neben ihren Schemel und sah sie einschüchternd an. Mit leiser Stimme fragte er: »Wieso hast du ihr erzählt, woher mein Schwert stammt?«

Edana zwinkerte. »Habe ich das getan?«

»Woher sollte sie es sonst wissen?«

Die alte Frau lächelte. »Dann habe ich es ihr wohl tatsächlich gesagt. Wahrscheinlich, weil sie mich danach gefragt hat.«

»Wenn du alle Fragen dieses Mädchens beantwortest, dann weiß sie bald mehr über uns als wir selbst!«, erwiderte Angus, dann erhob er sich. Er schritt wieder durch die Hütte und fuhr sich mit der Hand durchs Haar.

Edana lachte. »Ja, neugierig ist sie wirklich.« Die Frauen lächelten einander zu, was Angus' Zorn noch steigerte.

Er wirbelte zu Edana herum und fuhr mit einem Finger theatralisch durch die Luft. »Das ist nicht im Geringsten lustig!«

»Es ist doch nicht schlimm, dem Mädchen etwas die Zeit zu vertreiben!«

»Ach nein?« Angus presste zwei Finger an die Stirn und zählte bis zwölf, dann baute er sich wieder vor der alten Frau auf. »Vielleicht sollte ich dir noch einmal die Wahrheit sagen«, bemerkte er sanft, doch beide Frauen erschraken, weil ihm seine unterdrückte Wut deutlich anzuhören war. »Selbst wenn alles gut geht und das Lösegeld gezahlt wird, wird ihr Stiefvater zweifellos Rache verlangen. Die MacQuarries sind für ihre Rachsucht bekannt, und keiner weiß besser als ich, welchen Preis ihre Rachezüge kosten.«

Er beugte sich über die alte Frau, die ihm unverwandt in die Augen sah, dabei jedoch heftig zwinkerte. Mit jedem Satz wurde seine Stimme lauter, obwohl er sich um Ruhe bemühte. »Ich weiß genau, wie riskant mein Unterfangen ist, doch wir brauchten einen Zufluchtsort. Ich habe dafür gesorgt, dass sie nichts über dich weiß, ich habe dafür gesorgt, dass sie nicht wusste, wo sie hingebracht wurde, ich habe dafür gesorgt, dass sie auf keinen Fall ihren Weg zurückverfolgen und ihren Clan zu dir führen kann, doch du, du hast alle Bemühungen zunichte gemacht, indem du ihr Geschichten erzählt hast.«

Angus breitete die Arme aus und brüllte so laut, dass beide Frauen zusammenschreckten. »Natürlich ist es schlimm, wenn du ihr dein Wissen anvertraust! Ich will nicht für deinen Untergang verantwortlich sein! Du weißt doch selbst, dass meine Schuld schon groß genug ist!«

Er starrte die alte Frau mit geballten Fäusten an.

Edana schnalzte mit der Zunge. »Wenn du glaubhaft machen willst, dass dein Herz für immer verloren ist, dann musst du dich etwas geschickter anstellen, Angus MacGillivray.«

Angus knurrte. Er verachtete sich dafür, dass er

die Beherrschung verloren hatte. Dann drehte er sich um und musterte das aufmerksame Fräulein. Mit weit aufgerissenen Augen sah sie ihn verwirrt an.

»Wo ist Rodney hingeritten?«, fragte sie leise, obgleich sie die Antwort bereits kannte.

»Nach Ceinn-beithe natürlich, um das Lösegeld zu fordern«, erwiderte Angus knapp. Er holte tief Luft und fand seine Fassung wieder. »Vielleicht bist du schon bald frei, meine geraubte Schöne.«

Sein Versuch, sie aufzuheitern, schlug fehl. Mit ernster Miene trat sie weiter in die Hütte. »Aber das ist doch verrückt«, wandte sie ein. »Kein Geld der Welt kann Euch für das entschädigen, was Euch widerfahren ist. Und meine Familie besitzt kein Geld, mit dem sie Euren Forderungen nachkommen könnte –«

Edana holte tief Luft, und Angus erstarrte. »Was sagst du da?«, fragte er gefährlich leise. Er merkte, dass Edana sich hinter ihm erhob, doch er ignorierte sie.

Durch seine Ruhe fühlte sich das Mädchen offenbar ermutigt, denn sie trat vor, ein vorsichtiges Lächeln auf den Lippen. Sie sah jung und zart aus, doch ihre Überzeugung ließ sie resolut wirken.

Die Frau konnte einen Heiligen in Versuchung führen, da war Angus sich sicher.

»Meine Familie hat ihr ganzes Vermögen dem Kloster geschickt. In Ceinn-beithe gibt es keinen Reichtum, obgleich viele Menschen glauben, die Schatzkammer müsse gut gefüllt sein. Wenn Geld da ist, baut meine Familie –«

»Das will ich nicht wissen«, unterbrach Angus sie ungeduldig.

Doch das Mädchen wollte ihn unbedingt umstimmen. »Ihr solltet diesen Wahnsinn beenden, bevor es zu spät ist. Ihr seid doch ein ehrenhafter Mann, ein Ritter, sogar ein Kreuzritter.«

Weniger verlockend war allerdings, wie hartnäckig sie darauf bestand, dass er ein guter Mensch war.

»Ach wirklich?«, fragte Angus kalt, denn er wollte ihr alle Illusionen rauben. Wenn sie weitersprach, würde sie zumindest alles verraten, was sie wusste.

»Natürlich! Ihr tragt das Kreuz, Ihr habt am Kreuzzug teilgenommen, Ihr habt Eure eigenen Interessen zurückgestellt. Jetzt seid Ihr auf Abwege geraten, doch das wird Euch nichts einbringen. Bringt mich nach Inveresbeinn, solange noch alles ungeschehen gemacht werden kann. Werft nicht alle edlen Taten fort, um das Leben eines Banditen zu führen!«

Angus lächelte das bedrohliche Lächeln, das sie immer so beunruhigte, denn er wusste, dass schon allein diese Miene sie erschüttern würde. »Du denkst erstaunlich gut von mir. Willst du mich deshalb unbedingt verführen, du Hexe?«

Sie wurde unsicher und wirkte verwirrt. Er sah, wie sie errötete. »Aber – aber ich bin doch keine Hexe. Ich will niemanden verführen. Ich ... ich ...«

»Wirklich nicht?«, schnurrte Angus und kam näher. »Und wieso verstehst du es dann so gut, einen Mann zu verlocken? Machen das heutzutage alle Novizinnen so?«

Sie schüttelte den Kopf, fuhr sich mit der Zunge über die Lippen und errötete dann noch mehr, weil Angus diese Bewegung aufmerksam verfolgt hatte.

Tapfer versuchte sie, ihr inständiges Flehen fortzusetzen. »Was werdet Ihr tun, wenn das Lösegeld nicht bezahlt werden kann? Ihr rechnet sicher fest mit Erfolg, doch was, wenn er Euch nicht vergönnt ist?«

»Dann ist eine Gefangene natürlich wertlos für mich«, sagte er drohend, doch sie ließ nicht ab.

»Angeblich werden Ritter manchmal Banditen, um wieder zu Vermögen zu kommen. Andere werden zu Verbrechern, weil sie über ihre Verluste trauern. Es gibt jedoch auch andere Möglichkeiten ...«

»Verluste? Was für Verluste denn?«, fragte er so eindringlich, dass es ihr eine Warnung hätte sein sollen.

Doch das Mädchen reagierte nicht schnell genug, und Edana schritt nicht rechtzeitig ein. »Den Tod Eurer Familie meine ich natürlich«, verkündete sie. »Und dabei habt Ihr doch am Kreuzzug teilgenommen, um das Unheil abzuwenden, das sie wegen der Weigerung Eures Vaters heimgesucht hatte! Ein solches Schicksal würde jeden zur Verzweiflung bringen, doch es ist kein Grund, zum Verbrecher zu werden. Ich fürchte, wenn das Lösegeld nicht bezahlt wird, werdet Ihr Euch gezwungen sehen, noch schlimmere Taten zu verüben –« Plötzlich schloss sie den Mund, denn ihr wurde klar, dass sie viel zu viel verraten hatte.

Angus sah sie mit versteinerter Miene an. »Woher weißt du so viel über meine Familie?«

Ihr Blick glitt Hilfe suchend hinüber zu der alten Frau.

Angus stieß finster hervor: »Das hätte Edana niemals berichten dürfen.«

»Sie wollte Euch nur helfen! Sie wollte, dass ich Euch verstehe.«

»Du brauchst mich nicht zu verstehen.«

»Aber ... aber ...!«

Mehr brachte sie nicht hervor, denn Edana ergriff zu ihrer Verteidigung das Wort. »Du hast mich doch selbst *Seanchaidh* genannt, Junge. Geschichten sind mein Leben, und ich erzähle sie, wann immer ich will, ganz gleich, was du darüber denkst.«

»Du hättest es ihr nicht erzählen dürfen.«

Die alte Frau zuckte unbeeindruckt die Schultern. »Aber ich habe es getan, und das lässt sich jetzt nicht mehr ungeschehen machen.«

Sie starrten einander lange an. »Früher hast du dich nicht so wenig um die Meinung anderer geschert. Du hast dich sehr verändert, Edana.«

Die alte Frau lachte. »Ja, ich habe mich verändert, und zwar mehr, als du ahnst. Aber das ist nicht von Bedeutung.«

»Doch, das ist es sehr wohl«, korrigierte er sie. »Denn dein Verhalten zwingt mich dazu, dich zu verlassen.« Er wandte sich dem Fräulein zu. »Natürlich mit meiner Gefangenen.«

»Was soll das heißen?«, schrie das Mädchen auf. »Wo wollt Ihr hin?«

»Das geht dich nichts an.« Angus sah Edana

finster an. »Wir brechen sofort auf. Vielleicht tut mir die *Seanchaidh* den Gefallen und vergisst, dass diese Geschichte sich zugetragen hat.«

Die alte Frau hob das Kinn, und er sah, dass er sie verärgert hatte. »Nichts lieber als das. Du bist nicht der Mann, den ich in Erinnerung hatte, Angus von Airdfinnan.«

»Du erinnerst dich nur an einen Jungen«, erwiderte er.

»Ich erinnere mich an einen Jungen, das stimmt, doch dieser Junge war ein ehrenhafter Mensch.« Edana lehnte sich an ihren Türpfosten. »Auf deiner Reise ist dieser Junge verloren gegangen. Sag mir, trauerst du ihm nach?«

Angus blieb stehen und sah der alten Frau in die Augen. »Auf dieser Reise habe ich vieles für immer verloren. Du kannst dir sicher sein, dass es eine Sache gibt, der ich wirklich nachtrauere. Und ich werde sie mir wiederholen oder bei dem Versuch sterben.«

»Du hättest nicht hierher kommen sollen.«

»Das stimmt. Diese Entscheidung war ein weiterer schwerer Fehler meinerseits.« Angus marschierte aus der Hütte und begann eilig, Lucifer zu satteln.

»Geh nur! Einen besseren Unterschlupf als hier wirst du nirgends finden!«, schrie Edana.

Das Ross stampfte, genauso ungeduldig wie sein Herr. Angus befestigte die Satteltaschen mit ungestümen Bewegungen, dann zog er einen Leinenstreifen hervor. Mit zusammengepressten Lippen legte er dem Mädchen die Augenbinde an, ohne den Worten der Alten Beachtung zu schenken.

»Aber –«, protestierte das Fräulein.

»Du weißt schon viel zu viel«, fuhr er sie an. »Du wirst weder hierher zurückfinden noch andere an diesen Ort geleiten.«

Sie war klug genug, ihre Zunge im Zaum zu halten. Er hob das Mädchen unsanft in den Sattel, wohl wissend, dass die alte Seherin ihm folgte.

»Dein Weg ist nicht klug, mein Junge, und deine Boshaftigkeit wird zu einem schlimmen Ende für dich führen. Ich wette, dass du bei dem Versuch, das Verlorene wiederzuerlangen, dein Leben verlieren wirst.«

Lächelnd drehte Angus sich um. Sein Anblick ließ Edana erschauern. »Ich habe vor nichts Angst, Edana *Seanchaidh,* denn es gibt nichts mehr, was ich fürchten könnte. Alles, vor dem mir je graute, hat sich ereignet, trotz meiner Bemühungen. Und selbst wenn du deine Wette gewinnen solltest: Ich würde diesem Ritter nicht nachtrauern.«

Dem Mädchen entfuhr ein Schreckenslaut, doch Angus ignorierte diese Reaktion und schwang sich in den Sattel. Er zog sie fest an sich, und sie wagte nicht, sich zu wehren.

»Stürze sie nicht ins Verderben«, befahl die alte Frau.

»Zu spät! Sie gehört mir, und ich mache mit ihr, was ich will.« Das Fräulein zitterte, doch er hielt sie fest.

»Mich führst du nicht hinters Licht«, erwiderte Edana. Sie trat vor und drohte vorwurfsvoll mit dem Finger. »So viel Anstand hast du doch noch im Leibe. Du meinst zwar, dass die Welt dir vieles

schuldig ist, doch sei vorsichtig, Angus MacGillivray. Du wärst nicht der Erste, der zu dem wird,
was er verachtet.«

Angus warf ihr einen kalten Blick zu, doch sie
sah ihn unverwandt an. »Du weißt ja nicht, wovon
du sprichst.« Mit diesen Worten gab er dem Tier
die Sporen, obwohl er die Augen der alten Frau
auf sich spürte.

Er wagte es nicht, noch mehr zu sagen. Schließlich war allgemein bekannt, dass Edana in die Zukunft sehen konnte, und er fürchtete, sie könne
Recht haben.

Und Angus wusste, dass er nicht besser war als
der Erzfeind seines Vaters, denn er würde alles
bezahlen oder verlangen, um sein Ziel zu erreichen. Absichtlich sah er nicht auf die Frau vor
sich, denn er war nicht stolz auf das, was er getan
hatte.

Hoffentlich wäre sein Vater auch der Überzeugung gewesen, dass sein Familienerbe den Preis
wert war, den er und diese Frau zahlen würden.

❅

Sie ritten schnell den schmalen, gewundenen
Pfad entlang. Der Hengst wollte offenbar genauso
eilig fort wie sein Reiter. Der Wald war noch immer regennass, die Blätter zeigten ihr frisches
Frühlingsgrün.

Edana hatte den Ritter Angus von Airdfinnan
genannt, und der Name dieses Besitzes klang vertraut in Jacquelines Ohren. Es war eine Burg,
eine alte Festung, nur wenige Tagesritte von

Ceinn-beithe entfernt. Sonst wusste sie nur wenig darüber.

Lediglich, dass sie der Kirche gehörte.

Jacquelines Gedanken rasten. Wenn Angus der Sohn von Airdfinnan war, dann war er ein Edelmann aus dieser Gegend. Wenn seine Familie ihre Reichtümer und auch das Leben verloren hatte, würde es Sinn machen, dass er nun zur Entschädigung Geld verlangte.

Doch wieso meinte er nur, die Bewohner von Ceinn-beithe müssten ihm sein Recht gewähren? Offenbar hatte Edana ihr nicht die ganze Geschichte erzählt. Jacquelines Neugier begann sich wieder zu regen.

Angus war sicher nicht gewillt, ihr seine Geheimnisse anzuvertrauen. Schließlich war er so überstürzt aufgebrochen, als hätte die alte Frau sein Vertrauen missbraucht. Jacqueline wusste, dass Edana nur hatte helfen wollen, doch jetzt war nicht der richtige Augenblick, um Angus darauf hinzuweisen.

Und sie fand es sehr lobenswert, dass er sich um das Wohlergehen der Alten sorgte. Duncan würde sich zwar niemals an Edana rächen, doch Angus konnte ja nicht wissen, dass der Anführer des Clans der MacQuarries ein gerechter Mensch war.

Es würde sich ihr noch reichlich Gelegenheit bieten, um für die alte Seherin einzutreten. Jetzt waren sie vollkommen allein miteinander, und Jacqueline hatte keine Ahnung, wie lange das so bleiben würde. Bei diesem Gedanken lief ihr ein erwartungsvoller und gleichzeitig ängstlicher Schauer den Rücken hinunter.

Angus hatte einen Arm wie einen Schraubstock um Jacquelines Taille geschlungen, und sie gab keinen Ton von sich, wagte noch nicht einmal zu keuchen, wenn Lucifer über einen Bach sprang.

Er spürte ihre Anspannung, denn er lachte düster. »Du bist erstaunlich lange still. Langsam beginne ich, an Wunder zu glauben.«

Sein Ärger schien so rasch verflogen zu sein wie er gekommen war. »Ich habe nichts zu sagen.«

»Schon wieder ein Wunder«, murmelte er belustigt. »Bist du etwa zu der Einsicht gekommen, dass ich der Rettung nicht wert bin? Oder meinst du, dass ich nicht mehr gerettet werden kann?«

»Ihr seid nicht so schlimm, wie Ihr Edana weismachen wolltet«, erwiderte Jacqueline. »Eure Taten strafen Eure falschen Behauptungen Lügen.«

»Ist es etwa nicht mehr gegen das Gesetz, eine Jungfrau zu rauben?«, murmelte er in ihr Haar. »Dann könnte ich mir ja eine ganze Sammlung zulegen.«

Jacqueline wollte etwas erwidern, schloss den Mund aber sofort wieder, denn sie war zu verwirrt. Am besten täuschte sie Sorglosigkeit vor. »Da habt Ihr Recht. Es ist gar nicht so schlimm, wenn man eine Jungfrau raubt«, verkündete sie so ruhig wie möglich. »Den Vätern gefällt es nur nicht, wenn man sie anschließend missbraucht.«

Er schwieg, als hätte sie ihn wieder überrascht. »Ist das etwa eine Aufforderung?«

»Nein, natürlich nicht!«

Zu ihrer Verwunderung drückte plötzlich etwas gegen ihr Gesäß. Sie rutschte zur Seite, was die Sache nur noch schlimmer machte, und Angus fing an zu lachen. Sie versuchte ein Stück von ihm abzurücken, doch er zog sie mit Absicht fester an sich. Dann beugte er sich vor und küsste ihren Hals hinter dem Ohr.

»Nur Geduld, du Hexe«, flüsterte er. »Bald haben wir den Wald hinter uns gelassen, dann kannst du alles von mir bekommen, was du willst.«

»Ich will gar nichts von Euch!«, piepste sie.

»Deine Taten strafen deine falschen Behauptungen Lügen«, sagte er spöttisch. Er klang, als müsse er jeden Augenblick losprusten. »Vielleicht bist du auch gar keine Jungfrau mehr.«

»Doch, sicher!«

»Du weißt jedenfalls nur zu gut, wie man einen Mann verlockt. Ich bin nämlich sehr verlockt. Vielleicht ist das eine Aufforderung.« Er zog sie noch fester an sich, so dass es keinen Zweifel an seinem Zustand mehr gab. »Und es gibt nur einen Weg, um herauszufinden, ob eine Frau noch unberührt ist.«

Sie drehte sich um, zog die Augenbinde ab und sah ihn entsetzt an. An seiner unbewegten Miene war nichts abzulesen. »Ihr würdet doch meine Unschuld nicht *rauben*!«

»Mir scheint vielmehr, dass du sie mir bereitwillig anbietest.«

»Nein. Ich ... das würde ich niemals tun! Ich –« Jacqueline verstummte und ordnete ihre Gedanken. Es belustigte ihn nur, wenn sie mit Empörung reagierte, denn sie sah ein verräterisches Funkeln in seinen Augen. »Ihr habt mir doch Euer Wort gegeben!«

»Mein Wort, dich nicht zu missbrauchen.« Er hob die Augenbrauen und sah wieder schurkisch aus. »Das heißt jedoch nicht, dass ich mir nicht nehmen darf, was mir angeboten wird.«

»Aber –«

Sie erreichten eine breitere Straße, und Angus gab ihr zu verstehen, dass sie schweigen sollte. Eine Weile warteten sie hinter Bäumen verborgen. Außer Vogelgezwitscher drang kein Geräusch an ihre Ohren. Schließlich war Angus überzeugt, dass die Straße tatsächlich menschenleer war, und ließ den Hengst weiterlaufen.

Lucifer schüttelte die dunkle Mähne. Die ebene Straße schien ihm besser zu gefallen, und er fiel in leichten Galopp.

»Aber?«, wollte Jacqueline wissen.

»Aber du führst mich immer wieder in Versuchung, und du hast ja selbst gesagt, dass deine Familie kein Geld hat.« Angus machte eine Pause, und sein Tonfall wurde ein wenig schelmisch. »Vielleicht möchtest du mich gerne auf andere Weise entschädigen, damit ich dich freilasse.«

Jacqueline wandte sich in seinem Arm um. »Im Austausch gegen meine Keuschheit würdet Ihr mich freilassen?«

»Garantieren kann ich für gar nichts, Hexe, doch du kannst gerne versuchen, dein Schicksal zu beeinflussen.« Er lächelte gefährlich. »Vielleicht verlieren die Freuden des Klosters ihren Reiz für dich, wenn du weltlichere Genüsse gekostet hast.« Er riss die Augenbrauen hoch. »Vielleicht wirst du mir dann gar nicht mehr von der Seite weichen!«

»Mistkerl!« Jacqueline wirbelte wieder zur Straße herum, während er lachte. Wenn überhaupt ein Mann es schaffen würde, sie von ihrem Wunsch, eine Braut Christi zu werden, abzubringen, dann dieser hier. Vielleicht hatte ihre Mutter Recht gehabt und sie würde auf zu vieles verzichten, wenn sie ins Kloster ging.

Wie es wohl sein mochte, von einem Mann verführt zu werden?

Wie es wohl sein mochte, von Angus verführt zu werden, diesem leidenschaftlichen und doch zärtlichen Mann, dem das Leben übel mitgespielt hatte und der dennoch immer noch ritterlich sein konnte? Mit einem einzigen Blick konnte Angus sie entflammen, und seine Berührungen weckten beunruhigend schnell ein Feuer in ihr. Nicht nur er hätte gerne etwas getan, was er lieber nicht tun sollte.

Doch Jacqueline sträubte sich gegen jede Versuchung.

Sie seufzte schwer. »Ich weiß, Ihr seid wütend, weil Edana mir von Eurer Familie erzählt hat. Mir tut es aber wirklich Leid, dass Ihr sie verloren habt.«

Angus' Worte waren kalt. »Du weißt gar nichts über meine Familie. Auch Edana kennt die Wahrheit nicht.«

»Wer ist sie eigentlich?«

»Sie ist nur eine verrückte Alte, die schon seit Jahrzehnten den Wald nicht mehr verlassen hat.«

»Woher kennt Ihr sie dann?«

»Jeder kennt Edana.«

»Ich nicht.«

Der Laut, den er ausstieß, klang verärgert. »Jeder, der hier aufgewachsen ist, kennt Edana oder kannte sie zumindest.«

Jacqueline schüttelte den Kopf. »Das ergibt doch keinen Sinn. Sie lebt im Wald, wo niemand hinkommt. Woher soll man sie dann kennen?«

»Jeder geht hin und wieder zur Cloutie-Quelle, wenn er verletzt ist oder Segen sucht. Und viele lassen sich von Edana Geschichten erzählen.«

»Sie ist mehr als nur eine Geschichtenerzählerin«, vermutete Jacqueline.

»Viele glauben, dass sie das zweite Gesicht hat.«

»Wer denn zum Beispiel?«

»Hörst du eigentlich jemals auf zu fragen?«

»Ich bin eben neugierig. Wer hat Euch mit Edana bekannt gemacht?«

Er seufzte. »Ich kann dir wohl ruhig verraten, dass es mein Vater war. Er hatte viel Vertrauen in die alte Seherin und fragte sie häufig um Rat. Meine Mutter nannte das heidnische Hexerei. Sie ging niemals hin und erlaubte es auch uns Kindern nicht.«

»Aber –«

Angus unterbrach sie heftig. »Wie du dir sicher denken kannst, war ich neugierig genug, um meinem Vater heimlich zu folgen, und so lernte ich die alte Frau kennen.«

»Sie ist wirklich alt.«

»Uralt, sagte mein Vater. Er behauptete, sie sei bereits alt gewesen, als er sie zum ersten Mal besuchte, und deutete an, sie sei vielleicht unsterblich.«

Bei dieser unsinnigen Behauptung verdrehte

Jacqueline die Augen. »Ob unsterblich oder nicht, ihre Geschichte über Eure Familie erschien mir jedenfalls glaubwürdig.«

»Geschichten sind häufig glaubwürdiger als die Wahrheit«, sagte Angus milde. »Ich sage dir, Edana lügt. Wieso sollte sie meine Geschichte besser kennen als ich selbst?«

»Ihr leugnet zu heftig.« Jacqueline schüttelte hartnäckig den Kopf. »Die Geschichte hatte einen wahren Kern, und ich glaube ihr, ganz gleich, was Ihr sagt. Ihr meint, Euch stehe eine Entschädigung zu, doch Ihr verlangt sie auf die falsche Weise.«

Jetzt klangen seine Worte angespannt. »Du hast keine Ahnung, welche Entschädigung mir zusteht.«

»Ihr wisst doch selbst, dass Ihr in dieser Sache im Unrecht seid«, beharrte Jacqueline. »Habt Ihr nicht geschworen, dass Ihr nichts nehmen würdet, was Euch nicht gebührt?«

»Und was bietest du mir als Entschädigung für meine Verluste, über die du ja so gut Bescheid weißt?«

Jacqueline hob das Kinn. »Ich werde mir Eure Geschichte anhören. Ihr könnt ja alles klar stellen, wenn Ihr Euch so sicher seid, dass Edana sie falsch wiedergegeben hat.«

Er lachte. »Leider habe ich kein Interesse daran, diese Geschichte zu erzählen. Und ganz bestimmt nicht dir, nicht einmal, um deine verfluchte Neugier zu stillen. Sie geht dich nichts an – du bist für mich nur ein Mittel zum Zweck.«

»Dann wird Euch Eure Geschichte für immer

verfolgen. Die Macht, die sie über Euch hat, könnt Ihr nur brechen, indem Ihr sie erzählt.«

»Nein. Die Macht eines Gespenstes kann man nur brechen, indem man es rächt.«

Jacqueline schüttelte den Kopf. »Menschen sterben nun einmal, Angus. Dieser Teil des Lebens lässt sich nicht leugnen. Es gibt keine Entschädigung dafür, dass ein geliebter Mensch von Gott zu sich gerufen wurde.«

»Ach nein? Und was ist, wenn jemand zu Gott *geschickt* wurde?«

Sie drehte sich wieder um und musterte ihn, denn sie begriff nicht, was er damit sagen wollte. Er trommelte gereizt mit den Fingern, seine Miene war viel sagend angespannt.

»Mein Vater wurde ermordet, und mein Bruder auch.« Angus sprach teilnahmslos, doch seine Augen funkelten vor Wut. »Auf Mord steht in jedem Gesetzbuch Vergeltung, oder etwa nicht?«

»Ermordet!« Jacquelines Augen weiteten sich entsetzt und ungläubig. »Wer hat sie denn ermordet?«

Angus' Lächeln war alles andere als Vertrauen erweckend. »Kein anderer als der Anführer des Clans der MacQuarries.«

9. Kapitel

»Nein!«, rief Jacqueline entsetzt und ungläubig aus.

Angus jedoch war ganz bestimmt. »Doch. Wenn auch nicht mit seinen eigenen Händen, so doch auf seine Veranlassung.«

»Aber das kann nicht sein! Das ergibt doch keinen Sinn!«

»Doch, allerdings. Schließlich hat es ihm Airdfinnan eingebracht.« Den Namen dieses Besitzes sprach Angus so ehrfürchtig wie eine Zauberformel. Er schenkte ihr einen durchdringenden Blick. »Behaupte nur nicht, die alte Fehde sei vergessen.«

»Welche Fehde?«

Mit zusammengekniffenen Augen musterte Angus ihr Gesicht. Er senkte die Stimme. »Von den bösen Taten deines Clans muss ich dir doch wohl nicht berichten. Der Anführer des Clans der Mac-Quarries wird Airdfinnan übergeben, damit du sicher wieder nach Hause zurückkehrst. Mehr brauchst du nicht zu wissen.« Nach diesen Worten starrte er finster auf die Straße, die vor ihnen lag, und hielt das Gespräch offenbar für beendet.

Doch Jacqueline schüttelte den Kopf. »Das ergibt wirklich keinen Sinn. Wie soll Duncan etwas hergeben, das er gar nicht besitzt? Ich weiß nicht einmal genau, wo Airdfinnan überhaupt liegt!

Seine Herrscher haben nichts mit meiner Familie zu tun.«

Angus verzog das Gesicht und antwortete spürbar widerstrebend. »Doch, allerdings, denn Cormac MacQuarrie war ein alter Feind meines Vaters.«

»Aber das betrifft Duncan doch nicht!«

Angus' Miene wurde grimmig. »Männer, die einander durch Blutsbande oder durch einen Schwur verbunden sind, vergessen ihre Eide nicht. Cormac hat geschworen, Airdfinnan zu beherrschen, auch wenn es das Letzte sei, was er täte. Er schwor, wenn ihm dies nicht gelingen würde, würde er auf jeden Fall dafür sorgen, dass es meinem Vater aus den Händen gerissen würde.«

Jacqueline zwinkerte erstaunt. »Aber wieso denn?«

Er beobachtete sie aufmerksam. »Cormac war der Ansicht, dass der König der Inseln ihm und nicht meinem Vater die Herrschaft über Airdfinnan hätte verleihen müssen.« Angus schüttelte ungeduldig den Kopf. »Aber warum fragst du? Du musst das alles doch längst wissen?«

»Diese Geschichte ist mir nicht bekannt. Schließlich ist Cormac schon lange tot«, erinnerte Jacqueline ihn.

»Doch ein alter Eid stirbt nicht so leicht. Wer auch immer jetzt der Anführer des Clans der MacQuarries sein mag, dieser Mann wird sicher fortführen, was sein Vorfahr begonnen hat.«

»Nein, Duncan nicht.«

»Nein? Vertritt er etwa nicht die Interessen des Mannes, der ihm seine Macht verliehen hat?«

Jacqueline musste an Cormacs Sohn Iain denken, den Duncan so liebevoll wie einen Bruder behandelte.

Und Angus – verflucht sollte er sein – erriet den Grund für ihr Zögern. »Habe ich Recht?«, fragte er.

»Er hat dafür gesorgt, dass Cormacs Sohn meine Halbschwester geheiratet hat.«

Angus nickte. »Eindeutig ein dynastisches Bündnis.« Er runzelte die Stirn. »Und glaubst du wirklich, dass dieser Mann sich nicht um alte Schwüre schert? Du bist doch nicht dumm.«

»Ihr kennt Alienor nicht«, warf Jacqueline ein. »Für viele wäre es ein Fluch, mit ihr verheiratet zu sein. Sie hat eine entsetzlich scharfe Zunge.«

Er lachte unvermittelt auf und betrachtete sie mit überraschender Wärme. »Die deinige ist aber auch nicht ohne Stacheln, du Hexe.«

Jacqueline richtete sich auf. »Wollt Ihr mich etwa wieder knebeln, damit Ihr Eure Ruhe habt?«

»Nein. In dieser verlassenen Gegend würde sowieso niemand deine Hilfeschreie hören, und außerdem –«, eindringlich betrachtete er ihren Mund, »– hat es auch seine Vorteile, wenn deine Lippen frei liegen.«

Seine Absicht war offensichtlich. »Ihr wollt mir nur Angst machen«, sagte sie herausfordernd.

Die dunkle Braue hob sich diabolisch. »Und, hast du denn Angst?«

»Nein.« Das war nur ein wenig gelogen, doch sicher durchschaute er sie.

Angus drängte sich dichter an sie, die Finger auf ihrem Bauch gespreizt. »Vielleicht muss ich mir dann einfach mehr Mühe geben«, flüsterte er.

Ihr Herz setzte einen Schlag aus, doch sie vermochte nicht zu sagen, ob aus Angst oder vor Aufregung. Angus' Silhouette verdeckte den blassen Sonnenschein, als er sich zu ihr vorbeugte. Er ließ die Zügel sinken und legte die Lippen zu einem festen Kuss auf ihren Mund.

Jacqueline wollte ihm nicht den Triumph einer furchtsamen Reaktion gönnen. Nur indem sie sich hingab, konnte sie ihn davon überzeugen, dass er ihr mit seiner Berührung keine Angst machen konnte.

Das war überraschend einfach. Jacqueline öffnete die Lippen, als würde sie den Kuss genießen. Er schnappte erstaunt nach Luft, und sie hatte das Gefühl, jetzt die Macht auf ihrer Seite zu haben. Ja, er war auch nicht immun gegen ihre Berührung!

Diese Erkenntnis gab ihr noch mehr Mut. Wie eine Dirne presste sie sich an ihn, öffnete den Mund und berührte seine Zunge mit der ihren.

Doch sie erntete nicht die Reaktion, die sie erwartet hatte. Angus löste abrupt den Mund von ihrem, fluchte und schob sie von sich. Sie fühlte seine Hitze an ihrem Gesäß und wusste nicht, was sie falsch gemacht hatte.

Angus war jedoch eindeutig wütend auf sie. Sie wollte fragen, was sie getan hatte, doch sein zorniger Blick erschütterte sie bis ins Mark und erstickte ihre Frage.

Ihre Reaktion hatte ihn eindeutig gekränkt.

Und was war nur in sie gefahren, dass sie seine Annäherung so bereitwillig begrüßt hatte?

»Es tut mir Leid.« Sie spürte seinen Blick überdeutlich, doch sie sah nicht über die Schulter. Lange herrschte Schweigen zwischen ihnen, und ihre Wangen brannten vor Scham.

»Wie leid?«, fragte Angus samtweich.

Jacquelines Puls tat einen Sprung, und sie musste ihn einfach ansehen. »Was soll das heißen?«

Seine Miene war ausdruckslos, doch seine Worte überraschten sie. »Statt einer Entschuldigung möchte ich lieber deine Geschichte hören.«

»Was für eine Geschichte? Ich habe keine Geschichte zu erzählen.«

»Du lügst schon wieder«, murmelte Angus überraschend zärtlich. Sein Blick war fest, und sie fühlte sich wieder in die Ecke gedrängt. »Erzähl mir, was passiert ist, dass du solche Angst vor Männern hast.«

»Ich habe mich doch schon entschuldigt«, sagte sie steif. »Das sollte reichen.«

»Ja, das sollte es wohl«, räumte er ein, »aber ich bin doch wie du selbst sagst jetzt ein Bandit, und daher muss ich zu den ungerechten Mitteln der Gesetzlosen greifen.«

Jacqueline sah ihn misstrauisch an, denn sie hatte den Verdacht, dass er sich über ihre Schlussfolgerungen lustig machte. Da war wieder dieses schelmische Funkeln in seinem Auge.

»Und was ist, wenn ich sie Euch erzähle?«, wollte sie wissen, denn damit rechnete er sicher nicht.

»Dann sind wir quitt. Dann kennst du meine Geschichte und ich die deinige.«

»Aber meiner Freilassung bringt mich das nicht näher.«

»Natürlich nicht. Die kann nur deine Familie erwirken, denn nur sie kann mir Airdfinnan zurückgeben.«

Jacqueline nagte an der Unterlippe, während sie über seine Äußerung nachdachte. Entgegen Angus' Erwartung konnte ihre Familie ihre Freilassung nicht erwirken, da sich Airdfinnan nicht in ihrer Hand befand. Wie konnte sie nur dazu beitragen, dass er sein Ziel erreichte – und sie damit ihre Freiheit?

»Jetzt siehst du, wie schwer es ist, einem anderen seine Geschichte preiszugeben«, sagte er leise, den Grund für ihr Schweigen offenbar missverstehend. »Ich gebe dir bis heute Abend Bedenkzeit, denn heute Abend will ich deine Geschichte hören.«

»Und wenn ich sie nicht erzählen will?«

Er lächelte kühl, distanziert und gefährlich. »Dann handeln wir eine andere Entschädigung dafür aus, dass du meine Geschichte bereits gehört hast«, murmelte er, und das klang wie eine Drohung.

✳

Den Rest des Tages ritten sie schweigend weiter und schlugen bei Einbruch der Dunkelheit ein Lager auf. Angus fand im Wald eine Lichtung, die abseits genug lag, so dass man das Feuer von der Straße aus nicht ohne weiteres sehen konnte. Er fesselte seiner Gefangenen Hände und Füße, ohne sich um ihr Missfallen zu scheren, und ließ sie dann bei Lucifer zurück, um für das Abendessen ein Kaninchen zu jagen.

Es würde ein karges Mahl aus Fleisch und einer dünnen Wassersuppe werden, doch es würde zumindest heiß und daher wohltuend sein. Das Mädchen wandte das Gesicht ab, als er das Feuer entfachte, und Rodney hätte zu ihrem Schweigen sicher eine Bemerkung abgegeben.

Während das Fleisch kochte, ging Angus einige Schritte in den Wald und zertrat das Unterholz rund um ihre Lagerstelle, bis er sich sicher war, dass sich sein Geruch festgesetzt hatte. Auf seiner letzten Runde urinierte er in Abständen. Das war zwar keine sehr starke Abschreckung, doch der Wald war jetzt im Frühling voller Leben – vielleicht würde es reichen, um die Wölfe abzuschrecken.

Menschen jedoch würde das nicht abhalten. Angus lauschte, doch von den Hügeln her war nichts zu hören. Rodney konnte Ceinn-beithe noch nicht erreicht haben. Selbst wenn man dort die Verfolgung aufnahm, sobald er angekommen war, und selbst wenn man Rodney überredete, dabei zu helfen, würde man erst einmal dessen Weg zurückverfolgen müssen. Wenn Rodney sich zwingen ließ, würde er die Verfolger zu Edanas Hütte führen, denn er wusste ja nicht, dass Angus nicht mehr dort weilte. Dann würden sie die heute zurückgelegte Strecke verfolgen müssen.

Heute Nacht konnte Angus also mit der Gewissheit einschlafen, dass er nicht gestört werden würde. Vielleicht würde es das letzte Mal sein, dass er sich dessen sicher sein konnte.

Bei seiner Rückkehr zeigte seine Gefangene eine rebellische Miene, obgleich sie kein Hehl daraus machte, dass sie erschöpft war. »Das Fleisch brennt an«, sagte sie und hob vorwurfsvoll die gefesselten Hände. »Ich konnte ja nichts machen.«

Sie hatte wirklich Temperament, das musste er ihr lassen. Sie brachte ihn zum Lachen, obwohl Angus das niemals zugegeben hätte. Er rührte im Topf und wendete das Fleisch; sein Dolch und ein Löffel waren die einzigen Kochutensilien. Er setzte sich mit dem Rücken an einen Baum gegenüber dem Mädchen, so nah am Feuer, dass er sich um das Fleisch kümmern konnte. Der Himmel über ihren Köpfen war dunkel geworden, das Feuer fauchte und knisterte und warf seinen Schein auf die umstehenden Bäume.

Und auf das Gesicht der Frau. Er sah sie an, und sie sah zurück. Zweifellos wirkte er genauso misstrauisch wie sie. »Nun?«, fragte er ruhig. »Was ist mit deiner Geschichte? Wirst du sie mir erzählen oder nicht?«

Sie wand sich. »Bindet Ihr mich los?«

»Nein.«

Empört fragte sie: »Nicht einmal für die Geschichte?«

»Du bist mir diese Geschichte schuldig, weil du meine kennst. Wenn ich deine Fesseln lösen soll, musst du also einen weiteren Einsatz bieten.«

Sie knirschte sichtlich mit den Zähnen und funkelte ihn an. »Ihr seid ein unmöglicher Mensch.«

Er stützte einen Ellenbogen aufs Knie und lächelte. »Was erwartest du von einem Entführer?«

Sie lachte, was ihn sehr überraschte, doch der Klang war ihm eine Freude. »Mit Banditen und ihren Sitten kenne ich mich nicht so gut aus.«

»Ich dagegen weiß viel zu viel über Schurken«, sagte Angus düster. »Sei froh, dass du so unwissend bist.«

Ihr Gelächter verstummte, und ihr Lächeln verschwand. »Seid Ihr wirklich in der Hölle gewesen?«, flüsterte sie neugierig.

Er beugte sich vor und prüfte das kochende Fleisch. »Heute Abend erzählst du die Geschichten«, ermahnte er sie sanft. »Nicht ich.« Er warf ihr einen Blick zu. »Vorausgesetzt, du willst mich nicht auf andere Weise entschädigen.«

Sie sah zu Boden und sagte leise: »Ich würde Euch meine Geschichte ja erzählen, aber ich weiß nicht, wo ich anfangen soll.«

»Warum hast du dich für das Klosterleben entschieden?«, fragte Angus genauso ruhig. »Und erzähl mir bloß nicht, es sei deine Berufung, Gott zu dienen.«

Sie lächelte schwach. »Ich glaube wirklich, dass ich dazu berufen bin, aber meine Mutter meint, es sei nur eine Ausrede. Sie hat Unrecht, denn ich weiß, dass das Kloster das Richtige für mich ist.« Ihre Augenbrauen zogen sich kurz zusammen. »Zumindest kann ich diese Entscheidung frei treffen und werde das Beste daraus machen.«

Angus erwiderte nichts.

Sie presste die Lippen zusammen, als sich ihre Blicke kreuzten. »Ich wurde als Frau geboren. So sei es denn. Und aufgrund meines Geschlechts stehen mir nur wenige Möglichkeiten offen. So

211

sei auch dies. Im Grunde genommen kann ich nur zwei Wege einschlagen – Ehe oder Kloster. Die Ehe mit einem weltlichen Gatten oder die mit einem göttlichen. So sei es. Ich habe meine Entscheidung getroffen. Was mich an Männern so ärgert, ist die Tatsache, dass mir niemand die einzige Entscheidung zubilligt, die ich wirklich treffen kann.«

»Du hast also noch immer Verehrer«, vermutete er.

»Ja, aber das ist noch nicht das Schlimmste.« Sie starrte einen Augenblick lang konzentriert in den dunklen Wald. »Bereits kurz nach meiner Geburt wurde ich einem Mann versprochen, einem Kameraden meines Vaters. Meine Mutter berichtet, mein Vater habe dies arrangiert, weil mir prophezeit wurde, dass ich eines Tages eine Schönheit sein würde. Vielleicht wollte mein Vater mir ein gesichertes Leben garantieren, vielleicht hatte er seinem Kameraden gegenüber nur eine Schuld zu begleichen. Ich weiß es nicht.«

Es war interessant, wie teilnahmslos sie diese Umstände berichtete. »Hast du ihn nie gefragt?«

»Als er starb, war ich noch zu jung, um mich für solche Dinge zu interessieren. Meine Mutter heiratete ein zweites Mal und wurde wieder Witwe, als ich vierzehn Sommer alt war. Mein Verlobter hatte sich in der Zwischenzeit mit mir bekannt gemacht und bestand darauf, dass wir in Kürze heirateten. Vermutlich wollte er aufgrund seines Alters nicht mehr länger warten.«

»Wie alt war er denn?«

»Damals war er etwa sechzig Sommer alt.« Sie

lachte halblaut, und unerklärlicherweise funkelten ihre Augen schelmisch. »Ich muss gestehen, dass er mir älter als Gott selbst vorkam, auch wenn das ein unziemlicher Gedanke ist. Ich nannte ihn immer ›die alte Kröte‹. Meine Schwestern und ich haben uns ganz furchtbar über ihn lustig gemacht.«

Angus konnte ein Schmunzeln nicht verbergen.

»Mich störte nicht nur sein hohes Alter, sondern sein ganzes Wesen. Ich dachte, wenn ich mit ihm reden würde, wenn ich den Eindruck gewinnen würde, man könne sich gut mit ihm unterhalten, dann würde sein Aussehen vielleicht nicht mehr von Bedeutung sein. So ist es doch häufig – wenn man jemanden mag, kann man über seine Fehler hinwegsehen.«

Sie presste die Lippen zusammen. »Aber er wollte nicht mit mir sprechen. Er sagte, es schicke sich nicht für Frauen, das Wort zu ergreifen. Er sprach immer davon, mich zu *besitzen,* als sei ich ein schönes Möbelstück für seinen Haushalt.« Sie erschauerte. »Und er fasste mich an, oft sehr vertraulich und unangenehm. Schon sehr bald hasste ich ihn von ganzem Herzen.«

Angus konnte das gut verstehen, doch er sagte nichts, denn er wollte sie nicht unterbrechen.

Sie schüttelte verärgert den Kopf. »Doch wenn ein Mann eine Frau nur aufgrund ihres Äußeren heiraten will, was sagt das über diesen Mann aus? Es kann mich nicht beeindrucken, wenn ein Mann eine schöne Braut hat. Ich finde, das spricht nicht für seinen Charakter. Wenn seine Frau klug ist, oder gut, oder ungewöhnlich fromm, dann werfen diese Eigenschaften ein gutes Licht auf den Mann, der sie geheiratet hat. Aber bloße Schönheit?«

Sie zuckte die Schultern, bevor er antworten konnte. »Schönheit ist rein äußerlich, und noch dazu hat sie keinen Bestand. Eine vernünftige Frau muss sich doch fragen, was ihr feuriger Verehrer tun wird, wenn sie älter wird, was sich ja nun einmal nicht vermeiden lässt. Welchen Wert wird sie in den Augen ihres Mannes haben, wenn ihre Schönheit vergangen ist?«

»Vielleicht liebt er sie«, schlug Angus vor. Es faszinierte ihn, dass ihre eigene Schönheit ihr so wenig bedeutete.

Die Dame schnaubte höhnisch. »Jemand, der nur nach dem äußeren Schein heiratet, kann nicht viel für einen anderen Menschen empfinden. Das zumindest hat mich meine Erfahrung gelehrt, und ich würde mein Schicksal niemals an eine so ungewisse Hoffnung knüpfen.«

»Also hast du diesen Verlobten abgewiesen?«

»Ich nicht. Ich wusste damals wenig über solche Dinge und mochte den Mann einfach nicht. Meine Mutter war von Anfang an gegen unsere Verbindung gewesen, und als mein Missfallen offensichtlich wurde, hat sie versucht, den Vertrag zu lösen. Doch mein Verlobter wollte nicht auf mich verzichten. Als sie wieder Witwe geworden war, floh meine Mutter daher nach Schottland, damit sie mich nicht dieser Ehe ausliefern musste. Sie wollte meinen Schwestern und mir die Möglichkeit geben, aus Liebe zu heiraten, und sie selbst tat es auch.«

214

»Und wählte diesen neuen Anführer vom Clan der MacQuarries«, ergänzte Angus.

»Genau.« Sie legte den Kopf auf die Seite und sah ihn ernst an. »Und Ihr erinnert mich an ihn, das muss ich ehrlich sagen.«

Das überraschte Angus, was ihm offenbar anzumerken war, denn das Mädchen lächelte. »Ja, wirklich. Er ist furchtbar jähzornig, obgleich das nie lange anhält, und er würde niemals jemandem mutwillig etwas antun. Er liebt meine Mutter, wie sie nie zuvor geliebt worden ist, und das hat sie wirklich verdient. Und er liebt sie für das, was sie ist, nicht wegen ihrer Schönheit oder ihrer Besitztümer oder ihrer Fähigkeit, ihm ein Kind zu schenken. Die beiden sind sehr glücklich.«

Sie verstummte, und Angus rechnete fest damit, dass sie nun berichten würde, wie dieser Mann das Vertrauen ihrer Mutter missbraucht hatte.

»Doch was mich betrifft, so ist der Plan meiner Mutter fehlgeschlagen, denn mein Verlobter gab sich nicht so leicht geschlagen. Reynaud folgte uns nach Schottland und griff mich an. Er hätte mich fast in meinem eigenen Bett vergewaltigt – denn er hatte dafür gesorgt, dass ich mich nicht wehren konnte –, und er hätte es sicher getan, wenn meine Mutter nicht rechtzeitig eingeschritten wäre.«

Sie holte zitternd Luft, fuhr jedoch tapfer fort. »Er hätte es nur getan, weil er meinte, er habe ein Recht darauf. Er liebte mich nicht, wie ein Mann laut meiner Mutter seine Frau lieben sollte – ihn interessierten nur mein Gesicht und der Vertrag, der ihm ein Anrecht auf mich garantierte.«

»Weil du schön bist«, sagte Angus.

Sie nickte, dann überlegte sie einen Augenblick, so ungekünstelt, wie er es bei einer Frau noch nie gesehen hatte. »Vielleicht wäre es anders, wenn ich schon immer hübsch gewesen wäre, wie zum Beispiel meine Schwester. Esmeraude ist daran gewöhnt, dass sie durch ihr Aussehen auffällt, und sie geht damit viel selbstbewusster um, als es mir vergönnt ist. Sie weiß, wie sie ihren Willen bekommt, wie sie die Meinung anderer Menschen zu ihrem Vorteil einsetzen kann. Ich kann das nicht, und ich strebe auch nicht danach. Als ich noch jünger und unauffälliger war, haben sich die Leute mit mir unterhalten und mir zugehört.

Doch seitdem sich meine Gestalt geändert hat und meine Züge so geworden sind wie jetzt, spricht niemand mehr mit mir. Niemand schenkt mir Gehör, und alle gehen davon aus, dass ich nichts zu sagen habe. Alle sind sich sicher, meinen Charakter und meine Wünsche zu kennen, ohne mich überhaupt zu Wort kommen zu lassen. Und Männer –«, sie verdrehte ärgerlich die Augen – »diese Männer, die um meine Hand anhalten! Entweder reden sie über mich, als sei ich nicht anwesend, oder sie starren mich mit offenem Mund an. Das ist ein schlechter Ersatz für Konversation, für Lachen und Geist, und ich finde daran keinen Gefallen.«

Angus konnte das verstehen. Das Mädchen vor ihm war eine Schönheit, jedoch nicht hübsch im klassischen Sinne. Sie war bestimmt kein niedliches Kind gewesen, sondern eher ernst, sehr interessiert an der Welt. Ihre Neugier war sicher nicht erst mit ihren attraktiven Kurven entstanden. Sie war nicht dumm, und sicher war es sehr frustrierend, wenn andere sie für einfältig hielten, wie es bei so vielen lieblichen Fräuleins der Fall war.

Nachdenklich blickte sie zu Boden. »Wegen Reynauds Angriff hat mir Euer Überfall solche Angst gemacht. Ich fürchtete, Ihr wärt wie er, und war mir sicher, dass ich meinem Schicksal diesmal nicht entgehen würde.« Sie sah beinahe bewundernd zu ihm auf, und Angus war wieder erstaunt. »Aber Ihr habt meiner Erwartung nicht entsprochen.«

Das Feuer knackte, das Fleisch zischte. Noch immer starrten sie einander an. Angus fragte sich, was sie ihm so hoch anrechnete – er wollte es unbedingt wissen.

Er konnte nicht fragen, doch das war auch nicht nötig.

»Ihr habt Euch mir nicht aufgedrängt, obwohl sich mehr als einmal die Gelegenheit dazu geboten hat. Auch darin habt Ihr mich an meinen Stiefvater erinnert, denn in seiner Gegenwart habe ich keine Angst. Er war es auch, der Reynaud getötet hat.«

Sie nickte, als müsse sie ihre Worte zusätzlich bestätigen. »Ich würde Duncan ohne weiteres mein Leben anvertrauen und wüsste, dass es in sicheren Händen liegen würde. Euch traue ich auch, denn Euer Verhalten hat gezeigt, was für ein Mensch Ihr seid – obwohl Ihr mich unbedingt daran hindern wollt, gut von Euch zu denken.«

»Du kennst mich doch kaum.«

Sie schüttelte den Kopf und sah ihn mit glänzenden Augen an. »Ihr könnt mich nicht vom Gegenteil überzeugen.«

Ihr Vertrauen war sehr beunruhigend. »Willst du mich etwa herausfordern?«, fragte er.

»Nein.« Sie sah ihm ruhig ins Gesicht. »Obgleich das egal wäre. Ihr tragt nicht diesen Drang nach Gewalt in Euch. Sonst würdet Ihr nicht so mit mir sprechen, wie Duncan es tut – Ihr würdet nicht mit mir diskutieren, Ihr würdet mich nicht necken, Ihr würdet nicht für meine Sicherheit sorgen. Ihr würdet mich nicht küssen, als bräuchtet Ihr dafür meine Erlaubnis.«

Angus runzelte die Stirn und erhob sich. Ihre Einsicht machte ihm mehr zu schaffen, als ihm lieb war. Umständlich wendete er das Fleisch und prüfte, ob es gar war. »Durch diese Komplimente willst du doch nur deine kostbare Keuschheit bewahren.«

»In Eurer Gegenwart bin ich sicher. Das weiß ich genauso gut wie Ihr.«

»Du weißt gar nichts, und über mich erst recht nicht«, sagte er absichtlich barsch. »Es ist doch logisch, dass man seine Gefangene beschützt, wenn ein heißblütiger Clanführer sie freikaufen soll. Das allein ist der Grund dafür, dass dir noch nichts zugestoßen ist, zumindest bis jetzt. Wenn Rodney mit einer negativen Antwort zurückkehrt, wirst du jedoch bezahlen müssen.«

»Lügner«, sagte sie sanft und ohne eine Spur von Angst. »Ihr wisst doch sicher genau, wie man sich fühlt, wenn man nur schlechte Alternativen hat und einem selbst diese genommen werden.

Ihr versteht mehr, als Ihr zugeben wollt, und deswegen werde ich letzten Endes meinen Willen bekommen. Ich vertraue darauf, dass Ihr dafür sorgen werdet.«

»Dein Vertrauen ist leider ganz unangebracht. Ich interessiere mich nicht für deine Ziele, nur für meine eigenen.« Er sprach knapp und rasch, doch seine Behauptungen klangen nicht aufrichtig.

Tatsächlich lächelte die Dame nur darüber.

Er ignorierte sie. Das Schweigen zwischen ihnen wurde nur von den nächtlichen Waldgeräuschen gebrochen. Das Fleisch war gar, er zog den Topf vom Feuer und ließ ihn einige Minuten auf dem Boden abkühlen.

Er schürte umständlich das Feuer und wusste genau, dass sie ihn dabei beobachtete. Als das Fleisch abgekühlt war, löste er es vom Knochen, so dass nur schmale Fleischstreifen und eine dünne Sauce zurückblieben. Er holte seinen Becher, reichte ihn Jacqueline und stellte ihr den Topf hin.

»Iss, so viel du willst.«

»Und Ihr?«

»Ich esse den Rest, wenn du satt bist.«

Ihr Lächeln war so strahlend wie die Sonne, die plötzlich hinter den Wolken auftaucht, und der Anblick ließ ihn zurückweichen. »Herzlichen Dank.« Mit den gefesselten Händen konnte sie den Becher nur schwer in den Topf tauchen, doch schließlich gelang es ihr.

Und sie war zu stolz, um ihn noch einmal zu bitten, die Fesseln zu lösen.

Es fiel ihm schwer, so zu tun, als würde er ihre Mühe nicht bemerken.

»Sehr lecker«, lobte sie. »Und es tut mir wirklich gut. Mit einer Zwiebel und ein paar Küchenkräutern wäre es allerdings noch besser.« Wieder lächelte sie, doch Angus wandte sich ab. Er war froh, dass sie essen konnte und es auch tat.

Er ließ sie zurück und ging mehr Feuerholz holen, während Lucifer Wache hielt. Allerdings lauschte er aufmerksam.

Er brauchte Zeit, um seine Entschlossenheit zu stärken und zu beenden, was er begonnen hatte. Ihr Flehen hatte ihn angerührt, mehr, als er sie wissen ließ. Er ließ sie jetzt besser allein, diese Frau, die ihn so leicht becircen konnte.

Angus wusste nur zu gut, was Rodney dazu sagen würde.

10. Kapitel

Es dauerte lange, bis Angus wieder auf der Lichtung erschien, und das Mädchen war nach der warmen Mahlzeit und dem anstrengenden Tag bereits sehr müde. Sie hatte sich zum Schlafen ausgestreckt, doch ihre Lider flogen wieder auf, als er kam.

»Ich hatte schon Angst, Ihr wärt verschwunden«, murmelte sie schläfrig.

Angus machte es noch immer zu schaffen, dass sie behauptet hatte, sie würde ihn verstehen. Daher flüchtete er sich in Neckereien, als wäre sie ein Kind und keine Frau, zu der er sich gegen seinen Willen hingezogen fühlte. »Ich würde dir doch nicht einfach das ganze Essen überlassen!«

Sie lächelte, und er legte seinen Umhang ab, half ihr, sich darauf zu setzen, und hüllte sie darin ein. Sie gähnte herzhaft, dann legte sie sich hin und dankte ihm noch einmal für die Mahlzeit. Schweigend nahm er den Topf und kehrte zu seinem Lieblingsbaum auf der anderen Seite des Feuers zurück. Er sah, wie ihr die Lider zufielen.

Bald war sie eingeschlafen. Das Fleisch, das er aß, schmeckte er gar nicht, während er sie grübelnd betrachtete. Dann räumte er auf. Er warf die Knochen weit von ihrer Lagerstätte entfernt fort und spülte Dolch, Becher und Topf in einem dünnen Rinnsal ab.

Als er damit fertig war, setzte er sich wieder hin und betrachtete seine Gefangene. Das Feuer zwischen ihnen war heruntergebrannt und warf flackerndes goldenes Licht auf ihr Gesicht. Sie sah so sanft aus, so unschuldig und jung.

Angus dachte über ihre Erzählung nach, über ihre Angst, ihr Bemühen, trotz der Erinnerung an die Untat ihres Verlobten tapfer zu bleiben. Wie unglaublich anmaßend dieser Mann gewesen war! Es ging Angus zwar nichts an, doch sie hatte völlig Recht: Er verabscheute solche Gewalt. Das Mädchen hatte vieles verschwiegen, da war er sich sicher, und sie hatte ›die alte Kröte‹ bestimmt nicht nur deshalb verabscheut, weil er ihr nicht zuhören wollte.

Merkwürdig, dass es ihn so sehr freute, dass dieser Reynaud tot war. Dabei hatte er diesen Mann doch niemals kennen gelernt und konnte persönlich nichts Schlechtes über ihn sagen.

Vielleicht lag es daran, dass dieses Mädchen behauptete, ihm zu vertrauen. Außer Rodney hatte ihm schon lange niemand mehr vertraut.

Dieses Vertrauen, das sie ihm schenkte, war eine seltsame Last. Es bewirkte, dass Angus hier ihm Wald saß und trotz seiner Erschöpfung nicht schlafen konnte, sondern über sein Verhalten nachgrübelte. Das Mädchen vertraute ihm ihr Leben, ihre Keuschheit und ihre Sicherheit an, doch er vertraute ihr nicht im Geringsten.

Vielmehr hatte Angus diese Frau angelogen und behauptet, er nähme sich nichts, was ihm nicht zustünde. Vielleicht hatte er das getan, weil er im Grunde wusste, dass es nicht wahr war. Er hatte ihr die Freiheit genommen. Er hatte ihr das Recht auf eine freie Entscheidung genommen. Er hatte ihr den Beitritt ins Kloster genommen, für den bereits bezahlt worden war. Er weckte in ihr Bedürfnisse, die nicht geweckt werden durften, wenn sie wirklich Novizin werden wollte.

Er war ein Dieb.

Er war nicht besser als Reynaud, der sie nur als Gegenstand betrachtet hatte. War sie für ihn nicht auch nur ein Mittel, mit dem er sein Ziel erreichen wollte? Hatte er sich nicht nach Kräften bemüht, sie so zu sehen?

Doch sie war kein Gegenstand. Sie war eine kluge und entschlossene junge Frau, eine richtige Schönheit, die jedoch auch ohne ihr Äußeres Eindruck gemacht hätte.

Sie war Jacqueline.

Leise flüsterte er ihren Namen.

Doch obwohl er sie so schlecht behandelt hatte, vertraute sie ihm, und dieses Vertrauen machte ihn demütig. Sie hatte sich wie ein Kind zusammengerollt und schlief vor seinen Augen, an Händen und Füßen gefesselt und voller Vertrauen darauf, dass er nicht zu viel wagen würde. Sie hatte ihm schwören wollen, dass sie nicht fliehen würde, wenn er ihre Fesseln löste. Sie hatte ihm den erlittenen Missbrauch anvertraut, ein Bericht, der in ihm Rachegelüste weckte.

Ein Bericht, der Angus ein schlechtes Gewissen machte, weil er selbst nicht viel besser war.

Nachdenklich erhob er sich und schob mit dem Fuß noch einen Scheit ins Feuer, ohne den Blick von ihr abzuwenden.

Lange Zeit war er sich sicher gewesen, dass er die Hölle erlebt hatte und dass man nur im Heiligen Land so schlimme Erfahrungen machen konnte, wie er sie gemacht hatte. Angus hatte geglaubt, diese Greuel hätten tatsächlich auf ihn abgefärbt, wie Edana behauptete. Er war überzeugt gewesen, dass ihm das Böse, das er gesehen hatte, durch die ganze Christenwelt folgte und Unheil und Schaden mit sich brachte.

Doch jetzt zeigte sich, dass das Böse nicht nur ihn in der Gewalt hatte. Nein, es lauerte überall, in vielen Herzen und vielen Taten. Jetzt, da ihm das klar geworden war, sah er die Spuren des Bösen, wo er sie nie vermutet hätte.

Es war schon immer da gewesen, in Menschen wie Reynaud, doch früher war Angus selbst zu unschuldig gewesen, um die Zeichen des Bösen zu erkennen.

Genau wie Jacqueline.

Er konnte nicht wieder der Junge von vor fünfzehn Jahren werden, doch er konnte dafür sorgen, dass Jacqueline nicht so verbittert wurde wie er. Angus hockte sich neben seine Gefangene, zögerte einen Augenblick und knotete dann sanft das Seil auf, das er ihr um die Handgelenke geschlungen hatte.

Die zarte Haut war aufgeschürft, und er strich mit einer stummen Entschuldigung über die Wunde. Bei seiner Berührung rührte sie sich, und er erstarrte, denn er wollte bei dieser kleine Geste der Güte nicht überrascht werden. Dann zog er seinen Umhang über ihre Hände und beugte sich näher.

»Schsch, alles in Ordnung«, flüsterte er. »Schlaf weiter, Jacqueline.«

Sie lächelte im Schlaf und seufzte, legte die Hände aneinander und schob sie unter ihre Wange. Angus kauerte reglos neben ihr und beobachtete, wie der Feuerschein über ihr Gesicht strich, bis ihr Atem wieder ruhiger ging. Dann band er ihr die Knöchel los und legte den Wollstoff sorgfältig um ihre Füße.

Es kam für ihn nicht in Frage, ihr Vertrauen zu missbrauchen.

Angus ging zurück auf die andere Seite des Feuers und lehnte den Rücken wieder an den selben Baum. Lucifer schnaubte, dann senkte er den Kopf und stöberte im Unterholz.

Um sie herum waren die nächtlichen Geräusche des Waldes zu hören, doch der Feuerschein hielt jegliche Störenfriede fern. Angus schloss sein Auge. Das war ein Fehler, denn dort lauerten immer Erinnerungen, die nur auf die Gelegenheit warteten, wieder zum Leben erwachen zu können.

Er erschauerte und riss sein Auge heftig auf, obwohl er müde bis auf die Knochen war. Düster musterte er die Frau. Nichts hätte er lieber getan als sich neben sie zu legen und den warmen Körper an sich zu drücken.

Doch dazu hatte er kein Recht, das wusste er genau. Schließlich hatte diese Frau ihm nichts getan.

Sondern derjenige, der dafür gesorgt hatte, dass Airdfinnan gestohlen und Angus' Vater und Bruder tot waren. Er war sich sicher gewesen, dass

Cormac MacQuarrie hinter dieser Sache gesteckt hatte, doch Jacquelines Protest hatte ihm zu denken gegeben. Auch wenn Cormac diese Taten veranlasst hatte, so wusste sein Erbe vielleicht nichts davon. Dieser Duncan war jedenfalls nicht auf Ceinn-beithe gewesen, als Angus' Bruder und Vater krank geworden waren.

Was, wenn die Wahrheit mit Cormac gestorben war? Was, wenn diese Menschen nichts von dieser Untat wussten? Was, wenn sie Airdfinnan tatsächlich nicht für Jacqueline herausgeben konnten? Rodney hatte Recht gehabt – der Plan, der so unfehlbar gewirkt hatte, war jetzt voller Ungewissheiten.

Diese Frau hatte eindeutig keine Ahnung, wer für den Tod der MacGillivray-Sippe verantwortlich war. Der Mann, der gegenwärtig das Siegel von Airdfinnan innehatte, kannte die Wahrheit bestimmt, doch auf Airdfinnan würde man Angus' Fragen nicht gerne hören.

Angus wollte Jacqueline nicht mehr für seine Zwecke gebrauchen. Selbst dann nicht, wenn sich herausstellen sollte, dass dieser Duncan von Ceinn-beithe tatsächlich der Mann war, der ihm eine Entschädigung schuldete.

Wenn sie es wollte, sollte sie in der Nacht fliehen.

Wenn nicht, würde er sie nach Ceinn-beithe bringen, oder nach Inveresbeinn, ganz nach ihren Wünschen. Und sie würde ihn sicher nur zu gerne verlassen – wenn nicht um ihrer Freiheit willen, dann sicher aus Angst um ihre Sicherheit.

Oder aus Angst vor ihm.

Er lächelte gequält. Ja, er brauchte sie gar nicht anzurühren, um ihr Angst zu machen. Angus band die Augenklappe ab und legte sie zur Seite. Ein Blick auf die Ungeheuerlichkeit, die man seinem Gesicht angetan hatte, und sie würde um ihre Freilassung betteln.

Angus war sich da ganz sicher. Er rieb die Narbe an der Stelle, an der sein Auge gewesen war, und lehnte den Kopf gegen den Baumstamm. Er stützte die Hände auf die Knie und sah noch einmal in den Wald, aus dem die vertrauten, friedlichen Geräusche ertönten.

Er hatte sich seine Heimkehr so einfach vorgestellt. Jahrelang hatte er von Airdfinnan geträumt, von dem Glück, das seine Familie durch sein selbstloses Opfer erleben durfte, von dem freudigen Empfang, den ihm alle, die er gekannt hatte, bereiten würden. Er hatte Airdfinnan für einen unschuldigen, sicheren Zufluchtsort gehalten.

Doch Airdfinnan war verloren, seine Familie war zu Asche geworden, seine Heimat nur noch eine quälende Erinnerung. Es gab kein Entrinnen vor der Finsternis, die in seiner Erinnerung hauste. Und es gab hier keine Überlebenden, keine Familie hieß ihn willkommen, niemand feierte nach all seinen Erlebnissen seine Rückkehr.

Es liefen ihm keine Tränen über die Wangen, denn das war nicht möglich. Angus von Airdfinnan hatte das Weinen verlernt.

❅

Jacqueline wachte auf und streckte sich, dann erst bemerkte sie, dass ihre Hände und Füße nicht mehr gefesselt waren. Hastig setzte sie sich auf, denn sie befürchtete, Angus habe sie allein im Wald zurückgelassen. Doch erleichtert stellte sie fest, dass er ihr gegenüber schlief. Sein Hengst wieherte, und sie bemerkte, dass das Tier sie mit zuckenden Ohren erwartungsvoll ansah.

Angus regte sich nicht. Das Feuer war heruntergebrannt und bestand nur noch aus Glut. Jacqueline stand auf, reckte sich noch einmal und schürte dann die Kohlen. Am Himmel brauten sich Wolken zusammen, und obgleich es nicht sehr hell war, war es nach dem Gesang der Vögel zu urteilen bereits früh am Tag. Vermutlich würde es schon in wenigen Stunden regnen.

Und die Luft war jetzt feucht, so kühl, dass Jacqueline bis auf die Knochen fror. Sie legte einige der gesammelten Zweige auf das Feuer, und als diese brannten, begrüßte sie das Pferd. Es schnupperte an ihrem Ohr, suchte nach Leckereien, die sie ihm nicht bieten konnte, und sie musste lachen, weil seine Nase sie kitzelte.

Angus rührte sich noch immer nicht, und Jacqueline musterte ihn. Heute Morgen wirkte er nicht so angespannt und mächtig wie sonst. Sein Kopf war nach vorne und ein wenig zur Seite gefallen, so dass die Augenklappe von dem Haar verborgen war, das ihm in die Stirn fiel. Er hatte die Füße in den Stiefeln übereinander geschlagen und die Arme vor der Brust verschränkt, sein Mund war so grimmig wie immer. Doch er schien fest zu schlafen.

Oder vielleicht schlief er gar nicht, sondern etwas viel Schlimmeres war geschehen! Jacqueline ließ das Pferd stehen und ging leise über den Lagerplatz, bis sie vor dem Ritter stand. Sie schlich näher, denn sie wollte feststellen, ob er noch atmete, ihn jedoch nicht wecken.

Zu ihrer Erleichterung hob und senkte sich die Brust gleichmäßig. Sie hockte sich nieder und beugte sich zu ihm, nur um ganz sicher zu gehen, und da bemerkte sie, dass er die Augenklappe abgelegt hatte.

Sie lag auf seinem Schoß, als hätte er sie dort hingeworfen. Die Kehle schnürte sich ihr zusammen, doch sie musste einfach hinsehen.

Angus regte sich, murmelte etwas. Er verzog das Gesicht und machte eine unerwartete Bewegung, so dass Jacqueline zur Seite schoss. Er verschränkte die Arme erneut und legte die Beine anders übereinander. Seine Unruhe ließ auf einen bösen Traum schließen.

Seine Miene war wirklich Furcht einflößend.

Doch Jacqueline kroch unbeeindruckt näher.

Das Auge fehlte, das sah sie sofort, denn über der leeren Augenhöhle war die Haut vernarbt. Die dicken Wülste, die dort zu sehen waren, drehten ihr den Magen um, denn sie erkannte sofort, dass sein Gesicht verbrannt worden war. Für eine solche Narbe gab es keine andere Ursache.

Sie wusste nicht, ob es Absicht oder ein Unfall gewesen war. Aber sie konnte es sich denken. Schließlich war er in Outremer gewesen, im heiligen Krieg, der so unheilig gewesen war wie nichts sonst. Ja, sie konnte sich denken, was geschehen war, und sie verspürte tiefes Mitleid für seine Qualen.

Die Wunde war fest zugewachsen, entweder von selbst oder durch die Hilfe eines Heilers. Angus hatte auf dieser Seite keine Wimpern mehr, sie waren so vollständig versengt gewesen, dass sie nicht mehr nachgewachsen waren. Die Braue war durch die Wundheilung verzogen, und sie sah, dass die gerade Narbe auf der Wange nur der letzte Ausläufer der schlimmeren Verletzung war.

Wie konnte das Gesicht eines Menschen nur so entstellt werden? Die Tat musste vor längerer Zeit geschehen sein, doch an manchen Stellen war die Haut noch immer rot, zumindest gereizt, vielleicht sogar entzündet. Jacqueline streckte eine Hand aus. Zu gerne hätte sie diese Wunde mit den Fingerspitzen gelindert.

Wenn es doch nur möglich wäre! Ihre Finger schwebten vor seinem Gesicht, so dass sie die Wärme seiner Haut spüren konnte. Doch letztendlich berührte sie ihn nicht. Schließlich wollte Angus nicht einmal seine Familiengeschichte mit ihr teilen; er wäre sicher nicht erfreut darüber, dass sie sein vernarbtes Gesicht in seinem ganzen Ausmaß gesehen hatte, während er schlief.

Jacqueline hockte sich hin und musterte ihn. Die Verletzung war zwar furchtbar, doch sie gewöhnte sich bereits an den Anblick. Sie fühlte sich nicht von ihm abgestoßen, doch wenn er wach gewesen wäre und die Augenklappe unverhofft abgezogen hätte, wäre sie sicher sehr erschrocken. Sie betrachtete den Schlafenden. Ihr

Mitgefühl wuchs, und sie musste gestehen, dass sie ihn trotz allem sehr attraktiv fand.

Wenn er sie noch einmal küssen würde, würde sie sich nicht sträuben. Ihr Blick fiel auf die festen Lippen, und diese verräterische Wärme durchströmte wieder ihren Körper.

Nein, sie würde Angus einen weiteren Kuss nicht verwehren.

Sie stand auf, holte seinen Umhang und breitete ihn vorsichtig über seine Beine, damit er nicht fror. Es war sehr zuvorkommend von ihm gewesen, ihn ihr zu überlassen, doch nach fünfzehn Jahren in wärmeren Gefilden war er an solch kühle Witterung sicher weit weniger gewöhnt.

Aus der Nähe sah sie die schwachen Schatten unter den Augen, die Falten um die Mundwinkel. Wenn er wach war, nahm sie diese Zeichen der Anspannung nie wahr. Vielleicht hatte sie doch Recht gehabt und er war wirklich nicht für das Banditenleben geschaffen. Er murmelte wieder irgendetwas, und Jacqueline zog sich zurück. Sie wollte nicht so dicht bei ihm ertappt werden, und ihm außerdem die Gelegenheit geben, das fehlende Auge wieder vor ihren neugierigen Blicken zu verbergen.

Jacqueline sah sich auf der Lichtung um. Sie würde sich so hinsetzen, dass sie sich auf seiner ›guten‹ Seite befand, damit er glauben konnte, sie habe das fehlende Auge nicht bemerkt. Dann würde er ihrer Behauptung vielleicht Glauben schenken.

Schließlich hatte er sie losgebunden und ihr seinen Umhang überlassen. Er hatte sein Wort gehalten. Und sie hatte ihm geschworen, dass sie sein Vertrauen nicht missbrauchen würde, wenn er sie freiließ. Jacqueline wollte diesen Eid nicht brechen.

Sie würde nicht fliehen, obwohl sie die Möglichkeit dazu hatte. Sie würde ihm zeigen, dass sich die Menschen auf Ceinn-beithe an ihre Schwüre hielten. Vielleicht würde ihn das davon abbringen, Rache von denen zu verlangen, die ihm nichts getan hatten.

Angus hatte am Abend für sie gekocht, jetzt wollte sie etwas zum Frühstück zubereiten. Sie würde beweisen, dass sie nicht nur ein hübsches Gesicht und eine attraktive Figur, sondern genau wie er das Zeug zum Überleben hatte.

Vielleicht würde dieser Mann im Gegensatz zu anderen Männern unter die Oberfläche schauen und erkennen, was für eine Frau sie wirklich war.

Jacqueline suchte in Angus' Satteltaschen und musste feststellen, dass sich dort kaum etwas Essbares befand. Ein kleines Stück alter Käse war dort sorgfältig eingewickelt, doch er stank so durchdringend, dass ihn niemand, der noch ganz bei Sinnen war, verzehren würde. Sie fand ein paar von den Äpfeln, die Rodney erstanden hatte, und eine kunstvoll verzierte leere Flasche, die stark nach Schnaps roch.

Außerdem gab es etwas, das nach Mehl aussah, obgleich sie nicht zu sagen vermochte, aus welchem Korn es gemahlen worden war. Das kleine Häufchen war grob und schwer und hätte eigentlich gesäuert werden müssen, damit es genießbar wurde. Jacqueline fand auch einen geschnitzten Holzlöffel und den Topf, den Angus am Abend zuvor benutzt hatte. Beides war sauber.

Ansonsten lagen in einer Tasche zwei ordentlich gefaltete weiße Leinenhemden, dazwischen ein bislang unbenutztes Hufeisen und mehrere Striegel, mit denen Angus Lucifer gebürstet hatte. Die sauberen Hemden waren bei dem Pferdezubehör wirklich besser aufgehoben als bei dem Käse. Seine Habseligkeiten wirkten recht ordentlich und sauber, was Jacqueline sehr erfreute.

Unten in der Tasche lagen noch einige Werkzeuge und andere Kleinigkeiten, mit denen man ein Zelt errichten konnte. Ein Zelttuch konnte sie jedoch nicht entdecken. Angus schien wirklich nicht viel zu besitzen.

Jacqueline musterte ihre Zutaten. Damit konnte sie höchstens eine Art Haferkuchen zustande bringen, obwohl das Mehl mit Sicherheit nicht aus Hafer war. Spontan verschwand sie im Wald, in der Hoffnung, so früh im Jahr ein oder zwei Eier zu finden.

Nach einigem Suchen stieß sie auf ein Fasanennest. Wenn der Muttervogel nicht in Panik davongestürmt wäre, wäre Jacqueline sicherlich daran vorbeigelaufen, denn es war gut versteckt.

Sie fand sechs Eier, sehr kleine, jedes nur halb so groß wie ihr Daumen. Sie brachte es nicht übers Herz, alle zu rauben und den Vogel ohne Nachkommen zurückzulassen. Sie umwickelte ihre

Hand mit Laub vom Waldboden, um keinen Geruch zurückzulassen, und nahm drei Eier.

Sie hatte kein Fett für den Topf, daher zog sie Angus' Dolch aus seinem Gürtel – ganz vorsichtig, um ihn nicht zu wecken –, schnitt einen Apfel klein und suchte aufmerksam nach kleinen grünen Eindringlingen. So würde wenigstens die Pfanne feucht werden und ihre Kreation vielleicht nicht anbrennen. Sie mischte das Mehl mit den aufgeschlagenen Eiern, so gut sie konnte, und gab alles in den Topf, rührte heftig mit dem Löffel und stellte ihn dann an einer Stelle auf das Feuer, an der die Flammen nicht so hoch waren. Hoffentlich würde sie Erfolg haben!

Sie war so ausgehungert, dass es ihr im Grunde ganz egal war, wie es schmecken würde. Gerade als Angus sich rührte, begann das Gemisch anzubrennen. Jacqueline merkte, dass er sich regte, doch sie war vollends damit beschäftigt, ihr Mahl vom Topfboden zu kratzen, bevor es völlig verkohlt war.

»Kannst du wirklich kochen?«

»Ja, wenn es etwas zum Kochen gibt.« Sie schabte ein hartnäckiges Apfelstück vom Boden und schob den Topf auf einen kühleren Teil des Feuers.

Sie fuhr sich mit dem Handrücken über die Stirn. Wie ärgerlich, dass er genau in dem Augenblick aufwachen musste, in dem alles schief ging. *Jetzt* zischte sie friedlich, die verdammte Mischung! »Es wäre leichter gewesen, wenn Ihr gestern Abend ein wenig Fett vom Kaninchen aufbewahrt hättet.«

»Ich wollte keine ungebetenen Gäste zu unserem Lager locken.« Das war sehr vernünftig, doch Jacqueline hätte in dieser Situation ihre linke Hand für ein Stückchen Butter gegeben. Angus erhob sich, reckte sich und ging hinüber zum Feuer. Er streckte die Hände aus, um sie zu wärmen. Jacqueline ließ den Pfannkuchen nicht aus den Augen.

»Brauchst du Hilfe?«

»Nein, aber die Innereien hätte ich auch gut gebrauchen können. War das eigentlich Mehl?«

»Ja. Es ist zwar grob, aber besser als gar nichts. Was hast du denn hineingemischt?« Er schnupperte anerkennend, was ihr sehr schmeichelte.

»Eier.«

»Eier? Wo hast du denn Eier gefunden?«

»Unter einem Fasan, der jetzt wahrscheinlich ziemlich sauer auf mich ist. Die anderen drei habe ich ihm aber gelassen.«

Sie sah auf, bemerkte seine Überraschung und stellte fest, dass er die Augenklappe nicht wieder angelegt hatte. Angus starrte sie so unvermittelt an, als wolle er sie dazu zwingen, Entsetzen zu zeigen.

Jacqueline sprach mit Absicht ruhig, als sei nichts Ungewöhnliches zu bemerken. »Habt Ihr gut geschlafen?«

Er kniff das gute Auge zusammen, und sie sah wieder den Kuchen an, denn sie konnte diesem durchdringenden Blick nicht standhalten. Sie wollte um keinen Preis zusammenzucken, denn das würde er ganz falsch auslegen. Seinen Blick jedoch konnte sie kaum ertragen.

»So gut wie immer.« Er kam näher, als wolle er sie durch seine bloße Anwesenheit einschüchtern. Jacqueline wich nicht zur Seite, obwohl sie Gänsehaut im Nacken bekam, als er sich näherbeugte und flüsterte: »Und du?«

Die Genugtuung einer ängstlichen Reaktion würde sie ihm nicht geben. Jacqueline schob den Löffel unter den brauner werdenden Pfannkuchen und gab ihm einen leichten Stoß, so dass er sich ordentlich wendete. Sie warf Angus ein triumphierendes Grinsen zu, dann fiel ihr wieder ein, welcher Anblick sie erwartete.

Er lächelte herausfordernd zurück. »Gut gemacht. Und es riecht auch sehr gut.«

»So gut auch nun wieder nicht«, räumte Jacqueline ein. »Aber wir können nicht wählerisch sein.«

»Ich sollte deinen Fähigkeiten wohl Respekt zollen.«

Jacqueline nahm seinen Dolch und teilte ihre Kreation in zwei Stücke, ein größeres für Angus und ein kleineres für sich selbst. Sie gab ihm die Klinge zurück und hielt ihm den Topf hin. »Später, wenn es Euch recht ist. Wenn Ihr so ausgehungert seid wie ich, dann werden wir es zweifellos vertilgen, ob es gut schmeckt oder nicht.«

»Warum lässt du mich zuerst probieren?«, fragte er ernst. »Du willst mich wohl loswerden.« Doch sie wusste, dass er sie nur neckte.

»Ich wollte nur genauso höflich sein, wie Ihr es gestern Abend wart.« Sie rümpfte die Nase und musterte den armseligen Inhalt des Topfes. »Leider kann ich aber für nichts garantieren.«

»So schlecht kann es gar nicht sein, sofern du

daran gedacht hast, die Würmer aus den Äpfeln zu ziehen.« Angus schnitt sich mit seinem Messer ein Stück ab und hob es an den Mund.

»Oh, nein!«, schrie Jacqueline, als hätte sie die Würmer tatsächlich vergessen. Er hatte bereits in den Pfannkuchen gebissen, doch bei ihrem Ausruf erstarrte er. Seine Miene war so verwirrt, dass sie lachen musste.

»Ich habe es natürlich nicht vergessen«, sagte sie vorwurfsvoll und stieß ihn freundschaftlich gegen den Arm. »Wie sollte ich? Gebt mir ein Stück, bevor ich vor Hunger ohnmächtig werde. Wie schlimm ist es?«

»Fürstlich ist es nicht gerade, aber recht ordentlich.« Er wartete, bis sie einen Bissen genommen hatte, und beobachtete sie so aufmerksam, dass sie schon mit einer bissigen Bemerkung rechnete. »Vielleicht verleihen die Würmer eine gewisse Würze.«

Jacqueline musste wieder lachen und schlug sich eine Hand vor den Mund, damit sie ihren kostbaren Bissen nicht verlor. Als er das sah, lächelte er so liebevoll, wie es sonst nicht seine Art war.

»Ihr seid wirklich ein unmöglicher Mensch«, teilte sie ihm heiter mit.

»Das wusstest du doch vom ersten Augenblick an«, erwiderte er. Er sah sie durchdringend an. »Und das erkennt doch jeder auf den ersten Blick.«

Offenbar ließ es sich nicht vermeiden, dass sie heute Morgen über seine Narbe sprachen. »Nein, da irrt Ihr Euch.« Sie nahm noch einen Bissen und fand, dass sie sich wacker geschlagen hatte. »Das Gesicht eines Mannes hat nichts mit seinem Charakter zu tun.« Sie sah Angus fest an und zuckte noch nicht einmal, als er den Kopf ein wenig drehte, so dass sie die Narbe nicht übersehen konnte. »Ihr versucht, mich einzuschüchtern.«

Seine Lippen zuckten. »Zeigst du deshalb keine Furcht? Nur damit ich nicht meinen Willen bekomme?«

»Nein, ich habe keine Angst vor Euch. So einfach ist das.«

Er runzelte die Stirn. »Das solltest du aber.«

»Wieso? Weil Ihr eine schreckliche Verletzung erlitten habt? Weil Ihr mich sorgsam behandelt habt?«, fuhr Jacqueline ihn an. »Wieso sollte ich Angst vor Euch haben?«

»Weil ich dich als Geisel genommen habe und ein gewalttätiger und unberechenbarer Mensch bin.« Er sah sie ruhig an. »Weil du weißt, dass ich dich vielleicht töten muss, wenn mein Plan fehlschlägt.«

Jacqueline war sich ihrer Worte nicht so sicher, wie sie ihn glauben lassen wollte. »Das ist doch wieder nur ein Versuch, mir Angst zu machen.«

»Es hat schließlich schon einmal funktioniert.«

»Damals vielleicht. Jetzt nicht mehr.« Sie stupste ihm mit einem Finger vor die Brust. »Ich weiß besser als jede andere, dass das Aussehen nichts mit dem Charakter zu tun hat.«

»Das bedeutet jedoch nicht, dass du Recht hast«, erwiderte er sanft. »Du weißt schließlich nicht viel über Banditen, das hast du selbst zugegeben.«

Jacqueline verdrehte ärgerlich die Augen. »Aber genug, um zu wissen, dass Ihr ein ehrenhafter Mann seid, Angus, trotz allem, was Ihr mir vormachen wollt. Davon bin ich zutiefst überzeugt.«

Angus funkelte sie unerwartet an. »Zumindest vertraut einer von uns meinem Charakter, so unverdient das auch sein mag«, sagte er schließlich heiser.

Bevor sie antworten konnte, bot er ihr das letzte Stück Pfannkuchen an; ihre Portionen waren erstaunlich schnell verschwunden.

»Vielen Dank für das Essen«, sagte er steif. »Es hat sehr gut geschmeckt.« Ungeduldig sammelte er alle Utensilien zusammen, die sie benutzt hatte, und marschierte zu dem kleinen Bach, um sie zu spülen.

Wieso nur war er beleidigt, weil sie seine noble Gesinnung betont und gelobt hatte? Das war wirklich ungewöhnlich. Doch sie wusste ja bereits, dass Angus nicht wie andere Menschen war.

Sie folgte ihm, denn sie konnte es einfach nicht ertragen, dass er so schlecht von sich dachte. Er sah nicht auf, als sie neben ihm stehen blieb, doch er scheuerte den Topf so heftig, dass er ihre Anwesenheit bemerkt haben musste.

»Vielen Dank für das Kompliment, doch mit etwas Butter und einem besseren Topf wäre es noch schmackhafter gewesen. In einem dicken Kupfertopf, wie es sie im Süden häufig gibt.«

Angus schüttelte den Kopf und hockte sich neben den Wasserlauf. »Woher kennst du solche Töpfe?«

»Die Köche auf Ceinn-beithe haben zwei davon und schwören, dass es die besten sind. Sie hätten es gerne, wenn jemand in den Süden reisen und ihnen noch einen mitbringen würde.« Jacqueline drohte Angus mit dem Finger. »Sie wären außer sich, wenn sie erfahren würden, dass Ihr schon zweimal diese Länder durchquert habt, ohne auch nur ein einziges Töpfchen mitzubringen.«

Er schnaubte höhnisch. »Was sollte ich denn mit so einem schönen Topf anfangen?«

»Er wäre ein wunderbares Geschenk. Zum Beispiel für Eure Mutter, bei der Heimkehr.«

»Meine Mutter ist tot. Hast du das etwa schon vergessen?«

»Aber das wusstet Ihr doch nicht, als Ihr auf dem Rückweg wart.«

»Stell dir nur mal vor, ich hätte einen Topf Tausende von Meilen weit transportiert«, sagte er finster, »und am Ende hätte ihn niemand haben wollen.«

»Unsinn! Ihr hättet ihn als Verlobungsgeschenk benutzen können, für die Frau, die Ihr Euch zur Braut nehmen wollt. Viele Bräute wären entzückt, einen schönen Topf aus der Ferne zu haben, besonders, wenn der zukünftige Ehemann ihn selbst mitgebracht hat. Ein solcher Topf würde bestimmt einen Ehrenplatz bekommen, ein Wunderwerk aus fernen Ländern –«

Angus sprang auf, wirbelte herum und packte sie an den Schultern. Er beugte sich zu ihr, und ihr Blick glitt zwischen dem guten Auge und der leeren Höhle hin und her. »Welche Frau würde schon einen Mann wie mich nehmen, Jacqueline?«, wollte er wissen. Sie fuhr zusammen, weil er zum ersten Mal ihren Namen sagte. »Selbst wenn ich ein Vermögen hätte?«

Jacqueline straffte die Schultern. »Ein fehlendes Auge ist doch nicht wichtig, Angus. Nur dumme Frauen würden das glauben.«

»Jede Frau würde das glauben«, korrigierte er barsch. Jacqueline merkte, dass er ihr ihre Verwirrung ansah. Seine Miene wurde finster. »Wenn mein Vater noch am Leben wäre, würde er mir Airdfinnan nicht überlassen, obwohl mein einziger Bruder tot ist. Weißt du auch wieso?«

»Nein.«

»Weil mein Vater glauben würde, dass ich es nicht wert wäre, die Herrschaft zu übernehmen. Nach den alten Gesetzen kann ein Mann nur herrschen, wenn er zwei Hände, zwei Füße, zwei Augen und seine Sinne beisammen hat.«

Diese Ungerechtigkeit erboste sie sehr. »Was für ein Unsinn! Mit Eurem Verstand könnt Ihr das Auge dreimal aufwiegen!«

»Nein, Jacqueline. Ich bin nicht unversehrt. Mein Vater hat nach dem Gesetz der Kelten gelebt, und noch nie war ein Halbblinder keltischer König.«

Jacqueline stemmte empört die Hände in die Hüften. »Dann ist das Gesetz schlecht. Ihr wärt ein ausgezeichneter Clanführer –«

»Du musst schon zugeben, dass es einen gewissen Sinn ergibt. Ich kann nicht allein kämpfen, denn es ist zu leicht, mich zu überrumpeln. Und es würde keinen Erben geben, denn keine Frau würde sich mit einem Dämon fortpflanzen, der seine Entstellung auf ihr Kind übertragen könnte.«

Jacqueline schüttelte ungeduldig den Kopf. »Das ist doch lächerlich. Eine Kriegsverletzung kann doch nicht vererbt werden. Eine so dumme Frau sollte Eurer Aufmerksamkeit nicht würdig sein.«

»Sieh mich doch an, Jacqueline.« Angus ergriff ihr Kinn und zwang sie, ihm direkt ins Gesicht zu sehen. Er war todernst. »Sieh dir das an und sage mir – welche Frau würde mich in ihr Bett lassen?«

Jacqueline hob das Kinn und starrte unverhohlen auf die Wunde. Sie betrachtete sie gründlich, als wolle sie sich jede Furche und Wulst einprägen, und sah den Mann hinter der Narbe deutlicher als die Narbe selbst. »Ich würde es tun.«

»Du lügst schon wieder.« Er ließ sie los und wandte sich angewidert ab. »Es wäre auch kein Platz mehr in deinem Bett, denn du hast ja bereits klar gemacht, dass du eine Braut Christi werden willst.«

»Ihr wisst schon, was ich meine!«

Angus wirbelte zornig herum. »Ich weiß, dass du lügst. Vielleicht aus Freundlichkeit, oder auch aus Mitleid, was noch schlimmer wäre. In beiden Fällen ist es jedoch eine Lüge.«

Sie starrte in das dunkle Auge, wollte ihn zwingen, ihr zu glauben. »Nein, Angus, es ist keine Lüge. Ich finde Euch sehr attraktiv.«

Sein Lachen war kurz und kalt. »Gelogen, gelogen, Jacqueline. Du musst diese schlechte Angewohnheit ablegen, bevor du zu den Nonnen gehst.«

Jacqueline protestierte nicht weiter, denn sie wusste, dass es nur einen Weg gab, ihn von der Wahrheit zu überzeugen. Sie nahm sein Gesicht in beide Hände, stellte sich auf die Zehenspitzen und küsste ihn, als hinge ihr Leben davon ab. Sie merkte, wie er zusammenfuhr, wie seine Lippen weich wurden, als wolle er ihren Kuss erwidern.

Dann machte Angus sich abrupt los und verzog den Mund zu einer schmalen Linie. »Nur aus Mitleid bietest du dich mir an. Es ist mir unbegreiflich, welchen Sinn das haben soll.«

Jacqueline konnte nicht glauben, dass sie den Mut aufgebracht hatte, ihn aus eigenem Antrieb zu küssen. Und er hatte ihre Berührung auch noch zurückgewiesen!

»Ihr dürft nicht genauso denken wie Euer Vater«, wandte sie ein. »Außerdem habt Ihr doch die Absicht, den Besitz Eurer Familie zurückzuverlangen.«

»Du weißt gar nichts über meine Absicht.«

»Ich weiß, dass Ihr Airdfinnan sehr liebt und es unbedingt wiederhaben wollt. Und ich weiß, dass Ihr es nicht wieder hergeben werdet, wenn Ihr die Siegel erst in der Hand habt.«

Angus stöhnte verärgert auf. »Ja, das stimmt, ich würde gerne beweisen, dass mein Vater sich irrte, zumindest was meine Fähigkeit zum Herrschen betrifft«, gab er gepresst zu. Dann wurde sein Tonfall verbittert. »Aber du hast ja bereits gehört, dass ich die Stiefel der Ungläubigen schon zu oft zu spüren bekommen habe.«

»Wann ist das geschehen?«, erkundigte sich Jacqueline. »Und wo?«

Angus nahm den Topf und die Utensilien, schlug sie verärgert zusammen und ging an ihr vorbei zu seinen Satteltaschen. »Du musst dich jetzt entscheiden«, sagte er über die Schulter. »Entweder bringe ich dich nach Ceinn-beithe zurück, oder ich geleite dich nach Inveresbeinn.«

Sie eilte hinter ihm her. Sie musste sich wohl verhört haben. »Wie bitte?«

Angus schob seine Habseligkeiten in die Satteltasche, dann starrte er sie durchdringend an. »Ich entlasse dich aus meiner Gefangenschaft, und du musst entscheiden, wohin du willst. Ich bringe dich heute hin. Entscheide dich.«

Jacqueline verschränkte die Arme über der Brust und starrte ihn an, denn sie wollte sich nicht zu etwas drängen lassen. »Ich entscheide mich für Airdfinnan.«

»Was soll der Unsinn? Das steht nicht zur Auswahl.«

»Ich sollte mich entscheiden, und das habe ich getan. Ich will diesen Ort sehen, der Euch keine Ruhe lässt. Ich will den Rest der Geschichte erfahren.«

Angus trat das Feuer aus, verteilte das Holz und stampfte auf die Glut. »Du kommst nicht nach Airdfinnan. Ich bringe dich nicht dorthin.«

»Was habt Ihr denn vor, nachdem Ihr mich freigelassen habt? Wohin wollt Ihr dann reiten? Zurück nach Outremer?«

»Natürlich nicht.«

»Nein, Ihr reitet nach Airdfinnan.«

Seine Miene bestätigte ihre Vermutung, doch Angus gestand es nicht ein. »Das geht dich nichts an.«

»Doch. Ihr habt mich in diese Sache verwickelt, und ich gehe erst ins Kloster, wenn ich Airdfinnan gesehen habe. Ich bin doch kein Gegenstand, den Ihr einfach mitnehmen und dann wieder absetzen könnt, wie es Euch gerade gefällt.«

Da sah er auf. »So siehst du das also?«

»Allerdings.« Jetzt versuchte Jacqueline, ihn zu provozieren. »Wahrscheinlich seid Ihr doch nicht besser als Reynaud.«

Wutschnaubend marschierte er zurück zu ihr. »Du weißt ganz genau, dass das nicht stimmt!« Angus riss die Hand empor. »Ich überlasse dir die Entscheidung, was andere Männer nicht getan haben. Das willst du doch unbedingt!«

Jacqueline wurde es warm ums Herz, weil er sie gerecht behandeln wollte, doch sie würde jetzt nicht nachgeben. »Ach ja? Aber die Entscheidung, die ich getroffen habe, wollt Ihr nicht anerkennen. Offenbar bietet Ihr nur die Möglichkeiten an, die Euch recht sind, und das läuft auf das Gleiche hinaus.«

Er murmelte halblaut etwas, dann durchbohrte er sie mit seinem Blick. »Warum? Warum willst du nach Airdfinnan?«

Weil du es liebst, hätte sie am liebsten geantwortet, doch diese verwirrende Äußerung schluckte Jacqueline hinunter. Stattdessen zuckte sie die Schultern. »Weil ich neugierig bin. Sagt man nicht, das sei der Fluch der Frauen?«

»Allerdings, wenn man Rodney Glauben schenken darf.« Er musterte ihr Gesicht, dann schüttelte er den Kopf. »Du bist also fest entschlossen?«

Jacqueline nickte, denn sie war es wirklich.

Er schlug sich mit den Handschuhen in die Handfläche und warf ihr einen glühenden Blick zu, der ihre Knochen fast zum Schmelzen brachte. »Dann bringe ich dich dorthin. Doch ich warne dich: Jegliche Folge ist nicht nur meine Schuld, sondern auch die deine.«

»Aber was soll denn schon passieren?«, fragte sie schriller, als ihr lieb war.

Angus kam näher und ergriff ihr Kinn, so dass sie das weiche Handschuhleder spürte. »Alles ist möglich, du Hexe, alles. Airdfinnan ist bekannt dafür, dass es unschickliche Gelüste in den Männern weckt, die es besitzen wollen. Auch ich selbst bin nicht immun gegen weltliche Verlockungen.«

Er drückte einen besitzergreifenden Kuss auf ihre Lippen. Seine Zunge schob sich zwischen ihre Zähne, seine Hand glitt in ihr Haar, und sie schien willenlos in seinen Armen zu liegen. Sie konnte sich nicht befreien und hätte es auch gar nicht gewollt.

Eine Unendlichkeit der Lust später hob Angus den Kopf. Er wartete, bis sie die Augen aufgeschlagen hatte, dann rieb er mit dem Daumen über ihre Unterlippe – eine heftige Zärtlichkeit, die sie zittern ließ.

Er lächelte auf sie herab, wieder ganz der gesetzlose Schurke, dann machte er sich daran, sein Pferd zu satteln.

Und erst als er sie losgelassen hatte, fragte sich Jacqueline, ob diese unschicklichen Gelüste wirklich durch seinen Familienbesitz oder durch sie selbst geweckt wurden.

Plötzlich fiel ihr wieder ein, wie ihre Mutter sie angefleht hatte, nicht sofort ins Kloster zu gehen. Wieder einmal hatte die kluge Frau Recht behalten.

Ein ehrenhafter Mann war sowohl das Warten als auch die Herausforderung wert.

11. Kapitel

Einen Tag, nachdem er die Lichtung im Hexen-
wald verlassen hatte, erreichte Rodney zur Mittagszeit Ceinn-beithe.

Genauso hatte er es auch geplant, denn so würden alle zum Mittagsmahl versammelt sein, und
er wollte ein möglichst großes Publikum. Dann
konnte der Clanführer nicht behaupten, er habe
die Nachricht nie erhalten – ein alter Trick, der in
vielen Fehden als Vorwand für einen Vergeltungs-
schlag benutzt wurde. Außerdem trug es zu Rodneys Sicherheit bei, denn nur wenige Clanführer
würden vor aller Augen einen Boten angreifen,
da sie sich nicht sicher sein konnten, ob ihnen
wirklich jeder im Saal treu ergeben war.

In einer kleineren Runde hatte der Clanführer
dagegen meist nur seine treuesten Gefolgsleute
um sich. Dann war alles möglich, und etwas, das
nur wenige gesehen hatten, konnte man leicht
vertuschen.

Die Mittagszeit war aus Rodneys Sicht also ideal.

Er wusste nicht, was ihn erwartete, denn Ceinn-
beithe war ihm gänzlich unbekannt. Angus hatte
den legendären Monolithen auf dem Gelände erwähnt, doch auch er hatte Ceinn-beithe noch nie
persönlich besucht. Als er den höchsten Punkt des
Weges erreicht hatte, zog Rodney die Zügel an,
denn ihm bot sich ein überwältigender Anblick.

Ceinn-beithe hatte eine atemberaubende Lage. Auf drei Seiten war es vom Meer umgeben, das im Sonnenschein funkelte und die Inseln in der Ferne fest umschlungen hielt. Dort draußen, das wusste Rodney, residierte der König der Inseln.

Ein eindrucksvoller Ort, der sich leicht verteidigen ließ. Ceinn-beithe lag an sorgfältig ausgewählter Stelle, genauso ausgeklügelt wie die strategisch kluge Lage Airdfinnans. Die Burg vor seinen Augen war ganz sicher Ceinn-beithe, denn hinter dem Dorfzaun sah Rodney den Monolithen und den runden Steinturm, von dem Angus gesprochen hatte. Der Turm war für sein Alter in erstaunlich gutem Zustand. Offenbar sorgte der gegenwärtige Clanführer für die Instandhaltung.

Und dieser Mann hatte auch ein wohlhabendes Dorf geschaffen. Angus hatte es zwar nicht erwähnt, doch er hatte sicher geahnt, dass es ein paar Häuser geben musste. Dieses Dorf war jedoch weitaus mehr als nur eine kleine Ansiedlung. Es erinnerte Rodney vielmehr an die befestigten Dörfer auf dem Kontinent.

Das Dorf bestand zum Großteil aus Holz. Auf den Lehmwällen standen hölzerne Palisaden, und innerhalb dieser Wälle befanden sich ein großes Gemeinschaftshaus und mehrere kleinere Wohnhäuser. Von zahlreichen Feuern stiegen Rauchfahnen gen Himmel, und der Geruch von brennendem Torf kitzelte Rodney in der Nase. Hinter der Einzäunung lagen bestellte Felder, und Schafe und Ziegen grasten in Gehegen. Die Tore zum Dorf waren geschlossen.

Rodney ritt weiter. Was mochte ihn erwarten?

Die Stelle, an der sie die Frau entführt hatten, lag bereits hinter ihm, und zwischen jenem Ort und diesem Dorf war er nicht auf ihre Begleiter gestoßen. Also waren sie wohl zurückgekehrt und hatten über das Schicksal ihres Schützlings Bericht erstattet.

Es sei denn, sie waren in die Hügel geflohen, statt sich dem Zorn ihres Anführers zu stellen. Darüber würde er erst Gewissheit haben, wenn er diesen Mann persönlich gesprochen hatte, mochte er nun Cormac oder Duncan heißen.

Ein Hahn krähte, als Rodney sich den Toren näherte, und innerhalb des Walls bellten Hunde. Das Dorf wirkte sehr friedlich, als seien sich seine Bewohner sicher, dass die Grenzen gut geschützt wurden und der Frieden gewährleistet war. Einzig die geschlossenen Palisaden trübten dieses Bild.

Rodney überlegte noch, wie er sich bemerkbar machen sollte, da öffnete sich ein Torflügel einen Spalt breit. Hühner strömten durch die Öffnung, gefolgt von Hunden und neugierigen Jungen, die sie wahrscheinlich hüten sollten. Die Kinder sahen wohlgenährt und spitzbübisch aus, und Rodney freute sich über dieses weitere Zeichen für Ceinn-beithes Wohlstand.

Dieser Clanführer, wie auch immer sein Name lauten mochte, konnte es sich erlauben, das weit entfernte Airdfinnan herzugeben, auch wenn es ein hoher Preis war.

Vom Dorf her ertönte eine Männerstimme, und die Jungen, welche Rodney gar nicht bemerkt hatten, johlten aufmüpfig. Ein großer, blonder Bursche war offensichtlich der Anführer. Ein stämmiger Mann trat durch das Tor. Rodney brachte sein Pferd zum Stehen, denn er erkannte den Mann selbst aus dieser Entfernung. Er freute sich schon auf sein Gesicht, wenn er ihn entdecken würde.

»Hey! Du solltest doch das Tor bewachen, während ich zu Mittag esse!« Der Mann wischte sich den Mund ab und funkelte den Jungen zornig an. »Du hast versprochen, hier drin zu bleiben, wie Duncan es angeordnet hat. Wagemut ist jetzt nicht angebracht – in den Hügeln wimmelt es vor Banditen.«

Höhnisch äffte der Junge den Wachtposten nach.

»Diese Banditen würde ich nur zu gerne treffen«, verkündete er. »Ich würde sie dazu zwingen, Jacqueline wieder freizulassen.«

Der Wachtposten errötete, denn er verstand diese Äußerung eindeutig als Vorwurf. Rasch ergriff Rodney das Wort.

»Und schon bietet sich dir die Gelegenheit«, sagte er sanft. Der Mann und die Jungen wirbelten herum und starrten ihn an. Er lächelte. »Man sollte mit Wünschen lieber vorsichtig sein, denn sie könnten tatsächlich in Erfüllung gehen.«

Der Wachtposten kam drohend näher. »Für die Schande, die Ihr mir bereitet habt, sollte ich Euch töten! Ich sollte Euch verstümmeln, weil Ihr uns unsere Jacqueline geraubt habt!«

»Kann schon sein.« Rodney hatte den Vorteil, dass er die anderen überragte. »Doch das könnt Ihr ja leider nicht.« Er schnalzte mit der Zunge, und sein Pferd machte einen Schritt nach vorn.

Die Jungen wichen mit aufgerissenen Augen zurück, doch der Wachtposten rührte sich nicht vom Fleck.

»Ich habe dafür zu sorgen, dass kein Fremder durch diese Tore kommt.«

Rodney zuckte die Schultern. »Vielleicht solltet Ihr lieber Interesse an den Bedingungen haben, die ich für die Freigabe des Mädchens stelle.« Er sah dem Mann in die Augen. »Ich kann natürlich auch wieder fortreiten, und ihr Schicksal für immer im Ungewissen lassen. Was würde Euer Anführer wohl dazu sagen – dann hättet Ihr nicht nur sein Kind schlecht beschützt, sondern auch die einzige Gelegenheit verspielt, das Mädchen wiederzubekommen!«

Der Mann fluchte. »Erst gebt Ihr Eure Waffen ab! Bewaffnet kommt Ihr hier nicht herein.«

Diese Forderung war verständlich, und Rodney brauchte wirklich kein Schwert, um diesen Mann zu überwältigen. Er hatte gelernt, im Notfall mit Händen und Füßen zu kämpfen. Rodney zog den Dolch aus der Scheide, reichte ihn jedoch nicht dem Wachtposten, sondern dem hoch gewachsenen Jungen.

Der Wächter holte tief Luft.

»Ich vertraue meine Waffe nur Leuten an, die auch damit umgehen können«, verkündete Rodney. Er sah dem Jungen fest in die Augen. »Schwöre, dass du meine Klinge nicht gegen mich gebrauchen wirst und dass du sie mir zurückgibst, wenn ich wieder fortreite.«

»Zu einer solchen Garantie sind wir nicht verpflichtet«, schnaubte der Wächter.

Doch der Junge erwiderte ehrfürchtig: »Jawohl, Sir.« Er nahm den Dolch entgegen und hielt ihn beinahe demütig in den Händen. Die anderen Jungen scharten sich um ihn, beeindruckt von seiner Verantwortung. Einer streckte vorsichtig einen Finger aus und berührte die Klinge. Rodney runzelte die Stirn und sagte nur ein scharfes Wort, und schon wichen alle zurück.

Er lächelte. »Bring mich zu deinem Anführer, Junge, dann vertraue ich dir auch mein Pferd an. Ich überbringe die Forderung nach Lösegeld, und je eher sie vermittelt wird, desto schneller ist die ganze Sache erledigt.«

Die Versuchung war zu groß. Der Junge war geradezu beflügelt.

Der Wächter protestierte lautstark, doch Rodney und der Junge ließen ihn bald hinter sich.

❄

Eglantine war entgeistert, als ein Mann auf einem stolzen Ross direkt in den Versammlungssaal von Ceinn-beithe geritten kam. Sie starrte den Mann erstaunt an, doch er lächelte nur und blieb erst mitten im Raum stehen.

»Was soll der Wahnsinn?« Duncan war im Handumdrehen aufgesprungen und hatte das Schwert gezogen.

Seine Männer taten es ihm nach, Klingen funkelten in der Runde. Esmeraude musterte den Gast mit einer Mischung aus Ehrfurcht und Bewunderung, und ihre Mutter merkte wieder einmal, dass es höchste Zeit war, dass diese Tochter heiratete.

Bei diesem Gedanken fiel ihr wieder Jacqueline und die Nachricht von ihrem entsetzlichen Schicksal ein. Eglantine trommelte mit den Fingern und beäugte den Mann vor ihr, denn sie vermutete, dass er weitere Nachrichten bringen würde.

Sein Anblick war nicht gerade beruhigend. Nach seiner groben Kleidung zu urteilen, war er ein Söldner, sein Bart ließ auf normannische Herkunft schließen. Seit sie Frankreichs Küste verlassen hatte, hatte sie diese spitzen, sorgfältig auf Mundbreite getrimmten Bärte nicht mehr gesehen – und nur Normannen legten solchen Wert auf Stil.

Der Mann war vollkommen kahlköpfig, und seine Bewegungen zeigten, dass er gerne im Mittelpunkt stand. Und dies war ihm wirklich vergönnt, als er abstieg und seine Zügel einem Jungen zuwarf, der sonst die Schafe hütete.

Zum Glück war das Ross sehr gut erzogen und rührte kaum einen Huf, nachdem sein Herr abgestiegen war. Dieser Hirtenjunge hätte ein solches Pferd niemals daran hindern können, zu tun, was es beliebte.

Gegen ihren Willen bewunderte Eglantine das Pferd des Mannes. Es war ein edler brauner Hengst, sehr gut ausgebildet. Durch ein ungeduldiges Schütteln der Mähne deutete das Tier sein Temperament an.

Sie betrachtete den großspurigen Söldner und war sich sicher, dass er das Ross gestohlen haben musste.

»Nennt Euren Namen«, donnerte Duncan. »Und erklärt, wieso Ihr meinen Saal entweiht.«

Der Mann ließ sich mit der Antwort Zeit. Er ließ den Blick über die versammelte Menge schweifen, als würden ihn die Waffen und die drohenden Posen nur erheitern. Dann studierte er den Saal selbst, als habe er noch nie etwas Vergleichbares gesehen.

Schließlich fiel sein spöttischer Blick auf Duncan. »Ich suche Cormac MacQuarrie, den Anführer des Clans der MacQuarries.«

»Er ist tot und hat mich zum Clanführer ernannt.«

»Und wer seid Ihr?«

»Ich bin Duncan MacLaren. Zumindest habe ich keine Angst davor, einem Fremden meinen Namen zu nennen.«

Der Mann lächelte. »Ich bin Rodney von Dunsyre und mache kein Hehl daraus, wenn ich weiß, in wessen Gesellschaft ich mich befinde. Diese Vorsichtsmaßnahme habe ich in Ländern gelernt, in der niemand sein Tor unbewacht lassen würde.«

Duncan kniff die Augen zusammen, und Eglantine wusste, dass Malcolm seinen zweiten und wahrscheinlich letzten Fehler auf Ceinn-beithe begangen hatte.

Malcolm selbst erschien atemlos am Portal, dann eilte er durch den Versammlungssaal. »Ich wollte ihn aufhalten, Duncan, wirklich, doch er hat sich nicht um mich geschert.«

»Ja, ich konnte Euren Befehl nicht hören, da Ihr in einer Hütte zu Tische saßt«, entgegnete dieser Rodney vorwurfsvoll. »Soweit ich weiß, hält ein Wachtposten neben dem Tor Wache.« Er verneigte sich spöttisch vor Duncan. »Ihr müsst verzeihen, mit Euren seltsamen Sitten bin ich nicht vertraut.«

Duncans Miene war wie versteinert. »Was wollt Ihr hier, Rodney von Dunsyre?«

»Er will ein Lösegeld für Jacqueline verlangen!«, schrie Malcolm. »Er ist der Mann, der uns so gedemütigt hat. Duncan, er muss für die Schande bezahlen, die über Eure Familie gekommen ist!«

»Dieser Mann wird uns über Jacquelines Schicksal Auskunft geben, Malcolm«, fuhr Duncan ihn an.

Malcolm errötete und starrte den Besucher hasserfüllt an.

Der Betreffende jedoch lächelte nur. »Kluge Menschen sind mir die liebsten. Sie machen das Leben einfach leichter.« Er warf Malcolm einen viel sagenden Blick zu, dann sah er sich mit gespielter Verwunderung um. »Gibt es in Eurem Saal keine Bank für einen Gast? Eine Schande, Duncan MacLaren – die gälische Gastfreundschaft ist so berühmt, und doch muss ich feststellen, dass etwas fehlt.«

»Wir sind es nicht gewöhnt, Banditen und Diebe unter unserem Dach zu haben.«

Rodney sah ihn kühl an. »Und was ist mit Menschen, die Vergeltung fordern?«

Duncan senkte misstrauisch sein Schwert. »Vergeltung wofür?«

»Für den Mord an zwei Unschuldigen und für die Aneignung eines Besitzes, auf den Ihr nie einen Anspruch hattet.«

Eglantine sah, dass ihr Mann nicht wusste, wovon der Fremde sprach. Ihr wurde bang ums Herz, denn dieser Rodney würde sich bestimmt nicht ohne weiteres von seinem Irrtum überzeugen lassen.

Und das könnte für Jacqueline schlimme Folgen haben.

»Wo ist meine Tochter?«, fragte sie entschieden. Wie unangenehm, dass ihre Stimme vor Angst so schrill klang! »Was habt Ihr mit Jacqueline gemacht?«

»Es fehlt ihr nichts, wer immer Ihr auch sein mögt.«

»Ich bin ihre Mutter, Eglantine von Crevy.« Sie funkelte ihn an.

»Dann seid versichert, dass sie in Sicherheit ist, zumindest vorerst.«

»Von welchem Besitz und welchen Morden sprecht Ihr?«, unterbrach Duncan ungeduldig. »Und was hat das alles mit Jacqueline zu tun?«

»Versucht nicht, mich auf den Arm zu nehmen, Duncan MacLaren. Wir wissen doch beide, dass Cormac MacQuarrie geschworen hat, eine gewisse Festung um jeden Preis zu besitzen.«

Duncan blinzelte. So etwas war ihm ganz offensichtlich nicht bekannt. Doch bevor er etwas äußern konnte, hatte Iain, Cormacs Sohn, das Wort ergriffen. »Ja, es gab eine Zeit, da hätte er alles getan, um Airdfinnan in seinen Besitz zu bringen.«

»So ist es!«, erwiderte der Besucher. »Und mit wem habe ich jetzt die Ehre?«

»Iain MacCormac«, stellte der blonde Mann

sich vor. »Mein Vater war überzeugt, dass der König der Inseln ihn betrogen habe und Airdfinnan ihm gehören müsse.«

»Und was hat er dann getan?«, fragte Rodney sanft. Seine Mimik gab zu verstehen, dass er die Antwort bereits wusste.

Iain zuckte die Schultern. »Gar nichts. Er kam nicht mehr dazu, denn Duncan wurde schon bald sein Nachfolger. Mein Vater führte eine Fehde mit einem anderen Clanführer; er war für seine Streitsucht bekannt. Dann starb Mhairi am Tage ihrer Hochzeit, und wenig später starb auch mein Vater. Wie so viele seiner hitzigen Äußerungen hatte dieser Schwur keine Folgen.«

»Ihr lügt!«, schrie Rodney und trat drohend einen Schritt vor. »Eine ganze Familie ist tot. Cormac MacQuarrie trägt die Schuld daran, und jetzt verlangt der gebürtige Sohn von Airdfinnan sein Recht.«

»Meine Männer, die Jacqueline begleitet haben, berichteten, Ihr seiet zu zweit gewesen«, sagte Duncan. »Und Euer Begleiter habe die Kleidung eines Ritters getragen.«

Eglantine fürchtete, dieser Ritter könne dem Schurken ähneln, den Jacqueline bereits kannte, und ihr Herz raste aus Angst um ihr Kind.

»Er ist wirklich ein Ritter!«, fuhr Rodney ihn an. »Ich habe mit eigenen Augen gesehen, wie er seine Ausbildung absolviert und sich seine Sporen verdient hat. Ich habe ihm gedient und kann seine Tapferkeit und sein Geschick beurteilen.«

»Und er soll behauptet haben, sein Name sei Angus MacGillivray.«

»Das ist keine Behauptung. Das ist tatsächlich sein Name, obgleich er ihm viel Unheil gebracht hat.«

Ein Raunen ging durch die Menge, und Eglantine runzelte die Stirn. »Wieso sorgt das für Aufsehen? Wer ist Angus MacGillivray, wo liegt Airdfinnan, und was geht uns das alles an?« Sie erhob sich und spreizte die Hände. »Was ist mit meiner Tochter?«

»Angus MacGillivray soll schon lange tot sein«, sagte Duncan ruhig, den Blick auf Rodney gerichtet.

»Airdfinnan«, ergänzte Iain, »das sich im Besitz des Königs der Inseln befand und die wichtigste Verteidigungsstelle im Westen sein sollte, war dem Clanführer Fergus MacGillivray anvertraut. Er hatte zwei Söhne. Der älteste wurde krank, als er auf der Schwelle zum Manne stand, und Angus, der jüngere, zog in den Kreuzzug, um seinen Bruder zu retten. Er blieb für immer verschollen.«

»Kurze Zeit später sind sowohl Vater als auch Sohn gestorben«, berichtete Duncan, »und Airdfinnan wird jetzt von dem Kloster verwaltet, das Fergus gegründet und großzügig bedacht hatte.«

Eglantine schüttelte verwirrt den Kopf. »Aber was hat das alles mit Jacqueline zu tun?«

»Es hat mit Eurem Gatten zu tun, meine Dame, und dem blutrünstigen Clan, in den Ihr dummerweise eingeheiratet habt«, verkündete Rodney. »Denn Angus ist nicht tot – er ist zurückgekehrt. Er weiß, dass sein Vater und sein Bruder auf Befehl von Cormac MacQuarrie ermordet wurden.

Er weiß, dass die MacQuarries die wahren Besitzer von Airdfinnan sind, obgleich sie sich hinter den Mönchen verbergen, die nach ihrem Willen handeln.«

»Wozu sollte das gut sein?«, fragte Duncan ungläubig.

»Natürlich um zu vermeiden, dass der König der Inseln eingreift. Schließlich hatte er Airdfinnan Fergus vermacht. Doch der König würde kein Kloster angreifen, um eine Festung zurückzuverlangen, zumal die Mönche behaupten, dass sie den Besitz nur für den rechtmäßigen Erben verwalten. Sollte der Clan der MacQuarries jedoch offen Ansprüche auf den Besitz anmelden, dann würden diese nicht lange Bestand haben, so wie ich den König kenne.«

»Unsinn!« Duncan schob sein Schwert wieder in die Scheide. »Von einem solchen Plan habe ich noch nie gehört.«

»Ich auch nicht«, behauptete Iain.

»Und selbst wenn es jemals solche Absichten gegeben hat, dann hatte ich nichts damit zu tun und habe auch keinen Einfluss auf die jetzige Situation.«

»Ihr lügt!«, rief Rodney.

Duncan wollte protestieren, und seine Hand fuhr wieder zum Schwertgriff. Auch der Söldner griff nach seiner Klinge, doch Eglantine legte ihrem Mann eine Hand auf den Arm. Sie erhob sich und wandte sich an Rodney. »Wenn die Mönche den Besitz für Angus MacGillivray verwalten, wieso bittet er sie dann nicht um Herausgabe?«

»Das hat er bereits getan«, verkündete Rodney.

»Und wurde fortgeschickt. Sie behaupteten, er könne nicht derjenige sein, der er ist, und als er darauf beharrte, griff man zu den Waffen. Wir kamen nur knapp mit dem Leben davon. Das sagt doch alles über die Ehrlichkeit der Menschen in diesem Land!« Er trat vor und schüttelte die Faust. »Das zeigt uns, welche Lügen hinter der Tat stecken! Wenn sie Airdfinnan wirklich für Angus verwalten würden, dann hätten sie es ihm bereits zurückgegeben. Nein, ein anderer hat das Kommando, jemand, der nicht will, dass Angus lebt, jemand, der durch diesen Betrug einen großen Vorteil hat. Das ist offensichtlich!«

»Und wo ist dieser Angus jetzt?«, wollte Eglantine wissen. »Wieso tritt er nicht selbst für seine Sache ein?«

Rodney lächelte. »Natürlich kann sich eine Frau nicht vorstellen, was in einem gejagten Mann vorgeht. Wenn der Clan der MacQuarries Angus nach dem Leben trachtet, dann wäre es wirklich nicht sehr klug von ihm, direkt in diesen Versammlungssaal zu spazieren.«

»Also hat er wie ein gemeiner Bandit meine Tochter entführt, um sie gegen seinen Besitz einzutauschen«, folgerte Eglantine.

Rodney verneigte sich spöttisch. »Für eine Frau seid Ihr wirklich scharfsinnig.«

»Sagtet Ihr nicht, er sei ein Ritter?«

»Das ist er auch.«

»Doch wenn ich mich recht erinnere, schwören Ritter, Menschen zu schützen, die sich nicht selbst schützen können, und Damen zu verteidigen.«

Der Söldner kniff die Augen zusammen. »Eure Tochter ist unversehrt.«

»Euren Glauben an die Ehre eines Kriminellen vermag ich nicht zu teilen. Auch Eurem Worte schenke ich nicht viel Vertrauen.«

Rodneys Augen funkelten gefährlich. »Mein Begleiter ist ein edler Ritter, ein Mann von Tugend und Ehre, der am Kreuzzug teilgenommen hat, um seine Familie aus dem Unglück zu retten, und stattdessen selbst Unheil erfahren musste.«

Er wandte sich um und sprach zu der versammelten Menge, die an seinen Lippen hing. »Angus MacGillivray hat im Heiligen Land tapfer gekämpft, in der Überzeugung, so seine Familie zu retten. Er wurde gefangen genommen und gefoltert, und als er endlich wieder nach Hause fand, musste er feststellen, dass man ihm sein Erbe gestohlen und seine Familie gnadenlos ermordet hatte.«

Er breitete die Arme aus. »Welchen Lohn hat ihm sein Opfer eingebracht? Kann man es Angus wirklich verübeln, dass er für sein eigenes Blut Vergeltung sucht, dass er an den Mördern seiner Familie und den Räubern seiner Erbschaft Rache nehmen will?«

Rodney wirbelte herum und wies mit dem Finger auf Eglantine. »Solange sie keine Dummheit begeht, ist Eure Tochter bei ihm so sicher aufgehoben wie an Eurer Seite. Doch sie bleibt bei ihm, bis ihm sein Recht zuteil geworden ist. Wollt Ihr es wirklich wagen, ihm seinen rechtmäßigen Anspruch zu verwehren?«

»Aber –«, wandte Duncan ein, doch Eglantine brachte ihn mit einem Blick zum Schweigen.

»Woher sollen wir wissen, dass wir Euch vertrauen können?«, fragte sie.

»Ich kenne die Sippe der MacGillivrays«, meldete sich Iain zu Wort. »Es hieß immer, dieser Angus sei seinem Vater sehr ähnlich. Er würde sein Wort halten, komme, was wolle. Selbst mein Vater musste Fergus diese bewundernswerte Eigenschaft zugestehen.«

»Oh.« Eglantine setzte sich wieder und betrachtete den kühlen Söldner, der vor ihr stand. Plötzlich hatte sie das Gefühl, dass alles ein gutes Ende nehmen könnte, dass Jacqueline sich bei einem aufrechten Mann befand und nicht überstürzt befreit werden musste.

Natürlich sorgte sie sich noch immer um das Wohl ihrer Tochter, doch vielleicht war es eine Fügung des Schicksals, dass Jacquelines Pläne auf diese Weise durchkreuzt worden waren.

In ihrer Heimat war es nicht ungewöhnlich, dass ein Ritter sich die Frau seiner Wahl raubte. Nachdem er mit der Demoiselle zu Bette gelegen hatte, musste der Vater der Frau in die Ehe einwilligen. Diese Ehen wären anderenfalls oft nicht zustande gekommen, da der Vater der Braut mehr Wert auf den Wohlstand des potenziellen Gatten als auf dessen Alter gelegt hatte.

Junge Ritter durften nur selten heiraten, weil ihre Besitztümer noch klein waren – und es war nicht ungewöhnlich, dass die betreffende Frau bereitwillig mit ihrem Entführer ging. Viele solche Vorfälle waren weniger eine Vergewaltigung

denn eine fröhliche Verbindung, die beide Part-
ner genossen.

Eglantine konnte sich zwar nicht vorstellen, dass
ihre Tochter die Annäherung eines Ritters willkommen geheißen hatte oder dass sich Jacqueline bereitwillig zu einem Mann ins Bett legen
würde, doch sie vermochte nicht zu sagen, wie es
um den betreffenden Ritter stand.

Wäre es nicht ein Geschenk des Himmels, wenn
der letzte Mann, den Jacqueline traf, bevor sie
sich ins Kloster zurückzog, der eine ehrenhafte
Mann war, der ihr das Herz öffnen konnte?

Eglantine musste mehr erfahren, um beurteilen
zu können, ob das nur mütterliches Wunschden-
ken war.

»Kommt doch an unsere Tafel, Rodney, und
nehmt einen Becher Ale zu Euch.« Sie lächelte,
obgleich Duncan sie zweifelnd ansah. »Ich
möchte, dass Ihr mir mehr über diesen Ritter berichtet, dem Ihr dient.« Zwei Männer geleiteten
Rodney zum Bierfass und sorgten dafür, dass er
bedient wurde. Somit hatten Eglantine und
Duncan die Gelegenheit, sich kurz zu besprechen.

»Willst du herausfinden, was von diesem Söldner zu halten ist?«, erkundigte Duncan sich halblaut.

»Ich will mehr über diesen Ritter Angus MacGillivray erfahren«, flüsterte seine Frau. »Er klingt
recht viel versprechend.«

Duncan schüttelte den Kopf. »Eglantine, deine
Gedanken kreisen immer nur um Hochzeit und
Glück.«

»Du weißt doch, was ich von Jacquelines Entscheidung halte, ins Kloster zu gehen.«

»Ja, und da hast du vielleicht Recht. Vielleicht jedoch auch nicht. Angus' Taten werden den Beweis liefern, nicht die Worte seines Mannes«, murmelte Duncan.

»Aber du kannst Airdfinnan nicht hergeben, weil wir es nicht besitzen.«

»Wenn dieser Bote Recht hat, dann hat dieser Angus einen legitimen Grund zur Klage. Wenn das so ist, dann werde ich ihm irgendwie helfen, sein Erbe zurückzuerlangen.«

Eglantine sah ihren Mann an. Wieder einmal bewunderte sie seinen ausgeprägten Sinn für Gerechtigkeit. »Das könnte uns aber teuer zu stehen kommen.«

»Gerechtigkeit erlangt man nur, wenn man dafür kämpft.«

»Aber ich will nicht, dass dir etwas passiert! Und ich will Jacqueline in Sicherheit wissen.«

Duncan ergriff ihre Hand und drückte sie. »Er wird mich zu Jacqueline führen, bevor ich ihm etwas verrate, und ich werde mich ihres Wohlergehens und ihrer Sicherheit persönlich vergewissern. Das ist jetzt das Wichtigste, und erst danach werden wir sehen, was wir noch tun können.«

»Ich werde dich begleiten.«

»Nein, das wirst du nicht.« Duncan sah Eglantine streng an. »Vertrau mir: Sollte Jacqueline auch nur ein Haar gekrümmt worden sein, wird keiner dieser Männer den nächsten Tag erleben.«

»Du schützt deine Frauen wirklich mit aller Macht, Duncan.« Eglantine lächelte ihren Mann an. »Ich wusste doch, dass meine Liebe einen guten Grund hat.«

»Es wird ein gutes Ende nehmen, Eglantine«, murmelte er, während Rodney sich der Tafel näherte. »Dafür werde ich sorgen.«

Und sie wusste, dass sie sich darauf verlassen konnte, denn ihr Mann war ungewöhnlich willensstark.

12. Kapitel

Wie Jacqueline erwartet hatte, begann es noch am Vormittag zu regnen. Die ersten schweren Tropfen klatschten ihr kalt ins Gesicht. Sie senkten die Köpfe gegen den aufkommenden Wind und ritten weiter. Jacqueline erkundigte sich nicht nach einem Unterschlupf, denn es war klar, dass es an dieser einsamen Straße keinen gab.

Schon bald waren sie völlig durchnässt. Das Unwetter wurde so heftig, dass die Straße vor ihnen kaum noch zu sehen war. Lucifer wurde nicht langsamer, doch Jacqueline merkte an seinem angespannten Schritt, dass er sich nicht wohl fühlte.

Jacqueline zitterte, und Angus hüllte sie in seinen Umhang. Die nasse Wolle war nicht sehr angenehm, doch seine Körperwärme tat ihr gut. Er schlang einen Arm um sie, und sie legte das Gesicht an seine Schulter, kuschelte sich an ihn und hoffte, dass es nicht mehr weit nach Airdfinnan war.

Den Großteil des Tages schwiegen sie, und erst als der Himmel dunkel wurde, ließ Angus Lucifer langsamer laufen. Jacqueline sah auf und merkte, dass Angus das Unterholz am Wegesrand absuchte. Hoffentlich würden sie bald eine Zuflucht finden.

»Sind wir nahe an Airdfinnan?«

»Nein.«

»Was sucht Ihr dann?«

»Einen Pfad.«

Jacqueline knirschte mit den Zähnen, denn er wollte sie offensichtlich nicht in seine sorgsam gehüteten Geheimnisse einweihen. »Einen Pfad wohin?«

Ein flüchtiges Lächeln huschte über seinen Lippen. »Das wirst du schon noch sehen.«

Er schnalzte mit der Zunge und lenkte das Ross an den Wegesrand. Ein Pfad war nicht zu erkennen, doch nachdem sich das Tier durch die ersten dichten Büsche gedrängt hatte, sah Jacqueline, dass das Unterholz hier ein wenig spärlicher war. Wahrscheinlich waren die Pflanzen einst durch viele Schritte platt getreten worden, doch sie wuchsen nun so üppig, dass schon lange niemand mehr hierher gekommen sein konnte.

Tatsächlich stieg Angus ab, um den Boden genauer zu betrachten und das Pferd weiterzuführen. Mehr als einmal vermochte Jacqueline nicht zu sagen, ob der Weg nach links oder rechts abzweigte. Sie fragte sich, ob Angus wohl die richtige Strecke wieder erkannte, denn an solchen Stellen richtete er sich zumeist auf und sah sich um, als wolle er sich an der Position der Bäume orientieren.

Nachdem sie in den Wald eingebogen waren, schien der Regen nachzulassen, doch wahrscheinlich hielt das Blätterdach nur das Wasser ab. Jedenfalls war es viel angenehmer, und von allen Seiten erschallte das Geräusch von tropfendem Wasser.

Abseits der Hauptstraße stieg das Land rasch an, und neben dem Schlamm unter ihren Füßen gab es jetzt auch felsige Abschnitte. Mit jedem Schritt stiegen sie höher, und an den steilen Stellen musste der Ritter Lucifer gut zureden.

Jacqueline beobachtete Angus aufmerksam. Es beeindruckte sie, wie umsichtig er darauf achtete, dass das Ross immer festen Boden unter den Hufen hatte. Die hinter ihnen liegende Strecke war tatsächlich sehr steil, und sie sah sich lieber nicht um. Angus sprach ununterbrochen mit dem Tier, zwar so leise, dass Jacqueline die Worte nicht verstehen konnte, doch sein Ton beruhigte auch sie. Kein Wunder, dass das Pferd seinem Besitzer überallhin folgte.

Je höher sie stiegen, desto stärker wurde der Wind, und durch die spärlicher werdenden Baumwipfel erhaschte Jacqueline hin und wieder einen Blick auf den düsteren Himmel. Vor ihnen erhob sich eine kahle Felswand, und sie fürchtete schon, sie hätten die falsche Route eingeschlagen. Doch Angus führte den Hengst nach rechts, und jetzt bemerkte auch Jacqueline, dass ein Pfad in den Fels gehauen war. Er führte an der Felswand entlang und traf rechter Hand auf den Waldboden.

Lucifer sah den Pfad auch, doch er scheute und wollte nicht weitergehen. Angus streichelte dem Hengst die Nase und murmelte ihm ins Ohr. Das Tier zitterte, doch als Angus weiterging, legte Lucifer die Ohren zurück und folgte gehorsam. Keine zwölf Schritte später öffnete sich die Felswand zu einer Höhle. Jetzt brauchte Lucifer keine Überredung mehr, sondern kroch hinein, und Jacqueline lächelte erleichtert.

»Ihr kanntet diesen Ort!«

»Ja, ich konnte mich daran erinnern.«

»Aber es muss Jahre her sein, seit Ihr ihn besucht habt!«

»Wahrscheinlich war seitdem niemand mehr hier.« Er hob sie aus dem Sattel, dann sah er sich in der Höhle um. Sie war recht geräumig, doch sie hatte kein Ende, sondern bildete nur den Eingang zu einem Tunnel. Jacqueline betrachtete die dunkle Öffnung, die sich nach unten neigte, und erschauerte.

»Es sieht aus wie ein Tor zur Hölle«, murmelte sie.

»Das hat mein Bruder auch immer gesagt.«

»Ihr wart mit ihm hier?«

»Als Jungen haben wir hier gespielt.« Er zwinkerte ihr überraschend spitzbübisch zu. »Obwohl es uns natürlich streng verboten war.«

Jacqueline betrachtete wieder die Tunnelöffnung. »Ich wette, Ihr habt so eine Art Mutprobe gemacht, wer länger allein darin bleiben konnte oder sich am tiefsten hineintraut.«

Angus schnaubte und lächelte kurz, als würde er sich an etwas erinnern, doch er erwiderte nichts. Er sattelte das Pferd ab und fuhr ihm mit spürbarer Sorge über das feuchte Fell. Sein Blick schweifte durch die karge Höhle, und Jacqueline ahnte, was ihn bedrückte.

»Würde Lucifer es zulassen, dass ich ihn striegele?«

»Wie bitte?«

»Ich weiß, wie man ein Pferd bürstet, und ich weiß auch, dass dieses hier es bitter nötig hat. Nach einer solchen Anstrengung bei schlechtem Wetter könnte er sonst krank werden. Meine Mutter sagt immer, man könne ein Pferd leichter gesund halten als es heilen, wenn es erst einmal krank geworden ist.«

»Das stimmt allerdings.«

»Und wir alle brauchen ein Feuer. Während ich Euer Ross versorge, könnt Ihr Euch darum kümmern.«

Ihr Sinn fürs Praktische schien Angus zu erheitern. Dabei war ihr Vorschlag nur vernünftig.

»Willst du mich etwa herumkommandieren?«

»Nein, ich biete nur meine Hilfe an, damit wir alle früher zur Ruhe kommen.« Sie streckte die Hand aus, eine stumme Bitte um den Striegel. Lucifer schnupperte an ihrer Handfläche, weil er ihre Geste falsch verstanden hatte, dann schnaubte er, als er keinen Leckerbissen fand.

Angus legte ihr die Bürste in die Hand und musterte sie. Das Pferd überragte sie um einiges. »Ich kümmere mich um die Stellen, die du nicht erreichen kannst«, sagte er. Dann zog er seinen Umhang fest um sich und trat erneut hinaus in den Regen.

Jacqueline wollte sich unbedingt als nützlich erweisen und machte sich an die Arbeit. Ihre Befürchtung, das Tier würde ihre Annäherung nicht dulden, war vollkommen unbegründet gewesen, denn es genoss die Pflege sehr. Es lehnte sich sogar so heftig gegen die Bürste, dass sie fast an die Höhlenwand gedrückt wurde.

Jacqueline arbeitete fleißig, und ihr war nur allzu bewusst, dass sie ganz allein in dieser kühlen Höhle war. Wieder und wieder fiel ihr Blick auf das dunkle Loch. Ihr fielen zahlreiche Gruselgeschichten von Ungeheuern ein, die im Dunklen lauerten und nur darauf warteten, dass ihre Opfer einschliefen.

Angus schien schon viel zu lange fort zu sein. Ja, in solchen Situationen wirkten Duncans Erzählungen glaubwürdiger denn je.

Als Angus zurückkehrte, stand Jacqueline auf dem Sattel, damit sie an Lucifers Rücken heranreichte. Das Alter und die Feuchtigkeit hatten das Leder glatt gemacht, und sie stand sehr wackelig. Als er plötzlich Holz auf den Felsboden fallen ließ, fuhr sie zusammen, schrie auf und rutschte ab.

Mit einem Fluch fing Angus sie auf. »Ich hatte doch gesagt, dass ich weitermachen würde!«

»Was sollte ich denn sonst machen?«, fuhr sie ihn an. Seine Berührung ärgerte sie genauso wie die Tatsache, dass er ihren Sturz gesehen hatte.

»Warten, zum Beispiel«, schlug er belustigt vor.

Jacqueline schob seine Hände weg und sah ihn aufmerksam an. »Habt Ihr in diesem Unwetter denn trockenes Holz gefunden?«

»Nein, aber einige Stücke, die etwas trockener sind als der Rest. Es wird natürlich qualmen, aber ...«

»Besser als gar nichts«, schloss sie, denn sie wusste genau, was er hatte sagen wollen. Angus wirkte verdutzt, und sie zuckte die Schultern. »Das sagt Ihr doch immer. Offensichtlich musstet Ihr Euch oft mit wenig zufrieden geben und habt gelernt, dafür dankbar zu sein. Einfallsreichtum ist schließlich keine Schande.«

Jacqueline vermochte nicht zu sagen, ob er über ihre Bemerkung erfreut oder beleidigt war. Er erwies sich jedenfalls als umsichtiger, als sie erwartet hatte, denn aus der Satteltasche zog er etliche Späne, die heute Morgen noch nicht darin gewesen waren.

»Der Regen lag schon in der Luft«, sagte er auf ihren fragenden Blick hin, dann bearbeitete er das Holz mit seinem Messer.

Bald schlug er die Feuersteine zusammen, und kurz darauf brannte ein Feuer. Das neu gesammelte Holz qualmte wirklich, doch es brannte weiter. Angus platzierte die anderen Scheite so um das Feuer herum, dass sie ein wenig trocknen konnten, bevor sie gebraucht wurden.

Dann richtete er sich auf und klopfte sich die Hände ab. »In der Satteltasche sind zwei Hemden. Leg deine nasse Kleidung ab und zieh dir eins davon an, während ich fort bin.«

»Was habt Ihr vor?«

»Ich muss nach meiner Falle sehen.«

Und wieder war er weg.

Doch Jacqueline hatte noch etwas zu erledigen, solange sie nass war. Unterwegs hatte sie einige Pflanzen entdeckt, mit denen ihre Mutter auf Ceinn-beithe immer die Reittiere und Ponys fütterte. Jetzt eilte sie hinaus in den Regen, pflückte so viel, wie sie tragen konnte, brachte ihre Ernte in die Höhle und wiederholte dies noch zweimal, denn sie wusste, dass ein solcher Hengst eine gehörige Menge fressen konnte.

Erst als ein riesiger Haufen vor Lucifer lag und er skeptisch zu knabbern begonnen hatte, folgte sie Angus' Anweisung. Jacqueline wrang ihr Gewand aus und breitete es zum Trocknen aus, dann tat sie das Gleiche mit ihrem Hemd und ihren Schuhen. Sie zog sich das längere seiner Hemden an, löste ihr Haar und drückte es aus. Dann rückte sie dicht ans Feuer, damit es trocknen konnte.

Angus kündigte seine Rückkehr durch ein lautes Niesen an, und Jacqueline kam ihm am Höhleneingang entgegen. Er ließ den Blick über sie schweifen, und erst jetzt fiel ihr auf, dass sein Hemd recht durchsichtig war. Sie sah an sich hinunter und errötete, denn man konnte ihre roten Brustwarzen und das dunkle Schamhaar ausmachen.

»Dein Haar ist faszinierend«, sagte er und schob ihr eine Strähne hinters Ohr, als hätte er die anderen Reize, die sie zur Schau stellte, gar nicht bemerkt. Jacqueline brannten die Wangen, und sie konnte ihm nicht ins Gesicht sehen. »Komm zurück ans Feuer«, riet er beinahe väterlich. »Es ist heute wirklich kühl. Es war sehr lieb von dir, Lucifer zu versorgen. Du hast es wirklich nicht verdient, jetzt krank zu werden.«

Er ging an ihr vorbei, legte das Fleisch, das er mitgebracht hatte, in den Topf, und zog dann die Handschuhe aus. Er schüttelte die Regentropfen aus dem Haar und legte den nassen Umhang ab. Jacqueline beobachtete ihn verstohlen – sie wollte gerne mehr von ihm sehen.

Der Mann trug entsetzlich viel Kleidung, die

komplett durchnässt war. Er löste den Gürtel, legte sorgfältig Schwert und Dolch zur Seite. Dann zerrte er sich den Waffenrock über den Kopf, danach das Kettenhemd, das klirrend auf den Felsboden fiel. Er streifte die Stiefel ab und drehte ihr den Rücken zu, als er sein Hemd über den Kopf zog.

Nur für einen kurzen Augenblick sah sie den gebräunten, muskulösen Rücken, dann hatte er schon das trockene Hemd übergestreift. Zu ihrer Überraschung holte er aus einer Satteltasche einen dunklen, ärmellosen Rock, den sie gar nicht bemerkt hatte, und streifte ihn über das Hemd.

Erst dann drehte er sich zu ihr um. Er machte den Gürtel wieder fest, ließ sein Schwert jedoch liegen, und hockte sich dann neben sie.

»Heute Abend gibt es Eichhörnchen«, sagte er. »Falls es dich interessiert.«

Wie gestern war die Beute bereits fachgerecht ausgenommen und gehäutet. »Ihr habt die Haut ja gar nicht mitgebracht«, beklagte sie.

»Die mag ich nicht«, sagte er finster und stellte den Topf mit etwas Wasser auf das Feuer.

»Dabei geht es doch nicht um den Geschmack! Es erleichtert das Kochen, wenn noch etwas Haut am Fleisch ist, denn dann brutzelt das Fett und das Fleisch brennt nicht an.«

»Soll es doch anbrennen.«

»Seid doch nicht albern!«

Er warf ihr einen kalten Blick zu. »Ich kann den Geruch von brennender Haut nicht ertragen.«

»Das ist doch Unsinn! Ich habe mittlerweile ge-

merkt, dass Ihr ein vernünftiger Mensch seid,
und ...«

»Was hast du denn noch so gemerkt?«, wollte
Angus wissen.

Sein Tonfall ließ Jacqueline aufblicken. Sie sah
seinen durchdringenden Blick, dann fiel ihr seine Narbe wieder auf.

Und sie erinnerte sich, wie die Narbe entstanden war.

»Oh!« Entsetzt wich sie zurück, weil ihr plötzlich
klar wurde, wieso er den Geruch von brennendem
Fleisch nicht ertragen konnte. »Oh. Oh.« Sie verstummte, wünschte, der Tunnel möge wirklich in
die Hölle führen und sie verschlingen, damit ihr
diese peinliche Situation erspart blieb.

»Oh«, äffte er sie höhnisch nach.

Und darauf konnte sie nichts erwidern. Eine bedrückende Stille füllte die Höhle, doch Angus
schien das nichts auszumachen. Von Zeit zu Zeit
wendete er das Fleisch. Für ihn war es offenbar
kein Problem, ohne Fett zu kochen.

Endlich ergriff Jacqueline das Wort. Schließlich
hatte sie nichts zu verlieren, denn wütender, als er
jetzt schon war, konnte er sowieso nicht mehr werden. »Erzählt Ihr mir davon?«

Sein rascher Blick war vernichtend. »Wovon?«,
fragte er mit gespielter Gleichgültigkeit und sah
wieder auf das Fleischstück.

»Von Eurer Wunde. Wie sie entstanden ist.«

»Nein.«

Sein Tonfall schloss jede weitere Diskussion aus,
doch Jacqueline gab sich nicht so leicht geschlagen. »Rodney sagte, die Sarazenen hätten Euch

gefangen gehalten«, sagte sie vorsichtig. »Erzählt Ihr mir denn davon?«

Er presste die Lippen zusammen. »Nein.«

»Warum nicht?«

Er stützte einen Ellenbogen auf die Knie und warf ihr einen grimmigen Blick zu. »Weil diese Geschichte nicht für die Ohren eines unschuldigen Mädchens geeignet ist.«

»So unschuldig bin ich gar nicht!«

»Doch, allerdings.« Er wendete das Fleisch und runzelte dabei ein wenig die Stirn. Seine Stimme wurde sanfter. »Sei froh darüber, Jacqueline. Es gibt Dinge, die niemand erfahren sollte.«

Das Fleisch zischte in der Stille, und Jacqueline sah ihm bei der Arbeit zu. Er schenkte ihr keinerlei Beachtung. Seufzend sah sie hinüber zu der gähnenden Höhle.

»Erzählt Ihr mir dann von Jerusalem? Stimmt es, dass die Straßen mit Gold gepflastert sind und die Mauern der Stadt aus Edelsteinen bestehen?«

Er lachte halblaut. »Wo hast du denn solche Märchen gehört?«

»Schließlich ist es die Goldene Stadt, da muss sie doch aus lauter Kostbarkeiten bestehen. Und es steht geschrieben, dass das neue Jerusalem aus allen Schätzen der Menschheit erbaut werden wird –«

»Im alten Jerusalem gibt es Schlamm und Dreck und streitsüchtige Nachbarn, wie in jeder anderen Stadt der Welt.«

»Wirklich?«

Angus lächelte ihr zu. »Ja, wirklich.«

Diese Mitteilung enttäuschte Jacqueline maßlos. Sie verzog das Gesicht und starrte ins Feuer. »Ich hätte gedacht, es wäre irgendwie anders, man könne der Stadt Gottes Gunst ansehen. Aber das ist nur meine Phantasie, denn ich werde es ja niemals mit eigenen Augen sehen.«

»Viele Menschen haben solche Phantasien«, gestand er. »Und genau genommen *ist* Jerusalem auch irgendwie anders. Die Stadt ist zwar einerseits wie alle anderen Städte, das habe ich ja bereits gesagt, aber dennoch ist sie ganz anders, denn jeder Fels in dieser Stadt, jede Straßenecke, jeder Fluss und jede Furt ist durch ein Ereignis aus der Bibel bekannt. Da gibt es den Felsen, auf dem Abraham seinen Sohn opfern wollte, den Stein, auf den der Erzengel Gabriel seinen Fuß setzte.«

Lächelnd schüttelte er den Kopf. »Man verabredet sich zum Beispiel: ›Treffen wir uns an der Furt, an der Jakob sein Kind getauft hat.‹ Jeder Stein hat seine Bedeutung und seine Geschichte, und es gibt so viele. Irgendwie macht das die Geschichten, die wir als Kinder gehört haben, glaubwürdig, diese Geschichten, die aus einer anderen Welt zu stammen schienen. Und trotzdem scheint das Heilige Land gerade deshalb aus einer anderen Welt zu sein, weil dort so viele legendäre Ereignisse stattgefunden haben.«

Jacqueline schlang die Arme um die Knie. »Ich würde es gerne einmal sehen.«

»Davon würde ich dir abraten. Du wärst enttäuscht, und möglicherweise würdest du nicht zurückkehren.«

»Ich würde natürlich als Pilger gehen, nicht als Kreuzzügler.«

»Ständig werden Pilger ausgeraubt und hilflos zurückgelassen. Das Land ist sehr grausam, trotz seiner heiligen Vergangenheit. Jemand hat mir einmal gesagt, gerade diese Heiligkeit würde die Menschen verrückt machen.«

»Wieso denn das?«

»Alle Religionen betrachten Jerusalem als heiligen Boden – die Sarazenen, die Christen und die Juden – und alle wollen die Stadt besitzen. Viele Männer waren ungeachtet ihres Glaubens zu schlimmen Untaten bereit, um dieses Ziel zu erreichen.«

»Vielleicht ist es eine große Glaubensprüfung.«

»Wenn das so ist, dann scheitern die meisten daran.«

»Ist Euer Glauben durch Eure Reise stärker oder schwächer geworden?«

Er zuckte ausweichend die Schultern. »Er hat sich verändert.«

»Dann muss er geschwächt worden sein, denn nur glühender Glaube veranlasst zur Teilnahme am Kreuzzug.«

Da lächelte er wieder belustigt. »Ach ja?«

»Was denn sonst?«

»Die Gründe sind so verschieden wie die Menschen.«

»Zum Beispiel?«

»Lust auf die Abenteuer, die man im Krieg erleben kann. Wunsch nach Besitz, denn das eroberte Land wird unter den Siegern aufgeteilt. Neugier auf die weite Welt, der Entschluss, sein Schicksal selbst in die Hand zu nehmen.« Er machte eine Pause, und sie wusste, der letzte Grund würde sein eigener sein. »Pflichtgefühl gegenüber der Familie.«

Wieder fiel ihr Edanas Geschichte ein. Angus war aufgebrochen, um den Fehler seines Vaters wieder gutzumachen und seine Familie vor Unglück zu bewahren.

Doch seine Reise hatte diesen Zweck nicht erfüllt.

»Welches war Euer Grund?«

»Rate doch.«

»Wieso seid Ihr nach so langer Zeit zurückgekehrt?«

»Wieso sollte ich dort bleiben?«

Sie lächelte. »Aber Ihr wart doch viele Jahre weg, nicht wahr?«

»Fünfzehn Jahre, fast auf den Tag genau.«

»Das ist wirklich eine lange Zeit. Was ist passiert? Habt Ihr Nachricht von Eurer Familie bekommen? Oder hattet Ihr einfach Sehnsucht nach ihnen?«

Er reichte ihr den Topf, seinen Dolch und den Löffel. »Iss, bevor es kalt wird.« Sobald sie die Utensilien entgegengenommen hatte, wandte er sich ab und ging zum Höhleneingang, starrte mit dem Rücken zu ihr hinaus in den Regen.

Sie beobachtete ihn, während sie aß, sorgsam darauf bedacht, nur ein Drittel von dem zu essen, was er gekocht hatte. Er war daran gewöhnt, mit wenig auszukommen, und sie wünschte nur, sie könnte ihm mehr anbieten.

In seiner seltenen Mitteilsamkeit hatte Angus

ihr mehr verraten, als sie erwartet hatte. Vielleicht sollte auch sie mit dem zufrieden sein, was sie bekommen hatte.

❋

Sie strahlte wie ein Engel.

Angus konnte den Blick einfach nicht von Jacqueline abwenden, nicht nur, weil sie in seinem Hemd so verlockend aussah, sondern weil sie diesen Ort so erhellte.

Ja, die gähnende Öffnung hinten in der Höhle machte ihm mehr zu schaffen, als er sich anmerken ließ. Dort im kühlen, dunklen Stein lauerten seine schlimmsten Alpträume, die ihn an die Vergangenheit erinnern wollten. Sie quälten ihn jede Nacht, obwohl er im Freien mittlerweile recht gut schlafen konnte.

Diese kalte, feuchte, dunkle Höhle ließ die Schrecken jedoch wieder an Kraft gewinnen. Er hörte das Klirren von Ketten, die Schreie der Gefolterten, das Klagen der Sterbenden. Er konnte Verwesung und Krankheit und brennendes Fleisch riechen, als wäre das alles direkt vor ihm.

Diese Erinnerungen würden mit aller Macht zum Vorschein kommen, sobald das Feuer erloschen war. Was würde er tun, wenn die Dämonen wieder über ihn herfielen?

Und seinetwegen hatte er Angst um Jacqueline.

Er hätte sie erschrecken sollen, als sie ihm am Eingang zur Höhle entgegengekommen war. Er hätte sie auf Distanz halten sollen. Doch Angus hatte es nicht übers Herz gebracht. An diesem

Ort herrschte schon genug Schrecken, denn das Entsetzen, das an ihm nagte, reichte für zwei.

Er war froh über ihre Gesellschaft, das war der Grund. Sie hatte ihr traumhaft goldenes Haar nicht wieder zusammengebunden, und es hing ihr ganz glatt bis zur Taille, dichter und prächtiger, als er es je gesehen hatte. Am liebsten hätte er die Hände darin vergraben, die Weichheit gefühlt, den schimmernden Schein über seine Haut gleiten lassen.

Besonders dankbar war er jedoch für ihr unaufhörliches Geplauder. Sie stellte ihm Fragen und war nicht gekränkt, wenn er keine Antwort gab – sie stellte einfach eine weitere Frage. Sie war eine reizende Begleiterin, viel besser als die Alpträume, die ihn heimsuchten, wenn er allein war, und ihre Anwesenheit verbannte die düsteren Erinnerungen.

Lachend versuchte Jacqueline, Lucifer dazu zu bringen, die Pflanzen zu fressen, die sie gesammelt hatte. Sie schien aus Sonnenschein und Glück gemacht zu sein und brachte ihn zum Lächeln, obwohl er überzeugt gewesen war, dass er das Lächeln für immer verlernt hatte.

Für Lucifer war die Welt ganz einfach. Das Ross kannte zwei Sorten von Menschen – diejenigen, die für ihn sorgten, und diejenigen, die seiner Beachtung nicht würdig waren. Da Jacqueline das Tier gestriegelt hatte, hatte sie sich ersteren Status verdient. Sie hielt ihm Stückchen der Pflanzen hin, doch das Tier wollte lieber an ihrem Haar nagen, ein Zeichen der Zuneigung.

Angus bürstete dem Hengst Rücken und Hals

und löste die verfilzte Mähne, um sich wieder einzuschmeicheln. Lucifer ignorierte ihn, so hingerissen war er von dem Fräulein.

Plötzlich sah Jacqueline Angus aufmerksam an und fühlte sich aus unerklärlichen Gründen zu einer Frage ermutigt. »Und wo im Christentum seid Ihr auf die Hölle gestoßen?«

»Wie bitte?«

»Ihr sagtet doch, Lucifer stamme aus der Hölle, dort hättet Ihr ihn gefunden. Welchen Namen trägt dieser Ort?«

»Die Menschen geben der Hölle die verschiedensten Namen.«

»Aber wo habt Ihr das Pferd her?«, fragte sie vorwurfsvoll. »Ich will doch nicht Eure größten Geheimnisse erfahren. Ich will mich nur unterhalten.« Lucifer knabberte spielerisch an ihrem Hals, denn es passte ihm nicht, dass er nicht mehr ihre ungeteilte Aufmerksamkeit hatte.

»Wenn ich dich bitten würde, mir nicht solche Fragen zu stellen, würdest du mir diese Bitte erfüllen?«

Sie lachte. »Ihr habt doch von Anfang an deutlich gemacht, dass Ihr alle Fragen ablehnt«, sagte sie fröhlich. »Aber das hat mich auch nicht beeindruckt.«

»Das stimmt allerdings.«

»Also könnt Ihr Euch die Antwort denken.«

»Aber du kennst doch die drei Eide, die eine Novizin ablegen muss, oder?«

»Natürlich. Armut, Keuschheit und Gehorsam.«

»Und obgleich du das weißt, willst du unbedingt ins Kloster eintreten?«

»Ja.« Ihre Miene wurde misstrauisch. »Wieso?«

»Ist dir denn klar, welche Probleme diese Gelübde bereiten können?«

»Wieso?«

Er sah ihr fest in die Augen. »Kannst du sie *halten?*«

»Zweifelt Ihr etwa an meinem Wort?«

»Nein, aber ich bezweifele, dass du jemals gehorsam sein wirst. Mit diesem Gelübde wirst du
die größten Schwierigkeiten haben.« Er sah sie
viel sagend an. »Neugier und Gehorsam passen
nicht zusammen.«

Sie lächelte spitzbübisch. »Dann sollte ich wohl
meine Neugier stillen, bevor ich ins Kloster ein-
trete. Und da muss ich mich beeilen, denn Ihr
wollt mich ja so schnell wie möglich loswerden.«

»Morgen wirst du Airdfinnan sehen.«

»Und dann?«

»Es ist ein langer Tagesritt nach Inveresbeinn.
Wenn das Glück uns hold ist, wirst du morgen
Abend spät dort ankommen.«

Ihr Lächeln verschwand. »Ihr wollt mich also
wirklich dringend loswerden.«

»Ich will mich so schnell wie möglich um meine
eigenen Interessen kümmern. Deine Entführung
war ein Fehler, und dafür entschuldige ich mich.
Diesen Fehler muss ich unverzüglich ausbügeln,
bevor ich meine Ziele weiterverfolge.«

»Aber Rodney ist doch nach Ceinn-beithe geritten. Seine Forderungen werden meine Eltern
sehr beunruhigen.«

»Daher werde ich von Inveresbeinn nach Ceinn-
beithe reiten, ihn abholen und von der Äbtissin

eine Nachricht überbringen, in der sie deine si-
chere Ankunft bestätigt. Das wird deine Eltern beruhigen.«

Sie trat neben ihn. »Und was wollt Ihr dann
tun?«

»Was immer zu tun ist.« Er hatte nicht die Absicht, ihr seine Pläne anzuvertrauen. In Wahrheit
hatte er noch keinen guten Plan entworfen, doch
sicher würde ihm noch etwas einfallen.

»Ihr wollt es mir nicht sagen.«

Angus schüttelte lächelnd den Kopf. »Trotz deiner Neugier.«

»Wenn Ihr es vollbracht habt, könntet Ihr mich
im Kloster benachrichtigen«, schlug sie hoffnungsvoll vor.

Er drohte ihr mit dem Finger. »Nein, das geht
nicht. Denn du hast dann das Reich der Sterblichen verlassen und wirst dich nicht mehr für weltliche Ereignisse interessieren.«

Sie verdrehte die Augen und trat beiseite. »Das
habe ich auch schon gehört.« Sie umschlang ihre
Schultern und stand vor dem niederbrennenden
Feuer, so dass das Licht ihre Kurven äußerst vor-
teilhaft betonte. Angus hörte auf zu striegeln
und starrte sie an; er konnte einfach nicht anders.

Sie ertappte ihn dabei, sah plötzlich auf, als hätte sie seinen Blick gespürt. Sie starrten einander
an, und der Augenblick zog sich unangenehm in
die Länge. Jacqueline wurde rot und bedeckte die
Brüste, denn sie wusste offenbar nicht, was ihm
ins Auge gefallen war.

»Es ist kalt.« Sie zitterte übertrieben. »Ich bin

erstaunt, dass Ihr Euren Rock für Euch behaltet, denn bislang seid Ihr äußerst ritterlich gewesen.«

»Ich bin eben ritterlich genug, das zu verbergen, was darunter liegt«, bemerkte er ruhig.

Sie schluckte. »Euer Auge ist also nicht alles?«

Er schüttelte den Kopf. Es war ihm peinlich, dass er ihr das wärmende Kleidungsstück verweigern musste, um sie vor seinem schrecklichen Anblick zu schützen. Obwohl er eigentlich schon längst fertig war, widmete er sich wieder dem Hengst.

Plötzlich lag ihre Hand auf seinem Arm. Sie lächelte unsicher, als er auf sie herabsah. »Wärt Ihr denn so freundlich, mich auf andere Weise zu wärmen?«

Er lachte leise. »Vielleicht habe ich mich geirrt, und ein anderes Gelübde wird dir noch größere Schwierigkeiten bereiten.«

Erwartungsgemäß errötete sie, und empört suchte sie nach einer passenden Antwort. »Das meinte ich doch gar nicht! Ich wollte nur vorschlagen, dass wir nebeneinander schlafen, damit wir uns gegenseitig wärmen, und ...«

Zärtlich berührte er ihr Kinn. »Natürlich. Ich passe schon auf, dass dir nicht zu kalt wird. Schlafen werde ich heute Nacht allerdings nicht.«

Sie neigte den Kopf zur Seite, neugierig wie immer. »Wieso denn nicht?«

»Es ist eben so. Mehr musst du nicht wissen.«

Sie schürzte die Lippen und funkelte ihn an, wütender, als er sie je gesehen hatte. »Ihr könnt einen wirklich in den Wahnsinn treiben, Angus MacGillivray.«

Er neigte sich herab und drückte ihr einen Kuss

auf den Hinterkopf. »Na, dann haben wir ja etwas gemeinsam, Jacqueline von Ceinn-beithe.« Angus gönnte sich ein zufriedenes Lächeln, als ihr Gelächter durch die Höhle schallte.

✻

Viel später lag Jacqueline neben ihm zusammengerollt, ein barmherziger Engel in Gold und Weiß, der seine Alpträume vielleicht in Schach halten würde. Angus legte ihr einen Arm um die Taille und drückte sie an seine Brust, lächelte, als sie sich wie ein zufriedenes Kätzchen an ihn schmiegte. Ihr Haar ergoss sich über seinen Arm, ihre Lippen wurden weich, während ihr Atem ruhiger ging. Er starrte auf sie hinab, fasziniert von ihrer Schönheit und ihrer Fähigkeit, in allem, was sie umgab, etwas Gutes zu entdecken.

Selbst in ihm sah sie Gutes, und das war wirklich nicht so leicht.

Draußen vor der Höhle wurde es dunkle Nacht, und der Regen prasselte noch immer auf die Bäume. Er hatte das letzte Stück Holz auf das Feuer gelegt, und obgleich er flehte, dass es möglichst lange brennen würde, siegten die Schatten schließlich über den Feuerschein. Angus betrachtete die Flammen. Vor der Furcht, die in ihm aufstieg, gab es kein Entrinnen.

Als die Glut schließlich erloschen war und Dunkelheit ihn einhüllte, lief ihm kalter Schweiß den Rücken hinunter. Angus hielt Jacqueline fest umschlungen und fuhr mit den Fingern durch ihr sonnenhelles Haar. Er atmete ihren süßen Geruch tief ein und versuchte, ein wenig von ihrem Optimismus auf sich übergehen zu lassen. Tapfer bemühte er sich, die Nacht an diesem Ort zu überstehen, und richtete den Blick auf den Nachthimmel, der etwas weniger dunkel als die Höhle war.

Sicher, er hatte schon Schlimmeres überstanden. Und genau das quälte ihn so. Jeder einzelne Muskel war angespannt, die Eingeweide waren wie zugeschnürt. Unerwünschte Erinnerungen kamen an die Oberfläche, und ließen sich nicht unterdrücken.

Oh, Angus erinnerte sich nur zu gut. Er erinnerte sich an Männer, die nur noch aus Haut und Knochen bestanden, er erinnerte sich an Leid und Fesseln und nässende Wunden. Er erinnerte sich an die Schreie von Menschen, die gefoltert wurden, damit sie verrieten, was sie wussten, er erinnerte sich an das Entsetzen, wenn man nichts wusste und niemanden davon überzeugen konnte. Er schluckte, erinnerte sich an das heiße Schüreisen, das ihm das Fleisch versengt hatte, an den Anblick seines herausgerissenen Auges, an den Klang seiner eigenen Stimme, als er in Todesangst schrie.

Er erinnerte sich an die hallenden Schritte des Wachtpostens auf dem Gang, an das Kratzen des Schlüssels im Schloss, bei dem ihm vor Angst das Herz stehen geblieben war. Er fühlte wieder die bange Frage, ob man dieses Mal ihn holen würde, wohl wissend, dass der Davongeschleppte niemals zurückkehren würde. Er kannte das Geräusch von Gliedmaßen, die abgehackt wurden, von Hinrichtungen, von Gefängnisschlüsseln und vorbeihuschenden Ratten. Er kannte all diese Dinge, und er würde sie niemals vergessen können.

Schon gar nicht wenn er von Dunkelheit und Stein umgeben war. Sein Herz raste in der Finsternis, der Magen war ein einziger Klumpen, Schweißperlen liefen ihm den Rücken hinunter. Er dachte an die Männer, die er gekannt hatte, die tapferen Ritter und Edelleute, die mit ihm gefangen genommen worden waren. Er wusste noch genau, in welcher Reihenfolge sie gestorben waren, manche in seiner Gegenwart, manche in anderen Räumen, jedoch deutlich hörbar. Seine Befreiung lag jetzt anderthalb Jahre zurück, doch die Qualen wurden nicht besser.

Wahrscheinlich würde das immer so bleiben.

Und dieses Mädchen erwartete tatsächlich, dass er ihr davon erzählte.

Wie naiv musste sie sein, wenn sie glaubte, dass eine Geschichte so schrecklich nicht sein könne! Angus legte eine Hand auf Jacquelines Gesicht und drückte ihre zarte Wange an seine, ließ sich von ihrer Anwesenheit trösten. Wenn er so schwach war wie jetzt, war ihm jeder Trost recht.

Er spürte, dass sich ihr Atmen änderte, konnte jedoch nicht rechtzeitig zurückweichen. Er wollte sich entschuldigen, doch sie berührte mit der Fingerspitze seine Lippen, wie er es sonst immer tat. Er sah ihr Lächeln, dann reckte sie sich und legte die Lippen auf seine.

Angus erstarrte. Er hatte kein Recht, an dem Festmahl, das sie ihm anbot, teilzuhaben. Doch Jacqueline hatte zu schnell gelernt. Sie schob die

Zunge zwischen seine Zähne und drängte ihn dazu, es ihr gleichzutun.

Er erschauerte vor Verlangen, schüttelte jedoch den Kopf. »Du gehst doch ins Kloster«, flüsterte er. »Schon morgen wirst du dort sein, als unversehrte Jungfrau.«

»Meine Jungfräulichkeit ist mir egal, und niemand wird ihr Fehlen je bemerken, sofern ich nicht davon erzähle«, erwiderte sie so hitzig und entschlossen, wie er es sonst war. »Zeig es mir, Angus, zeig mir, auf was ich verzichte.«

»Ich kann es nicht«, beharrte er, doch sein Wille war nicht so fest wie seine Worte.

Gezielt und alles andere als unschuldig legte sie eine Hand in seinen Schoß. »Doch, das kannst du. Hast du nicht gesagt, dass ein Ritter einer Dame jeden Wunsch erfüllen muss?« Er hörte ihre Heiterkeit und sehnte sich danach, an ihrem Sonnenschein teilzuhaben. »Jetzt ist meine einzige Gelegenheit, um wirklich herauszufinden, was zwischen Männern und Frauen passiert. Ich will es jetzt wissen, Angus, und ich will es von dir wissen.«

Er schüttelte den Kopf. Doch war es nicht unverzeihlich, zurückzuweisen, was sie ihm anbot? »Du verstehst nicht ...«

»Und es ist mir egal.« Jacqueline küsste rasch seine Mundwinkel, dann flüsterte sie an seinen Lippen, so dass ihr Atem seinen letzten Widerstand brach: »Liebe mich, Angus. Dieses einzige Mal soll mich für alles entschädigen.«

Dann küsste sie ihn richtig, und seine guten Vorsätze verflogen wie Blütenstaub im Wind.

13. Kapitel

Jacqueline merkte sofort, dass Angus sich ihr nun hingab. Seine Berührung wurde anders, er war nicht mehr so reserviert, und sie spürte, wie seine Leidenschaft entbrannte. Angus hatte in ihr mit seinen Zärtlichkeiten Gefühle geweckt, über die sie unbedingt mehr erfahren wollte.

Sie war neugierig.

Und sie begehrte Angus. Durch diesen Mann wurde sie sich erstmals wirklich ihrer Weiblichkeit bewusst. Wegen ihm wollte sie erfahren, welche Intimitäten zwischen Männern und Frauen stattfanden. Das musste ein Zeichen dafür sein, dass sie die Wahrheit darüber mit ihm herausfinden sollte.

Vielleicht war das auch nur ein Vorwand. So oder so, ihr Puls raste, wenn er sie so leidenschaftlich küsste wie jetzt. Es war, als wüsste ihr Körper schon, was sie erwartete. Seine Hände glitten über sie, als er sie schmeckte, und sie ahmte seine Bewegungen nach, denn sie wollte genauso viel zurückgeben, wie sie bekam. Sie spürte die breiten Schultern, die Muskeln an seinen Oberarmen, den sehnigen Nacken. Wo immer er sie berührte, berührte sie ihn auch und genoss jede Empfindung, obgleich die nächste immer noch schöner war.

Angus zog sie fest an sich. Jacqueline spürte den

kühlen Fels in ihrem Rücken und lächelte, als er sich neben ihr ausstreckte. Sie lagen beisammen wie in einem Bett, obgleich der Fels nicht das sanfteste Lager war. Jacqueline war das egal.

Es gab nur sie und ihn. Auch im prächtigsten Palast, auf feinen Seidenkissen und in kostbaren Parfümwolken hätte sie seine Berührung nicht mehr genossen.

Angus fuhr mit einer breiten Handfläche an ihr hinab. Jacqueline schmiegte sich an ihn wie eine Katze, die vor dem Kamin gestreichelt wird. Er lachte leise und wiederholte die Bewegung, verharrte an ihrer Hüfte, in der Senke ihrer Taille, an den vollen Brüsten. Sie schlang die Arme um seinen Hals und drückte sich an ihn, schob die Finger in sein Haar und hob den Mund zum Kuss.

Mit einer Hand hielt er ihren Nacken, mit der anderen umfasste er ihre Brust, während er sie innig küsste. Seine Liebkosungen raubten ihr fast den Atem, und sie merkte, dass er lächelte. Er schob den Kragen ihres Hemdes beiseite, und plötzlich strich seine warme Hand über ihre nackte Haut. Jacquelines Körper war noch nie so entflammt, und noch nie hatte sie ein solch drängendes Verlangen in ihrem Unterleib verspürt.

Angus zog das Band weiter auf, seine Hand glitt tiefer, während er mit den Zähnen an ihrem Ausschnitt zerrte. Er knabberte an ihrem Hals und küsste ihr Ohr, fuhr mit der Hand über ihren Bauch, bis seine Finger in die Locken darunter glitten.

Es war wunderbarer, als sie es sich je hätte vorstellen können. Sie verlor sich in seiner Berührung und der Flut ihrer Gefühle. Sie fuhr mit den Händen über seinen Körper. Sie wollte ihm genauso viel Vergnügen schenken, wie er ihr schenkte, wagte es jedoch nicht, unter sein Hemd zu greifen. Allzu bald konnte sie vor Erregung nicht mehr denken, geschweige denn handeln.

Angus brachte sie bis an den Rand der Erfüllung, dann ließ er seine Finger über ihren Schenkel gleiten. Jacqueline stöhnte, als er ihr den höchsten Genuss nicht vergönnte, und drängte ungeduldig gegen seine Hand.

Angus lachte leise. »Wenn du noch etwas wartest, wird es umso besser«, versprach er, dann brachte er sie wieder bis an die Klippe.

Als er sich erneut zurückzog, schimpfte sie zärtlich mit ihm, und sie lachten gemeinsam, als täten sie etwas ganz Alltägliches. Sein Liebesspiel steigerte ihre Lust tatsächlich und nahm ihr ihre Hemmungen. Jacqueline wurde kühner und fordernder.

Sie spürte, wie seine Antwort darauf sich gegen ihre Hüfte drängte.

Angus hatte Recht, denn mit jedem Mal gelangte sie höher und wurde atemloser. Sie klammerte sich an ihn und küsste ihn und biss ihn in den Nacken. Sie schlang die Beine um ihn, sie flehte ihn an, sie küsste ihn wieder.

Er erschauerte und knurrte tief in der Kehle. Durch seine Hose griff sie nach seiner Erektion und streichelte ihn mit sanfter Beharrlichkeit.

Er rang nach Atem, dann zerrte er sie an sich. Seine Fingerspitzen bekamen neue Kraft, seine

Zunge verband sich mit der ihren, als wolle er sie verschlingen. Mit Schwindel erregendem Tempo näherte Jacqueline sich dem Höhepunkt, und als sie ihn dann plötzlich erreichte, schrie sie laut auf.

»Angus!«, schrie sie, und ihre Stimme hallte in der Höhle wider. Er hielt sie fest, während eine Woge der Leidenschaft sie überrollte, dann presste er sie an sich, bis ihr Zittern nachließ.

Jacqueline klammerte sich an ihn, schloss die Augen, während ihr Puls hämmerte. Als sie wieder zu Atem gekommen war, bemerkte sie, dass sie die Fingernägel in seine Schulter gegraben hatte.

»Ich habe dir weh getan!«, flüsterte sie. Sie senkte Küsse auf die Haut, die ihre Nägel verletzt hatten, dann sah sie ihm ins Gesicht.

Entgegen ihrer Befürchtungen entdeckte sie ein seltenes Lächeln.

»Und?« Dieses eine Wort zeugte von Stolz, von einem Vertrauen in seine Fähigkeiten, über das Jacqueline ihrerseits lächeln musste.

»Du hattest Recht, Angus«, verkündete sie und legte die Hände an sein Gesicht. »Es war wirklich viel besser, weil ich gewartet habe.« Sie küsste ihn und merkte, dass auch er vor Verlangen bebte.

Es war an der Zeit, dass sie sich revanchierte.

»Aber bis jetzt hattest du ja immer Recht«, flüsterte sie. Wie schön, dass er der erste Mann war, der sie ganz und gar kennen lernen sollte!

Jacqueline küsste Angus erneut, während seine Hände unter ihr Hemd glitten und sich um ihr Gesäß legten. Er drückte es, dann schob er das

Leinenhemd fort und unterbrach den Kuss, um ihr das Kleidungsstück über den Kopf zu ziehen.

Jacqueline ergriff den Saum seines Rockes und wollte ihn ebenfalls ausziehen, doch Angus umfasste ihr Handgelenk. »Nein.« Er unterstrich seine Weigerung mit einem Kuss auf ihre Schläfe.

Er wollte sie nur vor seinem Anblick schützen. »Es ist doch dunkel, Angus. Ich kann sowieso nichts sehen, du hast also nichts zu befürchten.«

Dennoch ließ er sich nicht umstimmen. »Nein, Jacqueline.«

»Ich will dich richtig berühren. Ich will wissen, wie ein Mann gebaut ist.« Sie schmiegte sich an ihn und hörte, wie er tief Luft holte. »Ich will deine Haut an meiner spüren.«

Ihr verlockendes Angebot ließ ihn nicht kalt. Jacqueline küsste ihn innig, setzte Zähne und Zunge ein, bis er unter ihren Zärtlichkeiten aufstöhnte. Sie küsste sein Ohr und fühlte, wie er erschauerte, dann griff sie wieder nach dem Rocksaum.

»Stures Weibsbild«, flüsterte er, doch er leistete keinen Widerstand mehr.

»Ja, stur bin ich wirklich.« Jacqueline warf den Rock beiseite und ließ das Hemd folgen.

»Das wirst du noch bereuen.«

»Nein, ganz bestimmt nicht.«

Seine Haut war glatt, doch er erstarrte, als ihre Finger sich seiner rechten Brust näherten. Sie berührte ihn dort nicht noch einmal, denn sie begriff, dass er solche Zärtlichkeiten nicht angenehm finden würde.

Sie breitete die Hände aus. Seine glatte Haut

faszinierte sie ebenso wie das widerspenstige
Haar, das in der Mitte der Brust und auf seinen
Unterarmen wuchs, und die sehnigen Muskeln,
die darunter lagen. Ihre Hände glitten seinen
Leib hinunter bis zur Taille, über den flachen,
straffen Bauch.

Dann zögerte sie, ihre Hände verharrten auf
ihm.

Angus lachte leise. »Also bist du doch nicht so
draufgängerisch, wie du gerne vorgibst.«

Jacqueline errötete. »Ich weiß nicht, wie Män-
nerhosen zugemacht sind«, behauptete sie, obgleich das nicht ganz der Wahrheit entsprach. Sie
hatte zwar noch nie eine Männerhose geöffnet,
doch sie hatte Augen im Kopf. Sie fand es einfach
zu unverschämt, ihn ungefragt zu entkleiden.

Doch entweder nahm Angus ihre Schüchtern-
heit nicht wahr, oder sie war ihm egal.

»Die Schnur ist vorne«, schnurrte er und führte
ihre Hände. »Ich zeige es dir.« Wieder meinte sie,
eine Spur von Heiterkeit in seiner Stimme zu hören.

Doch als er ihre Hände vorne auf seine Hose
legte, vergaß sie alles andere. Sie fühlte die
Schnur, doch deutlicher noch spürte sie seine
Kraft unter der Wolle. Unter ihrer Berührung
schien er förmlich zu wachsen.

Ihre Wangen brannten, doch sie nahm die Hände nicht fort. Ihre Neugier ließ sie weiterfor-
schen. Angus hielt die Luft an, als sie die Finger
bewegte. Sie streichelte ihn sanft durch den Stoff,
fuhr mit den Fingerspitzen der Länge nach auf
und ab. Er schnappte nach Atem und erschauer-

te, und sie spürte, wie sich seine Muskeln spann-
ten.

»Ganz schön groß«, sagte sie, um Lässigkeit bemüht.

»Daran bist du nicht ganz unschuldig.«

Sie zupfte an der Schnur, denn offensichtlich
wollte Angus ihr bei dieser Aufgabe nicht helfen.
Sie löste seine Hose und schob die Hände unter
die Wolle, streichelte ihn sanft, so wie er sie be-
rührt hatte. Seine Erektion wuchs und wurde
härter, bis er sich abrupt aufsetzte und sich der
Hose selbst entledigte. Er schleuderte sie durch
die Höhle, dann schloss er Jacqueline wieder in
die Arme.

»Du Hexe«, murmelte er, dann küsste er sie heftig.

Jacqueline schmolz dahin. Sie genoss es, wie er
sich anfühlte, wie sein Haar an ihrer Haut kitzelte, wie stark er im Vergleich zu ihrem zarten Körper war. Alles war neu für sie, jedoch ganz wunderbar. Sie schlang die Beine um seine Schenkel
und fand sich auf dem Rücken wieder, Angus
dunkel über sich.

»Wie hat Reynaud dich angegriffen?«, murmelte er. Jacqueline riss die Augen auf, denn sie hatte
diesen Missbrauch beinahe vergessen und sah keinerlei Verbindung zu dem, was sie hier mit Angus
tat.

»Er lag auf mir und hielt meine Handgelenke
fest, während ich auf dem Rücken lag.«

Angus küsste sie auf die Wange. »Es tut mir
Leid. Ich wollte dich nicht daran erinnern.«

»Das ist jetzt doch etwas ganz anderes.« Sie lächelte, doch das konnte er in der Dunkelheit nicht sehen. »Mit dir war es schon immer etwas ganz anderes.«

»Aber du hattest von Anfang an Angst vor mir.«

Jacqueline holte tief Luft. »Ich befürchtete, du wärst wie er, darum habe ich so furchtsam reagiert.« Sie berührte sein Kinn, spürte seine Unsicherheit und liebte ihn dafür, dass er so rücksichtsvoll war. »Aber du hast mich nie so grob angefasst wie er, Angus, und ich wusste schon bald, dass ich von dir nichts zu befürchten habe.«

Angus küsste sie auf die Nasenspitze. »Dennoch will ich nicht riskieren, dass du plötzlich daran denken musst.«

Er packte ihr Handgelenk und rollte sich dann geschickt auf den Rücken.

Jacqueline stieß einen erstaunten Laut aus, dann lachte sie, als sie rittlings auf ihm saß. Sie kniete, spürte ihn hart zwischen ihren Beinen und hatte die Hände auf seinem Bauch.

»Diesmal«, verkündete er leise, »wirst du mich angreifen.«

»So kann man es auch tun?«

Er lachte. »Es gibt viele Möglichkeiten, meine Hexe.« Sie spürte, wie er ihr mit der Fingerspitze über die Wange strich, und seine Stimme wurde leiser. »Aber so hat die Dame das Sagen.«

Seine Rücksichtnahme wärmte Jacqueline das Herz. Sie hatte wirklich einen selten ehrenhaften Mann gefunden, mit dem sie diese Erfahrung teilen würde. »Aber ich weiß gar nicht, was ich tun soll«, gestand sie lachend.

Angus umfasste ihr Gesäß und schob sie auf

sich, bewegte sich, bis die Spitze seiner Härte gegen sie stieß.

»Oh.« Sie spürte einen Stich und fuhr zusammen, doch es war nicht sehr schlimm. Dann drang er leicht in sie ein. »Oh!«

»Tut es weh?« Er hielt inne, wartete unruhig auf ihre Antwort.

»Nein, nur ein kleiner Stich.« Jacqueline beugte sich herab und küsste ihn, damit er sie nicht missverstand. »Alles in Ordnung.«

»Dann machen wir weiter«, flüsterte Angus heiser. Er zog sie näher, schob sich noch ein Stückchen weiter in sie hinein, und Jacqueline wurden die Knie weich.

»Oh!«

»Oh, allerdings«, wiederholte er und fuhr mit den Händen über ihre Schenkel. Ein Schauer durchlief ihn, und sie bewunderte, wie er sein Verlangen für sie im Zaum hielt. »Es ist an dir, das Tempo zu bestimmen, Jacqueline.«

»Aber du musst mir helfen.«

»Jetzt nicht. Du hast das Kommando.«

»Aber, aber, du wirst nicht in mich hineinpassen.«

Wieder lachte er leise. »Doch, ganz bestimmt. Aber wenn es dir nicht angenehm ist, kannst du jederzeit aufhören.«

Jacqueline vertraute ihm und nahm ihn Stück für Stück in sich auf, während er keuchend unter ihr lag. Mit jeder ihrer Bewegungen schien er angespannter und stiller zu werden. Seine Muskeln unter ihren Knien waren steinhart. Zu ihrem Erstaunen saß sie schon bald ganz auf ihm.

»Und?« Angus' Frage war so angespannt wie sein Körper.

Jacqueline lachte leise. »Ich bin voll von dir, zum Platzen voll.«

»Wie fühlt sich das an?«

»Ganz gut, aber ich hatte es mir bemerkenswerter vorgestellt«, gestand sie aufrichtig.

»Wirklich?« Schon wieder klang er belustigt.

»Ja«, bestätigte sie. »Ich will dich ja nicht kränken, aber in diesem Augenblick sollten wir einander die Wahrheit sagen.«

»Ja, das sehe ich genauso. Erzähl mir mehr.«

»Das Gefühl ist nicht unangenehm, aber auch nicht besonders spektakulär«, sagte Jacqueline nachdenklich. »Für diese Sache wird oft so viel riskiert, dass ich erwartet hätte, es wäre mindestens so schön wie das, was wir vorhin gemacht haben.«

»Aber wir haben doch gerade erst angefangen, meine Jacqueline«, sagte Angus sanft. Er legte die Hände um ihre Taille und hob sie hoch, bis er kaum noch in ihr war, dann senkte er sie wieder hinab.

»Oh!«, flüsterte Jacqueline, während ihr ganzer Körper von der Bewegung kribbelte.

»Oh«, wiederholte Angus, dann machte er die Bewegung noch einmal. Jacqueline bewegte die Hüften, fand ihren Rhythmus, und er holte tief Luft, hörte jedoch nicht auf.

Da sie sich als Herrin über das Geschehen fühlte und ihre Macht genoss, bewegte Jacqueline sich so, wie sie es wollte. Der zarte Teil von ihr, den er bereits gestreichelt hatte, wurde auf angenehmste Weise gerieben, wenn sie den Rücken

wölbte. Sie lehnte sich vor, um ihn zu küssen, und
so war es noch besser.

Er umfasste ihre Taille, dann bewegte er sich
mit zunehmender Leidenschaft. Sie hätte nicht
zu sagen vermocht, wer bei diesem Tanz führte,
denn sie hatten einen gemeinsamen Rhythmus
gefunden. Wieder sammelte sich alle Hitze unter
ihrer Haut, und sie wollte alles, was er ihr geben
konnte. Und dann wusste Jacqueline, dass sie
mehr brauchte. Das war nichts, was eine Frau nur
ein einziges Mal tun konnte.

Sie tat das nicht nur, um zu wissen, wie es war.
Sie tat es, weil sie diesen Mann begehrte. Und sie
begehrte ihn nicht nur dieses eine Mal. Nein,
Jacqueline wollte jede Nacht ihres Lebens so mit
Angus MacGillivray im Bett liegen, und vielleicht
auch an einigen Nachmittagen.

Sie wollte seine Geheimnisse teilen und bei ihm
sein, wenn seine Ängste ihn verfolgten, sie wollte
dafür sorgen, dass ihm und seiner Familie Gerechtigkeit zuteil wurde. Sie wollte ihr Leben lang
an seiner Seite reiten. Sie wollte dieses schiefe Lächeln sehen, wenn sie morgens aufwachte, sie
wollte ihm Söhne gebären.

Weil sie ihn liebte.

Diese Erkenntnis machte alles noch schöner. Sie
schlief mit dem Mann, der ihr Herz besaß. Sie
presste sich an Angus wie eine Hure, doch sie
konnte nicht aufhören.

Sie wollte auch gar nicht aufhören. Er sollte wissen, wie sie sich fühlte – und sie wollte wissen,
dass er genauso fühlte. Ihre Berührungen sollten
ihm ihre Liebe beweisen.

Jacqueline spürte, dass Angus sie ansah, als dachte er dasselbe. Diese Vorstellung erfreute sie unglaublich. Jacqueline berührte ihn, wie sie es sich niemals erträumt hätte. Sein Körper spannte sich an, und sie wusste, dass auch er der Erfüllung nahe war.

Ja, so würden sie immer zusammen sein.

»Jacqueline«, flüsterte er, eine gepresste Frage.

Sie konnte ihm nicht mehr sagen, dass seine Gefühle erwidert wurden, denn mit erstaunlicher Heftigkeit überkam sie die starke Woge. Jacqueline rief seinen Namen und zitterte wie ein Blatt im Wind, dann hörte sie Angus aufschreien, während sich sein heißer Samen in sie ergoss.

Sie stürzte in seine Arme, und er presste sie an seine Brust, während ihre Herzen im gleichen Rhythmus hämmerten. Mit einer Hand umfasste er ihren Nacken und zog sie an sich, während sein Daumen sie unaufhörlich streichelte.

Erschöpft von dem, was sie getan hatten, und glücklich in seinen Armen schloss Jacqueline die Augen. Ihr Atem ging in Stößen, und der Schweiß auf ihrer Haut ließ sie erschauern.

Angus breitete seinen Mantel über sie beide aus, dann drückte er sie an sich. »Noch immer nicht besonders spektakulär?«, fragte er, die Lippen an ihrer Schläfe.

Jacqueline lachte. »Nein, es war wirklich wunderbar. Ich danke dir, Angus, ich danke dir, dass du mir gezeigt hast, wie wundervoll diese Sache sein kann.« Sie küsste ihn zart und kuschelte sich an ihn, lächelte über das zufriedene Brummen, das er ausstieß.

Jacqueline schlief nicht so rasch ein, wie sie erwartet hatte, doch sie war zufrieden, gemütlich mit Angus dazuliegen. Sein Atem wurde ruhiger, doch den festen Griff, mit dem er sie umschlungen hielt, löste er nicht einmal im Schlaf. Sie lauschte auf das Hämmern seines Herzens und dachte darüber nach, was für ein Mann er war.

Man hatte ihn um Vieles betrogen, doch seine Ehre hatte er nicht verloren. Er hatte Gerechtigkeit für seine Familie erlangen wollen, da sie dies selbst nicht vollbringen konnte. Er hatte viele Jahre und viele Chancen für ein höheres Gut geopfert und war darum betrogen worden. Er hatte gegen sein eigenes Verlangen angekämpft, um einer Jungfrau ihre Keuschheit zu lassen, war ritterlicher und aufmerksamer gewesen als jeder Mann, den sie bislang kennen gelernt hatte.

Sie konnte darauf vertrauen, dass er ihre Person und ihr Herz sorgsam behandeln würde.

Der Himmel wurde allmählich heller, und der Regen ließ nach. Jacqueline setzte sich auf und musterte den schlafenden Angus. Zugegeben, er war ein unerbittlicher Mann, doch er hatte Prinzipien und Ehrgefühl.

Er runzelte die Stirn und regte sich, verfolgt von einem Gespenst aus seiner Vergangenheit. Jacqueline rückte noch näher, wollte ihn beruhigen, ohne ihn jedoch aufzuwecken. Seine Hand fuhr an ihre Schulter, dann gruben sich die Finger in ihre Haarspitzen.

Er ergriff eine dicke Strähne, und das Entsetzen wich aus seiner Miene. Er hob das Haar an die Lippen, ohne dabei die Augen zu öffnen, ließ die

Strähnen über sein Gesicht gleiten und atmete ihren Duft ein. Das schien ihn ein wenig zu beruhigen, doch dann verzog er das Gesicht, als müsse er schlimme Schmerzen leiden. Er umklammerte ihr Haar fester.

Es tat ihr in der Seele weh, ihn so gequält zu sehen. Sie küsste seine Schulter, Tränen des Mitleids in den Augen, dann wich sie ein wenig zurück und musterte ihn erneut. Doch Angus schlief, bemerkte nicht, dass ein neuer Tag anbrach, und ahnte nichts von den skeptischen Gedanken seiner Geliebten.

Liebte er sie? Erst jetzt machte Jacqueline sich deswegen Sorgen. Ihre Mutter hatte ihr häufig gesagt, dass ein Mann eine Frau in sein Bett lassen konnte, ohne Zuneigung für sie zu empfinden. Hatte Angus nur angenommen, was sie ihm angeboten, ja geradezu aufgedrängt hatte? Oder war er einfach nur zurückhaltend und zeigte seine wahren Gefühle nicht?

Auf jeden Fall musste sie ihm sagen, wie sie empfand. Dann würde sich sicher alles finden.

Ohne Zweifel würde sie die Wahrheit erfahren, wenn sie es ihm sagte.

Licht fiel über die Schwelle zur Höhle, der erste Sonnenstrahl berührte sein dunkles Haar. Jacqueline löste sich von ihm. Sie war überzeugt, dass es nach dieser Nacht keine Geheimnisse mehr zwischen ihnen gab. Er hatte nur die äußersten Spitzen ihres langen Haars umfasst, so dass sie sich bewegen konnte. Sie setzte sich auf und betrachtete ihn aufmerksam.

Die Morgensonne fiel ihm sanft ins Gesicht, als

wolle sie die Wahrheit nicht schlimmer machen, als sie war. Der sanfte Schein wich nicht vor der Narbe zurück, die sein verlorenes Auge umgab. In den scharfen Schatten einer flackernden Kerze hätte er wahrscheinlich dämonisch gewirkt – hätte er dann auch noch düster dreingeblickt, wäre bei seinem Anblick wohl jeder zurückgewichen. Doch jetzt schlief er mit entspannten Zügen.

Und Jacqueline kannte sein Gesicht bereits. Sie würde zwar nie müde werden, ihn zu betrachten, doch jetzt wollte sie etwas anderes ansehen. Sie schob seinen Umhang tiefer. Wenn Angus aufwachte, würde er sicher zornig reagieren, doch sie wollte alles über ihn erfahren.

Die Narbe, die er vor ihr hatte verbergen wollen, war wirklich schrecklich. Sie begann unterhalb der Schulter und zog sich über die Brust, und über jeden einzelnen Zentimeter musste Jacqueline den Kopf schütteln.

Es war eine Stichwunde, und an der Hautwulst und den groben Stichen, die in sein Fleisch gewachsen waren, erkannte sie, wie schwer die Verletzung gewesen war. Rund herum waren verheilte, aber noch immer entstellende Brandnarben, und schon wieder kamen ihr Tränen des Mitleids.

Seine Narben waren ein ewiges Zeugnis für die Schmerzen, die er erduldet hatte, doch aus welchem Grund hatte er so leiden müssen? Er scherte sich weder darum, noch ließ er andere davon wissen.

Er hatte gesagt, er brauche kein Mitleid.

Die Narben waren nicht so furchtbar, wie Angus glaubte, doch manch einer würde ihn deswegen sicher verabscheuen. Jacqueline wusste, welch leeren Kern die äußere Hülle verbergen konnte, denn schließlich war sie selbst jahrelang nur aufgrund ihrer Schönheit beurteilt worden. Angus war alles andere als hohl, und daher hatten seine körperlichen Mängel für sie keine Bedeutung.

Vielmehr wiesen sie auf das kostbare Herz hin, das darunter verborgen lag. Voller Ehrfurcht und Respekt küsste sie die Spitze der Narbe, die ein Schwert verursacht hatte. Sie senkte ein Dutzend kleine Küsse auf die Narbe, und ihr Herz quoll über vor Liebe zu diesem Mann. Sie dachte an die Familie, die er niemals wieder sehen würde, an den Besitz, den er verloren hatte, an die Schmerzen, die er hatte erdulden müssen, und eine Träne tropfte herab und zerplatzte auf seiner Haut.

Angus fuhr auf und starrte sie mit weit aufgerissenem Auge an.

Und dann verdüsterte sich seine Miene. »Ich habe dir doch gesagt, du sollst mich nicht ansehen«, sagte er barsch und warf ihre Haarsträhnen beiseite. Er wandte das Gesicht ab, erhob sich und zog eilig seine Kleidung wieder an.

Jacqueline sprach ruhig, um ihm seine Scham zu nehmen. »Du bist viel zu schüchtern. Ich finde es gar nicht so furchtbar.«

»Niemand hat dich nach deiner Meinung gefragt.«

»Angus ...«

»Auf dein Mitleid kann ich verzichten«, verkündete er heftig. Ärgerlich zerrte er seine Hose hoch, den Rücken zu ihr. »Selbst wenn du deswegen in mein Bett gekommen bist, werde ich es nicht länger dulden. Verstanden? Spar dir dein Mitleid für jemanden auf, der es verdient hat.«

»Ich habe kein Mitleid mit dir.«

»Du lügst!«

Jacqueline lächelte. »Nein, Angus, das ist keine Lüge. Ich liebe dich.«

Er musste sie gehört haben, doch er drehte sich nicht um. Er zerrte seine Stiefel über die Füße, schüttelte ungeduldig seinen Kreuzzüglerrock aus.

Es war, als würde es sie nicht mehr geben.

Schlimmer hätte er gar nicht reagieren können. Sie gestand ihm ihre Liebe, sie war bereit, ihr ganzes Leben zu ändern, wenn er genauso für sie empfand! Wie konnte er es wagen, ihr nicht einmal eine Antwort zu geben?

Jacqueline marschierte erbost hinter ihm her. »Hast du nicht gehört? Ich habe gesagt, dass ich dich liebe! Das allein war der Grund dafür, dass ich dich zwischen meine Beine gelassen habe.«

»Dann lässt du es in Zukunft lieber sein«, verkündete er mit zusammengebissenen Zähnen.

Jacqueline riss entgeistert die Augen auf. Nein! Das konnte nicht sein! Angus war doch ein Ehrenmann, er konnte sie einfach nicht so schlecht behandeln.

Oder etwa doch? Jacqueline erinnerte sich noch zu gut, wie sie ihn angefleht hatte, ihr ihre Jungfräulichkeit zu nehmen.

Ohne um zärtliche Gefühle zu bitten.

»Was soll der Unsinn?« Vor Verzweiflung zitterte ihre Stimme. Hatte sie sich wirklich so in ihm geirrt?

Erst als er vollständig angezogen war und die Augenklappe angelegt hatte, drehte Angus sich zu ihr um. Alle Wärme war aus seiner Miene gewichen. Er war wie ein Fremder, wie der rücksichtslose Fremde, der erst vor wenigen Tagen über sie hergefallen war.

Jacqueline war jetzt nicht mehr so sicher, dass sie ihn kannte.

»Ich kann dir nur davon abraten«, sagte er kalt.

»Aber wieso denn?«

»Weil es dir nichts als Kummer bringen wird.« Er warf ihr einen durchdringenden Blick zu. Welche Worte sollte sie diesem Ritter entgegenschleudern, der dem Mann, der ihr solche Lust bereitet hatte, kaum noch ähnelte? »Zieh dich an. Wir brechen sofort auf.« Und mit diesen Worten ließ er sie stehen, verhüllt nur durch ihr Haar, während er übertrieben eilig das Ross sattelte.

Offenbar konnte er sie nicht schnell genug loswerden, und das verriet Jacqueline viel über ihren Liebesakt – und leider auch über die Gründe, die ihn dazu gebracht hatten.

Männer sahen eben nur ihre Schönheit und wollten sie unbedingt besitzen. Sie hatte ihre Wahl getroffen, jetzt würde sich zeigen, welchen Preis sie dafür zahlen musste.

Ihre Hände zitterten, doch sie war genauso fest entschlossen wie ihr Begleiter. Wenn sie ein Kind von ihm bekommen würde, dann würde sie es im Kloster zur Welt bringen. Sie war nicht vergewaltigt worden, und sie würde sich vor keiner Konsequenz ihrer eigenen Entscheidung drücken.

Schließlich hatte sie immer darauf bestanden, ihre Entscheidungen selbst zu treffen. Jetzt hatte sie zwar eine schlechte getroffen, doch das änderte nichts.

Wie sollte sie bereuen, was sie in dieser Nacht gelernt hatte, das Gute wie das Schlechte? Jacqueline zog sich ebenfalls rasch an und schenkte dem Mann, mit dem sie noch vor kurzem so intime Momente verlebt hatte, keinen Blick.

Denn jetzt wusste sie, was von all dem zu halten war. Angus mochte zwar froh sein, sie bald loszuwerden, doch solange er ihre Liebe so zurückwies, wollte sie auch so schnell wie möglich hinter den hohen Klostermauern verschwinden.

Sie liebte ihn noch immer, doch um nichts in der Welt würde sie es ihm noch einmal sagen. Es war zu seinem Nachteil, denn sie würde keinen Mann darum bitten, das anzunehmen, was sie zu bieten hatte.

❈

Dieses eine Mal hatte Angus Jacqueline gar nicht in Zorn versetzen wollen, doch ausgerechnet dieses Mal war es ihm erstaunlich gut gelungen. Sie war außer sich, stob beinahe Funken, und würdigte ihn keines Blickes. Ihr Geständnis hatte ihn entsetzt, und aus Angst hatte er so reagiert.

Ja, es war schon verlockend, sich von diesem Mädchen lieben zu lassen, und es würde seinem Stolz ungemein schmeicheln, doch es wäre nicht richtig. Jacqueline kannte weder die Wahrheit über seine Vergangenheit noch seine Pläne für die Zukunft. Angesichts dieser Unwissenheit durfte er ihr Schicksal nicht mit dem seinen verknüpfen – und er durfte sich keiner Frau verschreiben, solange seine Zukunft so ungewiss war.

Natürlich hatte er auch kein Recht gehabt, ihr ihre Jungfräulichkeit zu nehmen, doch das hatte ihn nicht daran gehindert. Er war hin- und hergerissen zwischen dem Antrag, den er machen sollte, und dem Wunsch, die beste Entscheidung für Jacquelines Zukunft zu treffen – so ungewöhnlich das auch sein mochte.

Es ließ sich nun einmal nicht leugnen, dass er seinen Versuch, Airdfinnan für sich zu beanspruchen, höchstwahrscheinlich mit dem Leben bezahlen würde. Was sollte dann aus ihr werden? Verlobt mit einem Gesetzlosen, der noch dazu tot war, einem mittellosen Leichnam, dessen Taten ein schlechtes Licht auf sie selbst werfen würden.

Das durfte er nicht zulassen.

Schließlich kannte Jacqueline ihn gar nicht. Und da sie ihn nicht kannte, konnte ihre Zuneigung nur eine Laune sein. So sehr er wahre Liebe an seiner Seite zu schätzen gewusst hätte – in diesem Fall wäre es Wahnsinn. Sie waren einander erst vor drei Tagen begegnet. Es lagen noch viele Hindernisse vor ihm, und wenn sie erst einmal seinetwegen all ihre Pläne aufgegeben hätte, würde sich ihre Zuneigung sicher bald legen.

Sie hatten bereits etwas Schlimmes getan. Er hätte ihr niemals ihre Jungfräulichkeit nehmen dürfen. Er hätte sie nicht anfassen dürfen. Er hätte trotz ihrer Verlockungen nicht schwach werden dürfen. Für sein unüberlegtes Verhalten gab es keine Entschuldigung, darum fühlte er sich wie ein Schurke.

Vielleicht war es besser so. Angus würde ihre Süße für immer im Gedächtnis behalten. Die Erinnerung an das Licht, das sie in seine schlimmste Finsternis gebracht hatte, würde ihm Kraft geben, wenn die Gespenster ihn wieder heimsuchten.

Doch dadurch wurde die Situation nicht besser. Und es gab ihm nicht das Recht, ihre romantischen Wunschträume zu nähren oder mehr von ihr zu nehmen, als er in seiner Schwäche bereits getan hatte. Selbst wenn sie ihn wirklich liebte, war es viel besser, wenn sie wütend auf ihn war und alle Zuneigung aus ihren Gedanken verbannte.

Jeder Schritt, der ihn Airdfinnan näher brachte, machte die Zukunft klarer. Bei seinem letzten Besuch dort war er vertrieben worden, verjagt mit der Behauptung, Angus MacGillivray sei tot und er sei ein Lügner, weil er seinen eigenen Namen nannte.

Für alle Beteiligten wäre es einfacher, wenn er tot wäre. Und je länger Angus über diese Tatsache nachdachte, desto sicherer war er sich, dass jemand, der bereits zweimal gemordet hatte, um Airdfinnan zu bekommen, es auch ein weiteres Mal tun würde, um es zu behalten.

Er konnte diese Taten nicht auf sich beruhen lassen, obwohl er dabei vielleicht selbst den Tod finden würde. Er musste für die Seinen um Gerechtigkeit kämpfen.

Angus würde niemanden zurücklassen, der um ihn trauern musste. Seine Familie war bereits tot. Wenn Rodney überlebte, so würde er sich um Lucifer kümmern, und der prächtige Hengst würde sicher bald einen neuen Besitzer finden. Doch niemand sollte sich seinetwegen grämen, schon gar nicht diese Frau, der er bereits so viel genommen hatte.

Es ging ums Prinzip. Wenn er ehrlich war, wünschte er sich zwar, die Lage sähe anders aus. Doch das war nur ein weiterer Traum, den ihm der Räuber von Airdfinnan gestohlen hatte.

Angus konnte es kaum erwarten, von diesem Mann Vergeltung zu bekommen – wer auch immer es sein mochte.

14. Kapitel

Angus war noch düsterer gestimmt als gewöhnlich – was schon viel heißen sollte –, doch auch Jacqueline selbst war alles andere als fröhlich. Sie ritten in so vollkommenem Schweigen durch den Wald, dass selbst die Vögel zu verstummen schienen, wenn sie sich näherten.

Jacqueline wollte nicht als Erste das Wort ergreifen. Sie hatte die Arme vor der Brust verschränkt und saß von Angus abgerückt, obgleich sie dadurch unangenehm auf dem Pferderücken auf und ab hüpfte. Am liebsten hätte sie ihn gebeten, sie auf direktestem Wege ins Kloster zu bringen, doch dazu hätte sie mit ihm sprechen müssen.

Lieber ignorierte sie ihn und ärgerte sich über ihre Dummheit. Mehr als einmal schimpfte sie im Stillen auf ihren Begleiter, denn ihre Verstimmung schien ihn nicht zu beeindrucken.

Für sie war das nur ein weiterer Beweis dafür, dass er nicht der Mann war, für den sie ihn gehalten hatte. Nein, ein ehrenhafter Mann hätte sich bei ihr entschuldigt – für die Kränkung, dafür, dass er etwas genommen hatte, was ihm nicht zustand, oder doch zumindest dafür, dass er sie verärgert hatte.

Angus tat jedoch nichts dergleichen. Er schwieg weiter.

Sie kehrten wieder auf die Hauptstraße zurück, folgten ihr eine ganze Weile und bogen gegen Mittag wieder in einen Seitenpfad ab. Im Laufe des Vormittags hatte sich das Tal auf beiden Seiten geschlossen und das Land war hügeliger geworden. Die Hauptstraße führte direkt auf hohe Berge zu.

Dieser Seitenpfad wand sich jedoch eine erhebliche Steigung hinauf, so dass der Hengst häufig stehen bleiben musste, um zwischen den Felsen einen sicheren Untergrund für seine Hufe zu suchen. Hin und wieder stieg Angus ab und führte das Tier; zwischen Reiter und Ross herrschte so großes Vertrauen, dass das Pferd ihm vermutlich sogar in die Hölle gefolgt wäre.

Das Land wurde wieder flacher, und der Weg war nicht mehr auszumachen. Angus führte Lucifer in den Wald und band ihn dort fest. Er hob eine Fingerspitze, um anzudeuten, dass Jacqueline weiterhin schweigen sollte, dann streckte er ihr eine Hand entgegen. Sie nickte zum Zeichen dafür, dass sie verstanden hatte, verschmähte jedoch die Hand und glitt ohne Hilfe aus dem Sattel. Dann hob sie ihre Röcke, als wolle sie an ihm vorbeischreiten.

»Ich wusste gar nicht, dass du dich hier auskennst«, flüsterte er. Jacqueline wusste, dass er sie anstarrte, doch sie gab ihm nicht die Genugtuung, zu ihm aufzublicken. Seine Nähe war ihr nur zu deutlich bewusst, und sie wollte nicht, dass er in ihren Augen ein unziemliches Verlangen funkeln sah.

Verflucht sollte er sein! Sie blieb stehen und

starrte unverwandt nach vorn, wartete darauf, dass er die Führung übernahm.

Angus murmelte etwas, das sie glücklicherweise nicht richtig verstehen konnte, dann drehte er sich abrupt um. Er führte sie auf einem sorgfältig gewählten Weg durch den Wald, und während sie gingen, nahm der Wind zu. Angus bot ihr wieder und wieder eine Hand an, doch sie lehnte stets ab.

Nach etwa hundert Schritten hörten die Bäume plötzlich auf, und direkt dahinter gähnte ein Abgrund. Angus ließ sich auf die Knie sinken, und Jacqueline kroch hinter ihm durch das Unterholz auf den Rand der Klippe zu. Auf dem Bauch liegend schob sie sich bis zur Kante vor.

Jacqueline verschlug es den Atem. Vor ihr lag ein grünes Tal, wie ein Juwel eingefasst in schützende Hügel. Und genau in der Mitte dieses Tals, auf einer Insel inmitten eines rauschenden Flusses, stand eine Festung.

»Airdfinnan«, flüsterte sie.

Angus nickte nur und verfolgte die Aktivitäten im Tal. Jacqueline betrachtete ihren Begleiter einen Augenblick lang, konnte seine Gedanken jedoch nicht erraten und sah daher wieder nach unten.

Die Burg nahm die gesamte Insel ein. Die dicken Mauern schienen direkt aus dem Fluss aufzusteigen, der durch das Frühjahrswasser angeschwollen und trübe war. Die Wände waren gerade und wiesen keinen einzigen Riss auf. Die unteren Abschnitte bestanden aus sorgfältig behauenen, schweren Felsbrocken, während darüber offenbar gestampfter Erdboden lag. Sie waren hoch und breit und nur durch ein einziges Tor unterbrochen.

Ihr wurde klar, dass der Fluss künstlich verbreitert worden war, da die Felsen seinen Lauf eindämmten. Eine Holzbrücke verband das Tor mit dem Ufer, und darauf drängten sich Menschen. Auch auf den breiten Mauern schritten Menschen auf und ab.

Hinter der Festung und ein gutes Stück vom Haupteingang entfernt lag ein recht großes Dorf. Die Häuser ließen auf Wohlstand schließen und waren von einer hölzernen Palisade umgeben. In der Mitte erhob sich der Turm einer kleinen Kirche, und die bereits bestellten Felder erstreckten sich von dort aus durch das ganze Tal.

Jacqueline erspähte weidendes Vieh, Schafe und gelegentlich eine Kuh. Die Tiere waren gut genährt. In der Ferne pflügten drei Männer mit einem Paar Ochsen ein Feld. Einige Jungen hüpften um den Pflug herum, während diebische Vögel in der Hoffnung auf Saatkörner tiefer flogen.

Durch seine geschützte Lage war Airdfinnan unglaublich reich und blühend. Einen solchen Besitz würde jeder begehren.

Was mochten Angus' Beweggründe sein? Sie warf ihm einen verstohlenen Blick zu.

Er ignorierte sie.

Innerhalb der Festungsmauern konnte Jacqueline nur wenig Interessantes entdecken. Es gab ein eckiges Wohngebäude sowie eine Kapelle mit einem Kreuz auf dem Dach und eine Reihe von hölzernen Nebengebäuden. Viele Wachtposten waren zu sehen: am Tor, auf der Brücke, oben auf den Wällen, im Hof.

Ehe sie es verhindern konnte, hatte Jacquelines Neugier gesiegt. »Airdfinnan ist schwer bewacht. Wird es wegen seines Reichtums häufig angegriffen?«

»Der Besitz ist wirklich wohlhabend, doch das ist nicht sein einziger Vorteil.«

»Was dann?«

Angus stützte das Kinn in die Hand, offenbar fasziniert von den Männern, die unten auf und ab schritten. Er deutete nach rechts auf eine tiefe Schlucht in den Hügeln. »Dort drüben befindet sich ein leichter Zugang nach Osten, einer der wenigen Wege von Osten nach Westen in diesem Land und somit einer der wenigen Schwachpunkte in der Verteidigung des Königreichs der Inseln. Von dort aus« – Er deutete nach links, und Jacqueline sah, dass die Festung inmitten eines Tals lag – »könnte eine Armee direkt nach Skye reiten. Und von dort aus –« Er deutete noch weiter nach rechts, zurück in die Richtung, aus der sie gekommen waren, und sie sah eine weitere Lücke in den Bergen – »könnte diese Armee nach Mull und direkt an den Hof des Königs der Inseln gelangen. Natürlich ist Airdfinnan andererseits auch für den König von Schottland ein Weg, auf dem sein Rivale aus dem Westen sein Land erreichen könnte. Airdfinnan liegt an der Kreuzung und hat die geeignete Position, um einen Angriff in jegliche Richtung aufzuhalten.«

»Der König der Inseln muss Eurer Familie sehr

vertraut haben, dass er ihr eine solche Verantwortung übertragen hat.«

»Mein Vater hat Somerled einst in einer Schlacht das Leben gerettet, und das hat der König ihm nie vergessen. Airdfinnan war sein Dank – allerdings war die Geste nicht ganz selbstlos, denn dieses großzügige Geschenk garantierte ihm, dass mein Vater ihm immer loyal bleiben würde.«

»Und Cormac vom Clan der MacQuarries?«

»War der Überzeugung, dass auch er dem König treu gedient hatte, sogar noch treuer als mein Vater. Er verlangte Airdfinnan für sich, obgleich er Ceinn-beithe erhalten hatte, ein Ort, der für seinen Clan eine große Bedeutung hat.«

»Beschwerte er sich beim König?«

»Das wagte er nicht. Doch nach Somerleds Tod machte Cormac seine Absichten deutlich. Einmal marschierte er auf Airdfinnan, doch er wurde zurückgeschlagen und daraufhin von Somerleds Sohn und Erben Dugall zurechtgewiesen.«

»Somerled ist bei einem Angriff auf den schottischen König ums Leben gekommen.«

»Ja, und sein Sohn war nicht gewillt, Unstimmigkeiten unter seinen Untertanen zu dulden, obgleich diese auf Krieg aus waren. Cormac drohte meinem Vater jedoch, und viele von uns glaubten, dass er nicht mehr lange warten würde. Ein Clanführer vergisst seinen Racheschwur nicht so schnell.«

Sie starrten eine Weile schweigend vor sich hin, und Jacqueline überlegte, wie sie Angus' Redseligkeit am besten ausnutzen konnte. Sie entschied

sich für ein viel versprechendes Thema. »Airdfinnan scheint mir ausgezeichnet verteidigt zu
sein«, sagte sie in der Hoffnung, dass er sich wenigstens zu militärischen Fragen äußern würde.
Sie zeigte nur Interesse für die Festung, weil sie
durch seine Berichte mehr über Angus selbst erfahren wollte.

»Das ist es auch«, stimmte er zu. »Die Stauung
des Flusses war der ganze Stolz meines Vaters. Er
behauptete, Airdfinnan könne nicht mit Gewalt
eingenommen, sondern nur durch Verrat von innen gestürzt werden.«

»Und dennoch ist es in der Hand eines Anderen.«

Darauf erwiderte Angus nichts, sondern ließ
den Blick über den Besitz schweifen, der sein
Erbe hätte sein sollen. Glaubte er, dass es Verrat
gegeben hatte, oder hatte sein Vater sich geirrt?

Sie wusste jedoch genau, dass er ihr auf diese
Fragen keine Antwort geben würde. »Woher
weißt du, dass dein Bruder ermordet wurde?«

Er presste die Lippen zusammen. »Ich weiß es
eben.«

»Aber woher? Nach Edanas Erzählung war er
doch schon krank, bevor du aufgebrochen bist,
und jeder Kranke kann natürlich sterben. Und
du hast seinen Tod ja nicht miterlebt, weil du
nach Outremer unterwegs warst.«

»Wieder einmal schenkst du dem Geschwätz eines alten Weibes zu viel Glauben.«

»Woher weißt du das?«

Er wandte sich zu ihr um und betrachtete sie so
aufmerksam, wie er zuvor Airdfinnan angesehen

hatte. »Für jemanden, der das weltliche Leben aufgeben und ins Kloster gehen will, stellst du erstaunlich viele Fragen.«

Jacqueline lächelte. »Ich bin eben neugierig.«

»Und ich bin nicht gewillt, dich zu unterhalten.« Er schob sich von der Felskante weg und erhob sich erst wieder, als er sicher zwischen den Bäumen verborgen war. Er streckte ihr die Hand entgegen. »Du kommst zu spät zu deinem Noviziat.«

Jacqueline verschmähte seine Hilfe, ahmte seinen vorsichtigen Rückzug nach und stand dann allein auf. »Und ich habe erst die halbe Wahrheit erfahren. Willst du mich etwa dazu verdammen, deine Geschichte niemals ganz zu erfahren?«

»Nur zu gerne.« Er ging zurück zu seinem Ross.

Sie widerstand dem Drang, ihn zu schlagen, und trottete hinter ihm her. »Dann bist du so dumm, dass du dein Schicksal verdient hast. Rodney würde mir da sicher zustimmen«, sagte sie herausfordernd, und wirklich brachte ihr diese Bemerkung seine Aufmerksamkeit ein.

Er wirbelte so rasch zu ihr herum, dass sie beinahe gegen ihn stieß. Er packte sie an den Schultern und funkelte sie an. »Du weißt ja nicht, was du da sagst!«

»Und du weißt ganz offensichtlich nichts über Klöster. Nonnen stammen oft aus einflussreichen Familien. Die Äbtissin von Inveresbeinn zum Beispiel ist eine verwitwete Cousine von Dugall, dem König der Inseln selbst. Nonnen müssen zwar auf Kontakte verzichten, doch die Äbtissinnen führen

Korrespondenz mit der Welt jenseits der Klostermauern.«

Jacqueline reckte herausfordernd das Kinn vor, denn sie genoss es, ihn zur Abwechslung auch einmal überrascht zu haben. »Wenn du mir deine Geschichte erzählst, kann ich vielleicht dazu beitragen, dass du Airdfinnan zurückerhältst.«

Es war ein schwaches Argument. Obgleich die Äbtissin tatsächlich mit dem König verwandt war, konnte Jacqueline nicht sagen, ob sie wirklich etwas unternehmen würde. Sie sah Angus an, dass er überlegte, ob er ihr sein Wissen anvertrauen sollte.

»Du hast keinen Grund, mir helfen zu wollen.«

»Nicht, wenn du weiterhin so widerborstig bist.«

Angus wandte sich ab, und Jacqueline war einen Augenblick lang überzeugt, dass er ihr nichts erzählen würde.

Doch mit leiser Stimme begann er zu sprechen. »Mein Bruder wurde ganz plötzlich krank. Ewen war etwa achtzehn Sommer alt, gesund und munter, und von einem Tag auf den anderen lag er zitternd im Bett. Man vermutete, ein Fieber oder eine unbekannte Krankheit hätte ihn gepackt, doch der Priester war rasch damit bei der Hand, sein Leiden als Gottes Rache zu bezeichnen.«

»Weil dein Vater nicht am Kreuzzug teilgenommen hatte.«

Angus nickte. »Bereits nach zwei Tagen war Ewen kaum noch der Mann, der er einmal gewesen war. Meine Eltern fürchteten, er könne sterben, und kein Heiler schien irgendetwas tun zu können.«

»Also hast du gelobt, Kreuzritter zu werden.«

»Es war nur eine schwache Hoffnung, doch es war unsere einzige.« Angus' Blick glitt nachdenklich in Richtung der Festung, die jetzt nicht mehr zu sehen war. »Bei meiner Rückkehr habe ich erfahren, dass er nur zwei Tage nach meiner überstürzten Abreise gestorben ist.« Seine Stimme versagte, und er senkte trauernd den Kopf.

In Jacquelines Herz regte sich Mitleid, das er sicher nicht willkommen geheißen hätte. Sie zeigte es daher nicht und klang dadurch barscher, als sie beabsichtigt hatte. »Und dein Vater?«

»Er zerbrach am Tod seines Sohnes. Es heißt, innerhalb von zwei Wochen habe er die gleiche Krankheit bekommen.« Angus sah in den Wald, an Jacqueline vorbei. »Er war wahrscheinlich schon tot, ehe ich überhaupt die Küste Frankreichs erreicht hatte.«

Sicher hatte er das Gefühl, seine Reise völlig vergebens unternommen zu haben. Offenbar hatte Angus wirklich nur wenig für das Schicksal seiner Familie tun können. Jacqueline legte ihm eine Hand auf den Arm, fast sicher, dass er ihre Berührung zurückweisen würde. Doch sie musste ihm einfach Trost anbieten. Er ließ ihre Finger dort liegen, ignorierte sie jedoch.

»Und deine Mutter?«

Er schluckte und hielt den Blick weiterhin abgewandt. »Es heißt, sie habe den Verstand verloren und sei verzweifelt von Airdfinnan geflohen. Später wurde sie auf der Festung begraben, nachdem sie entweder am Wahnsinn oder vor Kummer gestorben war.«

»Das ist wirklich tragisch. Dennoch ist mir nicht klar, wieso du behauptest, sie seien ermordet worden.«

Er warf ihr einen Blick zu. »Ich hätte es auch nie vermutet, doch in Outremer habe ich einen Mann kennen gelernt. Er war ein Assassine, ein Attentäter, und mit seinem Geschäft verdiente er gutes Geld.«

»Ein Mörder, der für seine Verbrechen nicht bestraft, sondern bezahlt wurde?«

Angus löste sich aus ihrem Griff und ging ein paar Schritte. Er lehnte sich an einen Baum, verschränkte die Arme über der Brust und sah sie mit funkelndem Auge an. »Genau. Man hätte ihn nur bestrafen können, wenn er bei einer Tat ertappt worden wäre oder wenn man ihm einen Mord hätte nachweisen können. Jeder kannte Gerüchte über ihn, doch nur wenige wussten, welches Gesicht zu dem Namen gehörte. Außerdem war ein Mann mit solchen Fähigkeiten in den komplizierten Verhältnissen von Outremer äußerst wertvoll.«

»Woher sollte er vom Mord an deinem Bruder wissen?« Jacqueline konnte nicht verstehen, welche Verbindung es zwischen Angus' Familie und diesem Mann geben sollte. »Er konnte doch nicht dafür verantwortlich sein, oder?«

Angus schüttelte den Kopf. »Er wusste gar nichts darüber, und ich habe ihm auch nie davon erzählt. Er dagegen hatte das Bedürfnis zu prahlen, denn letztendlich war er doch gefangen wor-

den und strebte vor seiner Hinrichtung nach An-
erkennung für seine Geschicklichkeit.«

»Ein Mann, der die Aufmerksamkeit nicht wert
ist.«

»Aber trotzdem sehr interessant. Er berichtete
von seiner bevorzugten Weise, einen Menschen
auszulöschen. Er war sehr angetan von Gift, obgleich es demjenigen, dem es verabreicht wird, einen qualvollen Tod beschert. Dank seiner Erfahrungen wusste er genau, welche Menge von
einem bestimmten Gift nötig war, um einen Menschen krank zu machen, ihn jedoch nicht zu töten.«

»Wirklich? Aber wieso denn?«

»Es gibt Gifte, so erzählte er mir, die sich in den
Eingeweiden eines Menschen sammeln – das erste Bisschen macht das Opfer krank. Das zweite
Bisschen verstärkt das erste und macht es noch
kränker. Dieser Mann konnte die jeweilige Menge
so portionieren, dass es sechs, acht oder sogar ein
Dutzend Verabreichungen brauchte, bis das Opfer endgültig tot war. Auf diese Weise deckt das
Gift den Mörder, denn es macht den Anschein einer Krankheit, für die es keine Heilung gibt und
die immer schlimmer wird.«

Jacqueline war von dieser schrecklichen Geschichte fasziniert, obwohl es sie schockierte, dass
jemand so grausam sein konnte. »Aber wie hat er
seine Opfer dazu gebracht, freiwillig Gift zu
schlucken?«

»Er trat gerne als Bote auf, der dem Opfer im
Namen seines Auftraggebers eine Speise über-
reichte. Dabei handelte es sich häufig um ein

kostbares Geschenk – süße Datteln oder kandiertes Helenenkraut aus Frankreich, Marzipan aus Konstantinopel, ein Trank, der für die Vitalität des Mannes sorgen sollte oder auch eine Salbe für die Haut des Opfers –, doch es hatte immer einen Haken, denn es war mit Gift präpariert.«

»Das Opfer nahm also jeden Tag etwas davon zu sich«, folgerte Jacqueline entsetzt. »Und dachte dabei, es würde sich etwas Gutes tun. Das ist wirklich schrecklich!«

»Ja. Dieser Mörder genoss die kleinen Schritte, zum Beispiel die Tatsache, dass das Opfer die Wahrheit über das Geschenk erfuhr, wenn es bereits zu spät war, um das Geschehene noch zu ändern.«

Angus fuhr fort. »Als er die Symptome verschiedener Gifte beschrieb – das sollte mir nützen, falls ich einmal selbst einem solchen Trick zum Opfer fallen sollte –, erkannte ich die Symptome meines Bruders wieder. Nicht nur dieser Mann verstand sein Handwerk, ein anderer hatte meiner Familie das Gleiche angetan.«

»Aber wer? Und wie?«

Angus lächelte kalt. »Erst da erkannte ich die wahre Bedeutung eines Geschenks, das kurz vor der Erkrankung meines Bruders auf Airdfinnan eingetroffen war. Mein Vater hatte einen Korb mit Feigen erhalten, eine seltene Kostbarkeit in diesem Teil der Welt. Ein anderer Clanführer hatte diese als Friedensangebot geschickt.«

»Cormac MacQuarrie«, flüsterte Jacqueline.

»Niemand sonst. Mein Vater liebte Feigen, und mein Bruder schätzte sie ebenfalls sehr. Großzügig trat mein Vater das Geschenk an Ewen ab, und so traf das Gift nicht das Opfer, für das es bestimmt war.«

Angus reichte Jacqueline die Hand und ging die letzten Schritte auf Lucifer zu. Seine Miene war versteinert, doch Jacqueline wusste mittlerweile, dass diese Starre zeigte, dass ihm wirklich etwas zu schaffen machte.

»Da hast du deine Geschichte, und Airdfinnan hast du auch gesehen«, sagte er knapp. »Jetzt bringe ich dich ins Kloster.«

Jacqueline bewegte sich nur widerwillig, denn es gefiel ihr nicht, dass er sie unbedingt loswerden wollte.

Gerade als es anfing, interessant zu werden. Die Aussicht, von nun an für immer schweigend den Rosenkranz zu beten, war längst nicht so aufregend wie Mord und Blutfehden und Rache und Schlachten.

Und Intimität.

Es lag nur daran, dass sie halbe Geschichten einfach nicht ausstehen konnte, da war Jacqueline sich sicher. Ja, ihre Neugier gab sich nicht so einfach damit zufrieden, dass sie niemals erfahren würde, wie Angus' Kampf um Gerechtigkeit enden würde.

Und darum war sie fest entschlossen, jetzt so viel wie möglich herauszufinden. »Wieso gibst du mich, deine Geisel, frei?«

Angus legte die Hände um ihre Taille und hob sie in den Sattel. »Weil ich eingesehen habe, dass es wenig nützt, dich gefangen zu halten, und du dabei nur in eine Auseinandersetzung verwickelt wirst, mit der du nichts zu tun hast.« Er warf ihr einen grimmigen Blick zu. »Mein Gegner ist Cormac MacQuarrie, und da er nicht mehr lebt, ist es sein Erbe.«

Jacqueline sah fragend zurück auf die Festung. »Aber eines verstehe ich nicht.«

»Was denn?«

»Wieso ist der Clan der MacQuarries nicht auf Airdfinnan ansässig? Wenn Cormac wirklich für diese beiden Todesfälle verantwortlich war, wieso hat er die Burg dann nicht für sich beansprucht?«

»Woher willst du wissen, dass er das nicht getan hat?«

»Ich wusste bis vor kurzem nichts über Airdfinnan. Und wir sind niemals hier gewesen.«

»Das schließt aber nicht aus, dass der Besitz für jemand anderen verwaltet wird. Es ist gut möglich, dass die Einnahmen von Airdfinnan nach Ceinn-beithe fließen und dass regelmäßig Sendschreiben verschickt werden.«

Jacqueline runzelte die Stirn, denn ihre Eltern waren keine Geheimniskrämer, und wenn es wirklich so wäre, hätte sie sicher davon gehört. Doch diesem skeptischen Ritter konnte sie keine Beweise liefern. »Ich bin mir da nicht sicher –«

»Nein? Überleg doch mal«, befahl Angus scharf. »Wenn Cormac die Burg kühn beschlagnahmt hätte, hätte ihn der König der Inseln mit Sicherheit zurechtgewiesen, vielleicht diesmal strenger und mit schlimmeren Folgen für sein Vermögen. Vielleicht hätte er Airdfinnan verloren, und Ceinn-beithe noch dazu. Wenn er jedoch dafür gesorgt hätte, dass ein scheinbar unbeteiligter Verwalter den Besitz übernahm, der noch dazu behauptete, er würde nur auf meine Rückkehr warten, dann hätte Cormac die Kontrolle über Airdfinnan, ohne dass der König an seiner Loyalität zweifeln müsste.«

Angus forderte sie stumm heraus, ihm zu widersprechen. »Dieser Plan ist so teuflisch, dass man ihn fast schon bewundern muss.«

Jacqueline schob die Lippen vor und überlegte. »Aber im Grunde hätte doch jeder die vergifteten Früchte an deinen Vater schicken können, jeder, der ein Interesse daran hatte, dass Cormac dafür die Schuld zugeschoben wurde. Es wäre nur zu leicht gewesen, Cormac zu beschuldigen, weil sein Racheschwur wohl bekannt war.«

»Du hast großes Vertrauen in die Ehrlichkeit der Menschen, ein Vertrauen, das ich nicht mehr teile.«

»Unsinn. Hier ist nicht Outremer. Wer hat Airdfinnan in seiner Gewalt?«

»Der Clan der MacQuarries, wie ich dir bereits erklärt habe.«

»Nein, wer *verwaltet* es?«, fragte sie ungeduldig. Er griff wieder nach dem Sattel. Als geübte Reiterin brachte Jacqueline den Hengst dazu, wieder zur Seite zu weichen. Sie lächelte mit gespielter Unschuld. »Wer ist dieser angeblich neutrale Verwalter?«

Angus ließ sich nicht hinters Licht führen. Nein, er knurrte seine Antwort, während er wieder nach dem Sattel schnappte. »Pater Aloysius.«

Jacqueline riss die Augen auf. Sie ließ das Ross

im Kreis um den Ritter trotten und genoss es, wie Angus sich ärgerte. »Ein Geistlicher?«

»Ja, ein Geistlicher und der Abt des hiesigen Klosters. Nach dem Tod meines Vaters hat er die Herrschaft über Airdfinnan übernommen, um dafür zu sorgen, dass es nicht verloren ging. Lass das Spielchen und bring das Pferd zum Stehen!«

»Dann ist die Lösung doch ganz einfach!«, rief Jacqueline aus, ohne seinen Befehl zu beachten. »Pater Aloysius muss nur die Wahrheit über die ganze Sache erfahren, denn ein Mann Gottes würde niemals einen Besitz behalten, der durch solche Betrügereien erworben wurde. Du hast doch selbst gesagt, dass er nur auf deine Rückkehr wartet!«

»Aber –«

»Da ist der Schwachpunkt in deiner Erklärung!«, verkündete Jacqueline. »Kein Verwalter würde bereitwillig einen Besitz behalten, der durch Betrug erworben wurde – und kein Priester würde ihn dir abschlagen, wenn er wüsste, dass du tatsächlich zurückgekehrt bist.«

»Jacqueline, lass den Unsinn!«

Jacqueline reagierte nicht. »Nein, ich bin nicht überzeugt, dass Cormac MacQuarrie hinter dieser Sache steckt, doch der wahre Täter lässt sich nur zu leicht ermitteln, wenn Pater Aloysius sich uns angeschlossen hat.«

»Uns angeschlossen?« Angus funkelte sie an.

»Ja, *uns* angeschlossen. Wir müssen nur eine Audienz bei diesem Mann bekommen. Dann wird sich alles ganz rasch regeln lassen.«

»Das werden wir nicht tun!« Angus fuhr mit einem Finger in Jacquelines Richtung. »Du bist unterwegs ins Kloster, und ich bin unterwegs nach Ceinn-beithe, und von dort aus werde ich zum Hof des Königs der Inseln reiten.«

»Nein, ich werde dir helfen.«

»Nein, das wirst du *nicht*!«

Angus stürzte auf die Zügel zu, doch in diesem Augenblick drückte Jacqueline dem Hengst die Fersen in die Seiten. Lucifer galoppierte in einem großen Kreis und schüttelte ungeduldig die Mähne.

»Wir reden mit Pater Aloysius!«, beharrte sie.

»Nein, das tun wir *nicht*«, donnerte Angus. »Ich bin nicht so dumm, mich diesen Toren zu nähern, nicht ohne eine Armee im Rücken.«

»Dann tue ich es für dich«, erwiderte Jacqueline. »Krieg ist doch überflüssig, wenn sich alles durch ein einfaches Gespräch regeln lässt. Sicher war es nur ein Missverständnis.« Sie sah Angus durchdringend an. »Und ich kann mir gut vorstellen, dass du bei deinem ersten Versuch nicht diplomatisch genug warst.«

Er schien fast zu explodieren, doch Jacqueline hatte keine Angst.

»Wirklich, Angus, ich regele das. Ich bringe deinen Fall vor, Airdfinnan wird dir zurückgegeben, und dann gehe ich wie geplant ins Kloster.« Sie lächelte spitzbübisch, doch Angus stürzte auf sie zu.

»Das wirst du *nicht* tun!«

Jacqueline schnalzte mit der Zunge und hieb Lucifer heftig die Ferse in die Seite. Das Ross stürmte los wie der Wind. Es war kein kleines Tier, und sie verlor fast den Halt, da sie es nicht gewöhnt war, im Damensitz zu reiten.

Doch sie hielt sich tapfer. Sie würde alles wieder gutmachen, sie würde dafür sorgen, dass Angus seinen rechtmäßigen Besitz bekam, denn sie hatte absolutes Vertrauen in ihre Fähigkeit, mit einem Priester vernünftig zu diskutieren.

»Jacqueline!«, brüllte Angus hinter ihr.

Doch bald würde er einsehen, wie gut ihr Plan war. Jacqueline konnte sich einfach nicht ins Kloster zurückziehen, ohne ihren Beitrag zur Gerechtigkeit zu leisten. Und diese Sache, das wusste sie, würde sich ganz einfach ins Lot bringen lassen.

Jacqueline folgte dem breiteren Weg bergab, während Angus' Rufe hinter ihr immer leiser wurden. Auf der Hauptstraße stoppte sie das Ross gerade lange genug, um ein Bein über den Sattel zu werfen und ihre Röcke zu richten, dann eilte sie weiter.

Das alles war viel aufregender, als Rosenkränze zu beten oder Bibellektionen mit dem Priester auf Ceinn-beithe zu diskutieren.

❄

Angus fluchte, als Lucifers Hufschläge verklangen. Jacqueline war die unmöglichste Frau, die je gelebt hatte. Wenn er sie jemals wieder in die Finger kriegen sollte, würde er sie entweder umbringen oder sie bis zur Bewusstlosigkeit küssen.

Gehorsam. Ha! Dieses Gelübde würde sie niemals einhalten können. Sie war kein bisschen gefügig, sie akzeptierte nicht einmal, dass es auch andere Standpunkte als den ihren gab, sie war hitzig und brachte alle Männer um den Verstand.

Oder vielleicht auch nur Angus.

Und sein Ross war ein treuloser Halunke. Er hätte es in Sizilien verkaufen sollen, als man ihm ein gutes Angebot machte, oder es den Wölfen überlassen sollen. Angus marschierte durch das Unterholz, wobei sich sein Umhang in Dornen und Zweigen verfing, erreichte kochend vor Wut den Weg und war nicht überrascht, dass keine Menschenseele mehr zu sehen war.

Selbst der Staub, den die Hufe aufgewirbelt hatten, legte sich schon wieder. Er brüllte noch ein letztes Mal, doch sie konnte ihn jetzt sowieso nicht mehr hören. Er konnte nicht so schnell rennen wie sein Hengst, wenn dieser wirklich losstürmte.

Sie hätte das Tier niemals striegeln dürfen. Das war ihm zum Verhängnis geworden, denn jetzt würde Lucifer sich von Jacqueline reiten lassen.

Es war ernüchternd. Sie trieb ihn wirklich zur Weißglut, doch er war froh, dass Lucifer sie akzeptierte – das Pferd würde darauf achten, dass sie nicht von seinem Rücken fiel. Und sie war eine geübte Reiterin – wenigstens über diesen Punkt musste er sich keine Sorgen machen.

Vorsichtig, damit keiner der aufmerksamen Wachtposten ihn entdeckte, kehrte Angus zu seinem Aussichtspunkt zurück. Er lag auf dem Bauch und musste nicht lange warten, dann sah er ein unverwechselbares schwarzes Ross auf die Brücke zu galoppieren. Der Sonnenschein glänzte golden im Haar der Reiterin, die das Pferd vor der Wache eindrucksvoll zum Stehen brachte.

Angus war überrascht und erstaunlicherweise stolz, als er Jacqueline beobachtete. Der große, eigensinnige Hengst stampfte und schüttelte den Kopf, doch sie hielt ihn mit beeindruckender Sicherheit im Zaum.

Hinter diesem zart besaiteten Mädchen steckte viel mehr, als man auf den ersten Blick vermutete.

Angus sah zu, wie sie ihre Absicht kundtat und die Wächter sich besprachen. Kurz darauf wurden sie und das Pferd über die Holzbrücke geleitet und von den Toren Airdfinnans geschluckt.

Da erschauerte er vor Furcht. Sicher würde Jacqueline ihre wahre Absicht herausposaunen, genau wie sie angekündigt hatte. Angus fürchtete, sie würde für diese Dummheit auf schrecklichste Weise bezahlen müssen.

Zu spät wurde ihm klar: Wenn man ihm nach dem Leben trachtete, dann würde man auch jeden töten, der behauptete, ihn zu kennen – oder gar für seine Sache eintrat.

Bei diesem Gedanken gefror ihm das Blut in den Adern. Er konnte nicht zulassen, dass Jacqueline bei dem Versuch, Airdfinnan für ihn zurückzugewinnen, ums Leben kam.

Außer Sichtweite lehnte Angus sich gegen einen Baum und überlegte. Er konnte Jacqueline auf keinen Fall in diesen Mauern zugrunde gehen lassen. Sie war nicht dumm und würde schon bald erkennen, dass sie in eine Räuberhöhle geraten war. Vielleicht würde sie misstrauisch werden und sich bedeckt halten.

Vielleicht aber auch nicht. Angus konnte es ihr

nicht verdenken, dass sie seine Skepsis nicht teilte, denn er war nicht gerade ein Menschenfreund. Er konnte ihr nicht verdenken, dass sie davon überzeugt war, dass letzten Endes die Gerechtigkeit siegen würde.

Aber er hatte sie hierher gebracht, und nur ihr Sinn für Gerechtigkeit konnte sie dazu bewegt haben, für ihn einzutreten. Unter anderen Umständen hätte er sich darüber amüsiert, dass dieses Mädchen einen Ritter verteidigen wollte, der doppelt so groß war wie sie selbst. Heute jedoch nicht.

Erst vor vierzehn Tagen hatte er selbst diese Brücke überquert und von Airdfinnans Verwalter ebenfalls Gerechtigkeit verlangt. Erst vor vierzehn Tagen waren Rodney und er nur ganz knapp mit dem Leben davongekommen.

Er war ganz eindeutig nicht willkommen, und genauso eindeutig würde jedem Versuch, für Jacqueline einzutreten, kein Gehör geschenkt werden.

Nicht, wenn es öffentlich geschah.

Angus schob die Lippen vor. Die Wachtposten hatten Lucifer sicher nicht vergessen. Es gab im ganzen Christenreich nur wenige Rösser dieser Art, und erst recht in dieser Gegend. Vielleicht war Jacqueline deshalb so bereitwillig eingelassen worden. Auch wenn das seinen eigenen Untergang bedeuten würde – er musste versuchen, sie zu befreien.

An Angus würde man sich auch erinnern, und das machte es sehr schwierig, das Fräulein aus der unbezwingbaren Festung zu retten.

Doch er hatte einst gehört, man würde sich eher an herausstechende Merkmale einer Person erinnern als an ihr Gesicht. Demnach wäre seine Augenklappe bekannt, sein Rock mit dem roten Kreuz, sein leuchtend roter Umhang. Die Ritterausrüstung würde ebenfalls Angus' Rang und möglicherweise seine Identität verraten.

Hastig legte er die Sporen, den Umhang, das breite Schwert und den Waffenrock ab. Sein Helm steckte in der Satteltasche des Hengstes, dafür war also bereits gesorgt. Auch die Lederhandschuhe warf er auf den Stapel, dann zog er die Stiefel aus, denn sie waren so hochwertig, dass sie bestimmt ins Auge fielen.

Er knotete den schlichten Gürtel wieder fest, diesmal nur über dem Hemd und dem schlichten schwarzen Rock. Er legte die Scheide für den Dolch beiseite und steckte die Klinge einfach so in den Gürtel. Sie war alt und schon häufig geschliffen worden, kräftig, jedoch ohne Verzierungen.

Angus erhob sich, barfuß und nur mit seiner dunklen Hose, dem Rock und dem weißen Hemd bekleidet. Selbst Sauberkeit konnte auf seinen Stand schließen lassen, daher rieb er sich mit mehreren Hand voll Schlamm ein. Er rieb ihn sich in Gesicht und Haar, drückte ihn unter die Fingernägel, als sei er schon lange schmutzig. Er zerriss sein Hemd an einigen Stellen und arbeitete den Dreck gut in den Stoff ein, dann wälzte er sich wie ein Schwein im Schlamm.

Er trennte den weißen Rock mit dem roten Kreuz, das Breitschwert und den roten Umhang von den anderen Besitztümern. Den Rest versteckte er im Unterholz, in der Hoffnung, niemand würde ihn entdecken. Dann hieb er den Dolch in den Rock, schnitt sich anschließend in die Hand und ließ das Blut auf den Riss tropfen. Obgleich er das Blut fest aus der Wunde presste, war es nicht genug.

Ein Wiesel hatte das Pech, ihn in diesem Augenblick neugierig zu beäugen. Dieses Geschöpf war eigentlich schwer zu jagen, doch es war nicht so fest entschlossen wie Angus, der Jacqueline unbedingt befreien wollte. Kurz darauf prangte auf dem Rock ein so großer Blutfleck, dass der Träger des Rockes eine tödliche Verletzung erlitten haben musste.

Angus ballte den Stoff zusammen, ergriff die Klinge seines Vaters und warf sich den Umhang über die Schulter. Er marschierte durch den Wald und schlich den steilen Pfad zur Hauptstraße hinunter.

Doch als er aus dem Schatten der Bäume trat, war er ein anderer Mensch, so verwachsen, dass er ein Bein nachzog.

Auch das Schwert schleifte er hinter sich her, als könne er sein Gewicht nicht tragen. Angus widerstrebte es sehr, die geerbte Klinge zu verlieren, doch er wollte seinen Gegner unbedingt davon überzeugen, dass er nicht länger unter den Lebenden weilte.

Mit jedem Schritt schwor er sich, die Klinge sorgfältig zu schärfen, wenn er sie jemals zurückbekommen sollte. Dann humpelte Angus fort von Airdfinnan, denn es konnte nicht lange dauern, bis Pater Aloysius Wachtposten auf die Suche nach Beute schicken würde.

Doch dieser Mann würde nicht das Opfer finden, nach dem er suchte.

15. Kapitel

Airdfinnan war eindrucksvoller, als Jacqueline erwartet hatte. Die Mauern erhoben sich höher, der Fluss war breiter und wilder, als aus der Ferne zu erkennen gewesen war. Schlammig und schwerfällig gurgelte das Wasser vorbei.

Die Wachtposten versperrten die Brücke mit ihren Schwertern, und Jacqueline brachte Lucifer zum Stehen. Die beiden waren schwer bewaffnet, was in dieser friedlichen Ecke des Reiches sehr verwunderlich war.

Vielleicht nahm ihr Anführer die Verwaltungsaufgabe für den König der Inseln sehr ernst.

Oder vielleicht wollte er Airdfinnan auch aus anderen Gründen verteidigen. Hätte sie Angus doch mehr entlocken können!

Einer der Wachtposten schob sein Visier hoch und musterte sie misstrauisch. »Was ist mit dem Ritter passiert, dem dieses Ross gehört?«, wollte er anstelle eines Grußes wissen.

Jacqueline verließ der Mut. Angus war also bereits hier gewesen! Leider wusste sie nicht, was sich aus diesem Besuch ergeben hatte. Verflucht sei ihre Ungeduld, alles so schnell wie möglich in Ordnung bringen zu wollen!

Am besten verschwieg sie die Wahrheit, bis sie ihr Anliegen dem Priester selbst vorbringen konnte.

»Ich habe ihm sein Ross geraubt und bin geflohen«, verkündete sie, was nicht völlig gelogen war. »Ich suche hier Zuflucht und möchte um eine Audienz bei Pater Aloysius bitten.«

»Woher kennt Ihr den Namen unseres Herrn?«

Jacqueline täuschte ein Lachen vor. »Der Ruf des Paters Aloysius von Airdfinnan ist doch weit bekannt, genau wie seine gerechte Herrschaft.«

Die Männer tauschten einen Blick, dann ließen sie die Klingen sinken. Einer ergriff Lucifers Zügel und leitete das Tier über die Brücke. Sie war zwar sehr stabil, doch an einigen Stellen drang das Wasser des angeschwollenen Flusses durch die Holzplanken.

Lucifer scheute vor den vom Wasser verdeckten Planken. Der Wächter fluchte über den Hengst und wollte ihn weitertreiben, doch Lucifer blieb stur. Er stemmte die Hufe in den Boden und ging keinen Schritt weiter. Der Wächter schimpfte und zerrte, und Lucifer bleckte die Zähne und schnaubte. Als der Wächter die Hand hob, um das Tier mit den Enden der Zügel zu schlagen, schrie Jacqueline auf.

»Lasst mich«, forderte sie. Sie glitt aus dem Sattel und winkte den Mann beiseite. Er ging nur zwei Schritte fort, und das Ross beäugte ihn hasserfüllt. »Lasst uns allein«, schlug Jacqueline vor. »Solange Ihr hier seid, wird er sich nicht rühren.«

»Ihm fehlt eine ordentliche Tracht mit der Peitsche, dann würde er auch laufen.«

Jacqueline streichelte Lucifer die Nase. »Nein, das glaube ich nicht«, sagte sie ruhig. Das Tier atmete aus, und ein Schauer lief ihm über das Fell. Sie sprach ruhig mit ihm, wie Angus es getan hatte, und wich langsam zurück. Der Hengst reckte den Hals hinter ihr her, suchte ihre beruhigende Hand.

Und als sie so weit zurückgewichen war, dass Lucifer sie nicht mehr erreichen konnte, tat er einen Schritt. Er ließ sie nicht aus den Augen und nahm das Wasser, das um seine Hufe gurgelte, gar nicht wahr. Jacqueline flüsterte und lockte ihn, rieb ihm die Nase und ging dann Schritt für Schritt zurück, bis sie die ganze Brücke überquert hatten. Ihre Schuhe und ihr Rocksaum waren durchnässt, doch sie hatten es geschafft.

Lucifer schnaubte und tänzelte ein wenig, als er wieder festen Boden unter den Hufen spürte. Jacqueline lächelte und kraulte ihm anerkennend die Ohren, doch dann fuhr sie zusammen, weil sich hinter ihr jemand räusperte.

»Und mit wem habe ich die Ehre?«

Sie wirbelte herum und entdeckte einen älteren Mann, der im Schatten stand. Er trug dunkle Gewänder, die bis auf den Boden fielen. Das wenige Haar, das seine Tonsur noch übrig gelassen hatte, war schneeweiß. Die Augen waren fröhlich blau, der Blick scharf, jedoch freundlich.

»Pater Aloysius?«

»Das ist richtig. Doch leider ist es mir nicht vergönnt, Euren Namen zu kennen, mein Kind.«

»Ich bin Jacqueline, und ich möchte Euch um eine Audienz bitten.«

»So, so.« Seine Augen glitten über den Hengst. »Als ich dieses Ross das letzte Mal sah, wurde es von einem Mann geritten, der sich als Ritter ausgab.«

Sein Zweifel an Angus' Ritterstand erstaunte Jacqueline. »Ja, es ist ein Ritterross, und ich muss gestehen, dass ich das Tier gestohlen habe, weil ich unbedingt fliehen wollte.«

Wieder nur die halbe Wahrheit. Der Priester musterte sie aufmerksam. »In der letzten Zeit wimmelt es auf den Straßen vor Banditen.«

»Ja, das stimmt leider.«

»Aber es ist ungewöhnlich, dass Frauen allein reisen. Was bringt Euch an unsere Pforten?«

»Ich war unterwegs zum Kloster Inveresbeinn, um dort Novizin zu werden. Ich wurde von dem Mann entführt, der dieses Ross ritt.«

»Und wann seid Ihr ihm entkommen?«

»Erst heute.«

Ihr Gastgeber wirbelte herum und schickte sofort drei bewaffnete Männer los, allerdings mit so leisen Worten, dass Jacqueline ihn nicht verstehen konnte. Dann lächelte er sie an, winkte einen weiteren Mann herbei, der Lucifer versorgen sollte, und wies auf das Portal. »Tretet ein, mein Kind.«

Jacqueline sah den Männern unsicher nach. »Wo wollen die hin?«

»Das spielt keine Rolle. Ihr seid sicher erschöpft. Tretet ein.«

»Aber –«

»Aber gar nichts.« Der ältere Priester schüttelte den Kopf. »Wieso wollt Ihr Euch mit den Kapriolen der Männerwelt belasten?« Seine Stimme war sanft und beruhigend, und er bewegte sich langsam. Durch seine dunkle Kleidung wirkte er zerbrechlicher, als er wahrscheinlich war.

Durch die dicken Mauern auf beiden Seiten der Tore geleitete er sie in den Innenraum. So weit sie sehen konnte, war der Boden des Hofes fest gestampft, und das eckige Gebäude, das aus der Ferne so klein gewirkt hatte, erhob sich vor ihr.

Sie sah sich nach dem Garten um, der hier irgendwo sein musste, doch sie konnte ihn nicht entdecken. Vielleicht lag er hinter dem Haupthaus. Vielleicht war er auch nicht mehr da. Diese Vorstellung stimmte Jacqueline traurig.

Vielleicht hatte Angus Recht, und Edana wusste wirklich nicht, wovon sie sprach.

Sie traten über die Schwelle in den Schatten des großen Wohngebäudes. Es hatte nur ein Stockwerk, und in der Mitte stand ein einfacher Tisch. Hinter einer Zwischenwand befanden sich zweifellos die Wohnräume des Priesters, und im Kamin rauchte ein Feuer. Laternen flackerten, denn der fensterlose Raum war selbst jetzt am Nachmittag dunkel. Die Einrichtung war schlicht wie in einem Kloster, mit Ausnahme der großen gestickten Teppichen, die die Wände zierten.

»Willkommen, herzlich Willkommen in Airdfinnan.« Pater Aloysius machte eine ausladende Geste. »Ich würde Euch gern zu Tisch bitten, damit ich alles über Euer Schicksal und Eure Flucht erfahren kann.«

Jacqueline warf einen Blick über die Schulter, denn sie war noch immer ganz überrumpelt, weil sie so schnell in dieses Gebäude gedrängt und von Lucifer getrennt worden war. »Ich wusste gar nicht, dass es in einem Kloster bewaffnete Soldaten gibt.«

Pater Aloysius lachte. »Üblich ist das natürlich nicht. Aber die Zeiten ändern sich, und wir müssen uns anpassen. Die Verwaltung von Airdfinnan ist wirklich eine schwere Bürde.«

»Aber was ist mit dem Ross? Ich sollte wirklich nachsehen, ob es ...«

»Kind! Das ist doch keine Aufgabe für ein Fräulein. Ihr seid sicher sehr mitgenommen, nach allem, was Euch in den Händen eines gesetzlosen Schurken widerfahren ist.«

Er klatschte in die Hände und erteilte einige knappe Anweisungen, dann lächelte er Jacqueline an. »Es ist zwar sehr ungewöhnlich, dass wir Frauen zu Gast haben, doch ich werde Euch meinen Teil des Palas zur Verfügung stellen. Bitte fühlt Euch wie zu Hause und erfrischt Euch, wie es Euch beliebt.«

Jacqueline war hocherfreut über den Eimer Wasser, der ihr bereitgestellt wurde. Die Stille nach dem Abgang der Männer beruhigte sie, und sie legte hinter der Zwischenwand ihre Kleider ab, um sich gründlich zu schrubben. Der Waschlappen, den man ihr gegeben hatte, war zwar rau, doch bestens geeignet, um den Dreck von ihrem Körper abzuwaschen.

Obwohl sie wieder ihre von der Reise schmutzige Kleidung anziehen musste, fühlte sie sich jetzt viel besser. Sie flocht ihr Haar neu und trat dann hinter der Wand hervor.

Auf der anderen Seite des Raumes sprach Pater

Aloysius mit einem seiner Untergebenen, legte dem Mann eine Hand auf den Kopf und wandte sich dann zu Jacqueline um, als der Mann gegangen war. Der Priester lächelte väterlich und kam auf sie zu.

»Vielen Dank für Ihre Gastfreundschaft«, sagte sie höflich. »Das hat mir sehr gut getan.«

»Und ich möchte mich entschuldigen, dass wir Euch nichts Besseres anbieten konnten.« Er schenkte roten Wein in einen bereitstehenden Silberkelch, dann reichte er ihn Jacqueline. »Zur Stärkung«, sagte er lächelnd. »Ich muss gestehen, dass Wein meine Schwäche ist. Ich habe nämlich viele Jahre in Rom gelebt.«

Jacqueline nahm den Kelch entgegen. Das silberne Gefäß war erstaunlich schwer. Trotz seiner Schlichtheit war es sicher sehr kostbar, und sie hätte es nur zu gerne ihrem Schwager Iain gezeigt, der mit Edelmetallen arbeitete.

Bei diesem Gedanken vermisste sie Ceinnbeithe mit unerwarteter Heftigkeit.

Ein weiterer Kelch wurde gebracht, genauso schlicht gestaltet wie der Erste. Pater Aloysius goss sich einen Schluck ein, dann hob er seinen Becher zu Jacqueline. »Darauf, dass im ganzen Christentum das Gute herrschen möge.«

»So Gott will«, erwiderte Jacqueline und nahm dann einen Schluck Wein. Er lag ihr schwer und fremdartig auf der Zunge. Sie konnte sich vage daran erinnern, in Crevy-sur-Seine Wein getrunken zu haben, doch seit sechs Jahren lebte sie nun auf Ceinn-beithe und war mit dem dortigen Ale besser vertraut.

Wein war ein Luxusartikel, der aus südlicheren Gefilden importiert werden musste. Er war furchtbar teuer, denn in diese Regionen kamen nur selten Handelsschiffe. Eglantine und der Priester von Ceinn-beithe hatten schon vor langer Zeit vereinbart, dass Wasser für die Kommunion ausreichend war – es würde sich dennoch in Christi Blut verwandeln.

Jacqueline trank noch einen Schluck und schwelgte in den Erinnerungen, die dieser Geschmack hervorrief. Wie weit fort schienen Frankreich und Crevy! Doch obgleich Crevy so weit weg war, war es nur ein Viertel der Entfernung, die Angus zurückgelegt hatte.

Abgesehen von den silbernen Kelchen und dem Wein schien Pater Aloysius so bescheiden zu leben, wie es bei den Zisterziensern üblich war. Jacqueline sah auf und stellte fest, dass der Priester sie mit einem wohlwollenden Lächeln betrachtete.

»So, jetzt seht Ihr schon entspannter aus.«

»Gehört Ihr dem Zisterzienserorden an?«, fragte sie.

»Wie bitte?«

»Ich dachte, Ihr wärt der Abt und Priester eines Klosters hier in der Gegend, und die Schlichtheit dieses Raumes erinnert mich an die Zisterzienser, die weltliche Reichtümer verschmähen. Welchem Orden gehört das Kloster an?«

»Es gehört keinem Orden mehr an«, sagte er entschieden. »Ich unterstehe keiner Autorität.«

Jacqueline verbarg ihre Überraschung über diese Äußerung. Sie befingerte den Kelch und dachte über die drei Gelübde nach, an die Angus sie ständig erinnert hatte.

Was war mit der Armut?

»Mit Ausnahme von Rom.« Diesen Einwand konnte sie sich nicht verkneifen.

Er lächelte. »Natürlich. Versteht mich nicht falsch – ich glaube einfach nicht, dass Gottes Wille durch Hierarchien gut erfüllt wird. Die Zehnten steigen dann unverhältnismäßig an und werden zur Finanzierung der Verwaltung verwandt statt für die Kranken und Bedürftigen, wie es eigentlich Gottes Wille ist.« Er machte eine Geste durch den Raum. »Es ist auch kein Verdienst, viel Geld für Teller und Schmuck auszugeben, solange noch so viel Wichtigeres auf der Welt zu tun ist.«

»Ist Airdfinnan jetzt ein Kloster?«

»Nein.«

Jacqueline runzelte die Stirn. »Aber wie kommt es dann, dass ein Priester die Herrschaft über eine so wichtige Festung hat? Weltliche Probleme sollten Euch doch eigentlich nicht beschäftigen.«

Pater Aloysius schüttelte den Kopf. »Wenn es doch nur so wäre. Ich verwalte Airdfinnan, und es ist wirklich eine schwere Aufgabe.«

»Für wen?«

»Für einen Mann, der aller Wahrscheinlichkeit nach tot ist.« Pater Aloysius seufzte unter seiner schweren Bürde. »Der zweite Sohn von Fergus MacGillivray, dieses berühmten Clanführers, der mir sein Vertrauen schenkte, heißt Angus. Vor etwa fünfzehn Sommern ist er in den Kreuzzug gezogen, und seitdem hat man nichts von ihm gehört.

Gott allein weiß, ob er ihn schon zu sich gerufen hat oder ob Angus eines Tages zurückkommen wird.« Der Priester lächelte. »Wir können nur wachsam bleiben und sein Erbe schützen, in der Hoffnung, dass er zurückkehren wird.«

Diener brachten Brot und Käse sowie kaltes Fleisch in Scheiben. Jacqueline war ausgehungert und ließ sich nicht lange bitten, obgleich ihr der Kopf schwirrte.

Pater Aloysius aß nur wenig. »Ihr habt sicher viel durchmachen müssen«, murmelte er. »Wie lange hat Eure Strapaze gedauert?«

Jacqueline überlegte. »Ich bin mir nicht sicher. Etwa vier Tage.«

»Ihr wart bestimmt voller Furcht, was ein solcher Mann Euch antun mochte.«

»Ja, zuerst schon.«

Er hob die weißen Augenbrauen. »Nur zuerst?«

Jacqueline hielt seinem forschenden Blick stand. »Bald wurde mir jedoch klar, dass er nicht nur ein Ritter, sondern ein ehrenhafter Mann war. Er ist Angus MacGillivray, doch das wisst Ihr ja sicher bereits, denn jeder hier erkennt sein Ross.«

Der Priester schüttelte den Kopf und beugte sich vor. »Oh, mein Kind, Ihr seid wirklich zu vertrauensselig. Es stimmt, dass ein Mann hier herkam, auf dem Hengst, den Ihr jetzt reitet, und es stimmt auch, dass er vorgab, Angus MacGillivray zu sein. Doch er ist nicht dieser Mann. Er ist nur ein Hochstapler, ein Dieb, der stehlen will, was ihm nicht zusteht.« Er tätschelte ihr die Hand. »Seine Lügen klingen wirklich sehr glaubwürdig.

Ich bin nicht überrascht, dass er ein unschuldiges Mädchen wie Euch so leicht täuschen konnte.«

»Aber woher wisst Ihr, dass er nicht der ist, der er vorgibt zu sein?«

»Ich *kannte* Angus MacGillivray.« Der Blick des Priesters wurde hart. »Ich habe ihm mit meinen eigenen Händen das Kreuz der Kreuzritter auf den Rock genäht. Und diesen Mann kenne ich nicht. Er lügt, so einfach ist das.«

Er sprach leidenschaftlich, dann leerte er seinen Becher und setzte ihn heftig ab, als wolle er Jacqueline davor warnen, ihm zu widersprechen. Ein Junge kam eilig herbeigelaufen und füllte den Becher erneut.

Jacqueline starrte das restliche Essen auf ihrem Teller an und überlegte. Hatte sie sich geirrt? Hätte Angus sie täuschen können? War es möglich, dass er nicht der war, der er vorgab zu sein? Rodney, der nicht aus dieser Gegend stammte, hätte er auch belügen können.

Doch er kannte sich in den Wäldern aus wie jemand, der hier aufgewachsen war, und als er ihr schließlich seine Geschichte erzählt hatte, konnte er unmöglich gelogen haben. Wenn er andere täuschen wollte, würde er doch sicher nicht so zurückhaltend sein, sondern seine erdichtete Vergangenheit bereitwilliger erzählen, oder etwa nicht?

Und wie hätte Edana ihn erkennen und beim Namen nennen können, wenn er ein anderer war?

Sie sah sich noch einmal um und stellte fest, dass Airdfinnan wirklich begehrenswert war. Edana kostete es nichts, wenn sie Angus erkannte, doch Pater Aloysius musste dann Airdfinnan hergeben. Und wie viele Klöster in Schottland konnten schon die Vorliebe eines Priesters für Wein finanzieren?

Jacqueline schnürte es die Kehle zu, denn zu spät wurde ihr klar, in welch heikler Situation sie sich befand. Es war kein Trost, dass Angus versucht hatte, sie zu warnen.

Sie sah auf und merkte, dass der Blick des Priesters auf ihr ruhte. Sie brachte ein unbekümmertes Lächeln zustande. »Ich wusste gar nicht, dass es hier ein Kloster gibt«, sagte sie leichthin. »Wo liegt Euer Stift?«

»Es lag in den Wäldern auf der anderen Seite des Tals, doch auf Fergus' Wunsch zogen wir in diese Mauern, als ihn das Leben verließ.« Pater Aloysius bekreuzigte sich, als er den Namen des verstorbenen Wohltäters aussprach. »Und kurz darauf brannte das Gebäude fast bis auf die Grundmauern ab. Ein tragischer Zwischenfall, doch vielleicht wollte Gott uns so zeigen, dass wir in diesen turbulenten Zeiten im Schutze dieser Mauern bleiben sollten. Allerdings leben noch einige Mönche dort.«

Die bewaffneten Wächter hielten also nicht nur Eindringlinge fern, sondern sorgten auch dafür, dass niemand Airdfinnan zurückerobern konnte.

»Was geschieht mit Airdfinnan, wenn Angus niemals zurückkehrt?«

Pater Aloysius lächelte. »Das wird sich zeigen. Der König der Inseln wird wollen, dass Airdfinnan von jemandem geführt wird, dem er vertraut – obwohl wir uns in den letzten fünfzehn Jahren wirklich als vertrauenswürdig erwiesen haben. Und König William von Schottland würde es gerne einem seiner Verbündeten überlassen, wenn er die Möglichkeit dazu hätte. Vielleicht ist es für alle das Beste, wenn eine solch wichtige Burg in den gerechten Händen der Kirche bleibt.«

Also strebte nicht nur Angus danach, Airdfinnan zu besitzen.

»Es ist wirklich ein Glück, dass Ihr noch hier seid und Hochstapler entlarven könnt.«

Pater Aloysius lächelte kühl. »Er war nicht der Erste und wird nicht der Letzte sein. Es ist meine heilige Pflicht, Airdfinnan vor allen zu schützen, die es nur aus Habgier besitzen wollen.«

Hufschläge auf der hölzernen Brücke unterbrachen ihr Gespräch. Sie donnerten so laut, dass sie nicht zu überhören waren.

Pater Aloysius erhob sich mit aufmerksamem Blick. »Und? Was wurde entdeckt? Schickt mir die Männer sofort her!«

Unverzüglich erschienen die drei Männer, die er fortgeschickt hatte, am Tisch. Alle drei fielen vor dem Mann, der als ihr Lehnsherr auftrat, ehrerbietig auf die Knie. Welchen Treueschwur mochte Pater Aloysius von ihnen verlangt haben? Als der Mann, der am weitesten von ihr entfernt stand, den Umhang zurückschlug, runzelte Jacqueline die Stirn.

Der Mantel war tiefrot, und sie wusste nur zu gut, wie teuer roter Farbstoff war. Nein, einen solchen Umhang konnte sich dieser Mann nicht leisten.

Und er hatte ihn auch nicht getragen, als er aufgebrochen war. Daran hätte sie sich erinnert. Ihr Mund wurde trocken, denn sie ahnte schon, wo er ihn gefunden hatte.

Doch der Mann, der diesen Umhang heute Morgen noch getragen hatte, hätte ihn niemals einfach hergegeben. Jacqueline umklammerte die Tischplatte voller Angst vor den Nachrichten, die sie hören würde.

»Er ist tot, mein Herr. Auf der Straße erschlagen und diebischen Bettlern zum Opfer gefallen.« Der Mittlere zeigte ein Schwert und einen vertrauten, wenn auch blutverschmierten Waffenrock.

Jacqueline sprang auf. »Ihr habt ihn getötet!«, schrie sie erbost. »Ihr habt ihn getötet, damit er Airdfinnan nicht beanspruchen kann! Ihr seid kein Priester – Ihr seid ein Mörder!«

Die Anschuldigung war heraus, ehe sie überlegen konnte, ob eine solche Äußerung wirklich klug war. Jacqueline schlug sich entsetzt die Hand vor den Mund und starrte Pater Aloysius an.

Dieser wartete einen Augenblick und antwortete dann erstaunlich ruhig. »Verzeiht unserem Gast ihren Ausbruch. Sie hat Schreckliches durchmachen müssen.« Pater Aloysius schüttelte den Kopf. »Und es kommt ja häufiger vor, dass Gefangene Sympathie für die Ziele ihrer Entführer entwickeln.«

Jacqueline hielt ihr Vertrauen in Angus nicht für ungerechtfertigt, doch sie hielt ihre Zunge im Zaum.

Der Priester nahm den ehemals weißen Rock

und schüttelte ihn aus. Jacqueline wich die Farbe aus dem Gesicht, als sie den Fleck in voller Größe sah. Eine Wunde, die zu solchem Blutverlust geführt hatte, musste tödlich gewesen sein.

Der Priester nahm das Breitschwert mit einem zufriedenen Lächeln entgegen.

Angus konnte doch nicht tot sein! Aber es war unverkennbar das Schwert von Fergus MacGillivray. Was war mit seinem Besitzer geschehen? Jacqueline schluckte und betete so inständig für Angus, wie sie noch nie zuvor gebetet hatte.

»Habt ihr den Leichnam mitgebracht?«, fragte der Priester, während er mit den Fingern über den unverkennbaren Griff des Schwertes fuhr. Er warf Jacqueline einen Blick zu und lächelte kühl. »Es ist unsere Christenpflicht, dafür zu sorgen, dass selbst dieser Verbrecher mit Anstand beigesetzt wird.«

»Nein, mein Herr, wir haben ihn nicht gesehen.«

Pater Aloysius' Augen blitzten auf, während Jacqueline hoffnungsvoll aufatmete. »Was soll das heißen?«

»Wir haben den Rock und die Klinge gefunden.«

»Gefunden? *Gefunden*?« Er knüllte den Rock zusammen und warf ihn auf den Tisch. »Meint ihr etwa, ein Sterbender hätte seine Habseligkeiten abgelegt, ohne dass der Leichnam zurückblieb?«

Die Männer sahen einander an. »Ein alter Bettler hat ihn gefunden, ein Leprakranker. Er schleppte den ganzen Plunder mit sich und wollte sich seinen Fund in dem Templerhaus östlich von hier bezahlen lassen. Wir haben ihm seine Beute abgeknöpft.«

»Und ihr habt ihn einfach gehen lassen?«

Ihr dümmliches Nicken ließ Pater Aloysius aufbrüllen. »Aber was ist mit der Leiche?«

»Seine Angaben waren so verwirrend, mein Herr, dass wir seinen Spuren nicht folgen konnten, und außerdem wurde es bereits dunkel.«

»Wir wollten Euch so schnell wie möglich die Nachricht überbringen, auf die Ihr wartetet.«

Pater Aloysius war darüber nicht erfreut, doch Jacqueline war überglücklich. Zumindest gab es keinen Beweis dafür, dass Angus gestorben war – also konnte sie wieder auf sein Überleben hoffen. »Wieso habt ihr den Mann nicht hergebracht? Wie sollen wir uns *sicher* sein, dass er die Wahrheit sagt?«

Die Männer verzogen das Gesicht, und nur einer hatte den Mut zu flüstern: »Aber er war leprakrank, mein Herr.«

»Wenn wir ihn hergebracht hätten, hätte er alle angesteckt.«

»Nur Edmund hat ihn angefasst, und seht nur, wie er sich schon die Hand kratzt.«

Dieser Edmund, der Angus' roten Umhang trug, kratzte sich heftig das Handgelenk. »Bitte segnet mich, mein Herr.«

»Wieso sollte ich dich segnen? Du konntest doch nicht einmal eine so einfache Aufgabe ausführen!«, fuhr ihn der ältere Mann an. »Nur wenn wir den Leichnam mit eigenen Augen sehen, können wir sicher sein, dass der Mann wirklich tot ist.«

Die Männer starrten den Priester schweigend an, bis Pater Aloysius seufzte und sich die Stirn rieb. »Bitte entschuldigt meinen Zorn. Es ärgert mich sehr, dass wir von diesem Verbrecher bedroht werden, und ich möchte einfach sichergehen, dass er uns nicht länger plagen wird.«

»Ja, mein Herr.«

Pater Aloysius legte Edmund eine Hand auf die Stirn und murmelte einen Segen, der dem Mann scheinbar Erleichterung verschaffte. Dann sagte der Priester entschieden: »Ihr kehrt jetzt an die Stelle zurück, an der ihr diesen Leprakranken getroffen habt. Ihr bringt mir den Leichnam des Mannes, der diesen Rock getragen hat, oder ihr bringt mir den Leprakranken. Eher kehrt ihr nicht in dieses Gebäude zurück. Ist das klar?«

»Aber, mein Herr –«

»Kein aber! Ich brauche einen Beweis dafür, dass dieser Schurke, der vorgibt, der Erbe von Airdfinnan zu sein, tatsächlich tot ist. Er hat bereits diese Novizin geraubt und hinters Licht geführt. Nicht auszudenken, was für Untaten er noch vollbracht hat. Solange ich nicht weiß, dass er nicht länger unter den Lebenden weilt, kann ich nicht ruhig schlafen.«

»Ja, mein Herr.« Sie verneigten sich und verließen rückwärts den Raum. Edmund blieb noch einmal stehen und kratzte sich die Hand.

Jacqueline wusste, dass sie wegen ihrer voreiligen Äußerung noch etwas zu erwarten hatte, doch vor den anderen hatte Pater Aloysius natürlich nichts gesagt. Als er sich jetzt umdrehte, wich sie einen Schritt zurück, denn seine Miene war so

Unheil verkündend, dass sie um ihre Zukunft fürchtete.

»Ihr könnt Euch sicher sein, Jacqueline«, sagte er sanft, »dass ich Euch nicht eher werde gehen lassen, bis ich überzeugt bin, dass Euch keine Gefahr droht.«

»Aber ich möchte unverzüglich nach Inveresbeinn.«

»Das wäre sehr gefährlich.« Der Junge füllte die Weinbecher neu, und Jacqueline begriff, dass diese Sorgen um ihr Wohlergehen nur auf Grund seiner Anwesenheit geäußert wurden. »Als Euer Gastgeber kann ich nicht zulassen, dass Ihr Euer Leben so leichtsinnig in Gefahr bringt. Warten wir ab, bis sich diese Angelegenheit geklärt hat.«

Pater Aloysius lächelte, doch seine Miene war nicht mehr so freundlich. »Die Äbtissin wird sicher Verständnis haben. Bis dahin bete ich, dass Ihr von dem bösen Irrglauben befreit werdet, den dieser Verbrecher offenbar in Euch gesät hat.«

Jacqueline begriff: Ohne Pater Aloysius' Zustimmung würde sie nicht gehen dürfen, und er würde diese nicht erteilen. Sie war hier gefangen und ihm ausgeliefert.

Oh, hätte sie doch nur auf Angus gehört!

Wie viel mochte der alte Priester von ihren Gefühlen für Angus erraten haben? Sie wurde wahrscheinlich nicht nur hier gefangen gehalten, um sie zum Schweigen zu bringen, sondern sollte auch als Köder dienen.

Der Priester glaubte, dass ihre Anwesenheit Angus zurück nach Airdfinnan locken würde. Doch sie durfte nicht der Grund für seinen Tod werden!

Pater Aloysius tätschelte ihr wieder teilnahmsvoll die Hand. »Ihr könnt Euch wirklich glücklich schätzen, dass Ihr diesem Mann entkommen seid, der die Gesetze Gottes und der Menschen nicht achtet. Das werdet Ihr sicher bald einsehen, mein Kind.« Er ließ den Blick über den Tisch schweifen. »Wie wäre es mit einem süßen Nachtisch?«

Es empörte sie, dass er in dieser Situation an solche Banalitäten dachte! Entweder war Angus bereits tot, oder die abgesandten Männer würden bald dafür sorgen. Vielleicht hatte er sie entgegen jeder Wahrscheinlichkeit überlisten können und würde es wieder tun, doch sie hatte große Angst um ihn.

Schließlich waren sie zu dritt, und er war allein.

Und was noch schlimmer war: Sie selbst trug die Schuld daran, dass man ihn verfolgte. Ohne sie wäre Angus jetzt meilenweit entfernt.

Bevor Jacqueline antworten konnte, hatte der Priester schon den Jungen herbeigewinkt. »Geh, Gillemichel, und hol unserem Gast die Kiste Feigen, die oben auf dem hohen Regal in der Küche liegt.«

Der Junge warf ihr einen Blick zu, den Jacqueline nicht verstanden hätte, wenn sie nicht Angus' Geschichte gehört hätte. Doch so begann ihr Herz angstvoll zu rasen.

Feigen! Offenbar sollte nicht nur Angus niemals von Airdfinnan zurückkehren.

Pater Aloysius lächelte sie an, als der Junge verschwand. »Glücklicherweise hat uns ein Priester, der zu Besuch kam, dieses kostbare Geschenk mitgebracht. Ihr müsst von diesem Luxus kosten.«

»Ich mag leider keine Feigen«, log Jacqueline, »doch Eure Großzügigkeit weiß ich wirklich zu schätzen.«

Das Lächeln des Priesters verschwand. »Unsinn! Nur aus Höflichkeit lehnt Ihr ab. Eure Mutter hat Euch wohl erzogen.«

»Ja, das hat sie wirklich, doch ich bringe Feigen einfach nicht herunter.«

Er kniff die Augen zusammen. »Es ist ungewöhnlich, dass man ausländische Luxusgüter ablehnt. Die meisten Menschen würden sich glücklich schätzen, so etwas genießen zu dürfen.«

»Das stimmt.« Jacqueline brachte ein dünnes Lächeln zustande. »Und vielleicht ist es dumm von mir. Aber ich habe einmal von einem Mann gehört, der durch vergiftete Feigen ums Leben kam, und seitdem kann ich sie einfach nicht hinunterbringen. Ich möchte Euren Schatz nicht verschwenden, denn ich weiß es wirklich zu schätzen, dass Ihr ihn mir so großzügig anbietet.«

Sie starrten einander ohne ein Lächeln an, denn beide verstanden die Position des anderen mit schmerzlicher Deutlichkeit. Der Junge stellte die Kiste auf den Tisch, warf einen Blick auf die beiden und verschwand wieder.

Keiner rührte die Kiste an.

»Nehmt Ihr ruhig eine«, sagte Jacqueline, denn der Teufel führte ihr die Zunge. »Haltet Euch nicht meinetwegen zurück, ich bitte Euch. Es wäre mir sehr unangenehm, wenn meine Laune

Euch um den Genuss dieses kostbaren Geschenks brächte.«

Er presste die Lippen zusammen. »Ich habe heute schon viel zu viel gegessen. Vielleicht ein andermal.«

Oder vielleicht auch nicht. In diesen Mauern würde sie es nicht mehr wagen, noch einen Bissen zu sich zu nehmen, doch zum Glück hatte Jacqueline schon gut gegessen, bevor Pater Aloysius der Verdacht kam, sie könne auf Angus' Seite sein.

Wie lange würde sie hier bleiben müssen? Niemand wusste, wo sie sich aufhielt, also würde sie auch niemand retten. Außer Angus, doch er war nicht in der Lage, ihr zu helfen. Und wenn er es versuchte, wären sie beide verloren. Verzweiflung überkam Jacqueline, und sie kämpfte mit den Tränen. Der Priester ließ sie allein, denn er war sich wohl sicher, dass sie nicht fliehen konnte. Die beiden Wachtposten an der Tür beäugten sie misstrauisch.

Jacqueline betrachtete den blutbefleckten Rock auf dem Tisch, und bei dem Anblick wurde ihr ganz schlecht. Sie schlang die Arme um sich und erschauerte. Sie hatte geglaubt, das Richtige zu tun, hatte Angus' Warnung in den Wind geschlagen, und alles war schrecklich schief gegangen.

Doch letzten Endes würde Angus dafür bezahlen müssen. Trotz der aufmerksamen Blicke der Wachtposten senkte Jacqueline den Kopf und weinte über ihre Tat.

❄

Angus hatte das Gitter vergessen.

Gewiss, er konnte sich noch vage daran erinnern, dass sein Vater vor langer Zeit gedroht hatte, ein Metallgitter vor dem Abflussloch der Festung anbringen zu lassen. Doch an jenem Tag vor etwa zwanzig Jahren waren Ewen und er so stolz darauf gewesen, wie geschickt sie in die Burg eingestiegen waren, dass sie der Drohung ihres Vaters keine Beachtung geschenkt hatten. Fergus MacGillivray hatte sich immer damit gebrüstet, Airdfinnan sei unglaublich sicher, und daher hatten sie erwartet, dass er brüllen würde, wenn man ihm das Gegenteil bewies.

Gebrüllt hatte er tatsächlich, doch offenbar hatte Fergus Taten folgen lassen, nachdem er sich ausgebrüllt hatte. Jetzt bedauerte Angus, dass sie niemals versucht hatten, das Unterfangen zu wiederholen. Damals hatten jedoch andere Abenteuer gewinkt.

An diesem Tag wurde Angus oft an seinen Bruder und ihre Jungenstreiche erinnert, denn er hatte etliche Herausforderungen zu überwinden gehabt. Er hatte die Wächter davon überzeugt, dass er leprakrank war, als sie ihn verhaften wollten, und dann hatte er Airdfinnan umkreist, ohne entdeckt zu werden. Ewen hätte seinen Spaß an diesem Spielchen gehabt.

Doch als Angus nach all diesen Bemühungen die andere Seite der Festung erreicht hatte, hatte er das Abflussloch nicht entdecken können. Er hatte schon befürchtet, es sei zugeschüttet worden.

In diesem Fall gab es keinen anderen Zugang

zur Burg, dessen war er sich jetzt sicher. Schließlich fand er das Loch aber genau an der Stelle, die er in Erinnerung hatte, nur einen guten halben Meter unter der strudelnden Wasseroberfläche.

Sein Vater hatte die Öffnung jedoch mit einem Eisengitter versperren lassen. Angus kauerte tief im Wasser und überlegte, welche Alternativen er hatte, während er Revue passieren ließ, wie die Wachtposten positioniert waren.

Sie standen an all den Stellen, an denen er selbst sie auch aufgestellt hätte. Aloysius schien mit einem Angriff zu rechnen, und nicht nur von einem Einzelnen. Angus musterte die Mauern. Sie ließen sich nicht unbemerkt erklimmen, nicht einmal auf dieser Seite und nicht einmal mit einem Enterhaken. Es gab keinen Schatten, in dem er sich verstecken konnte. Durch die Tore konnte er auch nicht, und das hier war die einzige Öffnung in den Wänden.

Vielleicht würde er nicht einmal hindurchpassen. Schließlich war er kein zehnjähriger Junge mehr – doch da der Weg versperrt war, spielte diese Überlegung keine Rolle mehr. Er holte tief Luft und tauchte unter die Wasseroberfläche, wobei er sein Auge aufriss. Die Konstruktion war verdammt fest, wie man von einem so auf Sicherheit bedachten Menschen wie seinem Vater erwarten konnte.

Angus fluchte innerlich. Welches Schicksal mochte Jacqueline ereilt haben? Schließlich befand sie sich bereits seit Stunden in der Festung. Verzweifelt packte er das Gitter und riss daran.

Sein Vater würde es bitter bereuen, wenn er wüsste, welche Folgen sein Plan hatte!

Das Gitter bewegte sich.

Angus kam zurück an die Oberfläche, um nach Luft zu schnappen, pumpte die Lungen voll und tauchte wieder ab. Er packte das Gitter erneut und drehte es. Als es sich wieder rührte, schöpfte er Hoffnung.

Wieder holte er Luft, und wieder versuchte er es, und plötzlich hielt er das Metall in der Hand. Er kam zurück an die Oberfläche und lehnte sich schwer atmend an die Wand. Er hob das Metall ein kleines Stück aus dem Wasser, damit er es untersuchen konnte.

Und Angus musste lächeln, als er den Rost sah. Wenn das Wasser häufiger so hoch stieg, hätte sich das Gitter im Laufe der Zeit auch von selbst gelöst.

Pater Aloysius scherte sich offenbar weniger um weltliche Dinge als Fergus, denn sein Vater hätte diese potenzielle Schwachstelle jedes Mal, wenn das Wasser zurückwich, gewissenhaft überprüft.

Wieder war das Schicksal auf Angus' Seite. Er schloss sein Auge und erinnerte sich. Nach der Öffnung hatte sich der Abfluss ein wenig geneigt, vielleicht ein halbes Dutzend Schritte weit, und war dann sehr steil geworden. Früher hatte es über der Öffnung nur eine Holzklappe gegeben, damit niemand in das Loch fallen konnte, doch gemeinsam mit Ewen hatte er sie mit Leichtigkeit in den Hof aufstoßen können.

Hoffentlich war das noch immer so, und hoffentlich würde er lange genug den Atem anhalten können, um so weit zu kommen. Wenn das Wasser so hoch stand, dass er an diesem Gitter nicht Luft holen konnte, oder wenn die Öffnung versperrt war, dann würde er nur schwerlich zurückkommen können, um wieder Luft zu holen.

An die Funktion, die dieser Abfluss erfüllte, dachte er lieber nicht. Das war die Geringste seiner Sorgen. Er würde einfach verdrängen, dass er sich unter der Erde in einem Loch voller menschlicher Fäkalien befand, an einem kalten, nassen, dunklen Ort, an dem man leicht seinen letzten Atemzug tun konnte. Nein, er würde an das Licht denken, das auf der anderen Seite durch das Gitter schien, und die Finsternis zwischen hier und dort ignorieren.

Er würde an Jacqueline denken.

Er redete sich ein, dass sein Herz nur aus Erwartung hämmerte und nicht vor Angst. Die Gespenster nagten an seinen Gedanken, freuten sich darauf, ihn bald wieder in ihre Gewalt zu bringen, doch er bemühte sich tapfer, sie zu verdrängen.

Nur weil er scheitern konnte, änderte er seinen Plan noch lange nicht. Angus holte dreimal tief Luft, dachte an den Optimismus und die Zuversicht seines Bruders und tauchte unter die trübe Oberfläche.

16. Kapitel

Aus Neugier machte Jacqueline sich auf die Suche nach dem wunderbaren Garten aus Edanas Erzählung. Schließlich schien Edanas Geschichte doch der Wahrheit zu entsprechen, also musste es auch den Garten geben.

Hocherfreut entdeckte sie ihn im hinteren Teil der Festung, obgleich er von hohen Mauern umgeben war. In diesen Mauern gab es eine Pforte aus kunstvoll gedrehten Eisenstäben, die zum Schutz vor Eindringlingen abgeschlossen war. Jacqueline umklammerte die Stäbe und spähte hindurch.

Der Garten sah aus wie die meisten Gärten im Frühjahr: Die Hälfte der Pflanzen schien abgestorben zu sein, und die andere Hälfte hatte sich noch nicht entschlossen, ob sie leben oder sterben sollte. Die Beete waren gut gepflegt, doch nichts blühte.

Jacqueline reckte den Hals und spähte durch die Stäbe, dann kreischte sie erschrocken auf, weil sich hinter ihr ein Mann räusperte.

Es war wieder ein Priester. Er nickte ihr zu und zog einen Schlüssel aus seiner Soutane. »Einen guten Tag wünsche ich Euch. Ihr müsst der Gast sein, von dem Pater Aloysius gesprochen hat.«

»Ja, ich bin wohl der so genannte *Gast*.«

Er sah sie merkwürdig an, dann schloss er das

Tor auf und trat mit einer Entschuldigung an ihr vorbei. Er zog das Tor entschieden hinter sich zu und zuckte bedauernd mit den Schultern.

»Darf ich mir den Garten ansehen?«

Der Priester zögerte, dann schüttelte er den Kopf. »Das geht leider nicht.«

»Wieso denn nicht?«

Sein Blick glitt hinüber zum Hauptgebäude, dann lächelte er sie entschuldigend an. »Ich möchte es mir nicht mit Pater Aloysius verderben. Er mag es nicht, wenn der Garten von Fremden besucht wird, und ich bin auf sein Wohlwollen angewiesen.«

»Was soll das bedeuten?«

»Pflanzen und Kräuter faszinieren mich, doch Pater Aloysius ist nicht verpflichtet, mich hier zu dulden. Schon vor Jahren hatte ich von den Gärten in Airdfinnan gehört, und als ich letztes Jahr in diese Gegend geschickt wurde, habe ich schriftlich darum gebeten, sie sehen zu dürfen.« Der Priester lächelte. »Sie waren sehr vernachlässigt, und vieles, was hier wächst, kann ich nicht benennen. Zum Glück konnte ich Pater Aloysius dazu überreden, mich die Gärten pflegen zu lassen. Das gibt mir die Möglichkeit, vieles zu lernen.«

»Werden denn in der Küche keine Kräuter verwendet?«

»Offenbar versteht sich niemand darauf.«

»Wieso habt Ihr dann keinen Schüler?«

Er sah sie an, dann schüttelte er verwundert den Kopf. »Das habe ich mich auch schon gefragt, doch es steht mir nicht zu, die Entscheidungen meiner Vorgesetzten in Frage zu stellen.«

»Selbst wenn sie nicht richtig sind?«

Er musterte sie. »Ihr seid ein ungewöhnlich kritischer Gast.«

»Genau genommen bin ich überhaupt kein Gast.«

Der Priester schüttelte stirnrunzelnd den Kopf. »Wenn ich darüber Bescheid wissen sollte, hätte man es mir gesagt.« Er wollte sich abwenden, doch Jacqueline rief ihm hinterher. Seine Träume würde er ganz offensichtlich nicht aufs Spiel setzen.

»Würdet Ihr denn über alles hinwegsehen, nur damit Ihr Zugang zu diesem Garten behaltet?«

Er hielt inne und sah sie schweigend an, so lange, dass sie schon fürchtete, er würde überhaupt nichts mehr sagen. »Es ist mir sehr wichtig, diese Pflanzen zu studieren«, sagte er schließlich. »Es war sehr schwierig, diejenigen, die hier die Herrschaft führen, dazu zu überreden, dass ich überhaupt herkommen durfte.«

»Ja, das kann ich mir denken.«

Auf ihre heftige Äußerung zuckte er mit den Schultern. »Ich will mich nicht beklagen, aber –«

»Man hat Euch nicht gerade herzlich aufgenommen.«

Über ihre direkte Art musste er lachen, denn so etwas war er offensichtlich nicht gewöhnt. Obwohl er so misstrauisch war, mochte Jacqueline ihn auf Anhieb. Vielleicht war Misstrauen innerhalb dieser Mauern eine nützliche Eigenschaft. Ein wenig ähnelte er dem Priester von Ceinnbeithe, der immer sehr bedächtig sprach und seine Mitmenschen niemals kritisierte.

»Ich bin Pater Michael«, sagte er, kam ans Tor zurück, öffnete es ihr jedoch immer noch nicht.

»Ich bin Jacqueline.«

»Es freut mich, Euch kennen zu lernen, Jacqueline.« Er neigte den Kopf. »Vielleicht werden wir uns einmal wieder sehen.« Er ging in den Garten, blieb ab und an stehen, um hier ein Blatt und dort eine Knospe zu berühren.

Jacqueline umklammerte wieder die Eisenstäbe und rief hinter ihm her: »Wieso ist der Garten abgesperrt?«

»Das war schon immer so.«

»Warum?«

»Es heißt, der Herr von Airdfinnan habe Angst um die Gesundheit seiner Söhne gehabt.«

»Das verstehe ich nicht.«

»In einem Garten mit Heilkräutern wächst viel Giftiges, und hier haben wohl auch einmal Bienen gelebt, denn dort hinten steht noch ein Bienenkorb. Kein Wunder, dass er nicht wollte, dass seine Söhne allein hier herumtollten, denn wenn sie etwas probiert oder die Tiere gestört hätten, hätte das schlimme Folgen haben können.« Der Priester lächelte. »Es ist doch ganz normal, dass ein Vater sich um seine Söhne sorgt.«

»Ja. Das stimmt.« Jacqueline holte tief Luft. Sie hatte nichts zu verlieren, wenn sie diesen Priester um Hilfe bat. Schließlich wusste Pater Aloysius bereits, dass sie Angus' Anspruch auf Airdfinnan unterstützte, und möglicherweise war dieser Mann nicht ganz auf Pater Aloysius' Seite.

Früher oder später würde sie etwas essen müssen, und alles, was man ihr anbieten würde, würde wahrscheinlich vergiftet sein. Sie hatte nicht viel Zeit.

Dieser Priester war vielleicht ihre einzige Chance, Angus zu rächen und sich selbst zu befreien. Selbst wenn Pater Michael sie verraten sollte, konnte sich ihre Lage kaum verschlechtern.

»Und es ist auch ganz normal, dass ein Vater seinen Besitz an seine Söhne vererbt.«

Pater Michael sah sie wieder an. »Natürlich.«

»Und dennoch ist Airdfinnan nicht im Besitz eines Nachkommens von Clanführer Fergus MacGillivray, obgleich dieser es so wollte.«

»Die Burg wird nur verwaltet, bis sein Sohn Angus aus dem Kreuzzug zurückkehrt.« Pater Michael schüttelte den Kopf. »Er soll jedoch bereits fünfzehn Jahre fort sein, und wahrscheinlich wird er niemals zurückkehren.«

»Und wenn er es täte, würde Pater Aloysius für seine Ermordung sorgen.«

»Was soll das heißen?« Raschen Schrittes kam der Priester wieder zu ihr zurück.

»Angus MacGillivray ist zurück. Er war hier, und ich bin bei ihm gewesen. Doch Pater Aloysius hat befohlen, Angus töten zu lassen, statt ihm Airdfinnan zu übergeben.«

»Das kann nicht sein. Das wäre wider jegliche Gerechtigkeit!« Doch Pater Michael schien seine Zweifel zu haben. Forschend sah er Jacqueline ins Gesicht, suchte offenbar nach einem Hinweis darauf, dass sie log.

»Es wäre wirklich böse, doch genau das hat er getan.« Jacqueline beugte sich näher. »Ich bin hier, weil ich trotz Angus' Warnung glaubte, ein

Priester würde gerecht handeln. Jetzt bin ich hier gefangen, als ›Gast‹, doch wahrscheinlich hat man mich nur eingelassen, weil meine Anwesenheit Angus ins Verderben locken soll.«

Sie schüttelte den Kopf und konnte die Tränen nicht zurückhalten. »Pater Aloysius hat Wachen ausgeschickt, um dafür zu sorgen, dass Angus wirklich tot ist, und ich als einzige Zeugin dieser Ungerechtigkeit werde die Festung sicher auch nicht lebend verlassen.« Sie sah den aufmerksamen Priester durchdringend an. »Ist das Studium Eurer Kräuter wirklich wichtiger, als dafür zu sorgen, dass eine solche Ungeheuerlichkeit bestraft wird?«

Sie starrten einander an; Jacqueline wollte ihn zwingen, ihr zu glauben, und er hatte eindeutig mit seinen widersprüchlichen Überzeugungen zu kämpfen.

»Ihr erzählt doch Märchen«, sagte er schließlich. Er neigte den Kopf, dann eilte er hastig davon, setzte seinen Rundgang fort und ließ sie stehen.

Als sie ihn gehen sah, verließ Jacqueline der Mut. Weil er ihr nicht einmal einen Blick zuwarf, wandte sie sich schließlich ab. Es war so ungerecht! Sie ließ den Blick über den Hof schweifen. Niemand, der Pater Aloysius den Treueeid geschworen hatte, würde ihr oder Angus helfen.

Aber sie durfte auf keinen Fall in diesen Mauern sterben. Sie musste fliehen.

Angus musste unbedingt gerächt werden. Das war sie ihm schuldig, denn sie trug die Schuld an seinem Schicksal. Vielleicht würde sie ihn nicht vor diesen Wachen retten können, doch sie konnte immerhin alles in ihrer Macht Stehende tun, um seinen Namen von Pater Aloysius' Lügen zu befreien.

Das war nur ein schwacher Trost, doch Angus hätte es so gewollt. Zunächst einmal musste sie natürlich ihre Flucht organisieren.

Angus hatte behauptet, Airdfinnan könne von außen nicht angegriffen werden, doch sie befand sich innerhalb der Mauern. Schließlich waren Burgen zur Abwehr von Angriffen errichtet, während Gefängnisse Gefangene an der Flucht hindern sollten. Nachdem sie die hohen Mauern von Airdfinnan eingehend gemustert hatte, musste sie jedoch eingestehen, dass diese Festung beide Zwecke erfüllte.

Es musste einfach einen Fluchtweg geben. Das Gute musste siegen!

Düster gestimmt ging sie die Außenmauern entlang, auf der Suche nach einer Schwachstelle. Es gab mindestens drei Leitern aus zusammengebundenem Holz, mit deren Hilfe die Männer oben auf die Mauern stiegen. Alle lagen auf dem Boden. Jacqueline versuchte, eine von ihnen hochzuheben, doch sie war viel zu schwer für sie.

Sie murmelte einen Fluch, der aus Angus' Repertoire hätte stammen können, und ging weiter. In einem Stall entdeckte sie Lucifer. Der Hengst war nicht glücklich über seine Lage und zeigte sein Missfallen, indem er wiederholt stampfte, an den Zügeln riss und sein Futter über den ganzen Boden schnaubte. Er trampelte darauf herum und zeigte dem Stallburschen, der sich ihm nähern wollte, die Zähne.

Jacqueline sprach mit dem Tier und kraulte ihm die Ohren, und er ließ sich ein wenig besänftigen. Dennoch behielt er den Stallburschen weiterhin misstrauisch im Auge und peitschte unzufrieden mit dem Schweif. Sie blieb lange bei ihm, hätte ihm nur zu gerne Angus' Schicksal erklärt. Ob er wohl schlechte Laune hatte, weil er eine dunkle Vorahnung spürte? Ihre Mutter behauptete immer, Pferde wüssten mehr, als die Menschen sich vorstellen könnten.

Jacqueline streichelte Lucifer die Nase. Was geschah nur mit einem Ritterross, das keinen Ritter mehr hatte? Er knabberte ihr am Ohr und zupfte spielerisch an ihrem Haar, als brauche auch er etwas Aufheiterung.

Vielleicht würde man Lucifer essen. Solche Widerlichkeiten hörte man ja gelegentlich. Oder vielleicht würde er an einen König oder einen Fürsten verkauft werden, der aus der Ferne zu Besuch kam. Es sei denn natürlich, Rodney käme rechtzeitig zurück und würde Anspruch auf den Besitz seines Ritters erheben.

Was mochte nur aus Rodney geworden sein? Und wie hatten ihre Eltern auf die Nachricht von ihrer Entführung reagiert? Mit Entsetzen stellte Jacqueline fest, dass sie ihre Familie fast vergessen hatte. Vielleicht wäre Pater Aloysius bereit, ihnen eine Nachricht zu schicken, damit sie wussten, dass sie in Sicherheit war.

Wahrscheinlich aber nicht.

Sie selbst musste dafür sorgen, dass sie und Lucifer überlebten, sie musste dafür sorgen, dass Angus' Name nicht befleckt blieb, und sie musste sich überlegen, wie diese Dinge vollbracht werden konnten. Jacqueline lächelte den Stallburschen an, der sich dem beruhigten Hengst näherte. Lucifer schrie ihn an, stampfte heftig auf und schnaubte dann zufrieden, als der Junge floh.

»Vielleicht steckt wirklich der Teufel in dir«, bemerkte sie und tätschelte ihm den Leib. Schnaubend wühlte das Ross mit der Nase im Futtertrog. Zweifellos wartete er nur darauf, dass der Stallbursche neuen Mut schöpfte.

Jacqueline spazierte weiter. Sie wusste, dass sie beobachtet wurde, und wollte daher so harmlos wie möglich wirken. In Wirklichkeit überlegte sie jedoch fieberhaft und war zunehmend frustriert, weil es wirklich so aussah, als sei das bewachte Tor der einzige Ausgang.

Sie schritt die Mauern ab und blickte in jeden Anbau, entdeckte den Schmied, den Fleischer, die Speisekammer und den Hühnerstall. Die Kapelle mied sie, denn schließlich waren die Sakramente eines bösen Priesters ebenfalls böse. Sie würde hier keine Messe besuchen und keine Beichte ablegen, selbst wenn das bedeuten sollte, dass sie ohne Absolution sterben musste.

Sie stieß auf Wäscherinnen, doch diese erwiderten ihren Gruß nicht, sondern ignorierten sie vollkommen. Schweigend und offenbar feindselig schrubbten sie weiter. Das gab ihr zu denken, doch dann fiel ihr wieder ein, wie skeptisch Pater Michael gewesen war.

Als die Sonne sank, drang der Klang von Töpfen aus dem Hauptgebäude. Pater Michael verließ den Garten und schloss das Tor wieder sorgfältig ab. Jacqueline beobachtete ihn, doch er warf nicht einen einzigen Blick in ihre Richtung. Er verschwand im Hauptgebäude, und sie verließ der Mut, denn sicher würde er dem Abt von ihren Unterstellungen berichten.

Sie musste so bald wie möglich entscheiden, was sie tun wollte. Die Posten lösten einander ab, ohne ihre Wachsamkeit zu verringern, die Leitern waren ständig bewacht. Die Wachleute gingen oben auf den Mauern hin und her, beunruhigend zuverlässig und so wachsam wie Falken auf der Jagd.

Die Frauen wrangen die letzten Wäschestücke aus und hingen etwas, das wie Männerhemden aussah, über eine improvisierte Leine. Sie leerten die Wasserkübel aus, und Jacqueline sprang zurück, weil sie damit rechnete, dass der Hof überflutet werden würde. Doch das Wasser breitete sich nicht aus.

Jacqueline hörte, wie es einen Abfluss hinuntergurgelte. Sie folgte den Frauen mit klopfendem Herzen und entdeckte ein Holzgitter, das offensichtlich über den Ausgang zum Fluss draußen genagelt war.

Hier lag ihre Rettung!

Mit gespielter Gleichgültigkeit spazierte sie an dem Loch vorbei, stellte fest, dass sie hindurchpassen würde, tat jedoch so, als hätte sie es gar nicht bemerkt. Es war fest zugenagelt, und das Gitter war so engmaschig, dass nicht einmal eine Ratte hindurchgepasst hätte.

Irgendwie musste sie dieses Holzgitter entfernen. Obgleich ihr das Herz raste, spielte sie ein gelangweiltes Fräulein und besuchte noch einmal Lucifer.

»Ich komme dich holen«, flüsterte sie und rieb ihm das Ohr. »Irgendwie werde ich es schaffen. Oder ich kaufe dich von ihm ab. Hab keine Angst!«

Das Ross sah nicht so aus, als würde es vor irgendetwas Angst haben. Sie nahm den Striegel, als hätte sie alle Zeit der Welt, und während sie bürstete, grübelte sie über die langen Nägel im Gitter nach.

Als sie dem Pferd die Flanke striegelte, entdeckte sie die Ahle. Sie war in das Stroh auf dem Boden gefallen. Vielleicht hatte sie ein ängstlicher Stallbursche fallen gelassen, als Lucifer sich gegen seine Anwesenheit gewehrt hatte, und der Junge hatte es nicht gewagt, sie wiederzuholen.

Wie dem auch sei – das Werkzeug war jedenfalls da. Und in Sekundenschnelle hatte Jacqueline es durch ihren Gürtel gezogen und in den Falten ihres Gewandes verborgen. Ihr Mund war trocken, ihr Herz hämmerte und ihr Blick glitt aufgeregt über den Hof, während sie auf den richtigen Zeitpunkt wartete.

Dieser war gekommen, als die Stallburschen sich in Richtung Küche begaben. Jacqueline duckte sich in die Schatten. Sie musste von sich ablenken und hatte auch schon eine Idee. Sie eilte in den Hühnerstall, öffnete die Tür und scheuchte die Hühner aus den Nestern. Sie gackerten und zankten und beschwerten sich lautstark, während sie hinaus in den Hof liefen.

Doch dann pickten sie auf dem Boden und blieben in der Nähe des Stalls, ohne großes Aufsehen zu erregen.

Nein! Das konnte doch nicht sein! Wo waren die Hunde, wenn man sie brauchte? Jacqueline sah sich im Hof um, denn ihr blieb keine Zeit, sich mit den Hühnern aufzuhalten. Sie setzte ihre Suche fort. Ohne die Wachtposten aus dem Auge zu lassen, huschte sie von Schatten zu Schatten, presste sich möglichst dicht an die Mauern und kam dem Holzgitter Stück für Stück näher.

Sie hatte nicht viel Zeit. Die Frauen standen am Tor, schäkerten beim Hinausgehen mit den Wachtposten. Im Augenblick war der Hof still – die Hühner waren verschwunden. Verfluchte Viecher. Auf Ceinn-beithe machten sie immer ein großes Spektakel, doch diese hier schienen von einer ruhigeren Rasse zu sein. Das Schicksal meinte es offenbar nicht gut mit ihr.

Dennoch musste sie es versuchen. Jacqueline eilte über eine ungeschützte Stelle und atmete heftig, als sie sich nur wenige Schritte vom Gitter entfernt gegen die Mauer drückte.

So nah und doch so fern. Der Sonnenschein glänzte auf dem feuchten Holz und funkelte auf den riesigen Nägeln. Es waren insgesamt sechs.

Sechs! Wenn sie neben der Öffnung hockte und versuchte, das Gitter aufzustemmen, würde man sie entdecken. Und diese starken Nägel ließen sich nicht so leicht entfernen. Nachdenklich nagte sie an der Unterlippe und kam nicht von dem Gedanken los, dass dies ihre einzige Gelegenheit zur Flucht war.

Als könne er ihr Dilemma spüren, schien Lucifer plötzlich von allen guten Geistern verlassen. Er schnaubte und wieherte und trat um sich, als der Stallbursche sich näherte. Jacqueline sah, wie die Hühner mit fliegenden Federn zu seinen Hufen aufflatterten. Das Glück war ihr wieder hold! Die anderen Pferde taten es ihm nach, die Hühner flatterten aufgeregt und gackerten und sträubten sich äußert geräuschvoll dagegen, wieder eingefangen zu werden.

Jacqueline zögerte nicht. Sie stürmte zum Gitter, bohrte die Ahle unter die Kante und zog. Das Holz splitterte, doch die Nägel waren lang und gaben nicht nach. Sie fluchte durch zusammengebissene Zähne, warf einen Blick hinüber zu dem Tumult im Stall. Alle Augen waren auf die verschreckten Pferde und die Stallburschen und jetzt auch auf den Stallknecht gerichtet, der Lucifer zu beruhigen versuchte.

Zumindest für diesen Augenblick. Jacqueline gab dem Holz einen heftigen Ruck und fluchte, weil sie nur eine Ecke des Gitters lösen konnte. Sie schob die Ahle tiefer unter das Holz und fuhr voll Panik zusammen, weil blasse, feuchte Finger sie ihr aus der Hand nahmen.

Noch bevor sie aufstehen oder gar fliehen konnte, hatte ein Mann das Gitter aufgebrochen. Er hatte die Zähne zusammengebissen, seine Haut war leichenblass, sein Auge wild aufgerissen. Sie schrie auf, dann schlug sie sich die Hand vor den Mund. Was hatte sie nur getan!

Es war Angus, der zu ihr aufstarrte, tropfnass und atemlos, die Ahle in den verkrampften Fingern.

Er war nicht tot, noch nicht einmal verwundet!
Jacqueline hätte ihn vor Erleichterung am liebsten umarmt, wenn er nicht so erbost ausgesehen
hätte.

Denn durch ihren Schrei hatten die Wachtposten in ihre Richtung gesehen, und jetzt ertönten
Rufe von den Mauern.

In Sekundenschnelle waren sie umstellt. Angus
wurde die Ahle abgenommen, und die Hände
wurden ihm grob hinter dem Rücken gefesselt.
Er wehrte sich, doch er hatte keine Chance.

Zum zweiten Mal an diesem Tag wurde Jacqueline ganz übel, doch nicht, weil ihr die Hände gefesselt wurden. Nein, Angus war gekommen, um
sie zu retten, doch sie hatte ihren Mund nicht halten können, und jetzt würden sie beide sterben.

❋

Die Behauptungen dieser Jacqueline machten Pater Michael zu schaffen.

Tatsächlich hegte er schon seit langem den Verdacht, dass in Airdfinnan nicht alles so war, wie es
sein sollte, doch von Natur aus war er eher zurückhaltend. Pater Aloysius würde ihn sofort aus
diesem wundervollen Garten verbannen. Allerdings hatte es ihn beunruhigt, wie eingehend sich
der andere Priester über Pflanzengifte erkundigt
hatte, besonders über solche, die nur schwer zu
entdecken waren. Aus gutem Grund behielt Pater
Michael den Großteil seines Wissens für sich, und
er stellte sich oft unwissender, als er wirklich war.

Und es gab ihm zu denken, dass er die verbrannten Überreste des alten Klosters gefunden hatte und dass Pater Aloysius behauptete, er sei niemandem Untertan. Stolz war für Pater Michael die schlimmste aller Todsünden, und Pater Aloysius schien in dieser Hinsicht sehr gesündigt zu haben, seit Airdfinnan ihm zuteil geworden war.

Der jüngere Priester hatte gelernt, den schmeichelnden Worten von Frauen zu misstrauen. Vielleicht sollte er jetzt daran denken, wie verhängnisvoll Adam von Eva in Versuchung geführt worden war und dass sie dies allein durch ihre Überredungskunst vollbracht hatte.

Dennoch gab es in seiner Familie Frauen, denen er voll und ganz vertraute. Und das Fräulein hatte so aufrichtig gewirkt, dass er die Sache nicht einfach auf sich beruhen lassen konnte, obwohl das wahrscheinlich klüger gewesen wäre.

Er betrat das Hauptgebäude mit der Absicht, Pater Aloysius über die redselige Besucherin zu befragen. Es war immer gut, die andere Seite einer Geschichte anzuhören, bevor man seine Schlüsse zog. Doch der Raum war fast leer, und aus der Küche drangen Männerstimmen herüber. Hinter der Trennwand, die Pater Aloysius' Quartier von den Gemeinschaftsräumen trennte, war ein Murmeln zu hören.

»Und der Äbtissin von Inveresbeinn sende ich die besten Wünsche für ihre Gesundheit.« Pater Aloysius sprach langsam und in lateinischer Sprache; offensichtlich diktierte er einem Schreiber. »Außerdem teile ich ihr mit, dass eine Novizin, die nach Inveresbeinn kommen wollte, in großer

Not vor meinen Toren erschienen ist. Sie heißt Jacqueline und ist offenbar von einem Banditen missbraucht worden. Da ihr Gesundheitszustand sehr bedenklich ist, werde ich mich persönlich um ihr Wohlergehen und ihre Sicherheit kümmern, bis ich sie zu Euch schicken kann, wie es ursprünglich vorgesehen war.«

Pater Michael richtete sich auf. Der Jacqueline, die er heute kennen gelernt hatte, fehlte absolut nichts.

»Lest mir das bitte noch einmal vor.«

Während der Diener das tat, schlich Pater Michael näher und blieb neben dem Tisch stehen. Er war nach einem Mahl noch nicht abgeräumt worden – vor seinen Augen stibitzte ein Hund einen Knochen vom Tisch. Eine Kiste mit Feigen stand darauf, und weil er einen gewissen Appetit verspürte, nahm Pater Michael sich eine Frucht.

Er hatte sie schon fast an den Lippen, da ließ ihn ein seltsamer Geruch stutzen, der nur einem Pflanzenkenner mit guter Nase auffallen würde.

Er schnupperte noch einmal, erkannte den Geruch von Eisenhut und legte die Frucht wieder zurück, misstrauischer als je zuvor.

Auf dem Tisch lag auch ein zusammengeknülltes Stoffbündel, dass er zunächst nur für Lumpen gehalten hatte.

Doch aus der Nähe war ein roter Fleck zu sehen. Pater Michael betrachtete ihn, dann breitete er das Kleidungsstück aus. Es war ein Waffenrock, wie ihn Ritter trugen, und zeigte einen großen Fleck, der nur von Blut stammen konnte. Er befühlte das Tuch nachdenklich und entdeckte das rote Kreuzfahrerkreuz, das darauf genäht war.

Er beugte sich vor und roch an dem Tuch, und seine geschulte Nase erkannte unter den vordringlichen Gerüchen nach Mann und Eisen auch fremdländische Gewürze und Rauch. Wenn ihn nicht alles täuschte, war dieser Umhang kürzlich im Ausland gewesen.

An der Innenseite des Rockes fanden sich Spuren, die nur von einem Kettenhemd stammen konnten. Er erinnerte sich an das dunkle Ross im Stall – ein bemerkenswertes Tier, wie es in dieser Gegend selten war. Vermutlich war der Träger dieses Rockes auch der Reiter dieses Pferdes gewesen.

Jacqueline hatte behauptet, ein Ritter werde verfolgt, weil er sich als Angus MacGillivray ausgab, der bekanntermaßen am Kreuzzug teilgenommen hatte. Eigentlich sollte es ihn nicht scheren, dass sie Novizin werden wollte, doch er konnte diese Tatsache nicht ignorieren. Jemandem, der einen ganz ähnlichen Weg gewählt hatte wie er selbst, schenkte er bereitwilliger Glauben.

Man musste über großen Reichtum verfügen, um sich als Ritter auszugeben, wenn man keiner war. Pater Michael hatte schon vor langer Zeit gelernt, dass die Wahrheit oft die überzeugendste Erklärung ist – nur Lügen brauchten ein ganzes Netzwerk von Täuschungen.

Doch er war von Natur aus vorsichtig. Er wollte sichergehen, bevor er eine kühne Anschuldigung vorbrachte. Es gab einen Ort, an dem man über alle Kreuzzügler Bescheid wusste, die in dieses Land zurückkehrten. Keine zehn Meilen von Pater Michaels Heimatkloster entfernt hatte König William ein Templerstift eingerichtet. Er würde sich bei den Templern erkundigen.

Eilig stopfte er den Rock unter seine Soutane, dann nahm er spontan auch die Feigen. Es war zwar Diebstahl, doch er konnte es nicht mit seinem Gewissen vereinbaren, dass das aufrichtige Mädchen vergiftet wurde, während er nicht da war.

Vielleicht hatte Jacqueline Recht, vielleicht war sie auch nur eine Marionette in einem Männerspiel; so oder so hatte sie den Tod nicht verdient.

Er wollte durch seine Tat eine Novizin Gottes beschützen.

Als er durch die Tore eilte, als wäre alles in bester Ordnung, kam Pater Michael ein guter Gedanke. Die Tempelritter trugen auch ein solches Kreuz auf ihren Waffenröcken, und wenn dieser Mann einer der ihren war, dann würden sie seinen Tod rächen, ganz gleich, wie er hieß.

✳

»Du bist sicher wütend auf mich.«

Angus legte die Stirn an die kalte Wand von Airdfinnans Kerker und schüttelte den Kopf. »Wieso sollte ich?«, sagte er viel ruhiger, als ihm zu Mute war. »Schließlich habe ich ein ganzes Jahr im Gefängnis verbracht, auf ein paar weitere Nächte kommt es da auch nicht mehr an.«

»Du bist *doch* wütend.«

Angus seufzte, und an diesem so schmerzlich vertrauten Ort bekam er Gänsehaut. Es war seine schlimmste Furcht gewesen, wieder eingesperrt zu werden, und er kämpfte gegen das Entsetzen an, das in ihm aufstieg.

»Es wäre auch verwunderlich, wenn ich mich freuen würde, oder?«

Jacqueline erwiderte nichts. Er hatte auch nicht so höflich geklungen, wie er beabsichtigt hatte. Dieses Schweigen war nicht gut für ihn. Trotz der Dunkelheit, die sie umgab, war er sich nur zu bewusst, wie klein dieser Raum war.

Er hörte Wasser auf Stein tropfen, spürte die kühlen Steinmauern an seiner Haut. Er schloss das Auge und merkte, wie ihm Schweiß den Rücken hinunterrann. Er saß in der Falle. Schon wieder. Gefangen in der Dunkelheit, in einem kalten, feuchten Kerker unter dem Erdboden, von Männern, denen es am liebsten wäre, wenn er leise und ohne großes Aufsehen sterben würde.

Sein Vater hatte unter Airdfinnans Hauptgebäude nur eine einzige Zelle einrichten lassen. Sie war in den Felsen der Insel gehauen und verfügte nicht über einen Abfluss. Wahrscheinlich war es besser so, denn dadurch konnten wenigstens keine Ratten eindringen.

An einer Wand führten schmale Steinstufen hinab in die unebene Grube. Die Kammer selbst maß im Durchmesser etwa ein halbes Dutzend von Angus' Schritten. Die einzige Tür war eine Falltür, die von unten keine Kanten hatte und von oben mit zwei schweren Eisenriegeln zugesperrt war.

Fergus hatte den Kerker schrecklich sicher konzipiert, obgleich er kaum benutzt worden war, wenn Angus sich recht erinnerte. Ewen und er hatten einander hier zum Spaß eingesperrt und waren dafür immer streng gescholten worden. Diese Spiele hatten stattgefunden, bevor Angus in einer ähnlichen Zelle das wahre Entsetzen kennen gelernt hatte.

Zitternd holte er Luft und richtete den Blick auf den dünnen Lichtstreifen an der Falltür. Schon jetzt hätte er am liebsten laut geschrien.

»Ich dachte schon, du wärst tot«, gestand Jacqueline.

»Das war wohl etwas voreilig.«

»Er hat mir Feigen angeboten«, sagte sie bitter, und Angus versuchte in der Dunkelheit, ihre Züge zu erkennen. War sie etwa so dumm gewesen, davon zu essen? »Ich habe zwar keine genommen, aber jetzt sind wir beide verloren, Angus.«

Sie kam zu ihm und lehnte sich neben ihn an die Wand. Ihr Duft war ungewöhnlich beruhigend.

Natürlich würde ihre Gesellschaft einen Preis haben. Er konnte förmlich spüren, wie ihre Blicke ihn durchbohrten. Schon bald würde sie etwas fragen.

»Wie lange warst du unter dem Gitter?«

»Eine Ewigkeit.«

»Sie hätten dich nicht von deiner blinden Seite angreifen dürfen«, sagte sie erstaunlich hitzig.

Angus zwinkerte. Jacqueline war nicht dumm, doch er konnte sich nicht denken, was sie meinte. »Dir muss doch wohl klar sein, dass sie jeden Eindringling festnehmen.«

»Natürlich ist mir das klar!« Sie marschierte durch die Zelle und wieder zurück. »Aber es war einfach so – so *unhöflich*!«

»Unhöflich«, wiederholte Angus erstaunt.

»Schließlich war es doch von Anfang an keine Frage, wer die Oberhand behalten würde – meine Güte, sie waren schließlich zu *acht*! Sie hätten wenigstens etwas höflich zu dir sein können.«

Jacqueline legte ihm plötzlich eine Hand auf den Arm. »Es tut mir Leid, Angus. Ich bin so wütend, weil ich für unsere Notlage doppelt verantwortlich bin.«

Er schüttelte den Kopf. »Du wolltest mir nur helfen.«

»Aber ich hätte von Anfang an auf dich hören sollen. Und ich hätte nicht so idiotisch schreien dürfen. So etwas ist eigentlich eher die Art meiner Schwester Alienor.« Sie stieß ein leises Geräusch aus, das wie das Knurren einer unzufriedenen Katze klang. »Und großer Gott, ich möchte mich wirklich nicht mit ihr vergleichen! Das ist absolut unerträglich.«

Er musste gegen seinen Willen lächeln, denn Ewen und er hatten es auch immer gehasst, wenn man sie miteinander verglichen hatte; dabei hatten sie einander sehr nahe gestanden.

Jacqueline rückte plötzlich dicht an ihn heran. »Aber ich hatte einfach nicht damit gerechnet, dass jemand in dieser Öffnung stecken könnte, und du sahst aus wie eine Leiche.« Mit den Fingern strich sie ihm sanft über die Haut, als wolle sie sich vergewissern, dass er tatsächlich noch lebte. »Ich hatte Angst, du wärst tot oder würdest es bald sein. Sie haben nämlich deinen Rock gebracht, und er war voller Blut –«

»Nur ein Trick, Jacqueline. Ich wusste, dass Aloysius mich suchen lassen würde, nachdem du hier aufgetaucht warst. Ich habe ihm nur geliefert, was er suchte, in der Hoffnung, das würde ihn zufrieden stellen.«

»Du hattest Recht, und ich habe mich geirrt. Wieder mal. Ich hätte auf dich hören sollen, statt voreilig durch diese Tore zu stürmen.« Sie seufzte, und er konnte sich vorstellen, wie sich die zarten Brauen zusammenzogen. »Ich hätte es nie für möglich gehalten, dass ein Priester so ungerecht sein kann.«

Angus schüttelte den Kopf. »Es ist ja kein Verbrechen, wenn man gut von seinen Mitmenschen denkt. Ich würde es dir gerne ersparen, lernen zu müssen, wie trügerisch die Menschen sein können.«

»Aber du hast mich nie belogen«, sagte sie sanft. »Pater Aloysius hat das zwar behauptet, aber ich wusste, dass er log. Er sagte, du hättest eine falsche Identität vorgegeben, doch ich wusste, dass es nicht wahr war. Er sagte, er hätte dich nicht erkannt, aber das war auch nur eine Lüge. Wenn du nicht der wärst, der du zu sein vorgibst, wie hätte Edana dich dann erkennen sollen? Und woher solltest du diese Gegend so gut kennen, wenn du nicht hier aufgewachsen wärst?«

Ihr Vertrauen wärmte ihm das Herz, doch Angus sagte nichts. Er hielt sich vor Augen, dass sie nur für ihn schwärmte, dass sie aus freiem Willen ins Kloster gehen würde, dass er ihr nichts bieten konnte und dass er bereits mehr genommen hatte, als richtig gewesen war.

Doch all diese guten Argumente konnten ihn nicht überzeugen.

Ja, obwohl er ihr die Gefangenschaft gerne erspart hätte, war er froh, dass sie bei ihm war. Jacquelines strahlendes Wesen ließ ihn die Finsternis leichter ertragen.

»Was hättest du gemacht, wenn ich nicht aufgetaucht wäre?«, fragte Jacqueline.

»Ich wäre zum Fluss zurückgekehrt, obwohl ich hoffte, die Frauen würden etwas Nützliches zu mir hinunterwerfen.«

»Doch stattdessen hast du nur Waschwasser abbekommen.« Jacqueline klang wohltuend belustigt. »Du riechst nämlich nach Seifenlauge.«

»Besser als das, wonach ich vorher roch.«

Da lachte sie, und der fröhliche Klang hallte in dem kleinen Raum wider. »Zumindest haben sie viele Kräuter benutzt, sonst würdest du nach Mönchsschweiß riechen. Meine Mutter sagte immer, viele von ihnen scherten sich nicht um weltliche Sauberkeit.«

Angus wollte vermeiden, dass sie wieder verstummte, daher griff er ihre Bemerkung auf. »Du sprichst oft voller Liebe von deiner Mutter. Erzähl mir doch mehr von deiner Familie.«

»Wirklich?«

»Wirklich. Ich würde gerne mehr erfahren.«

17. Kapitel

Mehr Ermutigung brauchte Jacqueline nicht.

Sie erzählte Angus von ihrer Mutter und den Ehemännern ihrer Mutter, und mehr von diesem Duncan, den sie als ihren Vater zu betrachten schien, obgleich sie nicht blutsverwandt waren. Voller Zuneigung erzählte sie von ihrer älteren Halbschwester, obwohl diese Frau offenbar sehr selbstsüchtig war.

Jacqueline erzählte vom Charme ihrer jüngeren Schwester Esmeraude und von der süßen Mhairi, der jüngsten von allen. Sie spickte ihre Beschreibungen mit Anekdoten und Erinnerungen, mit Streichen, die die Mädchen einander gespielt hatten, und mit gemeinsam erlebten Abenteuern.

Sie erzählte noch mehr von der Abreise aus Frankreich, von den Zukunftsängsten, die sie damals geplagt hatten, von ihrer Freude über die Schönheit und Wildheit von Ceinn-beithe. Sie äußerte Verärgerung über die gesellschaftlichen Zwänge und die strengen Vorschriften in Frankreich, dann gestand sie lachend, dass sie eigentlich nur wenige kannte. Sie wusste nur, dass sie die ›alte Kröte‹ hatte heiraten sollen.

Sie sprach wehmütig von zwei kleinen Neffen in Crevy-sur-Seine, die sie noch nie gesehen hatte, da sie nach Schottland aufgebrochen war, als ihre

Tante mit ihrem zukünftigen Erben schwanger gewesen war. Sie erzählte von Hochzeiten und Geburten und Spielen, die die Mädchen als Kinder miteinander gespielt hatten. Sie unterrichtete ihn darüber, dass Duncan ausgezeichnet Geschichten erzählen konnte, und erfreute Angus mit ihrer Lieblingsgeschichte.

Angus genoss es, ihr zuzuhören. Jacquelines helle Stimme erfüllte den kalten Kerker, ihre Geschichten entlockten ihm in der Finsternis häufig ein stilles Lächeln. Allein mit der Kraft ihrer Worte verdrängte sie die Gespenster wieder in die fernen Schatten, in die sie gehörten.

Als sie von diesen beiden kleinen Neffen in Crevy sprach, musste er unvermittelt an seinen Bruder denken, und dann überkam ihn die Erkenntnis, dass er niemanden hatte, der seinen Namen weiterführen würde. Jacqueline erzählte mit Begeisterung von den Schwächen und liebenswerten Eigenarten ihrer Familie, doch er hatte niemanden, von dem er berichten konnte.

Zumindest niemanden, der noch lebte.

Was würde sein Vater wohl davon halten? Dieser Mann, der geglaubt hatte, er würde hier in Airdfinnan eine Dynastie gründen, wäre sicher bitter enttäuscht gewesen.

»Wie bringst du es nur übers Herz, sie alle zu verlassen?«, unterbrach er Jacquelines Bericht unvermittelt.

»Was meinst du damit?«

»Du bist umgeben von deiner Familie, und ganz offensichtlich liebst du sie sehr. Wieso verzichtest du auf das alles, um Novizin zu werden?«

»Wieso hast du denn deine Familie verlassen?«

»Ich hielt es für meine Pflicht und dachte, ich könne sie retten, aber du hast keinen solchen Grund. Du weißt, dass sie dich nicht besuchen kommen dürfen, und du sie auch nicht. Du wirst keine Neuigkeiten von ihnen hören, wirst es nicht erfahren, wenn sie Kinder bekommen, heiraten oder sterben.«

»Du klingst wie meine Mutter«, sagte sie stur. »Ich habe die Entscheidung getroffen, die mir damals als die klügste erschien.«

»Und jetzt?«

»Ein ehrenhafter Mensch bleibt bei seinem Wort.«

»Aber vielleicht hast du jetzt ja zu schätzen gelernt, worauf du verzichten müsstest.«

»Ich habe dir doch schon einmal gesagt, dass eine Frau nur die Wahl zwischen dem Kloster und dem Altar hat.« Ihre Stimme klang herausfordernd. »Eine andere Alternative gibt es für mich nicht. Meine Entscheidung steht fest, und ich stehe dazu.«

Da ahnte er, was sie von ihm wollte, und unter anderen Umständen hätte er es ihr nur zu gerne gegeben. Doch er würde Jacqueline keine Alternative bieten, denn er konnte es nicht. Sie verdiente einen Mann, der sie glücklich machen, der ihr Sicherheit und Wohlergehen garantieren konnte.

Seine Bekanntschaft hatte sie dagegen nur in einen Kerker gebracht, aus dem sie wahrscheinlich nicht mehr entkommen würde. Er hatte schon genug Schaden angerichtet, da würde er nicht noch etwas versprechen, was er nicht halten konnte.

Er nahm sich nichts, was ihm nicht zustand, und er versprach nichts, was er nicht halten konnte. So einfach war das.

Angus spürte, dass Jacqueline ihn eine Weile ansah, dann seufzte sie schließlich auf. Er hörte, dass sie die Steinstufen zur Falltür hinaufstieg und ungeduldig dagegen drückte. Angus brauchte ihr nicht zu sagen, dass sie sich nicht öffnen würde – sie wusste es ja selbst. Sie klopfte und rief, doch niemand antwortete.

»Er könnte doch zumindest mit uns reden«, sagte sie verärgert. »Er könnte uns verurteilen oder unseren Tod anordnen. Ich finde es einfach unerträglich, so ignoriert zu werden.«

»Er will vermeiden, dass seine Leute durch die Wahrheit umgestimmt werden.«

»Du glaubst doch nicht wirklich, dass man uns hier einfach verhungern lassen wird!«

»Wahrscheinlich verdursten wir.« Angus erschauerte, denn seine Kleidung war noch nass. Vielleicht würde er auch Fieber bekommen und als Erster sterben.

Das gab ihm eine schwache Hoffnung. »Wenn ich zuerst sterbe, musst du es ihnen unbedingt sagen.«

»Es ist aber sehr unwahrscheinlich, dass du als Erster stirbst. Du bist doch viel größer und kräftiger als ich.«

»Aber mir ist kalt, und ich bin nass bis auf die Knochen. Nein, Jacqueline, es wird mich erwischen, und du musst mir schwören, dass du es ihnen sagen wirst. Dann musst du sie unbedingt davon überzeugen, dass du nicht daran geglaubt hast, ich sei Angus MacGillivray. Hast du mich verstanden?«

Sie stieg die Stufen hinunter, trat direkt vor ihn und boxte ihn fest vor die Brust. »Du wirst nicht sterben! Das dulde ich nicht.«

Angus lachte leise auf. »Ich wusste gar nicht, dass du solchen Einfluss hast.«

»Mach dich nicht über mich lustig!« Sie schlug ihn gegen die Schulter, und der nasse Stoff klatschte gegen ihre Hand. »Du bist ganz nass.«

»Ja. Das kommt davon, wenn man stundenlang in einem Abfluss sitzt.«

»Und jetzt stehst du hier dumm herum und wartest nur darauf, dass du krank wirst.«

»Das ist doch mittlerweile auch egal.«

»Überhaupt nicht. Jetzt leg deine Kleidung ab, und zwar sofort.«

»Das werde ich nicht tun.«

»In dieser Finsternis musst du dich doch nicht genieren, nicht nach allem, was wir gemeinsam getan haben. Außerdem steht dein Leben auf dem Spiel!«

»Du hast mir nichts zu befehlen.«

»Doch, wenn du zu dumm bist, um auf deinen eigenen Verstand zu hören.«

Und er hatte sie tatsächlich für ängstlich gehalten. War das wirklich erst wenige Tage her?

»Es ist doch wirklich egal«, wandte Angus ein, doch sie packte sein Hemd und riss es ihm vom Leib. Er selbst hatte es zwar bereits halb zerrissen, dennoch war er sehr überrascht.

»Du unerträglich sturer Bock«, murmelte sie.

Angus protestierte, doch sie war bereits an seiner nassen Hose zugange, und ihre Entschlossenheit erheiterte ihn. Er ergriff ihre Hände. Es war gar nicht so unangenehm, dass sich jemand um sein Wohlergehen kümmerte. »Schon gut, ich sehe ein, dass du dich nicht abbringen lässt. Dürfte ich aber ein paar Kleidungsstücke behalten?«

»Nur, wenn du sie ausziehst.«

»Ach, meine Hexe, es ist lange her, seit eine Frau mir die Kleider vom Leib gerissen hat, weil sie mich unbedingt nackt haben wollte.«

Sie schnappte empört nach Luft, und Angus hätte sie zu gerne erröten sehen.

»Du willst mich nur schockieren, damit ich dich in Ruhe lasse«, flüsterte sie hitzig. »Das wird dir aber nicht gelingen. Ich will, dass du gesund bleibst, Angus, und davon kannst du mich nicht abbringen.«

Dagegen gab es keinen vernünftigen Einwand. Er zog seine Hose aus und wrang sie aus. Das Wasser tropfte auf den Steinboden, während er nackt in der Finsternis stand. Er hörte, dass Jacqueline etwas machte, doch er erriet nicht, was es war. Dann legte sie ihm die Hand auf die Brust.

»Du bist zu kalt. Dreh dich um und leg die Hände an die Wand.«

Er gehorchte, und sie rieb ihn ab wie ein verschwitztes Streitross. Das Tuch, das sie dazu benutzte, war aus kratzigem Wollstoff und verbreite eine angenehme Wärme auf seiner Haut. Es gelang ihr wirklich, ihn zu erwärmen. Ihre Brüste streiften seinen Arm, und nur eine dünne Lei-

nenschicht war dazwischen. Da begriff er, dass sie
ihr eigenes Gewand benutzte.

»Wo hast du das gelernt?«

»Meine Mutter versorgt so die Unglücklichen,
die versehentlich ins Meer gefallen sind. Sie meint,
wenn man die Haut belebe, könne sich der Körper
besser von dem Schock erholen.«

»Wirklich eine praktisch veranlagte Frau.«

»Was für Pferde gut ist, sagt sie immer, ist auch
für Menschen gut.«

»Deine Mutter mag Pferde?«

»Genau wie ich. Sie jagt häufig mit einem Falken, wie man es in Frankreich tut, aber ich mag
die Jagd nicht. Ich reite lieber einfach nur.«

»Und du versorgst dein Ross selbst.«

»Natürlich! Die Pflege fördert die Beziehung
zwischen Reiter und Ross.«

»Sagt deine Mutter?«

»Ja.«

»Sie hat dir viel beigebracht. Ihr Wissen über
Pferde hat sie sicher von Männern, die sich auf
ihre Tiere verlassen müssen.«

»Ihre Familie ist von vornehmer Herkunft.
Mein Onkel ist ein Ritter und Edelmann, sowohl
mein Vater als auch mein erster Stiefvater waren
ebenfalls Ritter. Bevor ich Lucifer sah, konnte ich
nie richtig glauben, was sie über die Größe von
Streitrössern erzählt hat.«

»Er ist ein wunderbares Tier.«

Ihre Hände hielten inne. »Wo stammt er wirklich her?«

»Aus Damaskus. Er wurde in Damaskus gezüchtet.«

392

Sie beugte sich so nahe, dass er ihren Atem spüren konnte. »Wieso hast du es die Hölle genannt?«

»Weil es meine Hölle war.«

»Warum?«

»Stellst du immer so viele Fragen?«

»Wenn ich warten würde, bis du freiwillig etwas erzählst, dann würde ich ja nie etwas erfahren«, sagte sie vorwurfsvoll, jedoch mit einem Hauch von Belustigung. »Ich würde wahrscheinlich vor Neugier umkommen.«

»Ich wusste gar nicht, dass Neugier tödlich sein kann.«

Sie lachte und lehnte sich an ihn. »Apropos – wie ist der Wachtposten eigentlich an deinen Umhang gekommen?«

»Er hat ihn mir gestohlen.«

»Und du hast dich als Leprakranker ausgegeben.«

»Ich bin ja sowieso kein schöner Anblick, da war es nicht schwer, ihn davon zu überzeugen.«

Sie lachte wieder und klopfte ihm mit den Fingern auf die Schulter. »Ich kann dir sagen, du hast ihm wirklich zu schaffen gemacht. Er hat sich gekratzt, als hätte er sich wirklich angesteckt. Wahrscheinlich entstehen durch seine Ängste tatsächlich Wunden in seiner Haut.«

»Und das findest du lustig?«

»Er hat dir deinen Umhang gestohlen, und ich hatte Angst, er hätte dich getötet«, sagte sie heftig. »Er hat es verdient, für seine Verbrechen zu leiden.« Und sie rieb seinen Rücken so heftig, dass Angus fürchtete, sie würde ihm die Haut von den Knochen scheuern.

Doch er konnte und wollte sie nicht daran hindern. Er würde alles erdulden, nur damit sie weiter schwatzte.

»Also, warum war Damaskus deine Hölle?«, bohrte sie nach, und diese wenigen Worte machten seine gute Absicht beinahe zunichte.

»Weil ich dort gefangen gehalten wurde. Hör auf zu schrubben, ich bin jetzt trocken genug.« Er drehte sich um, doch sie wich zurück, so dass er die Wolle nicht ergreifen konnte.

»Wieso?«

»Ich werde es dir nicht erzählen.«

»Wie lange?«

Angus stemmte die Hände in die Hüften. »Du bist eine unglaublich hartnäckige Person, wo immer du auch sein magst.«

»Ich will nur die Wahrheit wissen.«

»Und du wirst sie nicht erfahren. Ich werde nicht darüber sprechen.« Er klang sehr entschieden, und sie wechselte lieber das Thema.

»Dann erzähl mir von Lucifer. Wie hast du ihn bekommen?«

»Ich bin dir doch nichts schuldig. Ich muss dir weder das eine noch das andere erzählen. Ich muss dir überhaupt gar nichts erzählen!«

»Dann bleiben wir hier also in aller Stille sitzen und warten auf den Tod. Ja, das ist wirklich ein viel besserer Plan«, erwiderte sie barscher, als er erwartet hatte. »Damit wir auch richtig spüren, wie sich die Stunden quälend in die Länge ziehen, und gründlich über unser Unglück nachgrübeln können. Vielleicht sterben wir sogar eher, wenn wir uns nicht gegen unser Schicksal wehren, doch es wird uns viel länger vorkommen.«

Angus entgegnete nichts. Zweifellos war es besser, wenn sie wütend auf ihn war. Ihm war viel zu deutlich bewusst, wie nah sie ihm war, wie zerbrechlich – und welche Gefahr er für sie darstellen konnte, wenn ihn das Entsetzen übermannte.

Denn früher oder später würde das geschehen.

Es war nur eine Frage der Zeit.

Angus sah auf und stellte fest, dass der dünne Lichtstreifen verschwunden war. Er schluckte, denn die Dunkelheit war ihm quälend bewusst. Er würde so lange wie möglich wach bleiben, denn mit dem Schlaf kamen immer die schlimmsten Ängste.

Er musste Jacqueline so weit wie möglich von sich fern halten. Er wusste nicht, was er tun würde, wenn die Gespenster der Vergangenheit ihn überkamen.

Jacqueline seufzte und sprach zögerlicher, als ihr lieb war. Sie war stets bereit, böse Worte schnell zu vergessen, und diese Eigenschaft gefiel ihm sehr. »Ich möchte dir danken, dass du mir zur Hilfe gekommen bist, obwohl ich deine Absichten so zunichte gemacht habe. Es war sehr edel von dir, dass du mich retten wolltest.«

»Ich bin nicht deinetwegen gekommen«, log Angus mit barscher Stimme. »Wie du sicher noch weißt, hatte ich dich bereits freigelassen. Ich bin schließlich nicht dafür verantwortlich, auf ewig für deine Sicherheit zu sorgen.«

»Verstehe.« Ihre Stimme klang verärgert. »Warum bist du dann hier?«

»Ich wollte natürlich Lucifer holen. Das Tier war entsetzlich teuer, und ich kann es mir nicht erlauben, es zu verlieren.« Er seufzte, als wären seine Sorgen geringer, als wirklich der Fall war. »Doch es zeigt sich wieder einmal, dass er seinen Namen zu Recht trägt. Dieser Unfug wird mich wahrscheinlich das Leben kosten.«

Ihr Schweigen sagte alles.

Angus bereitete es beinahe körperliche Schmerzen.

»Das konnte ich ja nicht ahnen«, brachte sie schließlich hervor. Er hörte ein Rascheln, als würde sie sich ihr Gewand wieder über den Kopf ziehen. Sicher stand sie ihm mit erhobenem Kinn gegenüber. »Dann wünsche ich dir eine gute Nacht, und angenehme Träume.«

So war es viel besser, redete Angus sich ein. Dennoch fühlte er sich wie ein niederträchtiges Schwein. Er zog seine feuchte Kleidung wieder an und setzte sich auf die Stufen, damit er den ersten Schimmer des Tageslichts sofort erblicken würde.

Und als der Atem des Fräuleins ruhiger ging und die Finsternis ihn zu sehr belastete, nahm er sie, schwach wie er war, in die Arme und drückte sie an sich. Er redete sich ein, dass er damit nur dafür sorgen wollte, dass sie nicht fror, doch er wusste selbst, dass es eine Lüge war. Angus schlang die Arme um sie, zwang sich, wach zu bleiben, und wartete ungeduldig auf den Tagesanbruch.

❄

Als Jacqueline erwachte, war sie von ungewohnter Wärme umgeben. Es dauerte einen Augenblick, bis ihr wieder einfiel, wo sie sich befand, und einen weiteren, bis sie erkannte, dass Angus sie an sich drückte. Sie setzte sich abrupt auf, und er ließ die Arme fallen. An diesem Morgen fiel ein schwacher Lichtschein in das Verließ, vielleicht aufgrund des Winkels, in dem die Sonne stand, und sie musterte ihn misstrauisch.

Seine Miene war angespannt und spiegelte ihre eigene Unsicherheit wider. Sein Kinn war recht borstig, und er hatte Schatten unter den Augen. Er sah gefährlich und verwegen aus.

»So hatten wir es beide wärmer«, sagte er schlicht, schob sie beiseite, stand auf und ging in dem kleinen Raum auf und ab.

»Du hast gar nicht geschlafen.«

»Was interessiert dich das?«

»Stimmt es denn?«

Er seufzte und sah sie strafend an. »Ja.«

»Warum denn nicht? Hattest du Angst, man würde uns in der Nacht etwas antun?«

Fast hätte er gelächelt. »Nein, so edel bin ich nicht. Ich war einfach nicht müde.«

»Lügner. Du siehst völlig erschöpft aus.«

»Das ist doch egal.«

»Nein, ist es nicht!« Jacqueline sprang auf und marschierte hinter ihm her, obgleich er sie ignorierte. »Du brauchst deinen Schlaf, wenn wir eine Gelegenheit zur Flucht ergreifen wollen. Wenn du erschöpft bist, wird es uns nicht gelingen, denn schließlich kann ich dich nicht tragen.«

»Ach ja, die Hoffnung auf Flucht.« Er hielt inne und sah übertrieben aufmerksam hinauf zur Falltür. »Und wie soll das geschehen?«

»Ich weiß es nicht! Zumindest noch nicht.«

»Ich schon«, sagte er entschieden. »Es wird *gar nicht* geschehen. Wir werden hier sterben wie Hunde, in der Finsternis vergessen.«

Er marschierte weiter, doch Jacqueline gab keine Ruhe. »Wir werden hier nicht sterben. Das geht einfach nicht.«

»Wir haben leider nur wenig Einfluss darauf.«

»Aber wir dürfen die Hoffnung nicht aufgeben.«

Er warf ihr einen Blick zu. »Ach ja?«

»Allerdings! Denn ich bin überzeugt, dass alles ein gutes Ende nehmen wird.«

»Es geht nicht immer nur nach deinem Willen, Jacqueline«, murmelte er. Wollte er damit sagen, dass auch er sich ihrem Willen gefügt hatte? Doch er sah so abweisend aus, dass sie ihn nicht zu fragen wagte.

Sie wollte nicht hören, wie er es verneinte.

»Wenn wir eine sich bietende Gelegenheit richtig ausnutzen wollen«, wiederholte sie entschieden, »müssen wir wachen Verstandes und voller Hoffnung sein.«

Angus blieb stehen. »Ich halte es nicht für klug, sich selbst etwas vorzumachen. Du bist eine Frau mit Verstand, also mache von diesem Verstand Gebrauch. Es hat keinen Sinn, die Lage zu beschönigen.«

»Mir ist schon klar, wie schlecht es um uns steht, aber Verzweiflung nützt weniger als Hoffnung.

Gott hilft denen, die sich selbst helfen, und ich gebe mich erst geschlagen, wenn ich es wirklich bin.«

Er sah sie lange an, dann neigte er den Kopf. »Ich muss gestehen, dass dein Rat wirklich weise ist.«

»Also legst du dich jetzt schlafen?«

Angus lachte heiser, dann sah er sich in dem Raum um. »Nicht freiwillig. Nicht hier.«

»Erinnert dieser Raum dich etwa an Damaskus?«

Er erstarrte, ein sicherer Hinweis darauf, dass sie die Wahrheit durchschaut hatte. »Wieso sollte er?«

»Das hier ist ein Kerker, und als du in Damaskus gefangen warst, war es doch sicher auch in einem Kerker –«

»Denk nicht darüber nach, Jacqueline.« Angus ließ sie auf der Stufe stehen und ging wieder rastlos auf und ab.

»Warum denn nicht?«

»Weil du dann nur wieder neugierig wirst«, sagte er ungehaltener, als ihr angemessen erschien. »Und es gibt gewisse Dinge, auf die du besser nicht neugierig sein solltest.«

Er war so grimmig, dass eine andere Frau ihn sicher seiner Laune überlassen hätte. Doch seine Warnung kam zu spät – Jacquelines Neugier war bereits geweckt, und sie wollte nicht tatenlos bleiben.

»Wir müssen etwas tun, um nicht den Verstand zu verlieren.« Jetzt lief sie neben ihm her, obgleich kaum genug Platz dafür war. »Ich habe dir

Geschichten erzählt, jetzt musst du mir auch eine erzählen.«

Er sah sie finster an. »Ich habe nichts zu erzählen.«

»Du hast tausend Geschichten zu bieten, aber du willst sie nicht erzählen.«

Wieder erschien dieser Anflug von einem Lächeln auf seinen Lippen. »Ist das nicht das Gleiche?«

»Nein!« Jacqueline blieb stehen und starrte zu ihm auf. Er sah erstaunt aus, jedoch nicht verärgert, und das erhöhte die Chancen, dass er sich ihr anvertrauen würde.

Sofern sie nicht zu viel verlangte.

»Erzähl mir von Lucifer«, bat sie. »Wie hast du ihn bekommen?«

Angus lachte auf und fuhr sich mit der Hand durchs Haar. »Verflixtes Weibsbild. Gibst du denn Ruhe, wenn ich dir von Lucifer erzähle?«

»Wahrscheinlich nicht.« Jacqueline grinste offenherzig. »Aber für den Anfang würde es reichen.«

Er seufzte tief, doch sie ließ sich nicht beirren. »Ich bin dir wohl etwas schuldig, weil du dich so hartnäckig um mein Wohlergehen sorgst.«

Sie lachte. »Finde ich auch.«

»Dir ist bestimmt kalt«, sagte er scheinbar beiläufig. »Setz dich neben mich, dann können wir uns gegenseitig wärmen.«

Das konnte Jacqueline ihm nicht abschlagen. Es war schließlich nicht unangenehm, dicht neben Angus MacGillivray zu sitzen.

Sie nahm neben ihm auf den Stufen Platz und

lehnte sich an seinen angenehm warmen Arm. Er roch nach Seifenlauge, das stimmte, und nach seiner Haut, und sie bekam Gänsehaut, wenn sie sich berührten.

Als er sie näher zu sich zog, kuschelte sie sich vertrauensvoll an ihn. »So«, verlangte sie und klopfte ihm mit dem Finger auf das Knie, »jetzt hast du keine Ausrede mehr, Angus MacGillivray. Erzähl mir von diesem Ross und wie du es bekommen hast.«

Es dauerte einige Zeit, bis er den Anfang gefunden hatte, doch Jacqueline wartete bereitwillig. Wenn sie ihn drängte, würde er sich nur wieder weigern. »Ich war in Damaskus«, sagte er schließlich.

»Vor oder nach deiner Gefangenschaft?«

»Ich war in Damaskus«, wiederholte Angus entschieden. »Und ohne eine einzige Münze Geld.«

»Also nach deiner Freilassung«, folgerte sie, und er sah sie streng an.

»Wer erzählt hier die Geschichte?«

Jacqueline lächelte und legte sich einen Finger an die Lippen. »Entschuldige bitte.« Doch sie konnte ihre Zunge trotzdem nicht im Zaum halten. »Aber warum warst du überhaupt gefangen?«

Angus lachte halblaut. »Ich sollte dich vor Neugier auf diese Geschichte umkommen lassen.«

»Aber das wirst du nicht tun.« Sie hatte bemerkt, dass sich sein Tonfall änderte. »Du willst sie mir nämlich erzählen!«

»Ich erzähle dir, was ich erzählen will, und kein Wort mehr.« Er lächelte schief. »Du hast einen schwachen Moment erwischt.«

»Ich kann mir nicht vorstellen, dass du solche Augenblicke hast. Du bist einfach nur bereit, es mir jetzt zu erzählen. Warum?«

»Vielleicht will ich in meinen letzten Stunden meine Ruhe haben.«

Seine Miene war so schelmisch, dass Jacqueline ihm diese Bemerkung nicht übel nehmen konnte. Sie lachte und lehnte sich an ihn. »Dann erzähl, erzähl so viel, wie du dich traust.«

»Ich muss wohl mit dem Anfang anfangen«, überlegte Angus. »Nachdem ich bereits ein Jahr unterwegs war und viele unerwartete Abenteuer erlebt hatte, war ich endlich in Jerusalem angekommen. Der letzte Zwischenfall war ein Angriff von Dieben auf der Straße von Jaffa, bei dem mein Begleiter getötet und ich meines Geldes beraubt wurde.«

Wie es seine Art war, hielt er sich bei diesem Missgeschick nicht lange auf und sprach mit fester Stimme, doch Jacqueline war entsetzt. »Zum Glück konnte ich den Leichnam meines Kameraden retten und zu den Toren der Heiligen Stadt fliehen.

Dort traf ich auf Rodney, denn er war einer der Wachtposten. Er freute sich sehr, jemanden aus seiner Heimat zu treffen, auch wenn dieser in einem jämmerlichen Zustand war, und er bot mir sofort seine Hilfe an. Er brachte mich zu den Templern, denn er war überzeugt, dass jeder Vater seinen Sohn gerne in so erlesener Gesellschaft wissen würde. Er stand damals als Wächter in ihren Diensten, und auch ich schloss mich ihnen an.

Doch aus gewissen Gründen hatte der Meister des Ordens andere Pläne mit mir und ließ mich als Ritter ausbilden. Diese Gelegenheit nahm ich gerne wahr, und ich verdiente mir bei diesem Orden meine Sporen. Ich trat dem Orden bei, war als Ritter tätig, betete, fastete und kämpfte.«

»Und deswegen weißt du auch so viel über Armut, Keuschheit und Gehorsam.«

»Diese Gelübde sind schwerer einzuhalten, als man glauben mag.«

»Aber du hast sie eingehalten.«

»Ja, das habe ich. Und in den ersten Jahren wurde meine Hilfe in Outremer wirklich dringend benötigt. Es gab viele Erdbeben, die nicht nur Zerstörung anrichteten, sondern auch Angst vor dem schürten, was noch kommen mochte. In der gleichen Zeit hatten die Sarazenen einen neuen Anführer bekommen, einen sehr fähigen Krieger namens Saladin. Er war kühn und tapfer und strategisch sehr geschickt.

Viele der katholischen Grafschaften in Outremer fürchteten seinen Einfluss und vor allem seine Pläne für Jerusalem. Der König von Jerusalem hatte persönlich sein Wort gegeben, dass er im oberen Jordantal keine Festung errichten würde, obwohl es eine strategisch wichtige Stelle war. Doch an der Furt, an der Jakob mit dem Engel gerungen hatte, begannen die Templer mit dem Bau der Festung Chastelet.«

»Entgegen dem Abkommen?«

»Der Großmeister des Ordens erinnerte alle daran, dass das Abkommen mit dem König geschlossen worden war, nicht mit den Templern.«

»Wie günstig.«

»Die Verteidigungsanlage war zum Schutze Jerusalems unentbehrlich – vielleicht war das der Grund, wieso der König von Jerusalem seine Truppen zum Schutz des Baus abstellte. Auch Saladin erkannte die Bedeutung, denn er bot eine immense Summe, damit das Vorhaben gestoppt wurde. Doch nichts konnte den Bau dieser Mauern aufhalten. Innerhalb von sechs Monaten war Chastelet errichtet und mit fünfzehnhundert Söldnern und sechzig Templern besetzt worden.«

»Und dazu gehörtest auch du.«

»Nachdem die Festung errichtet war, zogen sich die Truppen des Königs zurück, und die Elite der Templer eskortierte sie nach Jerusalem. Saladin griff die neue Festung an, wurde jedoch zurückgeschlagen – dann überraschte er die Truppen, die sich auf dem Rückzug befanden, indem er sie in Marj Ayun umzingelte. Der König von Jerusalem und Raymond von Tripolis konnten entkommen.«

»Und die anderen?«

»Der Großmeister der Templer, Odo de St. Amand, wurde gefangen genommen, und der Großteil der christlichen Truppen wurde abgeschlachtet. Es war ein entsetzliches Massaker.«

»Und die anderen Ritter?«

»Im Osten ist es üblich, dass man gefangen genommene Edelleute oder militärische Anführer für einen möglichst hohen Preis von ihren Leuten freikaufen lässt. Die Ritter, die am Leben geblieben waren, wurden gefangen genommen und nach Damaskus ins Gefängnis gebracht, in der Erwartung, dass sie ausgelöst würden. Es widerspricht jedoch den Regeln der Templer, für einen Ritter des Ordens mehr als seinen Gürtel und sein Schwert zu bezahlen. Der Großmeister wollte sich nicht auslösen lassen, und die anderen mit ihm gefangenen Ordensritter auch nicht.«

Angus starrte finster auf den Boden des Kerkers. »In den Augen der Moslems war das Verrat. Da die Templer erst vor so kurzer Zeit gegen ein Abkommen mit dem König von Jerusalem verstoßen hatten, galt der Orden nun als wortbrüchig. Man betrachtete die Ritter als Spione und wollte sie zwingen, ihre wahren Absichten preiszugeben.«

Jacqueline hob eine Hand an sein Gesicht.

Angus sah ihr in die Augen. »Und wie kann man einen Spion am besten bestrafen? Indem man ihm das Mittel nimmt, mit dem er spioniert.«

»Sie haben nur ein Auge genommen.«

»Ich weiß bis heute nicht, wann sie das andere nehmen wollten.« Er lächelte gequält. »Vielleicht gehörte diese Ungewissheit zu ihrem Plan.«

»Aber du wurdest freigelassen.«

»Wir wurden alle freigelassen. Ein Jahr nach unserer Gefangennahme starb der Großmeister in Damaskus im Gefängnis. Mittlerweile hatte sich die Lage geändert – Saladin hatte Chastelet dem Erdboden gleichgemacht und fühlte sich von uns nicht länger bedroht. Offenbar hielt er eine Geste des guten Willens für angebracht. Die überlebenden Ordensritter durften den Leichnam des Großmeisters zurück nach Jerusalem bringen, damit er dort bestattet werden konnte. Wir bekamen sogar unsere Waffen zurück, sofern sie Erinnerungsstücke waren.«

»So wie das Schwert deines Vaters.«

»*Odins Sense.*« Angus schüttelte bei der Erinnerung den Kopf. »Den ersten Sonnenstrahl auf meiner Haut werde ich niemals vergessen, und auch nicht Rodney, wie er mit Lucifer vor mir stand. Ich war schwach und krank, doch er pflegte mich ohne Klagen, und nie wollte er mich das Geld zurückerstatten lassen, dass er für den Hengst bezahlt hatte.«

»War er denn nicht in Chastelet gewesen?«

»Nein, er hatte damals den Befehl erhalten, in Jerusalem zu bleiben. Zuerst hatte er sich darüber geärgert, doch später wusste er sein Glück zu schätzen. Nach meiner Rückkehr nach Jerusalem wurde ich für meinen Dienst für den Orden gelobt und nach meinem größten Wunsch gefragt.«

»Du wolltest nach Hause«, vermutete Jacqueline.

»Wer hätte das nicht gewollt?« Angus ließ den Blick durch den Kerker schweifen, und sie entdeckte einen verräterischen Schimmer in seinem Auge. Sie empfand tiefes Mitleid für ihn, da sie nun wusste, was ihm widerfahren war, doch seine Stimme klang sanft in dem Raum. »Wer hätte das nach alledem nicht gewollt?«

❅

An diesem Tag sagte Angus nichts mehr. Jacqueline konnte ihm seine Erschöpfung ansehen, obgleich er rastlos auf und ab ging und den Blick nicht von dem silbernen Lichtstreif löste. Als das Licht verschwunden war, ließ er die Schultern hängen, und sie spürte, dass er alle Kraft zusammennahm.

Auch wenn Angus gegen sein Schlafbedürfnis ankämpfte, ihr gelang es nicht. Enttäuscht rollte sie sich auf einer Stufe zusammen, weil er sich nicht zu ihr gesellen wollte. Viel zu bald schlief sie zum Klang seiner regelmäßigen Schritte ein.

Ein markerschütternder Schrei weckte sie auf.

In der Zelle war es stockdunkel, doch sie nahm den Geruch von Angst wahr. Angus rannte gegen die Wände an und schrie sinnlose Worte. Jacqueline setzte sich auf. Sie konnte kaum fassen, wie heftig er fluchte. Irgendwie musste sie ihm helfen.

Vorsichtig näherte sie sich ihm, denn sie konnte hören, wo er sich befand. Er brüllte zusammenhangslos, fuhr mit den Armen durch die Luft und verfehlte sie nur ganz knapp.

Seine Faust schlug beunruhigend heftig gegen die Wand, und ihr wurde klar, dass er noch schlief. Voller Angst wich sie zurück. Er murmelte wütend, kämpfte gegen unsichtbare Feinde an und schlug nach Angreifern, die nur er sehen konnte. Sie roch den Schweiß, der ihm aus den Poren rann, und konnte seine Furcht fast schmecken. Sie wusste, dass ihn die finsteren Träume aus seinen Erinnerungen gefangen hielten.

Vielleicht waren diese Erinnerungen nur deshalb so stark, weil er auf ihre Bitte hin endlich seine Geschichte erzählt hatte. Wieder war sie für sein Unglück verantwortlich.

Mit angstvoll pochendem Herzen näherte Jacqueline sich Angus. Als sie näher kam, brüllte er auf, dann schlug er um sich, als wolle er sich verteidigen. Sie duckte sich und schlang die Arme um seine Taille.

»Ich bin es, Jacqueline«, flüsterte sie, doch er packte sie bei den Schultern, als wolle er sie zur Seite schleudern.

»Nein, nein, nein.«

»Doch, ich bin es, Angus! Du träumst nur. Du musst aufwachen!«

Er verleugnete sie heftig, versuchte sich aus ihrem Griff zu befreien. Sie merkte, wie die Wut in ihm aufstieg, und da fiel ihr wieder ein, wie er sich in der Höhle beruhigt hatte. Mit zitternden Fingern löste sie das Band aus ihrem Haar und schüttelte den Zopf aus, so dass das Haar über seine Haut glitt.

Er zitterte, als sie ihn ängstlich umschlang, doch dann wurde er plötzlich ruhiger. Aus irgendeinem Grund hielt Angus bei der Berührung ihres Haars inne.

Jacqueline flüsterte beruhigend, sagte ihm, dass er nur träume, und wiederholte ihren Namen. Sie hob eine Haarsträhne, wie er es getan hatte, und fuhr ihm damit übers Gesicht.

Angus erschauerte und atmete stoßartig.

»Jacqueline«, flüsterte er heiser. Sein Griff änderte sich; er blieb zwar fest, doch jetzt drückte er sie an sich, statt sie wegzuschieben. Er vergrub das Gesicht in ihrem Nacken und atmete tief ein.

Als er sanft ihre Kehle küsste, traten Jacqueline Tränen der Erleichterung in die Augen.

Seine Lippen fanden ihre, und Jacqueline konnte ihm nichts verweigern. Er küsste sie mit unerwarteter Gier, als könne er gar nicht genug von ihr bekommen. Angus presste sie an seine Brust und senkte Küsse auf ihr Gesicht, den Hals, die Schulter, murmelte dabei ihren Namen wie eine Litanei. Seine Berührungen zeugten von so großer Verzweiflung und solchem Verlangen, dass sie sich ihm nicht verweigern konnte.

Sie wurden beide von einer Hitze verzehrt, die ihre Haut förmlich in Flammen stehen ließ. Sie schmeckten einander und berührten einander und begehrten einander mit neu entdeckter Lust. Die Dunkelheit machte Jacqueline mutig, und seine Leidenschaft entflammte sie. Sie küsste ihn innig, schlang die Zunge um die seine, war froh, dass sie seine Lust wecken konnte.

Sofort war er in ihr, und sie nahm ihn bereitwillig auf. Sie bewegten sich gemeinsam, quälten und beglückten einander, erreichten gemeinsam so schnell und so heftig ihre Erfüllung, dass ihnen beiden der Atem versagte.

Und dann liebten sie sich noch einmal, langsamer, jede Liebkosung von Koseworten begleitet. Ihre Ruhe machte das Vergnügen nicht geringer, und verwundert stellte Jacqueline fest, dass Angus sie sogar noch ein drittes Mal zum Höhepunkt bringen konnte.

Dann schlief sie ein, an ihn gekuschelt, die Füße in seinem Schoß und seine Finger in ihrem Haar.

❊

Angus hielt Jacqueline in der Finsternis umschlungen und versuchte zu verstehen, wie es ihr gelungen war, seine Alpträume zu verdrängen. Sie war wirklich furchtlos und scherte sich nicht um ihre Sicherheit, wenn sie jemandem helfen konnte.

Und dafür war er ihr unendlich dankbar.

Sicher würde Jacqueline ihn wieder fragen, wovor er sich in der Nacht fürchtete, was ihm in diesem Gefängnis widerfahren war, doch er würde es niemals erzählen. Sie ahnte ja nicht, was Menschen einander im Namen ihrer jeweiligen Überzeugung antun konnten. Vielleicht würde sie es irgendwann einmal erfahren müssen, doch Angus wollte diese Aufgabe nicht übernehmen.

Er liebte sie so, wie sie war, mit diesem Widerspruch aus Unschuld und Trotz. Angus liebte ihren optimistischen Glauben an Gerechtigkeit und ihre Entschlossenheit, nach Kräften dazu beizutragen. Er liebte ihr Lachen und ihren wachen Verstand, er liebte es, dass sie sich nicht so schnell geschlagen gab und dass sie für die Menschen eintrat, die ihr wichtig waren.

Er liebte, wie unerschrocken sie sein konnte, wie sie mit ihm diskutierte, wenn sie meinte, dass er irrte, und wie sie ständig nachfragte, wenn sie etwas nicht verstand. Sie war durch und durch schön und für ihn wie ein Wunder, so süß und sanft, doch mit einem stahlharten Kern. Er, der niemals mehr mit Liebe gerechnet hatte, war von dieser Frau in vielerlei Hinsicht geheilt worden.

Angus liebte Jacqueline, weil sie ihm so viel gegeben hatte, und deswegen würde er ihr das Einzige geben, das sie wollte. Er würde dafür sorgen, dass sie Novizin in Inveresbeinn werde konnte, denn diese Dame wollte das Leben führen, für das sie sich selbst entschieden hatte.

Schließlich hatte sie ihm das schon ein Dutzend Mal gesagt. Es war ihre Entscheidung, und er würde dafür sorgen, dass sie ihren Willen bekam.

Zumindest das war er ihr schuldig.

Jetzt brauchte er nur noch einen Plan, sie hier frei zu bekommen, und zwar so schnell wie möglich. Diese Schönheit, die in seinem Schoß ruhte, war so voller Leben, dass sie einfach nicht untergehen durfte.

18. Kapitel

»Sei ganz still«, bat Jacqueline kaum hörbar, als Angus gerade aufwachte. Erstaunlich, dass er überhaupt hatte schlafen können. Er streckte die Hand nach ihr aus, doch sie war aufgestanden und außerhalb seiner Reichweite.

Und bevor er ihr folgen konnte, begann sie ohrenbetäubend zu schreien.

»Verflucht!«, murmelte er, und sie stieß ihm nicht gerade sanft einen Zeh zwischen die Rippen.

»Gott im Himmel!«, schrie sie. »Er ist tot! Ich bin hier mit einem Toten gefangen. So helft mir doch!« Sie schrie und schrie und schrie, offenbar so von Furcht überkommen, dass sie nicht aufhören konnte.

»Du übertreibst es«, warnte Angus leise. »Man wird dich für verrückt halten.«

»Wenn ich deinen Rat will, sage ich dir Bescheid«, erwiderte sie genauso leise.

Sie brüllte wieder los und flehte die Menschen über ihren Köpfen um Hilfe an. »Helft mir, ich bitte Euch! Gott sei Eurer Seele gnädig. Er ist tot, in der Nacht gestorben. Schlimm genug, dass Ihr mich mit einem Leprakranken eingesperrt habt, doch jetzt ist er tot, und vielleicht ...« – ihre Stimme bebte vor Entsetzen – »vielleicht liegen Stücke von ihm hier herum!«

»Das ist doch nur ein Gerücht.« Angus konnte sich diese Bemerkung nicht verkneifen.

Dafür erntete er einen weiteren Tritt in die Rippen. »Ich bin verzweifelt«, zischte Jacqueline. »Und voller Angst. Also lass mich bitte weitermachen.«

Ohne seine Antwort abzuwarten, schrie sie mit neuer Kraft weiter.

Wenn ihre Lage nicht so kritisch gewesen wäre, hätte sich Angus darüber amüsiert, wie weit Jacqueline ging. Sie murmelte Gebete, sie rang entsetzt nach Atem, sie machte mehr Radau, als er einer einzelnen Frau jemals zugetraut hätte. Doch ihre Situation war wirklich ernst – und außerdem war ihre Idee gar nicht so schlecht.

Also lachte er nicht, sondern lag reglos da, in der Hoffnung, dass ihr Plan funktionieren würde. Endlich ertönten Schritte, und man hörte Männerstimmen murmeln. Leider konnte man wegen Jacquelines Geschrei die Worte nicht verstehen, aber natürlich war es nur vernünftig, dass sie jetzt nicht verstummte. Weitere Schritte waren zu hören; offenbar entfernten sich die Männer. Ob man sie einfach ignorieren würde?

Doch plötzlich wurde die Falltür geöffnet, und angenehm frische Luft drang in den Kerker.

»Was ist los mit dir, Frau?«

»Edmund! Ihr müsst mir helfen. Er ist tot! Ihr könnt mich nicht mit einem Leichnam hier unten lassen.«

Jacqueline spielte ihre maßlose Angst recht überzeugend. Angus hörte, wie sie die Stufen hinaufstieg und die Männer um Mitleid anflehte. Sie weinte, und durch die Wimpern sah er, wie sie sich verzweifelt an den Mann klammerte. Es war völlig gegen ihr Naturell, sie wirkte wie ein ganz anderer Mensch.

Und er wusste umso mehr zu schätzen, wie sie wirklich war.

»Ich kann dich nicht freilassen, denn Pater Aloysius sagt, dass ihr Verbündete seid.«

»Da hat Pater Aloysius die Wahrheit gesagt. Dieser Mann hat mich auf grausame Weise getäuscht und mich für seine schlimmen Ziele missbraucht. Er hat mich davon überzeugt, dass er der wahre Erbe von Airdfinnan sei, und ich ...« – überzeugend stockte ihr die Stimme – »Sein Bericht klang wie ein altes Troubadour-Märchen. Dumm, wie ich war, habe ich ihm geholfen, doch Pater Aloysius hatte die Wahrheit erkannt. Wenn ...« – sie schluchzte wie eine reuige Sünderin – »wenn er mir doch nur vergeben würde.«

Der Wachtposten kam misstrauisch die Stufen hinunter. »Wie ist er denn gestorben?«

»Er hat mich gestern Abend angegriffen. Was sollte ich denn tun? Ich musste schließlich meine Keuschheit verteidigen. Vielleicht habt Ihr unseren Kampf gehört?«

Das war eine schlaue Erklärung für Angus' nächtlichen Anfall.

»Schon möglich«, gestand Edmund und stieß Angus vorsichtig mit der Stiefelspitze an.

»Ich wollte die Stufen hinauf, er folgte mir, ich habe ihn hinabgestoßen, und er ist gestürzt. Ich dachte, er hätte sich nur den Kopf gestoßen, doch heute Morgen regt er sich nicht mehr.«

Jacquelines Stimme bebte. »Er ist tot, das weiß ich ganz genau, und ich will nicht mit dem Leichnam eines Banditen eingesperrt sein, und schon gar nicht mit einem Leprakranken!«

Edmund beugte sich zu Angus herab und näherte ein Ohr seiner Brust. Angus hielt den Atem an. Sicher würde der Mann sein Herz hämmern hören. Doch Edmund richtete sich wieder auf und hustete. »In dieser Finsternis kann ich nichts erkennen. Ich hole jemanden, der ihn ans Tageslicht schleppen soll.«

»Warum macht Ihr das nicht selbst?«, fragte Jacqueline herausfordernd.

»Ich fasse doch keinen Leprakranken an!«

Sie schnaubte höhnisch. »Doch seinen Umhang habt Ihr nur zu gerne gestohlen. Wie geht es eigentlich Eurer Hand?«, flüsterte sie boshaft. »Juckt sie noch?«

»Du Hexe!« Edmund stürzte auf die Treppe zu, und Angus nutzte die Gelegenheit, die Jacqueline ihm bot. Er stürzte hinter dem Mann her und griff ihn von hinten an.

Edmund war überrumpelt. Er stolperte, und als er nach seiner Klinge greifen wollte, hatte Angus sie bereits in der Hand.

Edmund riss entsetzt die Augen auf, doch Angus stach ihn nieder, nahm seinen Umhang und stieß den Mann hinunter in die Zelle. Dann überlegte er es sich anders und zog dem Mann auch noch die Stiefel aus. Erfreut entdeckte er, dass Edmund einen Dolch bei sich trug, und auch diese Waffe eignete er sich an.

In Edmunds Kleidung stieg er die Stufen hinauf

und spähte neben Jacqueline über den Rand. Klug wie sie war, hatte sie sich versteckt gehalten. Angus stellte erfreut fest, dass Edmund alleine losgeschickt worden war, um nach ihren Beschwerden zu sehen.

Vielleicht würde dieser verrückte Plan wirklich glücken. Er zog sich die Kapuze des Umhangs über den Kopf und marschierte aufrecht wie ein Wachtposten aus dem Kerker. Er zerrte Jacqueline hinter sich her, dann ließ er die Falltür zufallen und schob die Riegel fest vor.

Edmund jedoch würde das nicht mehr kümmern.

»Du hast nicht gelogen«, murmelte er, während er abschätzte, welche Hindernisse zwischen ihnen und dem Burgtor lagen. »Da liegt tatsächlich eine Leiche im Kerker.«

»Was machen wir jetzt?«

Angus sah sich aufmerksam um. Zuerst musste er dafür sorgen, dass Jacqueline freikam. »Ich denke, Edmund könnte die Gefangene freilassen. Einer so charmanten Frau wie dir würde er nicht widerstehen können.«

»Das werden sie niemals zulassen!«

»Halte die Hände hinter dem Rücken, als wären sie gefesselt. Wenn ich so dicht hinter dir gehe, wird niemand die Wahrheit bemerken.«

Jacqueline gehorchte, doch vor Aufregung konnte sie kaum atmen. »Willst du etwa einfach durch das Tor marschieren?«

Angus lächelte sie an. Er war nicht annähernd so zuversichtlich, wie er vorgab. »Es ist jedenfalls einen Versuch wert.«

In dieser Festung gab es noch zwei weitere Schätze, die ihm rechtmäßig zustanden, und Angus würde nicht ohne sie gehen. Jacqueline brauchte die Einzelheiten nicht zu erfahren. Erst würde er dafür sorgen, dass sie in Sicherheit war.

Er stieß einen unverkennbaren, hohen Pfiff aus und lächelte, als ein Ross zur Antwort wieherte. Das Tier begann auszuschlagen und zerrte an den Zügeln, die an der Stallwand festgeknotet waren. Stallburschen rannten auf den Hengst zu, doch das Tier duldete sie nicht in seiner Nähe. Lucifer bockte und trat und stellte seine Kraft eindrucksvoll unter Beweis, denn der Haken, an dem seine Zügel befestigt waren, löste sich.

Das Ross bäumte sich auf, so dass die Stallburschen in alle Richtungen davonstoben, dann raste es direkt auf seinen Herrn zu. Dieser hob Jacqueline hoch, als Lucifer sich näherte, und setzte sie auf den Pferderücken. Lucifer war zwar nicht gesattelt, doch Angus vertraute darauf, dass Jacqueline als geschickte Reiterin nicht abgeworfen werden würde.

»Schnell!« Sie streckte ihm eine Hand entgegen, um ihm beim Aufsteigen zu helfen.

Mit ernster Miene ergriff Angus die Hand seiner Dame. »Du kehrst nicht um, ganz gleich, was du hörst. Schwöre es mir.«

Jacqueline presste die Lippen rebellisch zusammen, doch damit hatte Angus gerechnet. Er drückte ihr Edmunds Dolch in die Hand. »Sorge dafür, dass du ihn überraschend zückst«, flüsterte er, dann gab er dem Ross einen Schlag auf das Hinterteil und schrie das Tier an.

Lucifer reichte diese Anfeuerung. Die donnernden Hufe übertönten Jacquelines unvermeidlichen Protest. Sie rasten am Hauptgebäude vorbei. Angus hoffte inständig, dass die Wachtposten am Tor vor dem stürmenden Ross zurückweichen würden.

»Edmund!«, schrie eine Männerstimme von hinten. »Was machst du denn da?«

Angus ignorierte den Ruf und tat so, als würde er gelassen auf den Palas zuschlendern. Er musste noch einen weiteren Schatz zurückerobern. Der Wächter hinter ihm rief ihn noch einmal, denn er spürte, dass etwas nicht stimmte.

Die beiden Männer am Tor zogen ihre Klingen, um Jacqueline den Weg zu versperren. Lucifer wurde nicht langsamer. Das Ross raste in vollem Galopp durch den Ausgang, und die Männer stürzten nieder. Der Wachtposten hinter Angus schrie eine Warnung, und plötzlich erschienen Wächter auf den Mauern.

Angus fluchte, als er sah, dass sie mit Armbrüsten bewaffnet waren. Er stieß ein Stoßgebet für Jacquelines Sicherheit hervor, dann verschwand er im Palas. Wie er gehofft hatte, lag das Schwert seines Vaters noch immer funkelnd auf dem Tisch.

Doch davor stand Pater Aloysius. Er lächelte und hatte offensichtlich mit Angus' Erscheinen gerechnet. Dann schob er sein Gewand auseinander, so dass eine juwelenbesetzte Schwertscheide zum Vorschein kam. Daraus zog er gelassen eine feine Klinge. Das Metall funkelte gefährlich.

»Ich hatte so gehofft, dass du wirklich der Sohn deines Vater bist.«

»Warum? Damit Ihr mir Airdfinnan übergeben könnt, das mir rechtmäßig zusteht?«

Pater Aloysius schüttelte den Kopf. »Nein, ich hoffte, du würdest genauso dumm sein und aus sentimentalen Gründen dein Leben riskieren. Das war nämlich der große Fehler deines Vaters.«

»Mein Vater mag seine Fehler gehabt haben, doch seine noble Gesinnung war sein großer Vorzug«, verkündete Angus und hob Edmunds Schwert.

Vielleicht würde er dieses Gebäude nicht bei lebendigem Leibe verlassen, doch er würde seinen Vater und seinen Bruder rächen, und wenn es das Letzte war, was er tat.

❅

Jacqueline konnte Angus nicht im Stich lassen.

Dummerweise hatte Lucifer jedoch die Trense zwischen den Zähnen und war um nichts in der Welt zum Anhalten zu bewegen. Sie versuchte ihn dazu zu bringen, seinen Galopp zu verlangsamen, doch das Ross schenkte ihren Bemühungen keine Beachtung. Es raste wie wahnsinnig durch die Tore, und sein Anblick versetzte die Wachtposten offenbar so in Schrecken, dass sie nicht einmal versuchten, das Fallgatter herabzulassen.

Doch das hätten sie auch gar nicht rechtzeitig geschafft, denn Lucifer rannte wie der Wind. Kaum lagen die Tore hinter ihnen, da ertönte von innen ein Schrei.

»Vergesst die Frau!«, brüllte eine Männerstimme. »Unser Herr wird bedroht.«

Die Torwächter wirbelten zum Hof herum, und Jacqueline sprang von Lucifers Rücken. Sie schlug schmerzhaft auf dem Boden auf, drückte sich jedoch sofort an die Festungsmauern und überlegte mit dem Dolch in der Hand, was sie tun könnte.

Lucifer donnerte mit fliegenden Zügeln über die Brücke. Offenbar hatte er solche Angst vor den wasserüberspülten Brettern, dass er sich gar nicht um den Verlust seiner Reiterin scherte. Das konnte ihr nur Recht sein.

Jacqueline schloss die Augen, als sie hörte, wie Stahl auf Stahl schlug. Wo mochte Angus sich befinden? Sie konnte es ihm nicht verdenken, dass er nach Rache strebte. Doch sie hatte selbst miterlebt, wie sehr ihn das fehlende Auge schwächte, und schon allein zahlenmäßig war er schrecklich unterlegen.

Pater Aloysius würde nichts lieber tun, als Angus ein für alle Mal auszulöschen. Jacqueline konnte nicht tatenlos zusehen, wie das geschah.

Sie spähte vorsichtig um die Ecke und stellte fest, dass die Wachtposten ihrem Herrn zu Hilfe geeilt waren. Jacqueline huschte durch das Tor und drückte sich an die Wand. Zum Glück waren alle durch den Kampf abgelenkt, denn als sie den Hof erreichte, war er menschenleer.

Jacqueline glitt unbemerkt in das Hauptgebäude, und Furcht ergriff sie, als sie sah, wie Angus und Pater Aloysius unerbittlich kämpften. Sie waren umringt von einem Dutzend Männer, die den

Kampf aufmerksam verfolgten. Angus kämpfte gut und war offensichtlich geschickter als der Priester, doch trotzdem – sie zählte rasch nach – blieben noch dreizehn Männer, die er besiegen musste, wenn er diesen Raum lebendig verlassen wollte.

Und er war nicht in bester Form, da er in den letzten Tagen weder Schlaf noch Nahrung bekommen hatte. Aus ihrem Versteck ließ Jacqueline den Blick durch den Raum schweifen und suchte nach einem Weg, ihm zu helfen. Sie musste einige dieser Männer beseitigen. Einer stand direkt neben der Tür, und sie schob sich neben ihn.

»Guten Morgen«, flüsterte sie.

Als er sich erstaunt zu ihr umwandte, hieb sie ihm Edmunds Dolch in die ungeschützte Kehle. Er gurgelte lauter, als sie erwartet hatte, und machte beim Sterben entsetzlich viel Lärm. Er kämpfte sogar mit ihr; Jacqueline hatte angenommen, dass er einfach tot umfallen würde. Widerstrebend drehte sie das Messer in seinem Hals – wenn er gekonnt hätte, hätte er sie schließlich auch umgebracht.

Endlich stürzte er zu Boden, doch bei dem Geräusch drehte sich schon der Nächste um. Jacqueline musste plötzlich einsehen, dass sie sich geirrt hatte. Sie hatte einfach keinerlei Kampferfahrung.

Sie sprang nach einem Fackelhalter an der Wand, ergriff die Fackel und hielt sie an den riesigen Teppich, der die Wand säumte. Der Wollstoff fing sofort Feuer. Als der Mann auf sie zustürzte, hieb Jacqueline ihm die Fackel ins Gesicht.

Er fiel viel schneller als der Erste, doch Jacqueline verzog angewidert das Gesicht. Angus hatte

Recht – der Geruch von brennendem Fleisch verursachte Übelkeit, und sie würde ihn nicht so bald vergessen.

Sie hatte erst zwei Männer erledigt, und bereits jetzt schallte ein Warnruf durch den Raum. Jacqueline schwang ihre Fackel, stieß mit dem Dolch zu und versuchte gleichzeitig, einen weiteren Teppich in Brand zu setzen. Ein Mann packte sie von hinten, und sie schlug ihn mit der brennenden Fackel.

Drei. Nur auf die Anzahl kam es an. Drei Männer, die Angus töten wollten, waren tot oder stellten zumindest keine Gefahr mehr dar.

Sie meinte, Angus fluchen zu hören, als sie sich dem vierten Mann gegenüber sah, doch sie musste sich auf ihren Gegner konzentrieren. Er war schwer bewaffnet, nur sein Gesicht war ungeschützt.

Sie würde auf die Augen zielen.

Plötzlich blickte er verräterisch über ihre Schulter. Jacqueline wirbelte herum und hieb ihren Dolch dem Mann in die Augen, der sich von hinten angeschlichen hatte. Er schrie auf und fiel zu Boden, ihre Klinge noch in seinem Kopf.

Sie drehte sich um und fuchtelte wild mit der flammenden Fackel. Der Bewaffnete verletzte sie an der Wange, aber dann gelang es ihr, seinen Waffenrock in Brand zu setzen. Kreischend sprang er zurück, doch Jacqueline setzte nach, stieß ihm die Fackel ins Gesicht, bis er seine Klinge fallen ließ.

Es war Furcht einflößend, wie schnell sie dieses schreckliche Geschäft erlernte.

Jacqueline nahm dem Mann das Schwert ab und ließ dafür die heruntergebrannte Fackel fallen. Sie lehnte sich mit dem Rücken an die Wand. Fünf Männer hatte sie bereits verwundet! Diese Taten ließen sie erschauern, und ihr Herz hämmerte vor Angst. Doch sie hatte es für ihr eigenes Überleben getan, und für das Leben des Mannes, den sie liebte. Sie befühlte die schmerzende Wange, als Angus auf sie zugestürmt kam.

Aus den Augenwinkeln bemerkte sie, dass Pater Aloysius sich zurückzog. Mit funkelndem Schwert schlug Angus einen Mann nieder, der zwischen ihnen stand, und baute sich dann vor ihr auf. Er war außer sich vor Wut, und seine Brust hob und senkte sich schwer. Er kochte geradezu, doch er sprach ungewöhnlich ruhig.

»Ich hatte dich gebeten zu fliehen. Ich habe dich sogar gebeten, es mir zu schwören.«

»Aber ich habe es nicht getan.« Jacqueline hob unbeeindruckt das Kinn. »Wer soll denn deine blinde Seite schützen, Angus, wenn nicht ich?«

Sein Blick wurde sanft, und er flüsterte ihren Namen, als wüsste er nicht, was er mit ihr anfangen sollte. Stirnrunzelnd betrachtete er den Riss auf ihrer Wange, und mit sanftem Finger wischte er das Blut ab.

»Wo bist du noch verletzt?«, wollte er streng wissen.

»Das ist alles.«

Ungläubig schüttelte er den Kopf. »Vielleicht bist du wirklich Gottes Liebling.«

»Angus!«, schrie sie, weil hinter ihm plötzlich ein Mann aufgetaucht war. Angus wirbelte herum,

den Schwertgriff in beiden Händen, und schlug
auf seinen Angreifer ein. Der Mann stürzte zu Boden, und Jacqueline wandte entsetzt den Blick ab.
»*Odins Sense* ist wirklich ein passender Name«,
flüsterte er und umfasste den Griff des Schwertes
seines Vaters fester.

Angus nahm sie bei der Hand und ging auf die
Tür zu. Keiner der Männer näherte sich; diejenigen, die noch aufrecht stehen konnten, drückten
sich entweder an die Wände oder sorgten dafür,
dass das Feuer sich nicht weiter ausbreitete.
Jacqueline beschützte Angus von hinten, den kleinen Dolch, den er für sie geraubt hatte, hoch erhoben.

Einen Augenblick später standen sie schon auf
dem Hof und hasteten auf das Tor zu. Zu spät sah
Jacqueline, dass das Fallgatter heruntergelassen
worden war und vier Männer mit gezückten Klingen auf sie warteten. Die Bewaffneten lächelten
in Erwartung eines Kampfes.

»Sie haben uns reingelegt!«, schrie sie, denn ihr
wurde klar, wieso man sie nicht am Verlassen des
Palas gehindert hatte. Sie sah zurück und bemerkte, dass schwarzer Qualm vom Holzdach des
Gebäudes aufstieg. Männer rannten mit wasserge-
füllten Eimern hinüber, und die Balken schwel-
ten bereits.

»Noch sind wir nicht tot«, erwiderte Angus. Er
drängte sie zur Mauer auf der anderen Seite und
hob ächzend eine Leiter hoch, während sie ihm
mit dem Dolch Deckung gab. Die Wachtposten
beobachteten sie, schritten jedoch nicht ein.

Falls Angus das beunruhigte, so ließ er sich

nichts anmerken. »Steig hoch«, bat er. »Und bitte hör dieses eine Mal auf mich.«

Vermutlich hatte er einen Plan. Er musste gut sein, denn oben auf der Mauer waren etliche Wächter postiert, die bereits herbeigeeilt kamen. Einige der Wachtposten von unten griffen an, sobald Jacqueline und Angus mit dem Aufstieg begonnen hatten, und die Leiter schwankte, als die Männer versuchten, sie umzuwerfen.

Angus stieg wieder hinunter und schlug sie in die Flucht, dann kletterte er zurück und drängte Jacqueline weiter. Sie eilte die Leiter hinauf, Angus dicht auf den Fersen, doch oben angekommen erstarrte sie.

Auf der obersten Sprosse stand ein Männerstiefel. Sie schluckte und sah auf. Der Mann war groß und ein gefährlicher Gegner, der sie mit gezückter Klinge kalt anlächelte. Sein Lächeln wurde breiter, als er die Leiter mit dem Fuß von der Wand stieß.

Jacqueline blickte zurück und sah, dass ein Mann von unten ihnen auf der Leiter gefolgt war. Angus kämpfte, wich jedoch Stufe für Stufe höher, bis er direkt unter ihr stand. Jacqueline duckte sich und klammerte sich fest.

»Zieh den Kopf ein«, flüsterte Angus so leise, dass sie ihn kaum verstehen konnte. »Jetzt.«

Jacqueline machte sich sofort ganz klein, und Angus hieb heftig nach den Knien des Mannes auf der Mauer oben. Dieser stieß einen überraschten Schrei aus, wich zurück und verlor die Balance. Schreiend fiel er hinab und stürzte klatschend in den Fluss.

Angus hatte sich jedoch bereits umgedreht und hieb auf seinen Gegner unten auf der Leiter ein. Der Mann gab nach und wich zurück. Angus trat ihm von oben auf die Hand, und der Mann schrie schmerzerfüllt auf. Angus bohrte ihm die Stiefelferse in die Finger, bis er heulend losließ.

Eilig kletterte Jacqueline von der Leiter auf die Mauer, direkt gefolgt von Angus. Keiner von beiden warf einen Blick zurück. Oben blieb Angus stehen, wartete darauf, dass der hartnäckige Verfolger sich wieder zeigte, und trat dann die Leiter weg. In hohem Bogen kippte sie um, und Jacqueline wollte lieber nicht sehen, welches Schicksal den Mann ereilte.

Die Lage war aussichtslos. Von links und rechts kamen Wachtposten auf sie zugeeilt. Angus blickte erst in die eine Richtung, dann in die andere, und konnte sich offenbar nicht entscheiden.

»Was machen wir jetzt?«, flüsterte sie.

Doch die gespielte Unentschlossenheit war Teil seines Plans. Als die Männer ihn gerade festnehmen wollten, packte Angus Jacqueline um die Taille und sprang von der Mauer.

Jacqueline schrie entsetzt auf und klammerte sich an Angus, doch sie erhaschte sein Lächeln, bevor er sie küsste, um sie zum Schweigen zu bringen.

Das kalte Flusswasser schlug über ihnen zusammen, und ihr blieb beinahe das Herz stehen. Sie sanken tief hinab, ihre Röcke blähten sich auf, doch Angus hielt sie sicher umschlungen.

Mit kräftigen Beinschlägen brachte er sie wieder an die Wasseroberfläche, tauchte jedoch sofort wieder ab, weil der Wachtposten, der von der Mauer gefallen war, nach ihnen ausholte. Als sie ein zweites Mal prustend nach oben kamen, hieb Angus auf den Gegner ein.

Dann packte er Jacqueline und tauchte unter Wasser, weil Pfeile auf sie herabregneten. Jacqueline trat, so fest sie konnte, und Angus lenkte sie hinaus in die starke Strömung.

Jacqueline konnte nicht schwimmen, doch Angus war stark genug für beide. Sie hielt sich an seinen Schultern fest und sah zurück zur Burg, auf deren Mauern zwei Männer ihre Armbrüste hoben.

»Pfeile!«, schrie sie auf, dann packte sie Angus beim Schopf und drückte seinen Kopf unter Wasser. Er spuckte, wehrte sich jedoch nicht.

Zum Glück konnte Angus schwimmen wie ein Fisch. Er schob das Schwert in seinen Gürtel und gab ihr zu verstehen, dass sie sich an seiner Taille festhalten sollte. Mit kräftigen Zügen schwamm er so lange unter Wasser, dass sie schon fürchtete, sie würde ohnmächtig werden. Endlich kamen sie wieder an die Oberfläche.

»Hol tief Luft«, riet er ihr und tat das Gleiche, dann tauchte er wieder ab. Als sie das nächste Mal Luft holten, lag Airdfinnan schon weit hinter ihnen, und die Pfeile konnten sie nicht mehr erreichen.

Jacqueline lachte vor Glück und schlang Angus die Arme um den Hals. »Du hast es geschafft! Du bist wirklich entkommen!«

Er gestand sich ein Lächeln zu. »Ohne meine tapfere Begleiterin hätte ich das nie vollbracht.

Ich habe dir Unrecht getan, Jacqueline von Ceinn-beithe. Als es darauf ankam, hast du doch Gehorsam gezeigt.«

»Ich wusste, dass du einen Plan hattest und dass ich ihn nicht schon wieder durchkreuzen durfte. Schließlich warst du nur meinetwegen in dieser schrecklichen Lage.«

Er lächelte sie an und hielt sie fest, während die Strömung sie weitertrug. Auf dem Rücken liegend ließ er sich auf der Wasseroberfläche treiben wie eine Feder. Sein dunkles Haar klebte ihm am Kopf. »Ich hatte nur die Hoffnung auf Erfolg, aber irgendjemand hat mir mal gesagt, das würde reichen.«

Und an dem Blick, den er ihr schenkte, erkannte Jacqueline, dass er genauso fühlte wie sie. Sie drängte ihn nicht zu einem Geständnis, denn sie wusste, dass Angus so etwas erst dann gestehen würde, wenn er allein die Zeit für richtig hielt. Es reichte ihr, einfach bei ihm zu sein, und sie war sich sicher, dass ihre Zukunft mit ihm bald gesichert sein würde.

Der Fluss wurde flacher und träger, nachdem die Dämme unterhalb von Airdfinnan hinter ihnen lagen, und bald half Angus ihr ans Ufer. Ihr Gewand war ganz schwer vor Wasser, daher legte er die Hände um ihre Taille und trug sie auf trockenen Boden. Die Sonne stand hoch am Himmel, und es war für diese Jahreszeit ungewöhnlich warm, ein gutes Omen für ihre Gesundheit.

»Wir sind nahe am Pfad«, sagte Angus, nachdem sie ihre Kleidung ausgewrungen hatten.

Jacqueline sah sich um, doch sie vermochte

nicht zu sagen, inwiefern sich dieses Waldstück von anderen unterschied. »Der, von dem aus wir zu dem Aussichtspunkt geritten sind?«

»Ja.« Angus reichte ihr eine Hand und marschierte zum Waldrand. Er verschwand so zielstrebig zwischen den Bäumen, dass man merkte, wie gut er die Gegend kannte. Jacqueline bemühte sich nach Kräften, mit ihm Schritt zu halten, denn sie ging davon aus, dass er noch einmal auf Airdfinnan hinabschauen wollte.

Doch das tat er nicht. Als sie den Gipfel erreicht hatten, wühlte er im Unterholz und stieß einen erfreuten Schrei aus, als er seine Stiefel und seine Rüstung fand. Im Handumdrehen war er wieder wie ein Ritter gekleidet und schob das Schwert zufrieden in seine Scheide. Natürlich hatte er keinen Waffenrock mehr, und sein Helm war mit dem Ross verloren gegangen, doch er freute sich ganz offensichtlich, seine Habseligkeiten zurück zu haben.

»Und jetzt kehren wir zurück und nehmen Pater Aloysius Airdfinnan ab?«

Angus warf ihr einen entschiedenen Blick zu. »Jetzt liefern wir dich in Inveresbeinn ab.«

»Aber das ist doch noch nicht das Ende der Geschichte!«

»Mehr wirst du nicht erfahren oder zumindest nicht miterleben.« Er begab sich zurück zum Pfad, offenbar sicher, dass sie ihm folgen würde.

Das tat Jacqueline auch. »Das ist aber nicht fair! Ich habe ein Recht zu erfahren, was geschehen wird.«

»Du hast hier gar keine Rechte, und das weißt du auch.«

»Aber ich bin neugierig!«

»Dann schreibe ich dir eine Nachricht, wenn alles vorüber ist, und wenn du eine ganz brave Novizin gewesen bist, wird die Äbtissin sie dir vielleicht vorlesen.«

»Du brauchst gar nicht daran zu zweifeln, dass ich das schaffen werde«, schimpfte sie, während sie hinter ihm herlief.

»Armut, Keuschheit und Gehorsam«, murmelte er mit seinem belustigten Unterton. »Mehr habe ich dazu nicht zu sagen, meine Hexe.«

Sie erreichten den Waldrand, doch mit einer Handbewegung befahl er ihr, stehen zu bleiben. Jacqueline lauschte und hörte Pferdehufe.

»Ein Pferd!«

»Oder auch mehrere«, stimmte Angus zu. Er pfiff so laut, dass Jacqueline zusammenfuhr.

Zur Antwort ertönte ein Wiehern, und die donnernden Hufschläge wurden lauter. Jacqueline sah Angus an, doch er wandte den Blick nicht von der Straße ab.

Ein schwarzes Tier, unverkennbar Lucifer, erschien mit wehenden Zügeln. Bald ertönten weitere Hufschläge, und ein graues Pferd tauchte auf. Obgleich man den Reiter dieses Tieres nicht genau erkennen konnte, war die Stimme nur zu vertraut.

»Du treuloses Stück Pferdefleisch! Für nichts und wieder nichts habe ich dich gerettet. Ich hätte dich in Outremer lassen sollen, dann wärst du schon vor Jahren geschlachtet worden!«

Brüllend trieb Rodney sein Pferd an, doch Lucifer schenkte ihm keinerlei Beachtung. »Schlimm genug, dass du mir nicht sagen kannst, was aus dem Jungen geworden ist, aber du könntest dich wenigstens einfangen lassen! Ich lasse dich zu Wurst verarbeiten, du bringst mir nichts als Ärger.«

Lucifer blieb so abrupt stehen, dass Rodneys Pferd in vollem Galopp an ihm vorbeirannte. Der Hengst zitterte nach der Anstrengung, doch ansonsten stand er ganz gelassen da und zuckte mit den Ohren.

Rodney fluchte heftig. Er wendete sein Ross und galoppierte zurück. Er hatte schon den Mund geöffnet, um dem Hengst gründlich die Meinung zu sagen, blieb jedoch stumm, als Angus aus dem Wald trat. Lucifer graste gelassen, als wolle er seinem Verfolger zeigen, dass er die ganze Zeit über gewusst hatte, wo Angus sich befand.

»Anscheinend bist du doch nicht tot«, sagte Rodney schließlich.

»Noch nicht ganz.«

»Aber offenbar hat nicht viel gefehlt!« Rodney stieg ab. Trotz seiner lockeren Sprüche war ihm seine Erleichterung anzumerken, und eilig schüttelte er Angus die Hand. »Was ist nur in dich gefahren, Junge, dass du nicht bei der Hexe geblieben bist, wie wir es vorhatten?«

»Soweit ich mich erinnere, kam es mir nicht sicher genug vor.«

Es schien unglaublich lange her zu sein, dass sie sicher auf Edanas Lichtung gewesen waren, und

Jacqueline staunte erneut über all die Abenteuer, die sie gemeinsam erlebt hatten.

»Und ich kann mir gut vorstellen, dass die hier« – Rodney deutete auf Jacqueline – »dir nur Ärger bereitet hat, wie es die Frauen nun einmal so an sich haben. Ich habe dir von Anfang an gesagt, mein Junge, dass der Plan nicht klug war –«

»Ganz im Gegenteil«, warf Angus ruhig ein. »Jacqueline hat meine armselige Haut gerettet, und zwar nicht nur einmal.«

Diese Information brachte Rodney zum Schweigen. Ungläubig sah er zwischen den beiden hin und her, doch er kam um eine Antwort – oder das Eingeständnis, dass er sich geirrt hatte – herum, denn es war zu hören, dass sich eine größere Gruppe näherte.

Angus ging an Rodney vorbei, um zu seinem treuen Ross zu sprechen. Er musterte das Tier vom Kopf bis zu den Hufen, während das Pferd ihn genauso aufmerksam zu betrachten schien.

Die Gruppe war inzwischen so nah gekommen, dass man die einzelnen Personen unterscheiden konnte, und Jacqueline stieß einen Freudenschrei aus. Auf einem der Tiere ihrer Mutter näherte sich Duncan mit finsterer Miene. Er stieg ab, warf die Zügel beiseite und marschierte direkt auf Rodney zu.

»Was ist nur in Euch gefahren? Wieso seid Ihr so vor uns davongestürmt?«, brüllte er. »Wie könnt Ihr es wagen, uns zu täuschen, nach allem, was wir für Euch getan haben? Wir haben versucht, Eure Erwartungen zu erfüllen und haben im besten Glauben –«

432

»Ich musste dem Ross hinterher!«

»Ein schönes Märchen, das ich leider nicht glaube.« Duncan drohte dem Söldner mit dem Finger. »Wenn meiner Tochter Jacqueline auch nur ein Haar gekrümmt wurde, dann werdet Ihr bis ans Ende Eurer Tage bereuen, dass Ihr daran beteiligt wart.«

»Guten Tag, Duncan«, sagte Jacqueline leise.

Ihr Stiefvater hatte sich so sehr auf den Mann konzentriert, der seinen Zorn erregt hatte, dass er sich gar nicht umgesehen hatte. Beim Klang ihrer Stimme fuhr er zusammen, sah sie erst erschrocken, dann erfreut an und ließ seinen Streit ruhen, um sie fest zu umarmen.

»Jacqueline!« Duncan schwang sie in die Höhe, küsste sie auf beide Wangen und schob sie dann ein Stück von sich weg, um sie genau zu betrachten. »Geht es dir gut? Wurdest du verletzt?« Sein Blick war besorgt. »Auf irgendeine Weise?«

Jacqueline lächelte und küsste ihn ebenfalls auf die Wangen. »Mir geht es bestens, und mir wurde nichts angetan. Du brauchst dich nicht zu sorgen.«

Seine Besorgnis ließ nach, und er lächelte. »Gelobt sei Gott«, flüsterte er, drückte sie an sich und küsste sie auf die Stirn. »Sonst hätte deine Mutter mir die Hölle heiß gemacht.« Jacqueline lachte, und genoss, wie Duncan versuchte, die Situation aufzuheitern.

Duncan trat zurück und musterte Angus, der ihr Wiedersehen aufmerksam beobachtete. »Ihr müsst Angus MacGillivray sein, der Mann, der Anspruch auf Airdfinnan erhebt.«

»Ja.«

»Ich kann Euch die Burg nicht übergeben, da sie nicht in meiner Hand liegt.«

»Das habe ich mittlerweile begriffen.« Angus senkte den Kopf und streckte die Hand aus. »Ich bedauere, dass ich fälschlicherweise von Euch Wiedergutmachung verlangt habe. Und ich bin Euch etwas schuldig, weil ich zu Unrecht Eure Tochter geraubt habe.«

»Jacquelines Verhalten spricht sehr für Euch«, erwiderte Duncan barsch und schüttelte ihm die Hand. »Was ist mit Airdfinnan?«

Während Angus Duncan alles berichtete, was er wusste, wurde Jacqueline vom Rest der Truppe von Ceinn-beithe umringt. Iain, der Gatte von Jacquelines Stiefschwester und Duncans Pflegebruder, war zu ihrer Verteidigung mitgeritten, außerdem viele der Gälen, die Duncan untertan waren.

Sie waren einfache Leute, einige von ihnen finster und verschwiegen, andere geschwätzig, doch sie alle hatten einen rauen Charme und ein gutes Herz. Jacqueline fühlte sich, als wären ein Dutzend Väter oder ältere Brüder erleichtert, dass es ihr gut ging. Sie wurde umarmt und beglückwünscht, als wäre sie nach Ceinn-beithe zurückgekehrt.

Plötzlich überkam sie Sehnsucht, denn sie würde Ceinn-beithe niemals wieder sehen, nachdem sie ins Kloster eingetreten war.

Falls sie das denn tun würde. Jacqueline warf einen Blick hinüber zu Angus, in der Hoffnung, von ihm doch noch ein süßes Geständnis zu hören.

Sie erfuhr, dass die Gruppe mit Rodney gereist war, um ihm zu helfen, Airdfinnan zurückzubekommen, und dass man große Angst gehabt hatte, als sie entgegen Rodneys Prophezeiung nicht mehr bei Edana gewesen waren.

Da trat Edana selbst vor und erinnerte daran, dass sie darauf bestanden hatte, nach Airdfinnan zu reiten. Jacqueline war überrascht, dass die Alte diese Reise auf sich genommen hatte.

»Ihr konntet doch gar nicht wissen, dass sie hier sein würden«, protestierte Rodney. »Man kann es niemandem verdenken, dass er auf einen solchen Ratschlag nicht hört.«

»Es ist doch hinreichend bekannt, dass Edana das zweite Gesicht hat«, sagte Angus und begrüßte die Alte ehrerbietig. »Und wir waren wirklich hier.«

»Es war nicht das zweite Gesicht, Angus MacGillivray, das mir gesagt hat, dass du hierher reiten würdest«, korrigierte Edana. »Ich war mir einfach sicher, dass eine Geschichte dort enden muss, wo sie angefangen hat. Diese begann in Airdfinnan, und hier wird sie auch enden, so oder so.«

»Seid Ihr deshalb gekommen?«, fragte Jacqueline. »Weil Ihr als Geschichtenerzählerin das Ende der Geschichte kennen müsst?«

Edana kicherte. »Kann schon sein. Vielleicht wollte ich auch nur erfahren, welche Geschichten die beredte Zunge von Duncan MacLaren erzählen kann. Selbst ich in meiner Einsamkeit habe schon von seinen Fähigkeiten gehört.«

Duncan verneigte sich vor diesem Kompliment, doch Rodney musterte die Alte skeptisch. »Wenn du wirklich eine Seherin bist, dann erzähl uns mal, was jetzt passieren wird.«

Edana kicherte und wies auf Angus. »Du hast bereits einmal einer Frau für ihre Hilfe gedankt, doch bevor alles vorüber ist, wirst du es noch einmal tun.«

»Woher wollt Ihr das wissen?«, höhnte Rodney. »Das ist doch bloß die Spinnerei einer Frau, die andere Frauen wichtiger machen will, als sie sind.«

Edana schien diese Äußerung nicht zu beeindrucken. »Manche Dinge sieht man, andere weiß man. Ich spreche aus, was ich weiß, doch ich sehe, dass wir nicht lange allein bleiben werden.«

Edana hob die Hand. Jacqueline und die Männer sahen in die Richtung, in die sie deutete, und erblickten eine Staubwolke, die sich von Osten her der Festung Airdfinnan näherte.

19. Kapitel

Es waren die Templer, die sich näherten, und auf der Straße jenseits der Wachtposten von Airdfinnan stießen die beiden Parteien aufeinander. Jacqueline erfuhr nicht, welche Worte zwischen Angus und dem Anführer gewechselt wurden, denn sie blieb in der Obhut der Männer von Ceinn-beithe, während Duncan bei Angus war. Die Männer besprachen sich, dann stiegen sie ab und betraten das rasch aufgestellte Zelt des Templermeisters.

Zügig hatten die Männer ihr Lager errichtet und ein Mahl zubereitet, doch trotz ihrer Betriebsamkeit ließen sie Jacqueline nicht aus den Augen. Jedes Mal, wenn sie sich den Beratungen nähern wollte, ließ ein Templer seine Arbeit ruhen und schob sie höflich fort oder brachte sie sogar persönlich zurück zu Edana.

»Frauen kann man dort nicht gebrauchen«, murmelte die alte Frau.

»Warum denn nicht?«

Edana lächelte. »Weil sie zwischen zwei Welten stehen, diese Kriegermönche. Sie beten wie Mönche im Kloster, dann führen sie Krieg wie weltliche Männer. Ich war schon immer der Ansicht, dass sie Gottes Willen irgendwie falsch verstanden haben müssen.«

»Sie wirken aber nicht sehr unsicher.«

»Nein. Aber Männer irren häufig, was die Wahrheit betrifft.« Edana schien das für einen guten Scherz zu halten, doch Jacqueline stimmte in ihr Gelächter nicht ein.

»Aber wieso werden Frauen nicht angehört? Ich war doch auch in den Mauern von Airdfinnan und habe vieles gesehen.«

»Aber du bist jung und hübsch, mein Mädchen.«

»Das hat doch nichts mit meinem Verstand zu tun!«

»Nein, aber das erklärt, wieso deine Anwesenheit die Mönche beunruhigt. Sie haben zwar Keuschheit gelobt, doch unter ihren Roben sind sie immer noch Männer.«

Jacqueline starrte zum Zelt hinüber. »Ich würde trotzdem gerne wissen, was dort beredet wird.«

»Wenn Wünsche Pferde wären, hätten wir einen unermesslichen Vorrat an Pferdefleisch.« Die alte Frau lächelte wehmütig. »Komm, lass uns im Finnan baden gehen. Ich habe mich schon lange nicht mehr gründlich einweichen lassen, und es wird uns beiden unsere Sorgen vertreiben.«

Jacqueline konnte sich nicht vorstellen, welche Sorgen Edana wohl haben könnte, doch sie begleitete sie. Sie fanden ein Becken, in dem das Wasser langsamer floss und das durch Felsen vor neugierigen Blicken geschützt war. Sie badeten und lachten zusammen, und erstaunlicherweise verstanden sie sich sehr gut. Edanas spitze Bemerkungen gefielen Jacqueline sehr.

Doch sie war schockiert, als die alte Frau sich aus dem Wasser erhob und das lange Haar nass über den Rücken fallen ließ. Die langen Strähnen waren zwar schlohweiß wie frischer Schnee, doch das war es nicht, was Jacqueline überraschte. Die Frau selbst war bei weitem nicht mehr so gebückt, wie sie zuvor gewirkt hatte. Edana warf ihr ein Lächeln zu, trocknete sich rasch ab und hüllte sich dann eilig wieder in ihr zerschlissenes Gewand.

»Schau doch nicht so entgeistert, Mädchen. Der mächtige Finnan gilt von alters her als Jungbrunnen. Und angeblich soll die Quelle der Herrin in meiner Lichtung von einem unterirdischen Zweig des Finnan gespeist werden, der durch das Land der Feen fließt.«

Wie zum Beweis ihrer Worte ließ die Energie der alten Frau nach, kaum dass sie den Fluss verlassen hatte. Jacqueline reichte ihr hilfsbereit die Hand, und Edana ließ sich mit einem zufriedenen Seufzen auf einen Stein sinken.

»Selbst wenn es nur ein Märchen ist, so gibt es einer alten Frau zumindest die Gelegenheit, noch einmal einen flüchtigen Hauch von Jugend zu erleben und alles für möglich zu halten.«

Edana sah Jacqueline durchdringend an, und Jacqueline betrachtete ihr Gesicht, das sich durch die Reinigung vom Schmutz sehr verändert hatte. Früher war Edana sicher richtig schön gewesen.

»Denke stets daran, Mädchen: Jeder Tag ist ein Segen, doch jede Nacht altern wir ein wenig mehr.«

»Wie sollte man so etwas vergessen?«

»Das wird ständig vergessen«, erwiderte Edana. »Es ist gut, wenn man genießt, was man hat und nach dem strebt, was man sich wünscht, ohne jedoch von Gelüsten verzehrt zu werden, die sich nicht erfüllen lassen.«

Jacquelines Blick fiel wieder auf das Zelt in der Ferne. Welche dieser Kategorien mochte wohl auf ihre Liebe zu Angus MacGillivray zutreffen?

❄

Am nächsten Morgen kehrte ein Laufbursche von Airdfinnan zurück und bestätigte, dass Pater Aloysius in dieser Angelegenheit die neutrale Meinung des Templermeisters akzeptieren würde.

Alle hatten sich darauf geeinigt, dass der Erzbischof das letzte Wort haben würde, da Airdfinnan seiner Gerichtsbarkeit unterstand, doch der Einfluss des Templermeisters war nicht zu unterschätzen. Der Meister war weder dem König von Schottland noch dem König der Inseln untertan und sogar vom Erzbischof unabhängig, er unterstand nur dem Papst.

Niemand, der sich auf Gerechtigkeit berufen wollte, konnte seinen Ratschlag ignorieren.

Die Pferde wurden gesattelt, die fünf Ritter vom Templerstift trugen ihre beeindruckenden weißen Waffenröcke mit den roten Kreuzen. Ihre roten Umhänge waren identisch mit Angus', doch sie waren weniger mitgenommen. Ihre Rüstungen funkelten, ihre Pferde stampften, ihr Putz flatterte in der Brise.

Angus war ähnlich gekleidet, doch er besaß keinen Waffenrock mehr. Sein Kettenhemd schien dumpf unter dem fleckigen Umhang, doch er saß aufrecht wie ein Edelmann auf Lucifer. Er beob-

achtete den Meister und warf keinen Blick in
Jacquelines Richtung.

Bis auf das blutrote Kreuz auf seiner Brust war
der Meister des Stiftes ganz in Weiß gekleidet.
Sein Ross konnte sich als Einziges mit Lucifer
messen. Der Hengst war grau gescheckt und
ebenso stolz. Die Hengste der anderen Ritter waren zwar auch größer als die Reittiere, die Jacqueline kannte, doch längst nicht so Furcht einflößend wie diese beiden Streitrösser.

Die Lehnsleute und Knappen der Templer waren ebenfalls bewaffnet und zu Pferd. Als der
Standartenträger die Fahne vor dem Meister hob,
war es Jacqueline, als würde vor ihren Augen ein
fremdländisches Festspiel gegeben.

Stumm bildeten die Männer eine Prozession,
der Standartenträger vorneweg, dann zwei Ordensritter. Es folgten der Meister, dann Angus
und Rodney, dann Duncan als hiesiger Würden-
träger und einige seiner Leute. Jacqueline und
Edana ritten nebeneinander, gefolgt von den
Knappen und Lehnsleuten.

Beim Lager und in gewissen Abständen auf der
Strecke blieben Wachtposten zurück. Offenbar
schenkte der Meister seinem Gastgeber kein allzu
großes Vertrauen.

Die Holzbrücke ächzte unter dem Gewicht der
Pferde, und die Templer achteten darauf, dass
nie mehr als drei gleichzeitig auf dem Steg waren. Auch am Ufer wurde ein Wachtposten mit
einem der Ritter zurückgelassen, und auf beiden
Seiten der Tore bezogen zwei Lehnsleute Position. Dieser Meister wollte sich nicht in Aird-

finnan einkesseln lassen – vermutlich hatte Angus ihn gewarnt.

Pater Aloysius erwartete sie bereits. Er trug so schlichte Gewänder, dass er wie ein Hilfe suchender Pilger wirkte. Die Last seiner Verantwortung schien ihn förmlich niederzudrücken, und er wirkte viel demütiger, als Jacqueline ihn in Erinnerung hatte.

»Ich heiße Euch auf Airdfinnan herzlich willkommen«, begrüßte er den Meister. »Eure Anwesenheit ist uns eine große Ehre.« Pater Aloysius faltete die Hände und schüttelte den Kopf. »Ich würde Euch gerne in unseren Palas einladen, doch leider ist er durch sinnlose Gewalt zerstört worden.« Er seufzte. »Selbst unsere edlen Toten müssen wir noch begraben.«

»Nicht nur Ihr habt Grund zur Trauer, Pater«, erwiderte der Templermeister knapp. »Deswegen sind wir schließlich gekommen.« Und er ging zu dem einzigen Stuhl, der im Hof aufgestellt worden war, und nahm ihn für sich in Anspruch.

Pater Aloysius presste die Lippen zusammen, dann setzte er sich neben den Meister auf eine Bank. Die Mönche und Wachtposten, die ihm untertan waren, scharten sich um ihn. »Wir sollten wohl mit den Verbrechen anfangen, die an meinem Besitz verübt wurden.«

»Mit allem Respekt, Pater, aber wir beginnen dort, wo ich es für richtig halte«, erwiderte der Meister. »Und ich bin der Ansicht, wir sollten bei der Wurzel dieser ganzen Angelegenheit beginnen, nämlich bei der Identität dieses Mannes.

Wenn er Angus MacGillivray ist, der Sohn von Fergus MacGillivray und rechtmäßiger Erbe von Airdfinnan, dann waren seine Versuche, diese Burg zurückzubekommen, nur gerechtfertigt. Und in diesem Fall hätte er nur seinen eigenen Besitz zerstört, den er selbst wiederherstellen müsste.«

Pater Aloysius wollte etwas einwenden, doch der Meister hob die Hand. »Wenn er jedoch nicht Angus MacGillivray ist, dann hatte er nicht das Recht zu versuchen, diese Festung in seinen Besitz zu bringen. In diesem Fall ist er Wiedergutmachung schuldig, entweder dem rechtmäßigen Erben oder dem Stellvertreter dieses Erbes.«

Der Meister legte seine Handschuhe ab und nahm von einem seiner Untergebenen ein Dossier entgegen, aus dem er mehrere Pergamentstücke zog. »Es gibt natürlich noch weitere Punkte, die zu erörtern sind, aber wir sollten am Anfang anfangen.« Er sah Angus an. »Wer seid Ihr, und wie könnt Ihr Eure Identität beweisen?

Angus trat vor, und seine Stimme schallte voller Zuversicht über die versammelte Menge. »Ich bin Angus MacGillivray, Sohn von Annelise und Fergus MacGillivray, geboren vor einunddreißig Sommern hier auf Airdfinnan.«

»Wer kann dafür bürgen, dass Ihr der seid, der Ihr zu sein vorgebt?«

»Ich kann das.« Rodney trat vor. »Ich diene ihm seit vierzehn Jahren.«

»Und wo habt Ihr Euch kennen gelernt?«

»Ich war Wächter am Jaffa-Tor in Jerusalem. Er kam dort an, nachdem er auf dieser tückischen

Strecke von Dieben überfallen worden war, und brachte den Leichnam eines Mannes mit, den sein Vater ihm auf die Reise nach Osten mitgeschickt hatte.«

Der Meister sah auf. »Und wieso seid Ihr in seinen Dienst getreten?«

»Weil er so jung war, fast noch ein Kind; weil er den einzigen Menschen verloren hatte, den er in der Fremde kannte; weil er so tapfer dafür sorgen wollte, dass sein Begleiter würdig bestattet wurde; weil er sprach wie jemand aus meiner Heimat.« Rodney sah Angus an. »Es gab so viele Gründe, und ich bedauere nicht einen Augenblick, dass ich diese Entscheidung getroffen habe.«

»Doch vor jenem Tag habt Ihr ihn nicht gekannt?«

»Nein.«

»Also konntet Ihr nicht sicher sein, dass der Name, den er Euch nannte, wirklich der seine war?«

Rodney runzelte die Stirn. »Wieso hätte er in dieser Sache lügen sollen?«

»Genau das wollen wir heute hier feststellen.«

»Dann muss ich verneinen. Ich konnte nicht wissen, ob Angus wirklich er selbst war.« Das gab Rodney ganz offensichtlich nur widerwillig zu. »Aber es wäre wirklich unwahrscheinlich, dass er mich an jenem Tag vor über vierzehn Jahren belogen hat, um heute nach allem, was wir gemeinsam durchgestanden haben, diese Burg für sich zu fordern.«

»Das wäre wirklich unglaublich«, räumte der Meister ein, »doch die vielen Jahre in Outremer hätten Euch lehren sollen, dass viele unglaubliche Dinge geschehen.« Er lächelte spröde. »Sonst noch jemand?«

»Iain?«, fragte Duncan. »Kannst du für ihn sprechen?«

»Wer ist das?«, wollte der Meister wissen, und Iain trat vor.

»Ich bin Iain, Sohn des Cormac MacQuarrie, der ehemals der Anführer des Clans der MacQuarries und eingeschworener Feind von Fergus MacGillivray war.« Er runzelte die Stirn. »Und aus diesem Grund kann ich nicht sagen, ob dieser Mann wirklich Angus ist oder nicht. Ich kannte Angus, doch wir waren noch Kinder, als unsere Väter sich zerstritten. Ich habe ihn seit über zwanzig Jahren nicht mehr gesehen und kann beim besten Willen nicht genau sagen, ob er es ist oder nicht.«

»Verstehe.« Der Meister ließ den Blick über die Versammlung schweifen.

»Kann der Orden denn nicht selbst für den Mann bürgen?«, fragte Rodney entrüstet.

»Es stimmt zwar, dass Ihr erst letzten Monat bei uns zu Gast wart, aber ich habe keinen Beweis dafür, dass Ihr wirklich seid, wer Ihr zu sein behauptet.«

»Aber es muss doch Aufzeichnungen geben!«, protestierte Rodney.

Der Templermeister runzelte nachdenklich die Stirn. »Es gibt Aufzeichnungen, die besagen, dass ein gewisser Angus MacGillivray herausragende Dienste für den Orden geleistet hat; eine Beschreibung des betreffenden Mannes liefern sie jedoch nicht. Und niemand von uns hat Kontakt nach Outremer. Hier gilt wieder der gleiche Einwand: Selbst wenn einer von uns vor vierzehn Jahren dort gewesen wäre, könnte er nicht garantieren, dass dieser Mann damals seinen richtigen Namen genannt hat.«

»Doch, ich kann es garantieren«, verkündete Pater Aloysius und erhob sich. »Ich war damals hier in Airdfinnan und bin es seit fast vierzig Jahren. Ich kannte Angus MacGillivray und habe ihm selbst das Kreuzritterkreuz auf den Waffenrock genäht.« Er deutete mit dem Finger auf Angus. »Und ich weiß, dass dieser Mann nicht Angus ist, denn ich erkenne ihn nicht.«

»Aha.« Der Meister lehnte sich zurück und legte die Finger zusammen, während er die beiden Männer betrachtete. »Also steht ein Wort gegen das andere.«

»Nicht ganz.« Edana sprach unerwartet klar. Sie richtete sich neben Jacqueline auf und trat entschieden vor. Sie warf die Kapuze zurück, und ihr Haar glänzte schneeweiß im Sonnenschein. Die Jahre schienen von ihr gewichen zu sein, und Angus starrte sie ungläubig an.

Pater Aloysius erbleichte. »Annelise!«, zischte er. »Aber, aber –«

Edana lächelte und ließ den Blick über die Versammlung schweifen. »Vielen Dank, Pater Aloysius. Ich hatte so sehr gefürchtet, dass Ihr mich nicht erkennen würdet, wenn Ihr schon meinen Sohn nicht mehr erkennt.«

Jacqueline und die meisten anderen stießen einen erstaunten Laut aus.

»Aber Annelise ist tot.« Pater Aloysius schüttelte

den Kopf. »Ihr seid ihr nur sehr ähnlich. Sie ist schon lange tot und liegt im Dorf begraben.«

Die Frau schüttelte den Kopf. »Eine alte Frau sieht der anderen zum Verwechseln ähnlich, nicht wahr?«, überlegte sie. »Ich bin zu Edana geflohen, denn ich wusste nicht, wo ich sonst hinsollte. Doch als ich ankam, war sie tot, ein altes Weib kalt in der Hütte im Wald. Ich habe eine Weile gewartet, dann habe ich ihren Leichnam zu Euch geschickt, mit der Behauptung, ich sei es selbst.« Sie lächelte. »Ich hatte solche Angst, Ihr würdet aus Neugier in den Sack schauen und mein Plan würde scheitern.«

»Er war verwest und stank! Ich konnte unmöglich hineinsehen.«

Edana, die in Wirklichkeit Annelise hieß, lachte. »Ich hatte so gehofft, Ihr wärt nicht vom gleichen Schlag wie mein Fergus. Fergus hätte trotz allem nachgesehen«, sagte sie und blickte plötzlich so finster wie ihr Sohn. »Vielleicht hätte er deswegen das nächste Mahl versäumt, aber er hätte sich vergewissert.«

Sie reichte Angus die Hand, und er schüttelte noch immer ungläubig den Kopf. »Mutter! Ich habe es nicht geahnt«, murmelte er.

»Du hast auch niemals richtig hingesehen«, sagte sie vorwurfsvoll. »Du warst dir so sicher, was du sehen würdest, dass du nur gefunden hast, was du suchtest.«

»Es tut mir Leid, Mutter.«

»Mir nicht. Von diesem Augenblick habe ich lange geträumt.« Sie ergriff seine Hand fest und sah zurück zum Templermeister. »Das hier ist mein Sohn. Das ist Angus MacGillivray, die Frucht meines Leibes, entstanden aus dem Samen von Fergus MacGillivray. Wenn Ihr wünscht, kann ich das auf jede Reliquie schwören.«

»Sie lügt!«, rief Pater Aloysius aus. »Sie hat doch selbst zugegeben, dass sie etwas gegen mich hat. Sie hat sich mit einem Banditen verbündet, um sich an mir zu rächen.«

»Aus welchen Grund sollte sie sich denn rächen wollen?«, fragte der Meister milde. »Wenn ich es richtig verstanden habe, hat Annelise nach dem verfrühten Tod ihres Mannes den Verstand verloren.«

»Weil mein Vater und mein Bruder ohne die Hilfe dieses Mannes nicht gestorben wären«, verkündete Angus, die Hand seiner Mutter fest umklammert.

»Alle Menschen brauchen einen Priester, wenn sie sterben«, protestierte Pater Aloysius.

»Aber nicht alle Menschen sterben, weil ein anderer es so will«, erwiderte Angus. »In Outremer habe ich viel über Gift gelernt, und ich weiß jetzt, dass Ihr selbst die Feigen vergiftet habt, die angeblich von Cormac MacQuarrie geliefert worden waren.«

»Wieso denn? Wieso sollte ich so etwas Schreckliches tun?« Pater Aloysius wandte sich an den Meister. »Das ist doch Wahnsinn!«

»Welche Beweise gibt es für diese Behauptung?«, fragte der Meister.

Es herrschte Schweigen. »Es gibt keine«, gestand Angus. »Bis auf das, was wir mit eigenen Augen gesehen haben, nämlich dass zwei kräftige

Männer ohne Vorwarnung vergangen und gestorben sind.«

»Also gibt es keine sicheren Anzeichen für Gift?«

»Wir waren damals zu unschuldig, um eine solche Boshaftigkeit zu durchschauen.«

Der Meister runzelte die Stirn; Pater Aloysius zeigte eine triumphierende Miene.

Da räusperte sich Pater Michael und löste sich aus der Menge. Jacqueline hatte ihn zuvor gar nicht bemerkt. Auf wessen Seite mochte er in dieser Sache stehen?

Sie sollte es bald erfahren.

»Mit allem Respekt möchte ich mich zu diesem Thema zu Wort melden. In jenen Tagen war ich zwar noch nicht hier und konnte deshalb auch nichts beobachten, doch ich kenne mich mit Kräutern aus.« Er seufzte. »Vielleicht hat es nichts zu bedeuten, doch Pater Aloysius hat sich bei mir häufig erkundigt, welche Gifte man aus den Pflanzen in dem Garten, den ich pflege, gewinnen könne.«

»Ich wollte nur vermeiden, dass sich jemand unabsichtlich in Gefahr bringt.«

»Schon möglich, aber ich muss gestehen, dass es mich beunruhigt hat, wie hartnäckig Ihr nach Details gefragt habt.«

»Dann seid Ihr nicht vorsichtig genug«, behauptete der ältere Priester barsch. »Jeder, der in diesen Mauern krank wird, muss von mir geheilt werden. Da versteht es sich doch von selbst, dass ich über die Gefahren, die uns umgeben, und über die entsprechenden Symptome genau informiert sein will.«

»Mag sein. Aber welche Erklärung habt Ihr hier-für?« Pater Michael zog eine Kiste aus dem Ärmel, die Jacqueline so vertraut war, dass ihr der Atem stockte.

»Die ist aus der Küche!«, rief ein Junge. »Die stand immer auf dem obersten Regal.«

Pater Aloysius wirbelte zu dem Jungen herum. »Ich hatte dir doch befohlen, sie mit deinem Leben zu beschützen!«

»Ich dachte, jemand anderes hätte sie wegge-räumt.« Mit rotem Gesicht brachte der Junge sich vor Pater Aloysius' bösem Blick in Sicherheit.

»Die Kiste scheint Euch ja große Sorge zu berei-ten«, bemerkte der Meister.

Pater Aloysius lächelte. »Es kommt wirklich selten vor, dass wir mit einem so kostbaren Geschenk bedacht werden. Ich wollte es nicht verschwenden.«

»Wer hat es denn geschickt?«

»Ich kann mich nicht mehr erinnern.«

Der Koch räusperte sich. »Es war kein Geschenk, mein Herr. Ihr habt gesagt, wir sollten Feigen bestellen, wenn wir das nächste Mal Wein aus den Häfen von London ordern.«

»Ach ja. Natürlich.« Pater Aloysius lächelte. »Das hatte ich vergessen. Umso verständlicher, dass man eine Köstlichkeit hütet, wenn man sie selbst bezahlt hat.«

Pater Michael schüttelte den Kopf. »Ich würde niemandem raten, von diesen Früchten zu kosten. Sie sind vergiftet, genau wie es nach dem Bericht des Ritters schon früher einmal geschehen ist.«

450

Er reichte dem Meister die Kiste, dieser nahm eine Feige und roch daran. »Seid Ihr Euch sicher?«

Pater Michael nickte.

Der Meister schien nicht überzeugt zu sein.

Pater Aloysius lächelte. »Das ist doch Unfug.«

»Dann nehmt Euch doch eine Feige«, bot der Meister zuvorkommend an, und niemandem entging, wie der Priester vor der Kiste zurückwich.

»Ich mag sie nicht.«

»Das hatte ich mir gedacht.« Der Meister betrachtete das Dokument auf seinem Schoß, dann nickte er. »Es gibt noch einen weiteren Punkt, den wir besprechen müssen. Pater Aloysius, Ihr solltet wissen, dass ich einen Brief vom Erzbischof persönlich erhalten habe.«

»Wie erfreulich.«

»Eher nicht. Er äußert sich wenig glücklich darüber, dass von Eurem Besitz keine Zehnten in die Schatzkammer der Diözese fließen. Offenbar habt Ihr viel versprochen, doch es ging kein Geld ein. Er bat mich, Euch aufzusuchen, um den Grund für dieses Problem ausfindig zu machen – diese andere Angelegenheit hat meine Ankunft jedoch beschleunigt.«

Pater Aloysius fuhr sich mit der Zunge über die Lippen, dann sah er von einem Ordensritter zum nächsten. Der Erzbischof war offensichtlich der Ansicht, dass es einige Überredungskunst brauchte, damit diese Zehnten abgeliefert würden.

»Wir hatten hier auf Airdfinnan einige schlechte Jahre. Die Zehnten sind auch nicht mehr so, wie sie einmal waren.«

Der Meister wandte den Blick nicht von Pater Aloysius ab. »Koch, wann habt Ihr das letzte Mal Wein aus London bestellt?«

»Im März.«

»Ist das so üblich?«

»Mindestens zweimal im Jahr, manchmal auch dreimal.«

»Und wie viel habt Ihr bestellt?«

Der Koch nannte die Menge, und viele der Anwesenden hoben die Augenbrauen.

»Trinkt der ganze Haushalt von diesem Wein?«

»Nein. Nicht regelmäßig.«

»Wie viel Geld habt Ihr dafür gezahlt?«

Der Koch antwortete wahrheitsgemäß.

Der Meister lehnte sich zurück, und Pater Aloysius wirkte weniger selbstsicher als zuvor. »Wie erstaunlich, dass eine solche Summe für Wein zur Verfügung steht, obgleich das Land so verarmt ist.«

»Das sind geschickt verwaltete Einkünfte aus früheren Jahren.« Pater Aloysius lächelte.

»Und doch nicht so geschickt, dass in den letzten fünf Jahren auch nur ein einziger *Denier* zum Erzbischof gelangt ist. Ich fürchte, er wird das Geschick Eurer Verwaltung anders beurteilen.« Der Meister schnippte mit den Fingern, deutete auf vier seiner Männer und wies auf das Hauptgebäude. »Schafft den Inhalt der Schatzkammer herbei.«

»Nein!« Pater Aloysius sprang auf. Seine Verzweiflung war ihm deutlich anzusehen.

»Ihr bleibt wohl besser sitzen, Pater Aloysius. Es sind sehr kluge Männer, die Eure Hilfe nicht benötigen.« Er lächelte kühl. »Zumal es hier in Airdfinnan angeblich so wenig Reichtum gibt.«

Jacqueline vermutete das Gegenteil, so aufgeregt schien der Priester. Seine Finger bewegten sich unablässig, und er war längst nicht mehr so gelassen wie zuvor. Er richtete sich auf, als zwei der Männer zurückkamen, und lehnte sich erleichtert zurück, als er sah, dass sie nur eine kleine Kiste brachten.

Sie wurde dem Meister zu Füßen gestellt und geöffnet. Der Meister griff hinein, und Metall glänzte auf seiner Handfläche. »Drei Silberpennies. Das sieht wirklich trostlos aus.«

Pater Aloysius lächelte, doch bevor er etwas sagen konnte, hatte Angus sich bereits umgedreht und marschierte auf das Gebäude zu. »Wo will er hin?«

Annelise lächelte. »Angus MacGillivray kennt diese Burg besser als jeder andere. Niemand ist neugieriger als ein kleiner Junge.« Sie hob die Brauen und fuhr sanft fort. »Da Ihr Euch jedoch sicher seid, dass er nur ein Hochstapler ist, habt Ihr ja nichts zu befürchten.«

Pater Aloysius wirkte jedoch sehr beunruhigt. Angus rief nach Hilfe, und nicht nur Jacqueline ließ die Tür nicht aus den Augen. Es dauerte lange, bis die Templer mit schweren Säcken erschienen, doch die Spannung ließ die Zeit noch länger wirken.

»Das lose Brett muss noch immer repariert werden«, murmelte Angus, und seine Mutter lachte. Die Männer stapelten die Säcke auf dem Boden. Der Meister schnürte einen auf, griff hinein und zog eine Goldmünze hervor. Er biss hinein, nickte, weil sie echt war, und sah dann erwartungsvoll Pater Aloysius an.

»Nein!«, schrie Pater Aloysius und sprang auf. »Das gehört alles mir, mir allein! Diesen Reichtum habe ich verdient, und ich werde ihn Gott zu Ehren ausgeben.«

Er stürzte auf den obersten Sack zu, doch der Meister ergriff ihn. Pater Aloysius packte den darunter liegenden und flüchtete über den Hof. Zu Jacquelines Erstaunen teilten sich die Ränge der Männer, und man ließ ihn gehen. Sie sah Angus ungläubig an, doch er lächelte nur.

Was wusste er, was sie nicht wusste?

Von der anderen Seite des Tores drang ein Schrei herüber, gefolgt von einem lauten Klatschen. Der Meister rollte gelassen seine Dokumente wieder auf und band sie zusammen. »Ich entscheide zu Euren Gunsten, Angus MacGillivray. Diese Entscheidung ist zwar nicht bindend, doch ich bin gerne bereit, Euch zu unterstützen, sofern Ihr den Erzbischof um die Herausgabe Eures geerbten Besitzes bitten wollt.«

Der Meister sah auf, während Angus sich verneigte. »Natürlich würde es Eure Chancen erheblich erhöhen, wenn Ihr die ausstehenden Zehnten zahlen würdet. Und ich habe Gerüchte gehört, nach denen beide Könige befürchten, dass Airdfinnan, diese wichtige Festung in Schlüsselposition, in den Einflussbereich ihrer Feinde fallen könnte. Am besten macht Ihr Eure Ansprüche bald geltend, um die Angelegenheit zu regeln.«

»Ich freue mich über diese Nachricht, über Euren Rat und Eure Unterstützung.« Angus verneigte sich erneut, und der Meister lächelte.

»Und ich weiß den Ratschlag zu schätzen, den Ihr mir im Vorfeld gegeben habt, und freue mich, dass Ihr wieder zurück seid. Willkommen zu Hause, Angus von Airdfinnan. Männer von Eurem Schlag sind überall willkommen.« Er erhob sich, und sie schüttelten einander kräftig die Hände. »Ich freue mich darauf, einen so zuverlässigen Nachbarn zu haben.«

»Mein Herr und Meister!«, rief einer der Männer vom Tor. »Pater Aloysius ist in den Fluss gefallen und verschwunden!«

»Gefallen?«

»Er ist gesprungen, mein Herr, als er sah, dass unsere Wachen das andere Ende der Brücke versperrten.«

»Aber ist er denn nicht geschwommen?«

»Er hielt einen Sack umklammert, Sir, und wollte ihn nicht loslassen. Wir haben ihm sogar unsere Hilfe angeboten, doch er lehnte sie ab und klammerte sich weiter an seine Beute. Er versank und kam nicht wieder hoch, bis sein Körper leblos flussabwärts auftauchte.«

In der Menge wurden entsetzte Blicke getauscht, dann trat Pater Michael vor. »Ein Priester kann keinen Selbstmord begehen«, sagte er ernst. »Dann dürfte er nämlich nicht in geweihter Erde begraben werden.«

»Also muss er wohl ausgerutscht sein«, folgerte der Meister und sah dem jungen Priester unverwandt ins Gesicht. »Seien wir gnädig zu denen, die diese Erde verlassen haben, in der Hoffnung, dass ein anderer genauso gnädig urteilen wird.«

»Amen«, sagte Pater Michael, und die Versammlung wiederholte seinen Segen.

»Aber was wird dann aus dem Schatz?«, fragte Jacqueline verärgert. Zu ihrer Verwirrung begannen Angus und der Meister zu lachen. »Wieso ist es lustig, dass er im Fluss verloren gegangen ist?«

Angus trat vor, öffnete die Säcke, und kleine Steine ergossen sich über den Boden. Offenbar enthielt nur der Sack direkt neben dem Meister, der kleine, den er fest im Griff hatte, tatsächlich goldene Münzen. »Manche Männer sind es wirklich wert, in Gold aufgewogen zu werden«, sagte er.

»Andere dagegen nicht«, schloss der Meister entschieden. »Ein König wird niemandem gern seine Finanzen anvertrauen, der sorglos mit seinen Reichtümern umgeht. Euer Plan war sehr geschickt, Angus von Airdfinnan.«

»Und Eure Männer haben geschickt geeignete Kiesel zusammengesucht und den Inhalt der Säcke vertauscht.«

Die anderen Männer begannen aufgeregt zu tuscheln, und der Meister besprach sich mit seinem Berater.

Angus wandte sich mit undurchdringlicher Miene an Jacqueline. »Da hast du das Ende deiner Geschichte, Jacqueline.«

Jacquelines Mund wurde trocken; sie war sich sicher, dass Angus ihr nun eine bedeutsame Frage stellen würde. Schließlich hatte er seine Identität bewiesen, und sie hatte ihm bereits ihre Liebe gestanden. Doch er sagte nichts, sondern sah sie nur an.

Duncan trat neben sie. »Ich werde dich nach Inveresbeinn geleiten, sofern du das wünschst.« Er sah zwischen den beiden hin und her. Keiner rührte sich, und Duncans Blick wurde neugierig. Er wandte sich an Angus. »Als meine Frau hörte, dass ein Ritter ihre Tochter entführt hatte, hat sie gewisse Spekulationen über Eure Absichten angestellt.«

»Tatsächlich?«

»Ja. Sie stammt aus Frankreich und hat mir versichert, dass es dort nicht selten vorkommt, dass ein Ritter eine Frau raubt, die er heiraten möchte. Sie dachte, Ihr suchtet vielleicht eine Braut.«

»Dann hat sie sich geirrt«, sagte Angus so ausdruckslos, dass Jacqueline ihn nicht missverstehen konnte. »Ich wollte nur Airdfinnan.«

»Und wenn es Euch zurückgegeben wird?«

»Dann werde ich es verwalten. Allein.«

Die beiden Männer starrten einander unverwandt an.

»Hat er dich angerührt, Jacqueline?«, fragte Duncan leise. »Wenn ja, dann werde ich ihn zwingen, dich ehrenhaft zu behandeln.«

Jacqueline sah, wie fest entschlossen Angus war. Sie hatte ihm alles angeboten, was sie zu bieten hatte, und er wies es zurück. In diesem Augenblick wurde ihr eines klar: Einen Mann zu heiraten, dem sie gleichgültig war, wäre noch schlimmer, als nur ihrer Schönheit wegen geheiratet zu werden.

»Nein«, stieß sie leise hervor. »Er hat sich ehrenhaft verhalten.«

Zumindest zuckte Angus ein wenig zusammen. Die Reaktion war allerdings kaum merklich, so dass wahrscheinlich niemand außer Jacqueline sie wahrnahm.

Sie biss die Zähne aufeinander und wollte sich abwenden, tapfer bemüht, ihre Tränen zu unterdrücken. Duncan bot ihr mit düsterer Miene seinen Arm.

»Jacqueline.«

Als Angus ihren Namen sprach, blieb sie stehen, drehte sich jedoch nicht um. Er kam zu ihr, und sie sah nicht auf, denn sie fürchtete, er würde die Erwartung in ihren Augen sehen.

»Das hier hat meine Mutter mir gestern Abend geschenkt, und ich finde, es sollte dir gehören.« Jacqueline saß ein Kloß im Hals, doch Angus reichte ihr einen kleinen Strauß.

Als sie ihn entgegennahm, sah sie, dass es Heidekraut mit weißen Blüten war. Es war sorgfältig getrocknet worden, vielleicht im vorherigen Herbst. Jacqueline sah auf und erblickte Angus' ernstes Gesicht. »Sie hat mir gesagt, es sei ein Symbol dafür, dass die Hoffnung alle Hindernisse überwinden kann.« Er lächelte schief. »Und diesen Beitrag hast du zu diesem Unterfangen tatsächlich geleistet. Vielen Dank.«

Jacqueline starrte ihn mit klopfendem Herzen an. Als er nichts weiter sagte, ließ sie den Blick sinken und wollte sich abwenden.

»Ich möchte auch etwas von dir, bevor du gehst.«

Alles, was du willst!, schrie Jacquelines Herz, doch sie zwang ihre Stimme, ruhig zu bleiben. »Ja?« Sie musterte ihn, doch sie konnte nicht erahnen, was er dachte.

»Eine Haarsträhne von dir, wenn das nicht zu viel verlangt ist.«

Bei diesem Wunsch funkelte sie ihn an. »Warum denn das?«

»Weil ich so etwas noch nie gesehen habe. Es ist wie gesponnenes Sonnenlicht und strahlt heller als Gold.«

Weil es *schön* war. Jetzt hätte Jacqueline wirklich weinen können, doch vor ihm würde sie das nicht tun. Sie löste ein Haar und riss es sich aus, warf es ihm vor Wut beinahe entgegen.

Angus rollte es sorgfältig in der Handfläche zusammen, ohne ihre Verärgerung zu registrieren. Dann lächelte er sie an, mit diesem langsamen Lächeln, das sein ganzes Gesicht erhellte und ihr Herz schneller schlagen ließ. Er ergriff ihre Hand und drückte ihr einen Kuss in die Handfläche.

»Alles Gute, meine Hexe«, flüsterte er, so dass nur sie es hören konnte. Seine Stimme war ungewöhnlich heiser.

Dann war er fort, marschierte zurück zu den Männern und verstaute seinen Schatz in seinem Handschuh. Jacqueline brannten Tränen in den Augen, doch sie holte tief Luft und straffte die Schultern. Vielleicht hatte Pater Aloysius trotz all seiner Fehler in einer Sache doch Recht gehabt.

Vielleicht konnte man einen anderen Menschen in so kurzer Zeit wirklich nicht richtig kennen lernen. Jacqueline merkte, wie Duncan sie mitfühlend und verständnisvoll ansah. Er hob eine Augenbraue – eine stumme Frage.

»Nach Inveresbeinn«, sagte Jacqueline entschieden und steckte sich das Heidekraut in den Gürtel. »Und zwar schnell. Ich habe mich schon viel zu lange mit Dingen aufgehalten, die mich nichts angehen.«

20. Kapitel

Die Herrin von Airdfinnan fand den neuen Abt des Klosters, den ihr Sohn eingesetzt hatte, auf den Knien in ihrem Garten.

Annelise blieb stehen. Eigentlich wollte sie gar nicht mit dem Priester reden, und bei ihrem ersten Besuch an diesem Ort wollte sie ungestört sein. Doch Pater Michael hatte sie bereits gehört und richtete sich auf, wischte sich die schmutzigen Hände an der Soutane ab und betrachtete das Ergebnis missbilligend.

Dann lächelte er sie an. Sein Lächeln war so unschuldig wie das eines Cherubim, doch die Augen funkelten spitzbübisch, und der Stimme hatte sie den irischen Einschlag bereits angehört.

»Es erscheint mir nicht angemessen, Euch an diesem Ort willkommen zu heißen«, sagte er, »denn zweifellos kennt Ihr ihn viel besser als ich.«

Sein Verhalten und seine Worte konnten Annelise nicht umstimmen. Unbewusst nahm sie die aufrechte Haltung einer Hausherrin an, obgleich sie schon lange nicht mehr so gestanden hatte.

Ihr Blick fiel viel sagend auf ein Büschel Margeriten, und als Pater Michael auch in diese Richtung sah, setzte ihr Herz einen Schlag aus. Zu ihrer Überraschung war der Garten in recht gutem Zustand.

»Er ist gut gepflegt.« Sie sah den Priester an und merkte, dass er stolz darauf war. »Dank Euch.«

»Einen solchen Schatz konnte ich einfach nicht zugrunde gehen lassen.«

»Aber als ich ging, wart Ihr noch nicht hier.«

»Nein, ich bin erst vor einem Jahr gekommen. Diese Gärten waren damals voller Unkraut, doch darunter konnte ich ihre Schönheit erkennen. Es war wie die Schönheit einer Frau, die sich mit zunehmendem Alter verändert und gleichzeitig mehr und weniger wird als früher.«

»Man hört nicht oft, dass ein Priester sich positiv über Frauen äußert.«

Sein Lächeln wurde breiter. »Ich bin eben kein gewöhnlicher Priester.«

Sie beäugten einander noch immer misstrauisch.

Er trat zurück und machte eine einladende Geste. »Wollt Ihr nicht in das Paradies eintreten, das Ihr geschaffen habt?«

Annelise betrachtete wieder die Margeriten. Sie blühten zwar noch nicht, doch der Strauch war deutlich größer als damals, als sie ihn gepflanzt hatte. Hoffentlich waren die Blüten noch so schön und üppig. Erst jetzt wagte sie sich vorzustellen, wie sie reagiert hätte, wenn die Pflanze abgestorben gewesen wäre.

Völlig in Erinnerungen versunken trat sie vor die Margeriten. Sie berührte eine der zum Platzen vollen Knospen, und ihre Tränen begannen zu fließen.

Weil ihr die Anwesenheit des Priesters nur zu deutlich bewusst war, riss sie die Knospe ab, zerquetschte sie zwischen den Fingern und wandte sich ab, während sie sie an die Nase hielt. Der durchdringende Geruch schnitt ihr wie ein Messer ins Herz, und sie schloss die Augen, weil sie daran denken musste, wo diese Pflanze ihre Wurzeln hatte.

»Oh, Fergus«, flüsterte Annelise.

Der verfluchte Priester war viel zu jung und daher alles andere als taub. Ihm entging nichts. »Fergus? Hieß so nicht Euer Herr?«

Sie wirbelte zu ihm herum. Wenn er doch nur verschwinden würde! »Und wenn schon!«, fuhr sie ihn an.

»Aber wieso ...?« Der Blick des Priesters glitt auf den kleinen Friedhof im Dorf und dann zurück zu der Margerite, auf den Boden und zu der Knospe in ihrer Hand. Er kniff die Augen zusammen, und schon bevor er etwas sagte, wusste sie, dass er alles durchschaut hatte.

»Er ist hier begraben? Warum denn? Warum liegt er nicht in geweihter Erde?«

»Fragt doch Eure Kirche!«, stieß sie hervor und wollte davonstürmen.

Er packte sie beim Arm, und sein ernster Blick hinderte sie daran, die Hand abzuschütteln. »Ich weiß nichts davon. Erzählt es mir.«

»Euer Vorgänger hat es nicht zugelassen. Euer Vorgänger verkündete, er würde keinen Heiden ohne Absolution in geweihter Erde bestatten.« Annelise holte tief Luft, um sich zu beruhigen. »Also habe ich ihn in seiner liebsten Ecke des Gartens beerdigen lassen. Was hätte ich sonst tun sollen?«

Der Priester gab sich nicht so leicht geschlagen. »Aber warum denn? War Fergus denn nicht getauft?«

»Natürlich war er getauft!«, erwiderte sie so heftig, wie sie ihren Geliebten immer verteidigt hatte. »Meine Eltern hätten unserer Ehe sonst niemals zugestimmt. Sie bestanden darauf, doch *jener* Mann schwor, Fergus sei im Herzen niemals konvertiert und hätte daher nicht das Recht, bei den Frommen zu liegen.«

Pater Michael musterte sie stumm und sah zweifellos viel zu viel, doch sie konnte nicht wegsehen. »Ihr habt ihn sehr geliebt.«

»Ich liebe ihn noch immer«, sagte sie heftig. »Er war mein Herzblut und der Vater meiner Söhne. Er hat mich behütet und geliebt und beschützt und war genau so, wie ein Mann zu seiner Frau sein sollte. Und mehr. Und noch viel mehr.«

Annelise holte zitternd Luft. Im Zorn sagte sie viel mehr, als sie eigentlich sollte. »Und doch hat die Kirche mit ihrer unendlichen Weisheit dafür gesorgt, dass wir getrennt wurden. Obwohl wir einst vor ihren Toren für alle Ewigkeit verbunden wurden, wurden wir durch ihre Doktrin für alle Ewigkeit voneinander getrennt.« Sie klang verbittert. »Bitte verzeiht mir, Pater, aber darin kann ich Gottes Gnade nicht erkennen.«

Sie stapfte durch den Garten. Wieso nur hatte der Priester ihren Augenblick mit Fergus zerstört? Und wieso nur hatte sie so viel von sich preisgegeben? Am meisten ärgerte sie jedoch, dass sie ihm das Gedeihen der Margerite auf Fergus' Grab verdankte.

»Mein Mentor hat einmal gesagt, dass wir nur hassen können, was wir einmal geliebt haben«, ertönte die Stimme des Priesters leise hinter ihr. Annelise blieb stehen, denn ihre gute Erziehung hinderte sie daran, einfach unhöflich davonzugehen, während man zu ihr sprach. Sie wandte sich jedoch nicht zu ihm um. »Ihr wurdet im Sinne der Kirche aufgezogen, nicht wahr?«

»Ja.« Sie warf einen verstohlenen Blick über die Schulter. Was mochte der Priester mit ihr vorhaben?

»Und Ihr habt die Rituale und Zeremonien einst geliebt, die Hymnen und Schriftlesungen, die Erzählungen und den Glauben.«

Sie seufzte schwer, denn sie konnte in dieser Sache nicht lügen. »Ja. Früher war ich dumm genug, den ganzen Unfug zu glauben.«

»Ihr glaubt noch immer daran.« Der Priester berührte sie leicht an der Schulter, denn ohne dass sie es gemerkt hatte, war er näher gekommen. Sein Blick war sehr verständnisvoll. »Ihr fühlt Euch verraten, und das ist die Wurzel Eures Zorns.«

»Jeder würde sich verraten fühlen, wenn er eine solche Ungerechtigkeit erfahren hätte.«

Er lächelte traurig und zuckte die Schultern. »Da habt Ihr wohl Recht. Ich kann verstehen, dass Ihr zornig seid.«

»Sagt mir bloß nicht, das gehöre zum unendlichen Plan Gottes.«

Da wurde er ernst. »Ich bin nur ein Priester. Ich kann nicht für Gott sprechen und schon gar nicht seinen Plan erklären. Ich weiß nur, dass er ein großer, gütiger Gott ist und viel weiter sehen kann, als es uns möglich ist.« Sie wollte widersprechen, doch er hob einen Finger. »Seine größte Schwäche ist es, dass er sich auf die Menschen verlässt, denn diese sind schwach und fehlbar und häufig sehr kurzsichtig.«

»Ein schöner Trost für Fergus«, protestierte Annelise. »Und was ist mit mir? Wenn der Jüngste Tag kommt und ich mit meinen Eltern vereint werde, was soll ich ihnen sagen, was aus dem großartigen Mann geworden ist, den sie für mich ausgesucht haben? Soll ich ihnen sagen, dass Fergus in die Hölle geschickt wurde, weil sich ein fehlbarer Priester geirrt hat?«

»Nein. Wenn Ihr es gestattet, werde ich an den Bischof dieser Diözese schreiben und ihn um die Erlaubnis bitten, Fergus neu zu bestatten, und zwar mit allen christlichen Zeremonien auf dem Friedhof neben der Kapelle. Schließlich ist mittlerweile bekannt, dass mein Vorgänger in Bezug auf die Seele Eures Gatten nicht ganz sachlich war.«

»Das würdet Ihr tun?«

»Ich würde alles tun, was in meiner Macht steht, um einer Frau, der so übel mitgespielt wurde wie Euch, Ihren Glauben zurückzugeben.«

Jetzt konnte sie ihre Tränen kaum noch zurückhalten.

»Wer liegt denn auf dem Friedhof? Ich hätte gedacht, es wäre Fergus.«

»Es ist mein Erstgeborener Ewen. Nur er liegt dort.« Der Priester trat näher, doch jetzt hob sie die Hand. »Ich sollte Euch wohl die ganze Geschichte erzählen. Euer Vorgänger« – Annelise mochte seinen Namen nicht aussprechen – »hat eine noch größere Sünde auf dem Gewissen. Als Fergus im Sterben lag, kam er zu ihm, um ihm ein letztes Mal die Beichte abzunehmen. Nach allem, was vorgefallen war, schickte Fergus ihn fort, denn er wollte diesem Mann nichts anvertrauen, was er irgendwie ausnutzen konnte.«

Sie holte tief Luft. »Und dann, als mein Mann in unserem Bett im Sterben lag, erzählte dieser so genannte Priester ihm, dass wir für immer getrennt sein würden. Er sagte Fergus, er habe mich geschändet und beschmutzt, weil er nicht wirklich im Glauben gefestigt gewesen sei. Fergus erwiderte nichts, doch ich wusste, dass er fürchtete, das Vertrauen meines Vaters missbraucht zu haben. Solche Dinge machten ihm immer sehr zu schaffen – Vertrauen und Gelübde und Schwüre.«

»Der Glauben jedoch nicht?«

»Nein. Er bezeichnete ihn als Sophismus.« Annelise schüttelte den Kopf, so dass ihre Tränen umherflogen. »Das war das gebildetste Wort, das er kannte, und ich war mir nie sicher, ob er überhaupt wusste, was es bedeutet.« Trotz ihrer Tränen lächelte sie, und der Priester lachte mitfühlend. Mit ihm konnte sie erstaunlich gut reden. »Doch Fergus war ein guter Mensch und ein guter Ehemann. Er war ein so guter Christ, wie er konnte.«

»Mehr kann man von niemandem verlangen.«

»Sollte man meinen. Doch seine letzten Worte zu mir waren eine Entschuldigung und eine Bitte um Vergebung.« Wieder stieg Bitterkeit in ihr auf. »Fergus hatte es nicht nötig, sich für irgendetwas zu entschuldigen, und kein Mensch hätte ihm etwas vergeben müssen. Ist das die Barmherzigkeit der Kirche? Zeugt das von Vergebung und Mitgefühl? Ist das Gnade, wenn einem Sterbenden seine Würde genommen wird? Wenn das so ist, dann verzichte ich gerne darauf!«

Annelise funkelte Pater Michael wieder erzürnt an, doch er wich ihrem Blick nicht aus.

»Ich kann die Taten eines anderen nicht rechtfertigen.« Der Priester sprach sanft, dann drückte er ihr die Hand. »Aber ich biete Euch eine Möglichkeit, alles wieder gutzumachen. Ihr müsst nur darum bitten, meine Dame, dann werde ich schon heute mein Schreiben absenden.«

Sie atmete zitternd aus und wandte sich ab. »Dann bitte ich Euch, dies zu tun. Um seines Andenkens willen.«

»Es ist so gut wie erledigt. Und der Bischof ist ein mitfühlender Mensch. Ich werde ihn sicher überreden können, uns zu unterstützen.«

Sie sah den Priester an, und wagte kaum zu hoffen. »Glaubt Ihr mir?« Plötzlich war das sehr wichtig für sie. »Tut Ihr das nur, um mich zu beschwichtigen, oder glaubt Ihr wirklich, dass meinem Gatten Unrecht widerfahren ist?«

»Ich glaube Euch. Nicht nur, weil es Aufzeichnungen für Fergus' Taten gibt, sondern weil eine gute Christin wie Ihr nicht so überzeugend lügen könnte.«

»Ich bin keine Christin mehr«, sagte Annelise, doch ihr Protest klang so müde, wie sie war.

»Wirklich nicht?« Er legte den Kopf auf die Seite und musterte sie eingehend, doch sie tat so, als würde sie es nicht merken. »Wieso beschäftigt Ihr Euch dann so sehr mit der Ewigkeit oder gar mit dem Jüngsten Tag?«

Sie starrte ihn finster an, denn es gefiel ihr nicht, dass ihm nichts entging. »Ihr seid entsetzlich gewitzt.«

Da musste er lachen. »Deswegen wurde ich der Kirche anvertraut. Meine Mutter sagte immer, meine Fragen würden noch alle in den Wahnsinn treiben, und mein Vater meinte, ich könne niemals ein vernünftiges Tagwerk vollbringen, weil ich immer erst jede Möglichkeit abwägen müsste.«

Er grinste, was ihn viel jünger und sehr charmant aussehen ließ. Er war wirklich ein ungewöhnlicher Priester. Sie sah ihn an, denn sie wollte gerne mehr über sein Leben vor dem Eintritt ins Kloster erfahren.

»Für mich gab es immer nur den Priesterberuf, also habe ich mir vorgenommen, ein möglichst guter Priester zu werden.«

Dieser Priester wirkte so ehrlich, so aufrichtig in seinen Worten. Ihre Geheimnisse hatte er ihr ohne weiteres entlockt. Trotz ihrer Erfahrungen mit seinem Vorgänger konnte sie einem solchen Menschen wohl vertrauen.

Und sie mochte auch seine Erklärung – dass die Schwäche Gottes darin lag, dass Sterbliche mit seiner Arbeit beauftragt waren. Das war für sie nachvollziehbar, denn sie hatte lernen müssen, dass Menschen sowohl schwach als auch fehlbar waren. Annelise glaubte nicht mehr, dass die Kirche alle Antworten liefern konnte, doch mit Erstaunen stellte sie fest, dass sie immer noch glaubte, Gott könne es. Es war tröstlich, das Herz wieder dieser Überzeugung zu öffnen.

»Der Festtag der Königin Margaret von Schottland steht bevor. Wenn Ihr nichts dagegen habt, würde ich gerne vorschlagen, dass wir zu ihren Ehren eine besondere Messe feiern. Es wäre mir eine große Freude, wenn Ihr daran teilnehmen würdet.«

»Ich kann nicht an der Kommunion teilnehmen«, fuhr Annelise ihn an. »Das habe ich seit Jahren nicht mehr getan.« Doch schon bei diesen Worte regte sich in ihr der Wunsch danach, denn sie erinnerte sich noch zu gut an die Ehrfurcht, die sie bei der Messe und ihrem Wunder immer empfunden hatte.

Er legte die Hände auf den Rücken, denn so leicht gab er sich nicht geschlagen. »Zur Vesperzeit ist meist ein Priester in der Kapelle, falls Ihr seine Dienste in Anspruch nehmen möchtet.«

Sie richtete sich auf und warf ihm einen durchdringenden Blick zu. »Die Aussicht auf einen Brief kann nicht Jahre des Kummers aufwiegen.«

»Aber eine Wunde muss gereinigt werden, damit sie heilen kann.«

Sie sah ihn herausfordernd an, und er sah unverwandt zurück. »Ihr seid sehr hartnäckig.«

Er lächelte. »Schon möglich. Werdet Ihr kommen?«

»Ich kann gut nachvollziehen, wieso Eure Familie Euch und Eure Fragen los sein wollte. Fergus hätte Euch als Sophisten bezeichnet.«

»Ich hoffe doch, dass Ihr nicht der gleichen Meinung seid«, sagte Pater Michael milde. »Denn wenn man jemandem Sophismus unterstellt, bedeutet das, dass seine Argumentation falsch ist. Ich glaube nicht, dass Ihr meine Schlüsse für fehlerhaft haltet.«

Der Mann merkte wirklich viel zu viel. Annelise senkte den Blick.

Der Priester nahm es ihr nicht übel, dass sie nicht antwortete. Vielleicht war er mit dem kleinen Fortschritt schon zufrieden. »Darf ich Euch in den Palas geleiten, meine Dame? Es ist bald Essenszeit.«

»Nein.« Ihr Blick fiel wieder auf die Margeriten. »Ich bin hergekommen, um mit jemand anderem zu sprechen, und das möchte ich jetzt tun.«

»Natürlich. Bitte verzeiht, dass ich Euch daran gehindert habe.« Er neigte den Kopf und ging auf das Tor zu.

»Ich danke Euch, Pater Michael«, rief sie, kurz bevor er aus ihrem Blickfeld verschwand. Er blieb stehen und sah zurück. »Dafür, dass Ihr in meiner Abwesenheit meinen Garten gepflegt habt, und im Voraus für den Brief.«

»Es ist mir eine Ehre, einer anderen Seele wieder zum Glauben zurück zu helfen.«

Nachdenklich betrachtete Annelise die zerquetschte Knospe in ihrer Hand. Sie musste sich eingestehen, dass der Schmerz in ihrem Herzen geringer war als seit vielen Jahren. Der Priester hatte Recht – seine Bemühungen für Fergus erleichterten sie so sehr, dass sie im Herzen wohl immer noch Christin sein musste.

Sie schüttelte den Kopf, spürte ihren Kummer tief in sich und wusste, dass sie in den letzten Jahren nicht nur ihren Mann vermisst hatte. Auch ihren Glauben hatte sie verloren, und durch diese beiden Verluste war die Welt kalt und einsam geworden.

Sie sah auf, doch der Priester war fort. Sie eilte zum Tor, erspähte die sich entfernende Gestalt und rief ihm nach: »Wenn ich morgen zur Vesperzeit in die Kapelle käme, wäre dann ein Priester dort?«

Er blieb abrupt stehen, als könne er seinen Ohren nicht trauen, dann wandte er sich um. »Ich werde dafür sorgen, meine Dame«, sagte er entschieden, und es war deutlich zu hören, wie sehr er sich darüber freute.

Sie lächelte ihn an. Er wirkte so jungenhaft und optimistisch, dass er sie daran erinnerte, wie es war, jung zu sein. »Dieser Priester müsste allerdings ausgeruht und satt sein. Meine letzte Beichte liegt nämlich schon lange zurück, und ich möchte nicht, dass er dabei einschläft oder ohnmächtig wird.«

Er grinste. »Ich werde ganz bestimmt ausgeruht und satt sein, meine Dame.«

Also würde *er* ihr die Beichte abnehmen. Annelise konnte ihn sich gut als Beichtvater vorstellen, diesen jungen Mann mit den weisen Worten. »Also bis morgen, Pater Michael.«

»Bis morgen, meine Dame. Ich freue mich schon.«

Und fort war er. Sie wandte sich wieder um und ging langsam zurück zu den Margeriten. Vor all den vielen Jahren hatte sie nicht geweint; sie hatte es nicht gewagt, vor dem Mann, der sie alle vernichten wollte, Schwäche zu zeigen.

Ja, er hätte es für seine Zwecke ausgenutzt und behauptet, sie würde um Fergus' unsterbliche Seele weinen. Er hätte versucht, den Respekt, den die Leute vor ihrem Mann hatten, noch weiter zu schmälern. Sie hatte dafür gesorgt, dass Fergus mitten in der Nacht bestattet wurde, und hatte sein Grab nur mit einem Margeritenbusch gekennzeichnet. So groß war ihre Angst gewesen, man könne seine Ruhe stören und seinen Leichnam schänden.

Und all die Jahre auf Edanas Lichtung war sie zu wütend zum Weinen gewesen. Zu verbittert, um sich diese Schwäche zu erlauben. Vielleicht hatte sie befürchtet, sie würde nicht mehr aufhören können, wenn sie einmal mit dem Weinen anfinge.

Doch jetzt stand Annelise an der Stelle, an der Fergus und sie so häufig zusammen gelacht hatten, die Sonne schien ihr warm auf den Rücken, die Blumen blühten unter ihren Strahlen auf. Und endlich kam alles wieder in Ordnung. Angus war zurück. Sie hatte ihn nicht verloren. Airdfinnan würde bald ihm gehören, wie es von Anfang an hätte sein sollen.

Sie war mit Fergus wieder vereint, nicht nur für den Augenblick, sondern für die Ewigkeit. Der Priester würde dafür sorgen, selbst wenn sie noch heute sterben sollte.

Und das nahm ihr allen Zorn. Annelise ließ sich vor dem Grab ihres Mannes auf die Knie sinken und legte die Hände auf den sonnengewärmten Boden. Sie spürte, dass er da war.

Es war, als würde seine Wärme zu ihr aufsteigen. Bei diesem Gedanken öffneten sich die Tore der Erinnerung weit und überfluteten sie mit Eindrücken – auf einmal konnte sie ihn wieder sehen, hören und riechen. Annelise weinte, wie sie noch nie um den Verlust ihres Mannes, ihres Geliebten und ihres Partners geweint hatte.

Sie wusste nicht, wie viel Zeit vergangen war, als sie beim Läuten der Kapellenglocken den Kopf hob. Die Sonne sank allmählich hinter Airdfinnans Mauern, lange Schatten erschienen im Garten.

Und eine der dicken Knospen hatte sich geöffnet, während sie geschluchzt hatte, eine einzelne weiße Margerite, die die letzten Sonnenstrahlen einfing. Annelise starrte sie an, staunte über ihre Schönheit, und eine Biene landete darauf, kroch über die goldene Mitte und flog wieder davon, die Beine schwer mit Blütenstaub beladen.

Das war ein Zeichen. Fergus hatte immer an Zeichen und Omen geglaubt, und obwohl Annelise ihn früher dafür verspottet hatte, sah sie es jetzt auch so. Wider Erwarten hatte sie in Edanas Haut viel gelernt. Sie pflückte die Margeritenblüte ab und flocht sie sich in den Zopf, dann stand sie auf und ging zur Abendmahlzeit zu den anderen.

Sie betrat den Saal mit erhobenem Kinn und neuer Kraft, denn sie wusste, dass Fergus sehr zufrieden mit dem war, was sie erreicht hatte. Seit fünfzehn Jahren hatte sie sich ihm nicht so nahe gefühlt, und sie würde ihn niemals wieder verlieren.

Ja, bald schon würden sie wieder vereint sein.

21. Kapitel

Seit sie in Inveresbeinn eingetroffen war, war Jacqueline sich sicher, dass Angus sie holen kommen würde. Sie versteckte das Büschel Heidekraut in ihrer kargen Kammer und wusste, dass sie nur warten musste.

Sicher war Angus von den eingetretenen Veränderungen überwältigt, und sie war nicht so naiv, dass sie glaubte, alles ließe sich in Windeseile wieder in Ordnung bringen. Er brauchte Zeit, um sich um die Einzelheiten zu kümmern.

Und vielleicht brauchte er auch Zeit, um sie zu vermissen.

Doch die Tage und Nächte verstrichen, und kein Ritter erschien vor den Toren des Klosters.

Jacqueline beschloss, dass sie die Erlaubnis zum Verlassen des Klosters erbitten würde, falls sie von ihm schwanger sein sollte. Wenn ihr dies nicht gewährt würde, würde sie sich davonschleichen. Irgendwie würde es ihr gelingen, Airdfinnan zu erreichen und Angus zu berichten, dass er Vater werden würde. Sicher würde er sie dann heiraten, denn Ehre war ihm sehr wichtig.

Doch ihre Regel kam so verlässlich wie immer. Offenbar wollte ihr nicht einmal ihr eigener Körper den Wunsch erfüllen, Angus für immer an ihrer Seite zu haben. Vielleicht war es besser so, tröstete sie sich, denn die Ehe wäre glücklicher, wenn Angus sie um ihrer selbst willen und nicht nur aus Pflichtgefühl heiratete.

Ein Monat ging ins Land, dann ein weiterer, und Jacqueline musste sich eingestehen, dass der Mann sie vielleicht gar nicht vermisste. Vielleicht liebte er sie nicht – schließlich hatte er das nie behauptet. Sie hatte es zwar gehofft, doch was wusste sie schon von Männern?

Offenbar ziemlich wenig.

Dennoch konnte sie sich nicht dazu durchringen, diesen vertrockneten Strauß aus weißem Heidekraut wegzuwerfen.

Entgegen ihrer Erwartung konnte die Ruhe des Klosters Jacqueline nicht trösten. Es war mehr als deutlich, dass sie nicht für dieses Leben geschaffen war. Sie war rastlos in den Mauern, ging ständig auf und ab und sah immer wieder unruhig hinüber zu den Toren.

Sie konnte sich das nicht erklären. Die Geschichte, die sie miterlebt hatte, war schließlich zu Ende, also konnte es keine Neugier sein. Die Bibelworte waren so, wie sie immer gewesen waren, und obgleich sie noch immer eine gewisse Anziehungskraft hatten, ließ Jacqueline sich bei ihren Studien häufig ablenken.

Die Tage zogen sich erstaunlich in die Länge, der Unterricht erschien ihr übertrieben mühselig und das *Opus Dei* hoffnungslos langweilig.

Angus kam nicht. Und wenn er bis jetzt nicht gekommen war, würde er überhaupt nicht mehr kommen. Vielleicht hatte er ihr das Heidekraut nicht geschenkt, weil er noch Hindernisse überwinden musste, bevor er um ihre Hand anhalten konnte, sondern weil er glaubte, sie müsse ihre eigenen Charakterzüge überwinden, um in diesen Mauern glücklich zu werden.

Dieser Gedanke war wirklich ernüchternd.

Obgleich es unsäglich enttäuschend war, wusste Jacqueline, dass sie ihr Schicksal selbst gewählt hatte. Sie würde auf jeden Fall das Beste daraus machen – wenn sie Angus MacGillivray nicht bekommen konnte, wollte sie auch keinen anderen Mann. Dieser eine Ritter war für sie die einzige Verlockung der säkularen Welt; ohne ihn war sie hier genauso glücklich.

Vielleicht sogar glücklicher, denn hier stellte ihr Bräutigam keine körperlichen Ansprüche. Jacqueline studierte mit neuem Eifer und arbeitete mit neuer Kraft. Sie übernahm jede Aufgabe, die zu erledigen war, sie widmete sich ganz Inveresbeinn. Jeden Abend fiel sie erschöpft ins Bett, doch nie war sie müde genug, um von Träumen verschont zu bleiben.

Wenn sie überhaupt schlafen konnte. Häufig lag Jacqueline bis spät in die Nacht wach und gab ihrer Schwäche für Angus nach. Sie erinnerte sich an seine Zärtlichkeiten – was am besten gelang, wenn das wachsame Auge der Äbtissin im Schlafe geschlossen war –, an sein schiefes Lächeln, seine trockenen Bemerkungen. Sie wusste noch zu gut, wie es sich anfühlte, seine Wärme an ihrer Haut zu spüren, sie erinnerte sich an seine Hitze in ihr und wie sicher sie sich bei ihm gefühlt hatte. Sie dachte daran, wie seine hart erkämpften Geständnisse sie gefreut hatten, wie seine Charakterstärke sie faszinierte, wie seine

ehrbaren Absichten ihr die Brust schwellen ließen.

Ja, sie liebte ihn, von ganzem Herzen.

Und sie konnte nichts unternehmen. Angus
wollte sie nicht, und sie wollte nur ihn. Also würde sie gar nichts bekommen, auch wenn das ein
schlechter Handel war.

❅

Sechs lange Monate nach ihrer Ankunft, als die
ersten kalten Winternächte kamen, wurde sie zur
Äbtissin gerufen. Am nächsten Tag sollte Jacqueline ihre ersten Gelübde als Novizin ablegen. Bislang hatte sie nur gelobt, der Äbtissin zu gehorchen und fleißig zu lernen.

War etwa in dieser wichtigsten aller Stunden
eine Nachricht von Angus gekommen? Ohne
Rücksicht auf die Schicklichkeit eilte Jacqueline den Korridor hinunter. Am nächsten Morgen würde sie die Hoffnung vollends aufgeben.

Vielleicht sogar das weiße Heidekraut. Schließlich war persönlicher Besitz verboten.

Die Äbtissin empfing sie mit missbilligender
Miene. »Du musst noch viel lernen, bevor du
morgen dein Gelübde ablegst.«

»Ja, Mutter.« Jacqueline neigte den Kopf, doch
ihre Ungeduld konnte sie sicher nicht verbergen. Wenn Angus sie holen kam, würde sie in
Windeseile verschwunden sein. Sie hoffte und
hoffte und klopfte beinahe ungeduldig mit dem
Fuß.

»Gott sei Dank habe ich vergessen, wie es ist,

jung zu sein.« Die Äbtissin schüttelte müde den Kopf, dann fuhr sie streng fort: »Deine Gäste warten in der Kapelle auf dich. Ich lehne Besuch ab, Jacqueline, und das solltest du ihnen besser klar machen. Bei jeder Novizin mache ich eine Ausnahme, denn der Übergang ins Klosterleben fällt nicht jedem leicht. Heute ist deine einzige Ausnahme, bitte vergiss das nicht.«

»Ja, Mutter.«

»Nach deinem Gespräch kommst du wieder her und erstattest mir umfassend Bericht. Wie du weißt, gibt es in Inveresbeinn keine Geheimnisse.« Die Äbtissin sah sie streng an, und Jacqueline ahnte, dass sie nur zu gut über das Heidekraut und jedes kleine Geheimnis der anderen Novizinnen Bescheid wusste.

»Ja, Mutter.« Jacqueline drehte sich um und stürmte auf die Kapelle zu, denn sie wollte nur noch Angus wieder sehen.

»Haltung!«, brüllte die Äbtissin mit einer Stimme, die die Wände fast erbeben ließ.

Jacqueline gehorchte äußerst widerwillig.

Da musste sie lächeln, denn Angus war ja immer überzeugt gewesen, dass sie die Gelübde von Armut, Keuschheit und Gehorsam nicht würde einhalten können. Viel lieber würde sie ihm ewige Treue geloben.

Wenn sie doch nur die Gelegenheit dazu bekäme.

Sie zog die schweren Holztüren der Kapelle auf, brachte ein Lächeln zustande und trat hinein. Ihr Lächeln verschwand, als ihre Mutter und Duncan sich umdrehten, um sie zu begrüßen.

Bei dem Wort ›Gäste‹ hatte sie an Angus und einen Begleiter gedacht, vielleicht an Rodney. Ihre Enttäuschung war undankbar, denn ihre Eltern waren für diesen kurzen Besuch sehr weit gereist. Jacqueline lächelte wieder mit aufrichtiger Wärme, aber dennoch tat das Herz ihr weh.

Er kam nicht. Er würde nicht kommen. Sie selbst hatte diese Entscheidung getroffen, und sie sollte sich endlich damit abfinden.

»Willkommen, *Maman* und Duncan. Es ist unbeschreiblich lieb von euch, so weit zu reiten, obwohl die Äbtissin nur so kurze Besuche erlaubt.«

Wie immer sah ihre Mutter viel zu viel, doch sie trat vor und fasste Jacqueline mit einem warmen Lächeln an den Händen. »Du hast nicht mit uns gerechnet«, sagte sie vorwurfsvoll, dann küsste sie Jacqueline auf die Wangen. Sie musterte ihre Tochter durchdringend, und keine Gefühlsregung entging ihr. »Wer sollte dich denn sonst vor deinem Gelübde besuchen, mein Kind?«

»Niemand«, flüsterte Jacqueline, denn das war die Wahrheit. Sie küsste auch Duncan und drückte ihm die Hände. »Wie geht es allen auf Ceinnbeithe?«

»Gut, gut. Und dir?«

»Gut, *Maman*.«

»Du hattest Recht, Duncan«, bemerkte Eglantine und tätschelte Jacqueline liebevoll die Wange. »Ich hätte niemals gegen Jacquelines Entscheidung angehen sollen. Sieh nur, wie demütig sie geworden ist – dieses Leben ist wirklich das Richtige für dich, mein Kind.«

»Das stimmt.«

»Wirklich?«, fragte Duncan mit forschendem Blick.

»Ja. Die Entscheidung ist gefällt, und ich habe sie selbst getroffen.« Sie sprach entschieden, wenn auch etwas pflichtbewusst. »Ihr habt schwer verdientes Geld geopfert, um mir meinen Wunsch zu erfüllen, und ich werde mein Bestes tun, um eure Spende zu rechtfertigen.«

Ihre Eltern tauschten einen Blick. »Aber bist du auch *glücklich,* Jacqueline?«, fragte ihre Mutter.

»Spielt das denn eine Rolle?«

»Aber natürlich!« Eglantine umfasste Jacquelines Gesicht mit beiden Händen. »Du weißt doch, dass ich nur will, dass du glücklich bist, sonst nichts«, flüsterte sie eindringlich. »Sag mir, was du wirklich willst, mein Kind. Sag es jetzt, bevor es zu spät ist.«

Doch es lag nicht in der Macht ihrer Eltern, ihr Schicksal zu ändern. Jacqueline lächelte. »Ich frage mich nur, ob ich genauso glücklich geworden wäre, wenn ich deinem Rat gefolgt wäre. Ich vermisse euch alle.«

»Nur uns?«

»Ja.« Jacqueline nickte und senkte den Blick, damit man ihr die Lüge nicht ansehen konnte. Mehr sagte sie nicht, doch ihr war klar, dass ihre Eltern sich wunderten.

Ihre Mutter trat zurück und suchte in ihrer Tasche. »Ich weiß, dass wir nicht zu lange sprechen dürfen«, sagte sie knapp. »Aber hier ist ein Brief, den du später in Ruhe lesen kannst und in dem ich dir alle Neuigkeiten von Ceinn-beithe berichte.«

Sie drückte Jacqueline die Seiten in die Hand. »Und hier ist noch einer von Esmeraude, in dem sie sich zweifellos darüber beklagt, dass sie niemanden mehr hat, den sie ärgern kann.« Duncan lachte leise. »Und Mhairi schickt dir auch Grüße, obwohl nicht einmal ich ihr Gekritzel entziffern kann.«

»Selbst Alienor hat uns eine Nachricht mitgegeben«, fuhr Eglantine rasch fort. »Sie wollte dir eine von Iain gefertigte Brosche schicken, doch ich habe ihr gesagt, dass sie nur zum größeren Ruhm des Klosters verwendet worden wäre. Sie lehnt es strikt ab, dass die Äbtissin ein für dich bestimmtes Geschenk trägt, und hat es Iain stattdessen zeichnen lassen.«

Jacqueline konnte sich nur zu gut vorstellen, wie ungehalten ihre Halbschwester sich geäußert hatte. Sie faltete das Blatt auseinander und betrachtete die Zeichnung, die selbst schon atemberaubend schön war.

Jacqueline,

ich erlaube Iain nicht, dass er dieses Stück verkauft, bevor du dein endgültiges Gelübde abgelegt hast. Vielleicht kommst du ja noch zu Verstand, bevor es zu spät ist. Denk darüber nach, meine Schwester. Nur eine Närrin würde unter Frauen leben, wenn sie stattdessen einen Mann im Bett haben könnte.

Alienor

Jacqueline unterdrückte ein Lachen und sah ihre Mutter an, deren Augen funkelten. Ganz offensichtlich hatte sie den Brief gelesen oder wusste zumindest, was darin stand.

»Ich wünsche ihr noch ein weiteres Baby«, scherzte Jacqueline.

»Dafür hat Iain schon gesorgt. Die Hebamme sagt, Alienor wird im Winter entbinden.«

»Dann wird sie wenigstens beschäftigt sein.«

»Unsere Alienor muss noch immer lernen, ihre Zunge im Zaum zu halten«, sagte Eglantine sanft, dann überraschte sie Jacqueline mit einem forschenden Blick. »Bist du denn ihrer Meinung?«

Jacqueline sah hinab auf den Brief. »Ich glaube, diese Alternative gibt es für mich nicht«, sagte sie vorsichtig. »Für mich muss es das Kloster sein.«

Ihre Mutter atmete verärgert aus, doch Duncan legte seiner Frau eine Hand auf den Arm. »Du weißt, dass wir nur dein Glück wollen, Jacqueline«, erinnerte er sie.

»Ja, das weiß ich.« Sie umarmte beide und trat zurück, wohl wissend, dass sie sie vermutlich niemals wieder sehen würde. Ja, für die Welt draußen war sie eindeutig gestorben, genau wie ihre Mutter ihr vor all den Monaten hatte deutlich machen wollen.

Plötzlich verschleierten ihr Tränen den Blick, und sie presste die Briefe fest an die Brust. Sie waren so kostbar und würden noch kostbarer werden, wenn ihre Einsamkeit zunahm.

Doch wie konnte sie von ihren Eltern verlangen, ein weiteres großes Geschenk an das Kloster zu machen, damit sie freigelassen wurde? Ihre Entscheidung hatte die Familie schon so viel gekostet.

»Ich liebe euch beide so sehr«, verkündete Jacqueline, während ihr Tränen über die Wangen liefen. »Ich danke euch für die großen Opfer, die ihr für mich gebracht habt.«

»Ach, Jacqueline, du weißt doch, dass ich alles für dich tun würde.« Ihre Mutter drückte sie an sich und umarmte sie so fest, dass Jacqueline keine Luft bekam. Ohne es zu wollen, umarmte sie ihre Mutter genauso heftig.

Endlich trennten sie sich, beide zitternd, dann küssten sie einander auf die Wangen. Jacqueline musste ständig daran denken, dass es das letzte Mal war. Auch Duncan umarmte sie, und als die beiden sich zum Gehen wandten, ließ sie sich auf eine Bank sinken. Sie hob den tränenvollen Blick zum Kruzifix über dem Altar und dachte an die erbrachten Opfer.

Sie dachte an das Opfer ihrer Mutter, die alles, was ihr vertraut war, zurückgelassen hatte, damit ihre Töchter aus Liebe heiraten konnten – was sie nicht getan hatte. Sie dachte daran, wie fest entschlossen ihre Mutter gewesen war, keine bösen Worte zwischen ihnen zuzulassen, wie es sie zwischen Jacquelines Mutter und Großmutter wegen der arrangierten Ehe ihrer Mutter gegeben hatte.

Es würde zwar nichts ändern, doch sie war ihrer Mutter die Wahrheit schuldig.

»*Maman!*«, rief sie und hörte, wie die Schritte

am Ende der Kapelle verstummten. Sie drehte sich nicht um, sondern senkte den Kopf. »Du sollst wissen, dass du Recht hattest.«

»Ich verstehe nicht.«

»Du hast behauptet, ich würde aus Angst vor Männern ins Kloster eintreten, aus einer Angst, die Reynaud ausgelöst hat. Du hast gesagt, der richtige Mann, ein ehrenhafter Mann, könne mir diese Angst nehmen und mir zeigen, welches Glück in der Liebe liegt.«

»Ja, daran kann ich mich erinnern.«

»Und du hattest Recht, *Maman*.« Sie schluckte, dann versuchte sie, das Schweigen zu überbrücken. »Ich wollte nur, dass du das erfährst, denn ich weiß ja, wie gerne du Recht behältst.«

Sie spürte, wie ihre Mutter ihr die Hand auf die Schulter legte, doch sie sah nicht auf. »Wieso bist du dann hier, mein Kind?«

»Weil meine Liebe nicht erwidert wird.«

»Aber hast du diesem Mann denn nicht von deinem Wunsch berichtet, ins Kloster zu gehen?«

»Ja, aber er hat nicht dagegen protestiert! Er hatte ganz offensichtlich nicht das Verlangen, mich umzustimmen.«

»Vielleicht wollte er dich nicht in Versuchung führen.«

Jacqueline sah in die ruhigen Augen ihrer Mutter. »Oder vielleicht begehrt er mich nicht, *Maman*.«

»Dann ist er ein Dummkopf.« Unerwartet lächelte ihre Mutter sie an, und ihr Blick war voller Wärme. »Oder er ist einer der wenigen Männer, die so viel Respekt vor der Entscheidung einer Frau haben, dass sie diese nicht in Frage stellen. Solche Achtung bedeutet nicht, dass sein Herz leer ist. Nein, meist bedeutet sie genau das Gegenteil.«

Und sie deutete in den hinteren Teil der Kapelle.

Jacqueline drehte sich um, und ihr blieb beinahe das Herz stehen, als sie Angus neben Duncan stehen sah. Er blickte sie aufmerksam an, und sicher hatte er ihr Geständnis mit angehört. Ihre Wangen brannten, doch seine Miene war ausdruckslos.

»Bist du noch immer fest entschlossen«, fragte er leise, »nachdem du weißt, was dich hier in Inveresbeinn erwartet?«

Jacqueline richtete sich auf. »Das muss ich wohl.«

»Du könntest auch gehen.«

»Ich habe nicht die Mittel, das Stiftungsgeld zurück zu zahlen, und ich möchte meine Eltern nicht darum bitten.«

Er verschränkte die Arme vor der Brust. »Du könntest jemand anderes überreden, diese Zahlung zu leisten.«

»Ich lasse mich aber nicht kaufen und verkaufen wie ein Stück Vieh.«

Da lachte Angus leise. »Aber Bräute werden doch häufig gekauft. Würdest du nicht akzeptieren, dass anstelle einer Mitgift eine Spende in deinem Namen an diese Einrichtung geleistet würde?«

»Das würde auf den Bräutigam ankommen«, flüsterte sie.

Er kam auf sie zu. Er war größer, als sie in Erinnerung hatte, und er war so eindrucksvoll wie immer. Er trug tiefblaue, beinahe schwarze Kleidung. Sein Waffenrock war purpurrot gesäumt, anstelle des Kreuzfahrerkreuzes prangte eine purpurfarbene Distel darauf. Der vertraute rote Umhang war über eine Schulter geworfen, und noch immer trug er die Augenklappe.

Airdfinnan stand Angus gut, das sah sie, doch ganz tief in seinem Auge waren noch immer Schatten.

»Ach ja?«, fragte er, als er ihr direkt gegenüber stand. »Also bist du wählerisch?«

»Sehr sogar.« Jacqueline hielt seinem Blick stand. »Es gibt nur einen einzigen Mann, der für mich in Frage kommt, und auch nur dann, wenn er das schwört, was ich hören will.«

»Ist das so?« Er streifte seinen Handschuh ab und berührte ihr Kinn mit der Fingerspitze, so dass sie ihm ins Gesicht sehen musste.

Jacqueline spürte das vertraute Kribbeln auf der Haut. »Ja, so ist es.«

Sein Blick fiel auf ihre Lippen. »Dann ist die Wahrscheinlichkeit ja sehr gering.«

»Der Mann, den ich heiraten würde, hat einen stählernen Willen.«

»Das klingt ja Furcht einflößend. Wieso willst du einen solchen Mann heiraten?«

Sie sah ihn verwegen an. »Das habe ich ihm bereits gesagt. Es ist an der Zeit, dass er mir ein ähnliches Geständnis macht.«

Angus sah ihr tief in die Augen, während sein Daumen langsam über ihr Kinn fuhr. Er schien nach den richtigen Worten zu suchen, doch Jacqueline war zu ungeduldig.

»Warum bist du nach so langer Zeit gekommen?«

»Ich wollte dir etwas zurückgeben.«

»Ich habe nichts bei dir zurückgelassen.«

Bis auf ihr Herz, doch das würde sie ihm nicht noch einmal ungefragt sagen.

Angus' Lippen zuckten. »Das denkst du vielleicht«, murmelte er, und sie war sich sicher, dass er die Wahrheit wusste. Doch er griff in die Tasche und zog etwas hervor, das so klein war, dass es auf der großen Handfläche fast verschwand.

Sie beugte sich vor und entdeckte erstaunt, dass es das einzelne goldene Haar war, das sie ihm geschenkt hatte. »Das hast du noch immer?«

Angus starrte das Haar an, um ihrem Blick auszuweichen. »Das Geschenk einer Dame darf man nicht so ohne weiteres wegwerfen. Und es ist für mich ein Talisman geworden.«

»Wofür?«

»Für die Schönheit.«

Jacqueline wandte sich ab, denn es widerte sie an, dass er nur wegen ihres Aussehens gekommen war.

Angus hielt sie mit einem Finger am Ellenbogen auf. »Du bist doch so neugierig. Willst du nicht die ganze Geschichte hören?«

»Nicht, wenn sie mit goldenen Strähnen und einem Gesicht von unglaublicher Schönheit zu tun hat. Ich muss noch Gebete sprechen.«

Er lächelte sie an. »Die Geschichte hat mit nur einem goldenen Haar zu tun, und obgleich das Haar wirklich schön ist, bezieht es seine Macht aus dem, an das es mich erinnert.«

»Was denn für eine Macht?«

Sein Lächeln verschwand. »Die Macht, Erinnerungen zu verdrängen, die ich besser vergessen sollte, die Macht, Sonne ins Dunkel zu bringen und zu heilen, wo es nur Schmerz gab.«

Sie betrachtete das Haar, dann sah sie ihn misstrauisch an. »Weil es die Farbe der Sonne hat?«

Er hielt es hoch, und sein Blick zwang sie, ihr zu glauben. »Weil es mich an die Dame erinnert, die es hergegeben hat, wenn auch widerwillig, und an ihren hellen Geist. Ihr Herz ist voller Hoffnung, sie hat eine seltene Entschlossenheit, und ihr Charakter ist großzügiger und schöner, als jedes Frauengesicht es sein könnte.«

Angus sah Jacqueline so durchdringend an, dass sie sich wie festgenagelt fühlte.

»Aber ich musste leider feststellen, dass dieses Erinnerungsstück nicht ausreicht«, fuhr er fort. »So schön es ist, dieses Haar kann nicht lachen. Es kann nicht Gutes im Bösen erkennen, es kann nicht scherzen, es kann nicht einmal neugierig sein.«

Angus legte ihr das Haar in die Hand und schloss ihre Finger darüber. »Doch da es an eine Dame erinnert, die all das oft tut, war es ein Talisman für mich. Ich danke dir für dieses Geschenk, denn nur mit seiner Hilfe ist es mir gelungen, die Gespenster, die mich gequält haben, zu verbannen.«

Jacqueline sah in überrascht an. Ihr Mund wurde trocken. »Du hast keine Alpträume mehr?«

Angus schüttelte den Kopf. »Nicht einen einzigen. Dank dir.«

Jacqueline befühlte das Haar. Dankbarkeit war

mehr, als sie von ihm erwartet hatte, und doch so viel weniger, als sie sich wünschte. »Also bist du gekommen, um dich bei mir zu bedanken?«

»Nein, ich bin gekommen, weil ich dich vermisst habe«, sagte er sanft. »Ich vermisse dein Lachen und deine Gewissheit, dass sich alles zum Guten wenden wird. Du kannst mir glauben, Jacqueline, dass ich gut hundert Mal zu diesem Kloster aufgebrochen bin, doch ich hatte mir geschworen, dir im Gegensatz zu anderen Männern deine Entscheidung zu lassen.« Er lächelte wehmütig. »Ich bin jedoch schwach, denn ich konnte der Versuchung nicht widerstehen und wollte dich bitten, deine Entscheidung noch einmal zu überdenken, bevor es zu spät ist.«

Sie öffnete den Mund, doch er legte ihr einen Daumen über die Lippen, um sie zum Schweigen zu bringen.

»Als wir uns getrennt haben, hatte ich nicht das Recht, eine Braut zu werben. Ich wagte nicht zu hoffen, dass Airdfinnan mir wieder übergeben würde, doch genau das hat der Erzbischof getan. Die Ernte dieses Jahr war gut, und nächstes Jahr wird sie noch besser werden, dank der Unterstützung der Leute von Ceinn-beithe. Diese Fehde ist ein Ding der Vergangenheit. Pater Aloysius hatte zwar Geld gehortet, doch es war nicht sein Eigentum. Die Zehnten waren schon lange überfällig, und Abkommen mussten mit Geschenken aufrechterhalten werden. Somit ist meine Schatzkammer fast leer.«

Er holte tief Luft und ließ sie wieder nicht zu Wort kommen. »Obgleich meine Situation bescheiden ist, könnte ich dir ein Auskommen bieten. Ich würde dich mit meinem Leben verteidigen, und ich habe so viel zurückgelegt, dass ich die Äbtissin zufrieden stellen könnte. Zwar hat Duncan mir die Erlaubnis erteilt, um deine Hand anzuhalten, und auch deine Mutter gab mir ihren Segen, doch die wichtigste Zustimmung fehlt mir noch.«

Jacqueline wagte nicht, seinen Monolog zu unterbrechen. Sie beobachtete Angus, denn nie zuvor hatte sie bei ihm auch nur eine Spur von Unsicherheit bemerkt.

Doch was *sie* betraf, war er unsicher.

»Wenn du nein sagst, werde ich dich nie wieder belästigen. Wenn deine Entscheidung feststeht, werde ich nicht dagegen angehen.« Sein Blick durchbohrte sie, als wolle er sie zwingen, die Wahrheit über die Lippen zu bringen. »Du hast mir einmal gesagt, dass du bereit wärst, mein Bett zu teilen. Bedeutet das, dass du meinen Ring tragen würdest, dass du meine Frau werden würdest?«

»Das kommt darauf an, aus welchem Grund du fragst«, sagte sie heiser.

»Es gibt nur einen Grund für diese Frage«, verkündete er. »Weil ich dich liebe.«

Jacqueline unterdrückte Freudentränen. »Ich wollte immer nur deine Liebe, Angus.«

»Und das ist auch das Einzige, was ich dir garantieren kann.« Er lächelte und ergriff ihre Schultern, breitete die Finger darauf aus, als wolle er sich vergewissern, dass sie tatsächlich vor ihm stand. Jacqueline lächelte ihn an. Sicher sah sie wie ein vernarrter Idiot aus, doch das kümmerte sie nicht. Sie hörte ihre Mutter glücklich schniefen.

Dann zog er einen silbernen Ring hervor, reich verziert mit einem Knotenmuster. Er hielt ihn dicht vor ihre linke Hand.

»Mit diesem Ring haben meine Eltern den Bund der Ehe geschlossen. Meine Mutter hat ihn mir übergeben, damit er mir Glück bei meinem Vorhaben bringe.«

»Dieses Glück hättest du gar nicht gebraucht«, flüsterte Jacqueline und hob die Hand.

Angus runzelte ein wenig die Stirn, während er ihr den Ring an den Finger steckte. »Sie sagte, dieses keltische Stück könne vielleicht deine unzulängliche Herkunft ausgleichen, wie es bei ihr der Fall war. Ich habe allerdings keine Ahnung, was sie damit sagen wollte. Sie wollte sich nicht weiter erklären.«

Jacqueline lachte. »Das macht nichts.« Als der Ring an ihrem Finger steckte, sah sie zu ihm auf, fest überzeugt, dass all ihre Liebe aus ihren Augen schien. »Du wusstest ganz genau, dass ich dich nehmen würde«, flüsterte sie.

»Ich hatte es gehofft, meine Jacqueline.« Er drückte sie an sich und lächelte auf sie herab. »Ich hatte nur die Hoffnung, doch du hast mir beigebracht, dass die Hoffnung oft genug ist.«

Er beugte sich vor und küsste sie innig, ohne Rücksicht auf die Empörung der Äbtissin und des Priesters, die gerade hereinkamen.

Bald hatte die fröhliche Gruppe sowohl die Kapelle als auch das Kloster verlassen, doch erst hatte Jacqueline noch ihr verstecktes Heidesträußchen geholt. Angus nahm es lächelnd zur Kenntnis und schob es ohne ein Wort in seinen Gürtel.

Das Lächeln, das sie einander schenkten, war so innig, dass die Äbtissin nur den Kopf schütteln konnte.

Jacqueline war nicht überrascht, dass Lucifer jenseits der Mauern graste, daneben zwei Reittiere von Ceinn-beithe und zwei kleinere Hengste. Die beiden Knappen, die die Tiere versorgten, trugen ebenfalls purpurfarbene Disteln auf ihren Waffenröcken.

Neben Lucifer stand eine zierliche Stute, so hübsch, dass Jacqueline der Atem stockte. Sie wirkte geradezu zerbrechlich, denn die Fesseln waren ungewöhnlich zart und ihr Gang elegant. Das Pferd hatte eine dunkle Kastanienfarbe, Mähne und Schweif waren noch dunkler und lang und seidig.

»Aus Persien«, sagte Angus. »Sie war ein Geschenk an den Templermeister, und er hat sie mir überlassen, als ich meine Bewunderung äußerte. Sarazenenpferde fand ich schon immer wunderschön.« Die Stute wieherte ihn an, als wüsste sie das Kompliment zu schätzen. »Sie ist verflucht clever und flink auf den Beinen. An ihrem ersten Tag auf Airdfinnan ist sie vier Knappen und einem Stallknecht entwischt, das war vielleicht eine fröhliche Jagd.«

Er schenkte Jacqueline ein Lächeln. »Ich dachte, meine zukünftige Braut könne ihr eigenes

Reittier gebrauchen, vor allem eines, dessen Charakter sie so gut verstehen wird.«

Jacqueline bedankte sich lachend und trat näher. Die Stute zerrte neugierig an den Zügeln, und ihre Nase arbeitete heftig, als sie versuchte, sich Jacqueline zu nähern.

»Ich wollte sie Hexe nennen, wenn du nichts dagegen hast«, schlug Angus so beiläufig vor, dass Jacqueline schon wieder lachen musste.

»Sie ist wunderschön, und den Namen finde ich wirklich passend.« Jacqueline begrüßte das Tier, kraulte ihm die Ohren und hatte es sofort für sich gewonnen. Angus winkte die Jungen herbei, doch Jacqueline schickte sie weg. »Ich will sie heute noch nicht reiten, Angus.«

»Warum denn nicht?«

»Nach der langen Trennung und an unserem Hochzeitstag möchte ich nur mit dir reiten, geliebter Gatte.«

Angus lachte, ein voller, fröhlicher Klang, umso kostbarer, weil er so selten zu hören war. Er hob sie in seinen Sattel, schwang sich hinter sie aufs Pferd und legte ihr einen Arm fest um die Taille.

Jacqueline winkte ihren Eltern zum Abschied zu, dann drehte sie sich um und sah zu ihm auf. »Seid gewarnt, Angus MacGillivray. Ich werde keine so pflichtbewusste Ehefrau sein, wie man vielleicht erwarten könnte.«

Er sah skeptisch aus, doch sein Blick funkelte verräterisch. »Nein?«

»Allerdings. Du hast es mir ja oft genug gesagt.« Jacqueline zählte ihre Schwächen an der Hand ab. »Ich bin nicht gehorsam.«

Angus lachte. »Nein, da hast du Recht.«

»Und dieses Talent werde ich wohl niemals erlernen.« Jacqueline seufzte mit gespielter Sorge. »Leider ist Airdfinnan nicht verarmt.« Sie sah auf, und als Angus zur Bestätigung den Kopf schüttelte, verzog sie das Gesicht. »Also kann ich das Gelübde der Armut auch nicht einhalten.« Sie runzelte die Stirn, als gebe ihr das sehr zu denken.

»Und?«, drängte Angus viel sagend.

Jacqueline wusste, dass er das letzte der drei Gelübde, die eine Braut Christi ablegen musste, nur zu gut kannte.

»Vielleicht kann ich wenigstens keusch bleiben«, sagte sie ernst und war nicht im geringsten überrascht, als er sie fester packte.

»Ich werde dich nach Kräften daran zu hindern versuchen«, sagte er genauso ernst.

»Ist das etwa ein Schwur, mein Herr?«

Angus grinste durchtrieben. »Allerdings, meine Dame. Das ist es tatsächlich. Ich gebe Euch mein Wort.«

Er küsste sie noch einmal innig, ohne Rücksicht auf die schwatzenden Knappen, und Jacqueline erwiderte seinen Kuss genauso leidenschaftlich.

Sie hatte das Wort und die Liebe eines Ehrenmannes, und eine bessere Entscheidung hätte Jacqueline wirklich nicht treffen können.